Wer heute noch so verrückt sei, Romane zu schreiben, meint Kundera, solle wenigstens darauf achten, daß der Inhalt nicht nacherzählbar sei. Ein Roman sei schließlich kein Fahrradrennen mit Start und Ziel, er gleiche vielmehr einem Menü aus mehreren Gängen.

Vorspeise: In einem mondänen Pariser Fitness-Club beobachtet der Autor (zugleich eine der Hauptfiguren des Romans), wie eine etwa sechzigjährige Dame Schwimmunterricht nimmt. Am Ende der Lektion winkt sie dem Schwimmlehrer zum Abschied noch einmal zu und macht dabei eine so graziöse Handbewegung, daß der Betrachter beschließt, diese Geste, die die ganze Leichtigkeit des Seins zu enthalten scheint, der Heldin seines Romans zum Geschenk zu machen.

Hauptgang: Paul liebt zwei Frauen, die beiden (ziemlich verschiedenen) Schwestern Agnes und Laura, und die geraten nicht nur seinetwegen ständig aneinander. Agnes (die mit der anmutigen Handbewegung) führt ihrerseits ein erotisches Doppelleben. Laura, die Sentimentale, darf mit dem Journalisten Bernard nicht glücklich werden, weil dessen allmorgendliches Geschwätz im Radio den Autor Kundera zum Wahnsinn treibt. Hauptthema in diesem Knäuel von verwickelten Beziehungen: Gibt es eine Unsterblichkeit der Seele? Falls nicht, wenigstens die Erinnerung an eine Seele in der Nachwelt?

Dessert: Darüber unterhalten sich im Jenseits Goethe und Hemingway. Ihnen geht es dabei weniger um die Unsterblichkeit von Berühmtheiten, sondern etwa auch um eine graziöse Handbewegung, die in Erinnerung bleibt. Dadurch daß er sie in Worten festhält, macht Kundera eine Geste unsterblich.

Milan Kundera, 1929 als Sohn eines Konservatoriums-Professors in Brünn geboren, emigrierte 1975 nach Frankreich und lebt seither in Paris.

Im Fischer Taschenbuch Verlag sind erschienen: ›Die unerträgliche Leichtigkeit des Seins‹ (Bd. 5992), ›Das Buch der lächerlichen Liebe‹ (Bd. 9264) und ›Die Kunst des Romans‹ (Bd. 6897).

Milan Kundera

Die Unsterblichkeit

Roman

Aus dem Tschechischen von
Susanna Roth

Fischer Taschenbuch Verlag

Limitierte Sonderausgabe
Veröffentlicht im Fischer Taschenbuch Verlag GmbH,
Frankfurt am Main, Mai 1994

Lizenzausgabe mit freundlicher Genehmigung des
Carl Hanser Verlags, München – Wien
Originaltitel ›Nesmrtelnost‹
Die Originalausgabe erschien unter dem Titel ›L'Immortalite‹
bei Editions Gallimard, Paris 1990
© 1990 Milan Kundera
Für die deutsche Ausgabe:
© Carl Hanser Verlag, München – Wien 1990
Umschlaggestaltung: Balk / Heinichen / Walch
Umschlagabbildung: Mark Rothko, »Number 118«, 1961.
Oil on canvas, California Collector
© VG Bild-Kunst, Bonn 1994
Satz: Fotosatz Reinhard Amann, Aichstetten
Druck und Bindung: Clausen & Bosse, Leck
Printed in Germany
ISBN 3-596-12409-3

Gedruckt auf chlor- und säurefreiem Papier

ERSTER TEIL. Das Gesicht 7

ZWEITER TEIL. Die Unsterblichkeit 61

DRITTER TEIL. Der Kampf 111
Die Schwestern. Die schwarze Brille.
Der Körper. Addieren und Subtrahieren.
Die ältere Frau und der jüngere Mann. Das elfte Gebot.
Die Imagologie. Der geistreiche Verbündete seiner
eigenen Totengräber. Der totale Esel. Die Katze.
Die Protestgeste gegen die Verletzung der Menschenrechte.
Absolut modern sein. Opfer seines Ruhms sein.
Der Kampf. Professor Avenarius. Der Körper.
Die Geste der Sehnsucht nach Unsterblichkeit.
Die Vieldeutigkeit. Die Wahrsagerin. Der Selbstmord.
Die schwarze Brille.

VIERTER TEIL. Der Homo sentimentalis 231

FÜNFTER TEIL. Der Zufall 267

SECHSTER TEIL. Das Zifferblatt 327

SIEBTER TEIL. Die Feier 397

ERSTER TEIL

Das Gesicht

1.

Die Frau mochte sechzig, fünfundsechzig Jahre alt sein. In einem Fitneß-Club im obersten Stock eines modernen Gebäudes, durch dessen breite Fenster man ganz Paris sehen konnte, beobachtete ich sie von einem Liegestuhl gegenüber dem Schwimmbecken aus. Ich wartete auf Professor Avenarius, den ich hier gelegentlich traf, um mit ihm zu plaudern. Doch der Professor kam nicht, und ich betrachtete die Dame; sie stand, bis zur Taille im Wasser, allein im Schwimmbecken und schaute zu dem jungen Bademeister in Shorts hinauf, der ihr das Schwimmen beibrachte. Er erteilte ihr Befehle: sie mußte sich mit beiden Händen am Beckenrand festhalten und tief ein- und ausatmen. Sie tat dies ernst und eifrig, und es war, als sei aus der Tiefe des Wassers eine alte Dampflokomotive zu hören (dieses idyllische, heute vergessene Geräusch, das sich für diejenigen, die eine Dampflokomotive nicht mehr kennen, nicht anders beschreiben läßt als das Schnaufen einer älteren Dame, die am Rand eines Schwimmbeckens laut ein- und ausatmet). Ich sah sie fasziniert an. Sie fesselte mich durch ihre rührende Komik (der Bademeister war sich dieser Komik ebenfalls bewußt, denn seine Mundwinkel zuckten immer wieder), bis mich ein Bekannter ansprach und meine Aufmerksamkeit ablenkte. Als ich die Frau nach einer Weile wieder beobachten wollte, war die Lektion beendet, die Frau ging am Becken entlang und am Bademeister vorbei hinaus, und als sie vier oder fünf Schritte von ihm entfernt war, drehte sie nochmals den

Kopf, lächelte und winkte ihm zu. In diesem Augenblick krampfte sich mir das Herz zusammen. Dieses Lächeln, diese Geste gehörten zu einer zwanzigjährigen Frau! Ihre Hand schwang sich mit bezaubernder Leichtigkeit in die Höhe. Es war, als würfe sie ihrem Geliebten einen bunten Ball zu. Das Lächeln und die Geste waren, im Gegensatz zu Gesicht und Körper, voller eleganter Anmut. Es war die Anmut einer Geste, die in die fehlende Anmut des Körpers getaucht war. Die Frau mußte wissen, daß sie nicht mehr schön war, hatte es aber offenbar in diesem Augenblick vergessen. Mit einem bestimmten Teil unseres Wesens leben wir außerhalb der Zeit. Vielleicht wird uns unser Alter überhaupt nur in außergewöhnlichen Momenten bewußt, und wir leben die meiste Zeit alterslos. Jedenfalls wußte sie in dem Moment, als sie sich umdrehte, lächelte und dem jungen Bademeister zuwinkte (der sich nicht mehr zurückhielt und herausprustete), nichts von ihrem Alter. Eine von der Zeit unabhängige Essenz ihrer Anmut hatte sich für einen Augenblick in einer Geste offenbart und mich geblendet. Ich war auf merkwürdige Weise gerührt. Und vor mir tauchte das Wort Agnes auf. Ich habe nie eine Frau mit diesem Namen gekannt.

2.

In wohligem Halbschlaf liege ich im Bett. Schon um sechs Uhr greife ich im ersten leichten Erwachen nach dem kleinen Transistorradio, das neben meinem Kopfkissen steht, und schalte es ein. Es werden gerade Nachrichten gesendet, ich bin noch nicht in der Lage, die einzelnen Worte zu unterscheiden und schlummere wieder ein, so daß sich die Sätze der Sprecher in Träume verwandeln. Das ist die schönste Phase des Schlafs und der herrlichste Moment des Tages: dank des Radios genieße ich mein wiederholtes Einschlummern und Aufwachen, diese wunderbare Schaukel zwischen Wachsein und Schlaf, die für sich schon ausreicht, um die Geburt in diese Welt nicht zu bedauern. Träume ich es nur, oder bin ich tatsächlich in der Oper und sehe zwei Sänger in Ritterkostümen, die die Wettervorhersage singen? Warum singen sie nicht von der Liebe? Und dann wird mir bewußt, daß es Sprecher sind, die jetzt nicht mehr singen, sondern einander scherzend ins Wort fallen: »Der Tag wird heiß und schwül sein, mit Gewittern«, sagt der erste, und der zweite unterbricht kokett: »Wirklich?« Die erste Stimme antwortet ebenso kokett: »Mais si. Tut mir leid, Bernard. So ist es, und wir werden es ertragen müssen.« Bernard lacht laut und sagt: »Das ist die Strafe für unsere Sünden.« Und die erste Stimme: »Warum, lieber Bernard, sollte ich für deine Sünden büßen?« In diesem Moment lacht Bernard noch lauter, um den Zuhörern zu verstehen zu geben, um welche Art von Sünde es sich handelt, und ich verstehe ihn: es gibt eine einzige tiefe Sehnsucht in unserem Leben: Die ganze Welt soll uns für große Sünder halten! Mögen unsere Laster mit Platzregen, Stürmen und Orkanen verglichen werden! Wenn der Franzose heute den Regenschirm über seinem Kopf aufspannt, muß er sich an Bernards zweideutiges Lachen erinnern und ihn beneiden. Ich drehe weiter zum nächsten Sender in der Hoffnung, interessantere Vorstellungen für das sich nähernde Einschlafen herbeizurufen. Doch auch dort kündigt eine Frauenstimme an, daß der Tag heiß und schwül sein wird, mit Gewittern, und ich bin froh, daß wir in Frankreich so viele Radiosender haben und man auf allen Wellenlängen zur gleichen Zeit immer gleich über das gleiche redet. Eine harmonische Verbindung von Uniformität und Freiheit, was könnte die Menschheit sich Besseres wünschen? Und so drehe ich den Knopf wieder dorthin zurück, wo Bernard eben gerade seine Sünden präsentiert hat, doch statt Bernard höre ich eine andere Stimme etwas über den neuen Typ der Marke Renault singen, ich drehe weiter, und ein Frauenchor preist einen Ausverkauf von Pelzmänteln, ich kehre zu Bernard zurück, vernehme noch die letzten beiden Takte der Hymne auf den Renault, und gleich darauf spricht wieder Bernard selbst. Mit singender, die eben ausgeblendete Melodie nachahmender Stimme verkündet er, daß eine neue Biographie über Ernest Hemingway erschienen sei, die einhundertsiebenundzwanzigste, die diesmal aber wahrlich sehr bedeutend sei, da aus ihr hervorgehe, daß Hemingway sein Leben lang kein wahres Wort gesagt habe. Er habe die Zahl der Verletzungen aus dem Ersten Weltkrieg übertrieben und vorgegeben, ein großer Verführer zu sein, obwohl er im August 1944 und nochmals ab Juli 1959 nachweislich absolut impotent gewesen sei. »Ach tatsächlich?« lacht die zweite Stimme, und Bernard antwortet kokett: »Mais si…«, und wieder sind wir alle auf einer Opernbühne, sogar der impotente Hemingway ist dabei, und eine sehr ernste Stimme erzählt plötzlich von einem Gerichtsprozeß, über den sich in den vergangenen Wochen ganz Frankreich aufgeregt hat: im Laufe einer völlig harmlosen Operation starb eine Patientin infolge einer falsch durchgeführten Narkose. In diesem Zusammenhang machte eine Organisation, die ihren Zweck darin sieht, jene zu schützen, die sie ›Verbraucher‹ nennt, den Vorschlag, in Zukunft alle Operationen zu filmen und zu archivieren. Nur so, behauptet diese ›Verbraucherschutz-Organisation‹, sei es möglich, einem auf dem Operationstisch gestorbenen Franzosen zu garantieren, daß ihn ein Gericht gebührend rächen werde. Dann schlafe ich wieder ein.

Als ich aufwache, ist es schon fast halb neun, und ich stelle mir Agnes vor. Sie liegt wie ich in einem breiten Bett. Die rechte Seite ist leer. Wer mag ihr Mann sein? Offensichtlich jemand, der am Samstagmorgen früh aus dem Haus geht. Darum ist sie allein und kann wohlig zwischen Erwachen und Träumen hin und her schaukeln.

Dann steht sie auf. Ihr gegenüber steht der Fernseher wie ein Storch auf einem langen Bein. Sie wirft ihr Nachthemd darüber, das den Bildschirm verdeckt wie ein weißer, plissierter Vorhang. Jetzt steht sie direkt vor dem Bett, und ich sehe sie zum ersten Mal nackt, Agnes, die Heldin meines Romans. Ich kann die Augen nicht von dieser schönen Frau abwenden, und sie, sie geht, als spüre sie meinen Blick, ins Nebenzimmer, um sich anzuziehen.

Wer ist Agnes?

Wie Eva aus einer Rippe Adams stammt und Venus aus dem Schaum des Meeres geboren wurde, so ist Agnes aus der Geste jener sechzigjährigen Dame entstanden, die dem Bademeister am Schwimmbecken zugewunken hat und deren Züge in meiner Erinnerung bereits verblassen. Diese Geste rief damals in mir eine grenzenlose, unverständliche Wehmut wach, und aus dieser Wehmut wurde die Frauenfigur geboren, die ich Agnes nenne.

Ist aber der Mensch, und eine Romanfigur vielleicht noch mehr, nicht als einzigartiges, unwiederholbares Wesen definiert? Wie ist es also möglich, daß eine Geste, die ich an einem Menschen A gesehen habe, die mit ihm verbunden war, ihn charakterisierte und seinen persönlichen Charme ausmachte, zugleich zum Wesen eines Menschen B und meiner Träume von ihm wird? Das ist eine Überlegung wert:

Wenn von dem Moment an, da der erste Mensch auf der Erdkugel erschienen ist, ungefähr achtzig Milliarden Menschen über die Erde gegangen sind, ist es wenig wahrscheinlich, daß jeder einzelne über ein eigenes Repertoire an Gesten verfügt. Das ist arithmetisch unmöglich. Zweifellos gibt es auf der Welt viel weniger Gesten als Individuen. Diese Feststellung führt uns zu einem schockierenden Schluß: die Geste ist individueller als ein Individuum. Man könnte dies auch auf die Formel bringen: viele Menschen, wenige Gesten.

Als ich eingangs von der Dame am Schwimmbecken sprach, habe ich gesagt, daß sich »eine von der Zeit unabhängige Essenz ihrer Anmut einen Augenblick lang in dieser Geste offenbart und mich geblendet« hat. Ja, so hatte ich es in jenem Moment gesehen, aber ich habe mich geirrt. Jene Geste hatte nicht eine Essenz der Dame enthüllt, man könnte eher sagen, die Dame habe mich die Anmut einer menschlichen Geste erkennen lassen. Denn eine Geste läßt sich weder als Ausdruck des Individuums noch als dessen Schöpfung betrachten (kein Mensch kann eine vollkommen originelle und nur zu ihm gehörende Geste kreieren), ja nicht einmal als dessen Instrument; im Gegenteil: es sind die Gesten, die uns als ihre Instrumente, ihre Träger, ihre Verkörperungen benutzen.

Agnes war angekleidet und ging in die Diele, hielt dort einen Augenblick inne und lauschte. Aus dem Nebenzimmer waren undeutlich Geräusche zu hören, aus denen sie schloß, daß ihre Tochter gerade aufgestanden war. Als wollte sie eine Begegnung mit ihr vermeiden, beschleunigte sie ihre Schritte und ging hinaus ins Treppenhaus. Sie betrat den Aufzug und drückte auf den Knopf, der das Erdgeschoß bezeichnete. Statt sich in Bewegung zu setzen, begann der Aufzug zu zukken wie jemand, der vom Veitstanz befallen ist. Es war nicht das erste Mal, daß er sie mit seinen Launen überraschte. Einmal fuhr er hinauf, wenn sie hinunterfahren wollte, ein andermal weigerte er sich, die Tür zu öffnen und hielt sie eine halbe Stunde lang gefangen. Sie hatte das Gefühl, als wollte er etwas mit ihr besprechen, ihr mit den primitiven Mitteln eines stummen Tieres etwas mitteilen. Sie hatte sich bereits mehrmals bei der Concierge beschwert, da er sich aber den anderen Mietern gegenüber korrekt und normal verhielt, erklärte die Concierge Agnes' Kampf mit dem Aufzug zu deren Privatsache und widmete ihr keine weitere Aufmerksamkeit. Diesmal blieb Agnes nichts anderes übrig, als zu Fuß nach unten zu gehen. Kaum hatte sie die Tür des Aufzugs geschlossen, kam er zur Ruhe und fuhr hinter ihr her.

Samstag war für Agnes der anstrengendste Tag der Woche. Paul, ihr Mann, ging noch vor sieben aus dem Haus und aß dann mit einem seiner Freunde zu Mittag, während sie den freien Tag nutzte, um sich Tausender von Pflichten zu entledigen, die viel unangenehmer waren als die Büroarbeit unter der Woche: sie ging zur Post, um sich dort eine halbe Stunde lang in der Schlange die Füße zu vertreten, kaufte im Supermarkt ein, wo sie sich mit einer Verkäuferin stritt und ihre Zeit mit Warten vor der Kasse vergeudete, sie rief den Installateur an und bat ihn inständig, genau zur vereinbarten Zeit zu kommen, damit sie seinetwegen nicht einen ganzen Tag zu Hause bleiben mußte. Zwischendurch versuchte sie, wenigstens kurz in die Sauna zu gehen, wohin sie während der Woche nie kam; und das Ende des Nachmittags verbrachte sie mit Staubsauger und Staubtuch, denn die Putzfrau, die freitags kam, arbeitete immer schlampiger.

Dieser Samstag jedoch unterschied sich von anderen Samstagen: es waren genau fünf Jahre her, daß ihr Vater gestorben war. Vor ihren Augen tauchte eine Szene auf: der Vater sitzt über einem Häufchen zerrissener Fotografien, und Agnes' Schwester schreit ihn an: »Wie kommst du dazu, Mamas Fotos zu zerreißen!« Agnes verteidigt den Vater, und die beiden Schwestern streiten sich in einem plötzlichen Anflug von Haß.

Sie setzte sich ins Auto, das vor dem Haus geparkt war.

3.

Ein Aufzug brachte sie in den obersten Stock eines modernen Gebäudes, in dem, mit Aussicht auf Paris, ein Fitneß-Club mit Gymnastikraum, einem großen Schwimmbecken, einem Bassin für Unterwasser-Massagen, einer Sauna und einem türkischen Dampfbad untergebracht war. In der Garderobe dröhnte Rockmusik aus den Lautsprechern. Vor zehn Jahren, als sie zum ersten Mal hierher gekommen war, hatte der Fitneß-Club nur wenige Mitglieder und es herrschte Ruhe. Dann wurde umgebaut, von Jahr zu Jahr mehr modernisiert: immer mehr Glas und Leuchtkörper, immer mehr künstliche Blumen und Kakteen, immer mehr Lautsprecher, immer mehr Musik und auch immer mehr Kunden, die sich dazu noch verdoppelten, seit es die riesigen Spiegel gab, mit denen die Verwaltung eines Tages alle Wände des Gymnastikraums hatte verkleiden lassen.

Sie ging im Umkleideraum zu ihrem Schrank und begann sich auszuziehen. In nächster Nähe unterhielten sich zwei Frauen miteinander. Die eine beschwerte sich mit ruhiger, bedächtiger Altstimme darüber, daß ihr Mann alles auf dem

Boden herumliegen lasse: Bücher, Socken, Zeitungen und sogar Streichhölzer und Pfeife. Die andere, ein Sopran, sprach doppelt so schnell; die französische Gewohnheit, die letzte Silbe des Satzes eine Oktave höher auszusprechen, ließ ihre Intonation dem entrüsteten Gegacker eines Huhns ähneln: »Du enttäuschst mich! Das ärgert mich! Du enttäuschst mich! Das mußt du ihm klarmachen! Das darf er sich nicht erlauben! Das ist dein Haushalt! Das mußt du ihm klarmachen! Der kann nicht einfach machen, was er will!« Und als würde sie leiden unter der Diskrepanz zwischen der Freundin, deren Autorität sie anerkannte, und dem Mann, den sie liebte, erklärte die andere melancholisch: »Er ist nun mal so. Er hat schon immer alles auf den Boden geworfen.« Darauf die andere: »Dann soll er damit gefälligst aufhören! Das ist dein Haushalt! Das darf er sich nicht erlauben! Das mußt du ihm klarmachen!«

Agnes beteiligte sich nicht an solchen Unterhaltungen; sie sprach nie schlecht über Paul, obwohl sie wußte, daß andere Frauen darüber manchmal befremdet waren. Sie drehte sich nach der hohen Stimme um: es war ein sehr junges Mädchen mit blondem Haar und engelhaftem Gesicht.

»Nein, nein! Du mußt wissen, daß du im Recht bist! So kann man sich einfach nicht benehmen!« fuhr der Engel fort, und Agnes bemerkte, daß die Frau bei diesen Worten den Kopf mit raschen Bewegungen von links nach rechts und wieder von rechts nach links warf und gleichzeitig Schultern und Augenbrauen in die Höhe zog, als wollte sie verärgert ihrer Verwunderung Ausdruck verleihen, daß jemand sich weigerte, die Menschenrechte ihrer Freundin anzuerkennen. Agnes kannte diese Geste: genauso schüttelte ihre Tochter Brigitte den Kopf und zog dabei Augenbrauen und Schultern in die Höhe.

Sie schloß den Schrank ab und ging durch die Schwingtür in eine gefliese Halle, wo auf der einen Seite die Duschen waren und auf der anderen eine Glastür zur Sauna führte. Dort saßen mehrere Frauen auf Holzbänken dicht nebeneinander. Einige waren in sonderbare Anzüge aus Plastik gepackt, die um ihren Körper herum (oder um bestimmte Körperteile, meist Bauch und Hintern) eine luftdichte Hülle bildeten, was sie noch mehr schwitzen ließ und sie glauben machte, schneller abzunehmen.

Sie kletterte auf die oberste Bank, wo noch Platz war, lehnte sich an die Wand und schloß die Augen. Zwar drang der Lärm der Musik nicht bis hierher, doch das Gerede der Frauen, die alle durcheinandersprachen, war nicht weniger laut. Eine ihr unbekannte junge Frau betrat die Sauna und begann schon auf der Schwelle, alles zu organisieren: sie zwang die Frauen, näher zusammenzurücken, um einen Platz beim Ofen zu bekommen, dann beugte sie sich zum Krug hinunter und goß Wasser auf den Ofen. Zischend stieg heißer Dampf auf, und die Frau, die neben Agnes saß, schnitt vor Schmerz eine Grimasse und bedeckte mit den Händen das Gesicht. Die Unbekannte registrierte dies und verkündete »Ich mag heißen Dampf; dann spüre ich wenigstens, daß ich in der Sauna bin«. Sie drückte sich zwischen zwei nackte Leiber und fing sofort an, über eine Fernsehdiskussion vom Tag zuvor zu reden, zu der ein berühmter Biologe eingeladen war, der gerade seine Memoiren veröffentlicht hatte. »Er war phantastisch«, sagte sie.

Eine andere Frau fügte beipflichtend hinzu: »O ja! Und so bescheiden!«

Die Unbekannte sagte: »Bescheiden? Haben Sie nicht bemerkt, daß dieser Mensch ungemein stolz ist? Aber mir gefällt dieser Stolz! Ich verehre stolze Menschen!« Und sie wandte sich an Agnes: »Ist er Ihnen auch stolz vorgekommen?«

Agnes sagte, sie habe die Sendung nicht gesehen, und als sähe die Unbekannte darin eine unausgesprochene Meinungsverschiedenheit, wiederholte sie sehr laut, während sie Agnes in die Augen schaute: »Ich verachte Bescheidenheit! Bescheidenheit ist Heuchelei!«

Agnes zuckte mit den Schultern, und die Unbekannte fuhr fort: »In der Sauna muß ich die Hitze richtig spüren. Ich muß anständig schwitzen. Aber dann muß ich unter die kalte Dusche. Kalt duschen, das finde ich göttlich! Ich verstehe die Leute nicht, die sich nach der Sauna unter eine warme Dusche stellen! Übrigens dusche ich morgens auch zu Hause nur kalt. Warme Duschen finde ich ekelhaft.«

Bald konnte die Frau kaum mehr atmen, und nachdem sie nochmals wiederholt hatte, wie sehr sie Bescheidenheit haßte, stand sie auf und ging.

Auf einem der Spaziergänge, die Agnes als Kind mit ihrem Vater gemacht hatte, hatte sie ihn einmal gefragt, ob er an Gott glaube. Der Vater hatte geantwortet: »Ich glaube an den Computer des Schöpfers.« Diese Antwort war so merkwürdig, daß sie dem Kind in Erinnerung blieb. Merkwürdig war nicht nur das Wort Computer, sondern auch das Wort Schöpfer: der Vater sagte nie Gott, sondern immer Schöpfer, als wollte er die Bedeutung Gottes einzig und allein auf die Leistung eines Ingenieurs reduzieren. Der Computer des Schöpfers: wie aber kann sich der Mensch mit einem Computer verständigen? Agnes fragte den Vater also, ob er bete. Er sagte: »Da könnte man ja genauso zu Edison beten, wenn eine Glühbirne zu brennen aufgehört hat.«

Agnes sagte sich: Der Schöpfer hat eine Diskette mit

einem detaillierten Programm in den Computer gelegt und ist weggegangen.

Daß Gott die Welt schuf und sie dann den verlassenen Menschen überließ, die in eine Leere ohne Echo sprechen, wenn sie sich an ihn wenden, dieser Gedanke ist nicht neu. Es ist aber nicht das gleiche, ob wir vom Gott unserer Vorfahren verlassen worden sind, oder vom Gott, der den kosmischen Computer erfunden hat. An Stelle des letzteren steht nämlich ein Programm, das sich in dessen Abwesenheit unaufhaltsam erfüllt, ohne daß irgend jemand auch nur das Geringste daran ändern könnte. Den Computer programmieren: das bedeutet nicht, daß die Zukunft von vornherein im Detail geplant ist, daß ›dort oben‹ alles geschrieben steht. Im Programm war zum Beispiel nicht enthalten, daß im Jahre 1815 die Schlacht bei Waterloo stattfinden und die Franzosen sie verlieren würden, sondern lediglich, daß der Mensch von Natur aus aggressiv ist, daß der Krieg ihm bestimmt ist und der technische Fortschritt diesen Krieg immer schrecklicher werden läßt. Alles andere hat vom Standpunkt des Schöpfers aus keine Bedeutung und ist bloß ein Spiel von Variationen und Permutationen eines allgemeinen Programms, das nicht prophetische Vorwegnahme der Zukunft ist, sondern nur eben die Möglichkeiten eingrenzt, innerhalb derer alle Macht dem Zufall überlassen bleibt.

So war es auch mit dem Projekt Mensch. Im Computer waren keine Agnes und kein Paul programmiert, sondern nur ein ›Mensch‹ genannter Prototyp, nach dessen Muster zahllose Exemplare entstanden sind, Ableitungen des ursprünglichen Modells, die kein individuelles Wesen haben. Ebensowenig wie ein einzelner Wagen der Marke Renault eines hat. Sein Wesen liegt außerhalb seiner selbst, im Archiv des Hauptkonstruktionsbüros. Die einzelnen Wagen unterscheiden sich nur durch die Herstellungsnummer. Die Herstellungsnummer des menschlichen Exemplars ist das Gesicht, eine zufällige, unwiederholbare Zusammenstellung von Gesichtszügen. Darin spiegelt sich weder der Charakter, noch die Seele, noch das, was wir das Ich nennen. Das Gesicht ist nur die Nummer des Exemplars.

Agnes dachte an die Unbekannte, die vor einer Weile verkündet hatte, sie hasse warme Duschen. Sie war gekommen, um alle anwesenden Frauen davon in Kenntnis zu setzen, daß sie 1) Hitze in der Sauna mochte, 2) Stolz verehrte, 3) Bescheidenheit verachtete, 4) kalte Duschen liebte, 5) warme Duschen haßte. Mit diesen fünf Strichen hatte sie ihr Selbstportrait gezeichnet, durch diese fünf Punkte hatte sie ihr Ich definiert und es allen dargeboten. Und sie hatte es nicht bescheiden getan (sie hatte ja gesagt, daß sie Bescheidenheit nicht ertrage!), sondern militant. Sie hatte leidenschaftliche Wörter verwendet, ich verehre, ich verachte, ich finde es ekelhaft, als wollte sie hervorheben, daß sie bereit wäre, für jeden einzelnen dieser fünf Striche des Portraits, für jeden einzelnen dieser fünf Punkte der Definition in den Kampf zu ziehen.

Weshalb diese Leidenschaft, fragte sich Agnes, und es fiel ihr ein: Als wir so auf die Welt gespuckt wurden, wie wir sind, mußten wir uns zunächst einmal mit diesem Würfelwurf, mit diesem von einem göttlichen Computer organisierten Zufall identifizieren, das heißt: die Verwunderung darüber verlieren, daß ausgerechnet *das* (das, was wir im Spiegel gegenüber sehen) unser Ich ist. Ohne den Glauben, daß unser Gesicht unser Ich ausdrückt, ohne diese grundlegende Illusion, diese Urillusion, könnten wir nicht leben oder das Leben zumindest nicht ernst nehmen. Und es genügt nicht, daß wir uns mit uns selbst identifizieren, wir müssen uns *leidenschaftlich* identifizieren, auf Leben und Tod. Denn nur so sind wir in unseren Augen nicht bloß eine der Varianten des Prototyps Mensch, sondern ein Wesen mit eigener, unverwechselbarer Substanz. Das ist der Grund, weshalb die unbekannte junge Frau nicht nur das Bedürfnis hatte, ihr Portrait zu zeichnen, sondern zugleich allen zu verstehen gab, daß es etwas ganz Einzigartiges und Unersetzliches enthielt, wofür es sich lohnte zu kämpfen, ja sogar das Leben hinzugeben.

Nachdem Agnes eine Viertelstunde in der Saunahitze gesessen hatte, stand sie auf und stieg in das Becken mit dem eiskalten Wasser. Danach legte sie sich in den Ruheraum, zwischen andere Frauen, die auch hier nicht zu reden aufhörten.

Es ging ihr die Frage durch den Kopf, wie der Computer das Sein nach dem Tod programmiert haben mochte.

Es gibt zwei Möglichkeiten. Wenn dem Computer des Schöpfers als einziges Wirkungsfeld nur unser Planet zur Verfügung steht und wir ausschließlich von ihm abhängig sind, kann man nach dem Tod nur mit einer Permutation dessen rechnen, was schon zu Lebzeiten da war; wir werden wieder ähnlichen Landschaften und ähnlichen Wesen begegnen. Werden wir allein oder in der Masse sein? Ach, es ist wenig wahrscheinlich, daß wir allein sein werden, schon im Leben war das Alleinsein selten genug, wie soll es erst nach dem Tod sein! Es gibt so viel mehr Tote als Lebende! Bestenfalls wird das Sein nach dem Tod dem Augenblick ähneln, den Agnes jetzt im Ruheraum auf der Liege verbringt: von überall her wird unaufhörliches Geschnatter von Frauenstimmen zu hören sein. Die Ewigkeit als endloses Geschnatter: ehrlich gesagt kann man sich Schlimmeres vorstellen, doch allein schon der Gedanke, Frauenstimmen hören zu müssen, immerfort, ohne Unterbrechung, in alle Ewigkeit, ist für Agnes Grund genug, wie wild am Leben zu hängen und alles zu tun, um so spät wie möglich zu sterben.

Es gibt allerdings auch noch die zweite Möglichkeit: Neben dem Computer unseres Planeten gibt es noch andere Computer, die ihm übergeordnet sind. In diesem Fall brauchte das Sein nach dem Tod nicht dem zu gleichen, was wir schon erlebt haben, und der Mensch könnte mit dem Gefühl einer vagen, aber berechtigten Hoffnung sterben. Und Agnes stellt sich eine Szene vor, an die sie in letzter Zeit häufig denkt: ein Unbekannter kommt sie und ihren Mann besuchen. Sympathisch und freundlich sitzt er dem Ehepaar gegenüber und unterhält sich mit ihnen. Unter dem Zauber der seltsamen Liebenswürdigkeit, die der Besucher ausstrahlt, ist Paul gutgelaunt, gesprächig und vertrauensvoll und holt schließlich ein Album mit Familienfotos. Der Gast blättert es durch, und es stellt sich heraus, daß er einige Fotos nicht versteht. Auf einem zum Beispiel stehen Agnes und Brigitte unter dem Eiffelturm, und der Gast fragt: »Was ist das?«

»Das ist doch Agnes!« antwortet Paul. »Und das ist unsere Tochter Brigitte!«

»Das weiß ich«, sagt der Gast. »Ich frage nach dieser Konstruktion.«

Paul sieht ihn verwundert an: »Das ist der Eiffelturm!«

»Ah bon«, wundert sich der Gast: »Das also ist dieser berühmte Eiffelturm«, und er sagt es in demselben Ton, als hätten Sie ihm ein Portrait Ihres Großvaters gezeigt und er hätte gesagt: »Das also ist Ihr Großvater, von dem ich so viel gehört habe. Es freut mich, endlich ein Foto von ihm zu sehen.«

· Paul ist verwundert, Agnes eher gelassen. Sie weiß, wer

dieser Mann ist. Sie weiß, weshalb er gekommen ist und was er sie fragen wird. Nur deshalb ist sie etwas nervös, denn sie möchte mit ihm allein sein, ohne Paul, und sie weiß nicht, wie sie das anstellen soll.

4.

Der Vater war vor fünf Jahren gestorben. Die Mutter vor sechs. Der Vater war schon vor ihrem Tod krank gewesen, und alle hatten seinen Tod erwartet. Die Mutter hingegen war immer gesund und voller Elan, und alles sah ganz danach aus, daß sie als glückliche Witwe noch lange leben würde; deshalb war der Vater fast verlegen, als unerwartet sie und nicht er starb. Als ob er fürchtete, daß ihm dies jemand zum Vorwurf machen könnte. Jemand, das bedeutete: die Familie der Mutter. Seine eigenen Verwandten waren über die ganze Welt verstreut, und abgesehen von einer entfernten Cousine, die in Deutschland lebte, hatte Agnes nie jemanden kennengelernt. Dafür lebte die ganze Familie der Mutter in derselben Stadt: Schwestern, Brüder, Cousins, Cousinen und zahlreiche Nichten und Neffen. Der Vater der Mutter, ein Bergbauer aus einem Holz-Chalet, hatte es fertiggebracht, sich für seine Kinder aufzuopfern; er hatte es allen ermöglicht, zu studieren und Ehen mit gutsituierten Partnern einzugehen.

Am Anfang ihrer Bekanntschaft war die Mutter sicher verliebt in den Vater gewesen, er war ein gutaussehender Mann und schon mit dreißig Universitätsprofessor, was damals noch ein ehrwürdiger Beruf war. Sie hatte sich nicht nur darüber gefreut, einen beneidenswerten Mann zu haben, noch mehr freute sie sich, ihn ihrer Familie zuführen zu dürfen, der sie in der alten Tradition dörflicher Solidarität verbunden war. Da der Vater nicht leutselig war und in Gesellschaft meist schwieg (niemand wußte, ob aus Schüchternheit oder weil seine Gedanken anderswo waren, ob sein Schweigen also Bescheidenheit oder Interesselosigkeit verriet), waren alle über dieses Geschenk eher verlegen als glücklich.

Je mehr das Leben fortschritt und je älter die beiden wurden, desto mehr suchte die Mutter Anschluß an ihre Familie, und dies schon allein deshalb, weil der Vater sich ständig in sein Arbeitszimmer verkroch, während sie ein verzweifeltes Bedürfnis hatte zu reden; sie verbrachte lange Stunden am Telefon, rief Schwestern, Brüder, Cousinen und Nichten an und nahm immer mehr Anteil an deren Sorgen. Wenn Agnes jetzt daran denkt, kommt ihr das Leben ihrer Mutter wie ein Kreis vor: die Mutter war aus ihrem Milieu herausgetreten, hatte sich mutig in eine ganz andere Welt begeben und war dann wieder zurückgekehrt; sie hatte mit ihrem Mann und den beiden Töchtern in einer Villa mit Garten gewohnt und ein paarmal im Jahr (zu Weihnachten, zu Geburtstagen) alle Verwandten zu einem großen Familienfest eingeladen, und sie hatte sich vorgestellt, daß nach dem Tod ihres Mannes (der sich schon so lange ankündigte, daß alle den Vater liebevoll ansahen wie jemanden, dessen amtlich festgesetzte Aufenthaltszeit abgelaufen war) eine Schwester mit einer Nichte zu ihr ziehen würden.

Doch dann starb die Mutter, und der Vater blieb zurück. Als Agnes und ihre Schwester Laura ihn zwei Wochen nach dem Begräbnis besuchten, fanden sie ihn über einem Haufen zerrissener Fotografien am Tisch sitzen. Laura nahm ein paar Fetzen in die Hand und schrie: »Wie kommst du dazu, Mamas Fotos zu zerreißen!«

Auch Agnes beugte sich über diese Verwüstung: nein, es waren keineswegs ausschließlich Aufnahmen der Mutter, auf dem größten Teil war nur der Vater zu sehen, auf einigen wenigen zusammen mit der Mutter oder die Mutter ganz allein. Der von den Töchtern ertappte Vater schwieg und wollte nichts erklären. Agnes zischte der Schwester zu: »Schrei Papa nicht so an!«, doch Laura schrie weiter. Der Vater stand auf und ging ins Nebenzimmer, die beiden Schwestern stritten sich wie nie zuvor. Laura fuhr am nächsten Tag nach Paris zurück, Agnes blieb. Damals hatte der Vater ihr dann gesagt, daß er für sich eine kleine Wohnung im Stadtzentrum gefunden und beschlossen habe, die Villa zu verkaufen. Eine weitere Überraschung. Der Vater war allen als ungeschickter Mensch erschienen, der das Regiment über die praktischen Dinge des Lebens der Mutter überlassen hatte. Sie hatten gedacht, er könne ohne seine Frau nicht leben, und dies nicht nur, weil er selbst unpraktisch und ungeschickt war, sondern weil er nicht einmal wußte, was er wollte, da er ihr auch längst seinen Willen überlassen hatte. Als er aber einige Tage nach ihrem Tod umzuziehen beschloß, plötzlich und ohne den leisesten Zweifel, da begriff Agnes, daß er etwas in die Tat umsetzte, woran er schon lange gedacht hatte, und folglich ganz genau wußte, was er wollte. Dies war um so interessanter, als er ja nicht hatte ahnen können, daß er die Mutter überleben würde; er hatte also an diese kleine Wohnung in der Altstadt nicht wie an ein reales Projekt, sondern wie an einen Traum gedacht. Er hatte mit der Mutter in der gemeinsamen Villa gewohnt, war mit ihr durch den Garten spaziert, hatte ihre Schwestern und Cousinen empfangen und getan, als hörte er ihnen zu, in seiner Phantasie jedoch hatte er allein in einer Junggesellenwohnung gelebt; nach dem Tod der Mutter zog er dorthin, wo er in seiner Vorstellung schon lange lebte.

Damals war er Agnes zum ersten Mal geheimnisvoll vorgekommen. Weshalb hatte er die Fotografien zerrissen? Und weshalb hatte er schon so lange von einer Junggesellenwohnung geträumt? Und weshalb konnte er den Wunsch der Mutter nicht erfüllen, die Schwester mit der Nichte in die Villa ziehen zu lassen? Es wäre viel praktischer gewesen: sie hätten sich während seiner Krankheit bestimmt besser um ihn gekümmert als irgendeine bezahlte Pflegerin, die er nun eines Tages würde anstellen müssen. Als Agnes ihn nach den Gründen seines Umzugs fragte, erhielt sie eine sehr einfache Antwort: »Was soll ein Mensch denn allein in einem so großen Haus machen?« Man konnte ihm unmöglich vorschlagen, diese Schwester der Mutter und deren Tochter zu sich zu nehmen, denn es war allzu offensichtlich, daß er das nicht wollte. Da fiel ihr auf, daß auch der Vater in einem Kreis dorthin zurückkehrte, von wo er gekommen war. Die Mutter: von der Familie über die Ehe zurück in die Familie. Er: von der Einsamkeit über die Ehe zurück in die Einsamkeit.

Zum ersten Mal ernsthaft erkrankt war er einige Jahre vor Mutters Tod. Agnes hatte damals vierzehn Tage Urlaub genommen, um sich ganz ihm zuwenden zu können. Das gelang ihr jedoch nicht, denn die Mutter ließ die beiden keinen Augenblick allein. Eines Tages kamen zwei Kollegen von der Universität. Sie stellten ihm viele Fragen, doch an seiner Stelle antwortete stets die Mutter. Agnes konnte sich nicht beherrschen: »Ich bitte dich, laß doch Papa reden!« Die Mutter war beleidigt: »Siehst du denn nicht, daß er krank ist?« Als sich sein Zustand gegen Ende der zwei Wochen ein wenig besserte, ging Agnes zweimal mit ihm allein spazieren. Beim dritten Spaziergang war schon wieder die Mutter dabei.

Ein Jahr nach dem Tod der Mutter verschlimmerte sich die

Krankheit des Vaters jäh. Agnes fuhr zu ihm und blieb drei Tage, er starb am Morgen des vierten. Erst während dieser drei Tage konnte sie so mit ihm zusammen sein, wie sie es sich immer gewünscht hatte. Sie war sich sicher, daß sie einander geliebt hatten, sich aber nie hatten richtig kennenlernen können, weil sie viel zu selten Gelegenheit gehabt hatten, allein zu sein. Am ehesten noch zwischen Agnes' achtem und zwölftem Lebensjahr, als die Mutter sich der kleinen Laura widmen mußte. Sie machten damals oft ausgedehnte Spaziergänge ins Grüne, und er beantwortete ihre unzähligen Fragen. Damals erzählte er ihr vom göttlichen Computer und von vielem anderen. Von diesen Gesprächen waren ihr nur einzelne Aussprüche geblieben, die sie, als sie erwachsen war, wie Scherben kostbarer Teller wieder zusammenzufügen versuchte.

Sein Tod setzte der wohltuenden dreitägigen Einsamkeit zu zweit ein Ende. Am Begräbnis nahm die ganze Verwandtschaft der Mutter teil. Da aber die Mutter nicht mehr da war, kam niemand auf die Idee, ein Totenessen zu veranstalten, und alle verabschiedeten sich rasch. Übrigens sahen die Verwandten in der Tatsache, daß der Vater die Villa verkauft hatte und in eine Junggesellenwohnung gezogen war, eine gegen sie gerichtete Geste und dachten an nichts anderes, als daß die beiden Töchter nun reich sein würden, da die Villa mit Sicherheit für einen guten Preis verkauft worden war. Vom Notar erfuhren sie jedoch, daß der Vater alles, was auf der Bank lag, einer wissenschaftlichen Mathematiker-Gesellschaft vermacht hatte, zu deren Gründungsmitgliedern er gehört hatte. Dadurch wurde er für sie noch fremder als zu Lebzeiten. Als wollte er sie mit seinem Testament bitten, ihn freundlicherweise zu vergessen.

Kurz nach seinem Tod stellte Agnes fest, daß eine große

Summe auf ihr Konto überwiesen worden war. Sie begriff sofort. Dieser scheinbar so unpraktische Mensch hatte überaus scharfsinnig gehandelt. Schon vor zehn Jahren, als er zum ersten Mal in Lebensgefahr geschwebt hatte und sie für vierzehn Tage zu ihm gekommen war, hatte er sie angehalten, in der Schweiz ein Bankkonto zu eröffnen. Kurz vor seinem Tod überwies er ihr fast sein ganzes Geld, und das wenige, das übrigblieb, vermachte er der wissenschaftlichen Gesellschaft. Hätte er Agnes testamentarisch alles vermacht, hätte er seine zweite Tochter unnötigerweise verletzt; hätte er all sein Geld diskret auf ihr Konto überwiesen und keine symbolische Summe für wissenschaftliche Zwecke bestimmt, hätten alle neugierig danach geforscht, wo das Geld geblieben war.

Im ersten Augenblick sagte sie sich, sie müsse mit der Schwester teilen. Sie war acht Jahre älter und wurde Laura gegenüber das Gefühl nie los, für sie sorgend verantwortlich zu sein. Dann sagte sie ihr aber doch nichts davon. Nicht aus Geiz, sondern weil sie dadurch den Vater verraten hätte. Mit seinem Geschenk hatte er ihr offensichtlich etwas mitteilen, etwas andeuten, ihr einen Rat erteilen wollen, den er ihr zeit seines Lebens nicht hatte geben können und den sie von nun an hüten mußte wie ein Geheimnis, das nur sie beide etwas anging.

5.

Sie parkte das Auto, stieg aus und ging die breite Avenue hinunter. Sie war müde und hungrig, und da sie es trostlos fand, allein in ein Restaurant zu gehen, wollte sie im erstbesten Bistro nur rasch eine Kleinigkeit essen. Früher hatte

es in dem Quartier viele nette bretonische Restaurants gegeben, wo man gut und auch noch billig Crêpes und Galetten
essen und einen Cidre trinken konnte. Eines Tages jedoch
waren alle diese Lokale verschwunden, um modernen Spei-
sesälen mit dem trostlosen Namen *Fast Food Restaurant*
Platz zu machen. Sie überwand ihren Widerwillen und ging
auf eines zu. Durch die Glasscheibe sah sie an kleinen Tischchen Leute, die sich über bekleckerte Papierteller beugten.
Ihr Blick blieb an einem Mädchen mit blassem Teint und rot-
geschminkten Lippen hängen. Sie hatte ihr Mittagessen gerade beendet, schob den leeren Colabecher zur Seite, warf
den Kopf zurück, steckte den Zeigefinger tief in den Mund
und ließ ihn dort, während sie den Blick an die Decke hef-
tete, lange kreisen. Der Mann am Nebentisch lag fast auf seinem Stuhl, er hatte den Mund geöffnet und die Augen auf
die Straße gerichtet. Sein Gähnen hatte weder Anfang noch
Ende, es war ein Gähnen wie eine Melodie von Wagner, endlos: der Mund schloß sich von Zeit zu Zeit, nie aber ganz,
und öffnete sich dann immer wieder weit, während die auf
die Straße gerichteten Augen in einer gegenläufigen Bewegung zugekniffen und aufgesperrt wurden. Doch es gähnten
auch andere Gäste, sie entblößten dabei Zähne, Plomben,
Kronen und Prothesen, und niemand hielt sich die Hand vor
den Mund. Zwischen den Tischen trippelte ein Kind in
einem rosa Kleid herum, es hielt einen Teddybären an einem
Bein fest, und sein Mund stand ebenfalls offen, aber nicht,
weil es gähnte, sondern offensichtlich laut kreischte. Ab und
zu schlug es mit dem Teddybär auf einen der Gäste ein. Die
Tische standen eng nebeneinander, so daß man noch hinter
der Glasscheibe spürte, daß jeder dort mit dem Essen auch
den Schweißgeruch herunterschlucken mußte, den die
Hitze dieses Junitags auf die Haut des Nachbarn hatte treten

lassen. Eine Welle von Häßlichkeit, von visueller, geruchlicher und geschmacklicher Häßlichkeit (intensiv stellte sie sich den Geschmack eines fetttriefenden, mit süßlicher Limonade übergossenen Hamburgers vor) schlug ihr mit solcher Wucht ins Gesicht, daß sie sich abwandte, um ihren Hunger anderswo zu stillen.

Auf dem Trottoir kam sie nur mit Mühe vorwärts. Zwei lange Gestalten, blasse Skandinavier mit gelben Haaren, bahnten sich einen Weg durch die Menge vor ihr: ein Mann und eine Frau, die die Massen von Franzosen und Arabern um sie herum um zwei Köpfe überragten. Beide trugen auf dem Rücken einen rosaroten Rucksack und auf dem Bauch in einer besonderen Riementrage ein Baby. Sie verlor die beiden bald aus dem Blick und sah vor sich eine Frau, die eine breite, bis knapp übers Knie reichende Hose trug, wie es derzeit Mode war. In dieser Bekleidung schien ihr Hintern noch dicker und näher der Erde, als er es in Wirklichkeit war, und die nackten, blassen Waden glichen einem Bauernkrug, der mit einem waschblauen Krampfaderrelief verziert war, das aussah wie ein ineinander verflochtener Wurf junger Schlangen. Agnes sagte sich: Diese Frau hätte zwanzig verschiedene Kleidungsstücke finden können, die ihren Hintern weniger monströs gemacht und die blauen Adern verdeckt hätten. Warum tut sie es nicht? Nicht nur, daß die Leute sich nicht mehr bemühen, sich schön zu machen, wenn sie ausgehen, sie bemühen sich nicht einmal mehr, nicht häßlich zu sein!

Sie sagte sich: wenn die Attacken des Häßlichen eines Tages unerträglich werden, wird sie sich in einem Blumenladen ein Vergißmeinnicht kaufen, ein einziges Vergißmeinnicht, diesen einen zarten Stil mit der blauen Miniaturblüte, und sie wird mit dieser Blume auf die Straße gehen, sie vors Gesicht halten und den Blick krampfhaft darauf richten, um nichts anderes zu sehen als diesen einen schönen blauen Punkt, um ihn zu sehen als letztes Bild, das sie im Gedächtnis behalten will von einer Welt, die sie schon lange nicht mehr liebt. So wird sie durch die Straßen von Paris gehen, und die Leute werden sie bald schon kennen, die Kinder werden hinter ihr herlaufen, sie verspotten und vielleicht sogar mit Gegenständen bewerfen, und ganz Paris wird sie *die Verrückte mit dem Vergißmeinnicht* nennen…

Sie setzte ihren Weg fort: ihr rechtes Ohr registrierte eine wahre Brandung von Musik, rhythmische Hiebe von Schlagzeugen, die aus Geschäften, Friseursalons und Restaurants kamen, während ins linke alle Töne der Straße fielen: das monotone Brausen der Autos, das zermürbende Brummen anfahrender Autobusse. Dann wurde sie vom schneidenden Ton eines Motorrads getroffen. Sie konnte nicht umhin zu schauen, wer ihr diesen physischen Schmerz zufügte: ein Mädchen in Jeans und mit langen, schwarzen Haaren, die hinter ihr herflatterten, saß aufrecht auf einem kleinen Motorrad, als säße sie hinter einer Schreibmaschine; die Schalldämpfer waren abmontiert, das Motorrad machte einen Höllenlärm.

Agnes dachte an die junge Frau, die vor einigen Stunden in die Sauna gekommen war, um ihr Ich zur Schau zu stellen und es den anderen aufzuzwingen, indem sie ihnen schon auf der Schwelle zurief, sie hasse warme Duschen und Bescheidenheit. Agnes war sich sicher, daß es der gleiche Beweggrund war, der die junge Frau mit den schwarzen Haaren veranlaßt hatte, die Schalldämpfer abzumontieren. Es war nicht die Maschine, die diesen Lärm veranstaltete, es war das Ich der Schwarzhaarigen; sie hatte, um gehört zu werden und sich ins Bewußtsein der anderen zu drängen, einen überlauten Auspuff an ihre Seele gebunden. Agnes schaute auf die flatternden Haare dieser lärmenden Seele und begriff, daß sie den Tod der Schwarzhaarigen sehnlichst herbeiwünschte. Wäre das Mädchen mit einem Autobus zusammengestoßen und in einer Blutlache auf dem Asphalt liegengeblieben, hätte Agnes weder Entsetzen noch Trauer empfunden, sondern nur Genugtuung.

Plötzlich erschrak sie über ihren Haß und sagte sich: die Welt ist an eine Grenze geraten; wenn sie diese Grenze überschreitet, kann sich alles in Wahnsinn verwandeln: die Menschen werden mit einem Vergißmeinnicht in der Hand durch die Straßen gehen oder einander töten, wenn sie sich begegnen. Und wenig, ein Tropfen Wasser, wird genügen, um das Glas zum Überlaufen zu bringen: zum Beispiel ein Auto, ein Mensch oder ein Dezibel mehr auf der Straße. Es gibt eine quantitative Grenze, die nicht überschritten werden darf, doch sie wird von niemandem bewacht, und vielleicht weiß gar niemand, daß es sie überhaupt gibt.

Sie ging weiter, die Menschenmenge auf dem Trottoir wurde dichter und dichter, und niemand machte ihr Platz, so daß sie auf die Fahrbahn trat und ihren Weg zwischen dem Bordstein und den fahrenden Autos fortsetzte. Ihre alte Erfahrung: man machte ihr nie Platz. Sie wußte das, empfand es als verhängnisvolles Los und versuchte oft, dagegen anzugehen: sie bemühte sich, ihren ganzen Mut zusammenzunehmen, beherzt nach vorn zu gehen, nicht von ihrem Weg abzuweichen, um den Entgegenkommenden zu zwingen, ihr auszuweichen, aber sie schaffte es nie: in diesem alltäglichen, banalen Kräftemessen war immer sie die Besiegte. Einmal kam ihr ein ungefähr siebenjähriges Kind entgegen, sie versuchte, das Kind zum Ausweichen zu zwingen, doch zum Schluß blieb ihr nichts anderes übrig, als selbst auszuweichen, wenn sie nicht mit dem Kind zusammenprallen wollte.

Eine Erinnerung tauchte in ihr auf: sie war ungefähr zehn Jahre alt, als sie mit den Eltern in den Bergen eine Wanderung machte. Auf einem breiten Waldweg stellten sich ihnen breitbeinig zwei Dorfbuben entgegen: einer hielt quer in der ausgestreckten Hand einen Stock, um sie am Weitergehen zu hindern: »Das ist ein Privatweg! Hier muß Zoll bezahlt werden!« rief er und streckte den Stock so weit vor, bis er den Bauch des Vaters leicht berührte.

Es war vermutlich nur ein Kinderspaß, und es hätte genügt, den Jungen einfach wegzuschieben, und selbst wenn es eine Bettelei gewesen wäre, wäre die Sache mit einem Franken erledigt gewesen. Doch der Vater drehte sich lieber um und schlug einen anderen Weg ein. Ehrlich gesagt war es vollkommen gleichgültig, wo sie gingen, weil sie einfach ins Blaue hinaus wanderten, doch die Mutter war dem Vater dennoch böse und konnte sich nicht verkneifen zu sagen: »Er weicht sogar vor zwölfjährigen Buben zurück!« Auch Agnes war damals über das Verhalten des Vaters einigermaßen enttäuscht gewesen.

Eine neue Lärmoffensive brach in ihre Erinnerung ein: Männer mit Helmen auf den Köpfen stemmten sich mit Preßlufthämmern gegen den Asphalt der Fahrbahn. In diesen Krach hinein erklang irgendwo von oben, wie vom Himmel herab, eine auf dem Klavier gespielte Fuge von Bach. Offenbar hatte jemand im obersten Stock ein Fenster geöffnet und die Musik so laut wie möglich aufgedreht, um die strenge Schönheit Bachs als drohende Warnung gegen eine Welt ins Feld zu schicken, die vom richtigen Weg abgewichen war. Nur war Bachs Fuge wenig geeignet, den Preßlufthämmern und Autos wirksam etwas entgegenzusetzen, es waren im

Gegenteil die Autos und die Preßlufthämmer, die sich Bachs Fuge als Bestandteil ihrer eigenen Fuge einverleibten, so daß Agnes sich die Handflächen auf die Ohren preßte und so ihren Weg fortsetzte.

In diesem Augenblick sah sie ein entgegenkommender Passant haßerfüllt an und schlug sich mit der Hand gegen die Stirn, was in der Gestensprache aller Länder bedeutet: du bist verrückt, vollkommen verblödet oder schwachsinnig. Agnes fing diesen Blick, diesen Haß auf und spürte eine rasende Wut in sich hochkochen. Sie blieb stehen. Wollte sich auf diesen Menschen stürzen. Wollte ihn schlagen. Doch sie konnte es nicht, die Menge hatte ihn längst weitergetragen, und jemand prallte gegen sie, da es auf diesem Trottoir unmöglich war, länger als drei Sekunden stehenzubleiben.

Sie mußte weitergehen, konnte aber nicht aufhören, an den Mann zu denken: sie gingen beide in demselben Lärm, und trotzdem hatte er es für nötig befunden, ihr zu verstehen zu geben, daß sie keinen Grund und vielleicht auch gar kein Recht habe, sich die Ohren zuzuhalten. Er hatte sie zur Ordnung gerufen, die sie durch ihre Geste gestört hatte. Es war die Gleichheit selbst, die ihr in der Person dieses Mannes eine Rüge erteilt hatte, weil sie sich weigerte, das auf sich zu nehmen, was alle anderen auf sich nahmen. Es war die Gleichheit selbst, die ihr verboten hatte, mit der Welt, in der wir alle leben, nicht einverstanden zu sein.

Der innige Wunsch, den Mann zu töten, war nicht nur eine spontane Reaktion. Auch als die erste Erregung abgeklungen war, blieb der Wunsch, und hinzu kam das Erstaunen, daß sie zu einem solchen Haß überhaupt fähig war. Das Bild des Mannes, der sich gegen die Stirn schlug, schwamm in ihrem Inneren wie ein mit Gift gefüllter Fisch, der sich langsam zersetzte und den sie nicht herauswürgen konnte.

Die Erinnerung an den Vater kehrte zurück. Seit der Zeit, da sie ihn vor den beiden zwölfjährigen Buben hatte zurückweichen sehen, stellte sie ihn sich oft so vor: er befindet sich auf einem sinkenden Schiff; es gibt nur wenige Rettungsboote, und weil darin nicht für alle Platz ist, herrscht an Deck ein fürchterliches Gedränge. Als der Vater sieht, wie sich die Passagiere gegenseitig wegdrängen und sogar riskieren, einander zu zertrampeln, und als ihm eine wütende Dame einen Faustschlag versetzt, weil er ihr im Wege steht, bleibt er plötzlich stehen und tritt ganz zur Seite. Schließlich schaut er nur noch zu, wie die mit schreienden und fluchenden Menschen überfüllten Boote auf die gischtende See hinaustreiben.

Wie läßt sich die Haltung des Vaters charakterisieren? Feigheit? Nein. Feiglinge fürchten um ihr Leben und sind folglich auch in der Lage, wie wild um ihr Leben zu kämpfen. Edelmut? Davon könnte man sprechen, wenn der Vater aus Nächstenliebe so handeln würde. Aber daran glaubte Agnes nicht. Worum ging es dann? Sie konnte diese Frage nicht beantworten. Nur eines schien ihr sicher: auf einem Schiff, das untergeht und auf dem man sich mit andern um einen Platz im Rettungsboot prügeln muß, wäre ihr Vater schon im voraus zum Tode verurteilt.

Ja, soviel war sicher. Die Frage, die sie sich jetzt stellte, war: empfand der Vater für die Leute auf dem Schiff überhaupt Haß, wie sie für die Motorradfahrerin oder den Mann, der sie verhöhnt hatte, weil sie sich die Ohren zuhielt? Nein, Agnes konnte sich nicht vorstellen, daß der Vater gehaßt hatte. Die Falle des Hasses besteht darin, daß er uns und den Gegner in einer engen Umarmung verbindet. Darin liegt die Obszönität des Krieges: die Intimität wechselseitig vermischten Bluts, die laszive Nähe zweier Soldaten, die sich gegenseitig niederstechen und dabei in die Augen schauen. Agnes ist sich sicher, daß es den Vater gerade vor dieser Intimität ekelte. Es ekelte ihn so sehr vor dem Gedränge auf dem Schiff, daß er es vorzog zu ertrinken. In Körperkontakt mit Menschen zu sein, die versuchten, sich gegenseitig wegzustoßen und in den Tod zu schicken, kam ihm viel schlimmer vor, als das Leben einsam in der lauteren Klarheit des Wassers zu beenden.

Die Erinnerung an den Vater befreite sie allmählich von dem Haß, der sie eben noch erfüllt hatte. Das giftige Bild des Mannes, der sich mit der Hand gegen die Stirn schlug, verschwand langsam aus ihrem Denken, in dem sich folgender Satz breitmachte: ich kann sie nicht hassen, weil mich nichts mit ihnen verbindet; wir haben nichts gemeinsam.

6.

Daß Agnes keine Deutsche war, verdankte sie der Tatsache, daß Hitler den Krieg verloren hatte. Zum ersten Mal in der Geschichte blieb dem Verlierer kein, auch nicht der kleinste Ruhm: nicht einmal der schmerzliche Ruhm des Scheiterns. Der Sieger begnügte sich nicht mit dem Sieg und beschloß, den Besiegten zu verurteilen, und er verurteilte ein ganzes Volk, und es war damals nicht gerade leicht, ein Deutscher zu sein und Deutsch zu sprechen.

Agnes' Urgroßeltern mütterlicherseits waren Bauern; sie hatten im Grenzgebiet zwischen der deutschen und der französischen Schweiz gewohnt und daher, obwohl administrativ Welschschweizer, beide Sprachen gleich gut gesprochen. Die Eltern des Vaters waren in Ungarn ansässige Deutsche. Der Vater hatte als junger Mann in Paris studiert, wo er passabel Französisch gelernt hatte; doch als er heiratete, sprachen die Eheleute ganz selbstverständlich deutsch miteinander. Erst nach dem Krieg erinnerte sich die Mutter der Amtssprache ihrer Eltern, und Agnes wurde aufs französische Gymnasium geschickt. Dem Vater war gerade noch ein einziges deutsches Vergnügen erlaubt: der älteren Tochter Goethes Verse im Original zu zitieren.

Es ist eines der bekanntesten deutschen Gedichte, die je geschrieben wurden, alle deutschen Kinder mußten es auswendig lernen:

> Über allen Gipfeln
> Ist Ruh,
> In allen Wipfeln
> Spürest du
> Kaum einen Hauch;
> Die Vögelein schweigen im Walde.
> Warte nur, balde
> Ruhest du auch.

Der Gedanke des Gedichts ist einfach: im Walde schläft alles, auch du wirst schlafen. Der Sinn der Dichtung liegt jedoch nicht darin, uns durch einen überraschenden Gedanken zu verblüffen, sondern einen Augenblick des Seins unvergeßlich und einer unerträglichen Sehnsucht würdig zu machen.

Jeder Vers hat eine unterschiedliche Silbenzahl, Trochäen, Jamben und Daktylen wechseln sich ab, der sechste Vers ist merkwürdig länger als die anderen, und obwohl das Gedicht eigentlich aus zwei Vierzeilern besteht, endet der erste Satz grammatikalisch asymmetrisch mit dem fünften Vers; dadurch entsteht eine Melodie, die nie zuvor existiert hat und nur in diesem einen Gedicht auftritt, das ebenso wunderbar wie vollkommen einfach ist.

Der Vater hatte das Gedicht noch in Ungarn gelernt, als er dort die deutsche Grundschule besuchte, und Agnes hatte es zum ersten Mal von ihm gehört, als sie genauso alt war wie er damals. Sie rezitierten es auf ihren gemeinsamen Spaziergängen, und zwar so, daß sie alle Hebungen übermäßig betonten und versuchten, im Rhythmus des Gedichtes zu marschieren. Angesichts des unregelmäßigen Metrums war das gar nicht so einfach, und es gelang ihnen erst in den letzten zwei Versen: war-te nur-bal-de-ru-hest du-auch! Das letzte Wort schrien sie jeweils so laut heraus, daß es im Umkreis von einem Kilometer zu hören war: auch!

Der Vater hatte ihr das Gedicht zum letzten Mal an einem der letzten drei Tage vor seinem Tod aufgesagt. Zuerst hatte sie gedacht, er kehre auf diese Weise zur Muttersprache und zur Kindheit zurück; dann sah sie, daß er ihr vielsagend und vertrauensvoll in die Augen schaute, und es kam ihr vor, als wollte er sie an das Glück ihrer längst vergangenen Spaziergänge erinnern; erst zuletzt wurde ihr bewußt, daß dieses Gedicht vom Tod sprach: ihr Vater wollte ihr sagen, daß er im Sterben lag und es wußte. Nie zuvor hatte sie daran gedacht, daß diese harmlosen kleinen Verse, die für die Schuljugend geeignet schienen, je eine solche Bedeutung haben könnten. Der Vater lag da, seine fiebrige Stirn war schweißbedeckt, und sie nahm seine Hand in die ihre; während sie mit den Tränen kämpfte, flüsterte sie zusammen mit ihm: Warte nur, balde ruhest du auch. Und sie erkannte die Stimme des nahenden Todes, des Todes des Vaters: es war die Stille schweigender Vögel in den Wipfeln der Bäume.

Nach seinem Tod breitete sich tatsächlich eine Stille aus,

und diese Stille lag in ihrer Seele und war schön; ich sage es noch einmal: es war die Stille schweigender Vögel in den Wipfeln der Bäume. Und je weiter die Zeit voranschritt, desto deutlicher klang, wie ein Jagdhorn aus den Tiefen des Waldes, die letzte Botschaft ihres Vaters in diese Stille hinein. Was hatte er ihr mit seinem Geschenk sagen wollen? Daß sie frei sein solle. Daß sie so leben solle, wie sie leben und gehen, wohin sie gehen wolle. Er selbst hatte es nie gewagt. Darum hatte er seiner Tochter alle Mittel zugeschanzt, damit sie es wagte, sie.

Mit der Heirat waren für Agnes die Freuden des Alleinseins dahin: bei der Arbeit war sie acht Stunden täglich mit zwei Kollegen in einem Raum, zu Hause, in ihrer Vierzimmerwohnung, hatte sie keines der Zimmer für sich: es gab einen großen Salon, ein Elternschlafzimmer, ein Zimmer für Brigitte und ein kleines Arbeitszimmer für Paul. Als sie sich einmal beklagte, bot Paul ihr an, den Salon als ihr Zimmer zu betrachten, und er versprach (zweifellos aufrichtig), daß weder er noch Brigitte sie dort stören würden. Wie aber konnte sie sich wohl fühlen in einem Zimmer mit einem Eßtisch und acht Stühlen, die an abendliche Gäste gewöhnt waren?

Jetzt ist vielleicht klar, weshalb sie an diesem Morgen so glücklich war in dem Bett, das Paul vor einer Weile verlassen hatte, weshalb sie so leise durch die Diele ging, um nicht Brigittes Aufmerksamkeit auf sich zu lenken. Sie mochte sogar den launischen Aufzug, weil er ihr einige Augenblicke des Alleinseins gönnte, und auch auf das Auto freute sie sich, weil dort niemand sie ansprach, niemand sie ansah. Ja, das Wichtigste war, daß niemand sie ansah. Das Alleinsein: süßes Fehlen von Blicken. Einmal waren ihre beiden Kollegen krank, und sie konnte vierzehn Tage lang allein im Büro arbeiten. Überrascht hatte sie festgestellt, daß sie abends nicht mehr so müde war. Seither wußte sie, daß Blicke wie Gewichte waren, die sie zu Boden drückten, wie Küsse, die alle Kraft aus ihr saugten; daß die Falten in ihrem Gesicht von den Nadeln der Blicke eingeritzt worden waren.

Heute morgen beim Aufwachen hatte sie im Radio die Nachricht gehört, daß eine junge Patientin bei einem harmlosen Eingriff wegen einer nachlässig durchgeführten Narkose auf dem Operationstisch gestorben war. Drei Ärzte wurden deswegen vor Gericht geladen, und eine Verbraucherschutz-Organisation machte den Vorschlag, daß künftig alle Operationen ausnahmslos gefilmt und diese Filme in einem Archiv aufbewahrt werden sollten. Alle applaudierten diesem Vorschlag! Täglich werden wir von Tausenden von Blicken durchbohrt, doch damit nicht genug: darüber hinaus soll nun ein Blick institutionalisiert werden, der uns keinen Augenblick lang allein läßt und uns auf der Straße, im Wald, beim Arzt, auf dem Operationstisch und im Bett verfolgt; das Bild unseres Lebens wird lückenlos archiviert, damit es für den Fall eines Rechtsstreits, oder wenn es das Interesse der öffentlichen Neugier verlangt, jederzeit herangezogen werden kann.

Diese Gedanken riefen in ihr einmal mehr die Sehnsucht nach der Schweiz wach. Seit dem Tod ihres Vaters fuhr sie zwei- bis dreimal im Jahr dorthin. Paul und Brigitte sprachen mit nachsichtigem Lächeln von diesem hygienisch-sentimentalen Bedürfnis: sie fuhr hin, um das Grab ihres Vaters vom Laub zu befreien und am sperrangelweit geöffneten Fenster eines Alpenhotels frische Luft einzuatmen. Doch die beiden irrten sich: auch wenn sie dort keinen Liebhaber hatte, so war die Schweiz dennoch der einzige ernst zu nehmende und systematische Akt der Untreue, dessen sie sich ihnen gegenüber schuldig machte. Die Schweiz: das Singen

41

der Vögel in den Wipfeln der Bäume. Agnes träumte davon, eines Tages dort zu bleiben und nie mehr zurückzukehren. Das ging so weit, daß sie in den Alpen schon mehrmals Wohnungen besichtigt hatte, die zu verkaufen oder zu vermieten waren, und in Gedanken hatte sie sogar schon einen Brief entworfen, in dem sie ihrer Tochter und ihrem Mann mitteilte, daß sie zwar nicht aufgehört habe, sie zu lieben, aber entschlossen sei, allein, ohne sie zu leben. Sie bitte nur darum, ihr von Zeit zu Zeit ein Lebenszeichen zu schicken, da sie sicher sein wolle, daß ihnen nichts Böses zugestoßen sei. Und gerade das war so schwer zu formulieren und zu erklären: daß sie das Bedürfnis hatte zu wissen, wie es ihnen ging, ohne daß sie sich wünschte, sie zu sehen und mit ihnen zusammen zu sein.

Das alles waren freilich nur Träume. Warum auch sollte eine vernünftige Frau aus einer glücklichen Ehe ausbrechen wollen? Dennoch klang aus der Ferne eine verführerische Stimme in ihren Ehefrieden hinein: es war die Stimme der Einsamkeit. Sie schloß die Augen und lauschte dem Klang des Jagdhorns, der aus den Tiefen ferner Wälder herüberwehte. In diesen Wäldern gab es viele Wege, und auf einem von ihnen stand der Vater, lächelte und rief sie zu sich.

7.

Agnes saß im Sessel und wartete auf Paul. Sie hatten ein Abendessen vor sich, das in Frankreich ›Dîner en ville‹ genannt wird, was bedeutet, daß Leute, die sich wenig oder überhaupt nicht kennen, drei oder vier Stunden lang kauend Konversation machen müssen. Da sie den ganzen Tag nichts gegessen hatte, fühlte sie sich müde, und um sich zu entspannen, blätterte sie in einer dicken Illustrierten. Sie hatte nicht mehr die Kraft, die Texte zu lesen und betrachtete nur die vielen Fotografien, alles Farbfotos. In der Mitte des Heftes stand eine Reportage über eine Katastrophe, die sich während einer Flugschau ereignet hatte. Ein brennendes Flugzeug war in die Zuschauermassen gestürzt. Die Fotografien waren groß, jede nahm eine Doppelseite ein, und man konnte darauf entsetzte, in alle Richtungen fliehende Menschen sehen, angebrannte Kleider, versengte Haut, aus Körpern züngelnde Flammen; Agnes konnte ihren Blick nicht losreißen und dachte an die rasende Freude, die der Fotograf, der sich bei dieser banalen Veranstaltung langweilte, empfunden haben mußte, als er plötzlich sah, wie ihm in Form eines brennenden Flugzeugs das Glück vom Himmel fiel!

Sie blätterte einige Seiten weiter und sah nackte Menschen an einem Strand, den großgedruckten Titel *Diese Fotografien kommen nicht ins Erinnerungsalbum des Buckingham Palace* und einen kurzen Text mit dem Schlußsatz: »... und es war ein Fotograf dort, so daß die Prinzessin wegen ihrer Affären schon wieder im Rampenlicht steht.« Und es war ein Fotograf dort. Überall ist ein Fotograf. Ein im Gebüsch versteckter Fotograf. Ein als lahmer Bettler verkleideter Fotograf. Überall ist ein Auge. Überall ist ein Objektiv.

Agnes erinnerte sich, wie sie als Kind von dem Gedanken fasziniert gewesen war, daß Gott sie sah, sie immerfort sah. Damals hatte sie vielleicht zum ersten Mal die Wonne, die seltsame Wollust erlebt, die derjenige empfindet, der gesehen wird, gegen seinen Willen gesehen wird, in Momenten der Intimität gesehen und durch einen Blick vergewaltigt wird. Die Mutter, die gläubig war, hatte zu ihr gesagt »Gott sieht dich« und wollte ihr so abgewöhnen zu lügen, an den Fingernägeln zu kauen und in der Nase zu bohren, doch es kam ganz anders: gerade wenn Agnes ihren schlechten Gewohnheiten frönte, oder sich schämte, stellte sie sich Gott vor und zeigte ihm demonstrativ, was sie gerade machte.

Sie dachte an die Schwester der englischen Königin und sagte sich, daß das Auge Gottes mittlerweile durch die Kamera ersetzt worden war. Das Auge eines einzigen ist durch die Augen aller ersetzt worden. Das Leben hat sich in eine umfassende Sexparty verwandelt, an der sich alle beteiligen. Alle können die englische Prinzessin sehen, wie sie an einem subtropischen Strand nackt Geburtstag feiert. Scheinbar interessiert sich die Kamera nur für berühmte Leute, kaum aber stürzt in unserer unmittelbaren Nähe ein Flugzeug ab, kaum lodern Flammen aus unserem Hemd, sind wir selbst berühmt und in die allgemeine Sexparty einbezogen, die nichts mit Erregung zu tun hat und allen nur feierlich klarmacht, daß sie sich nirgendwo verstecken können und jeder jedem ausgeliefert ist.

Einmal hatte Agnes eine Verabredung mit einem Mann, und in dem Augenblick, als sie ihn in der Halle eines großen Hotels küßte, tauchte vor ihr unerwartet ein Typ mit Vollbart, Jeans, Lederjacke und fünf Taschen auf, die um seinen Hals und über seinen Schultern hingen. Er kniete sich nieder und hob einen Fotoapparat vors Auge. Sie begann, mit der Hand vor dem Gesicht herumzufuchteln, doch der Mann lachte, radebrechte etwas auf englisch, hopste vor ihr zurück wie ein Floh und drückte auf den Auslöser. Eine belanglose Episode. Im Hotel fand gerade irgendein Kongreß statt, und man hatte den Fotografen einer Agentur bestellt, damit die versammelten Wissenschaftler aus aller Welt am folgenden Tag ein Erinnerungsfoto kaufen konnten. Aber Agnes ertrug die Vorstellung nicht, daß irgendwo ein Dokument erhalten blieb, das bewies, daß sie den Mann kannte, mit dem sie sich dort getroffen hatte; sie kehrte am nächsten Tag ins Hotel zurück, kaufte alle ihre Fotografien auf (sie an der Seite dieses Mannes, die Hand vorm Gesicht) und bemühte sich, auch die Negative zu bekommen, die, verwahrt in den Archiven der Agentur, jedoch unerreichbar waren. Obwohl keine Gefahr drohte, war in ihr die Angst geblieben, daß eine Sekunde ihres Lebens (statt sich, wie alle anderen Sekunden, in nichts zu verwandeln) aus dem Lauf der Zeit herausgerissen und erhalten geblieben war, und, wenn ein dummer Zufall es wollte, wie ein lebendig begrabener Toter wieder auferstehen konnte.

Sie nahm ein Wochenblatt zur Hand, das sich mehr mit Politik und Kultur beschäftigte. Hier gab es weder Katastrophen noch nudistische Strände mit Prinzessinnen, dafür Gesichter, nichts als Gesichter. Sogar hinten auf der Literaturseite war jedem Artikel eine Fotografie des kritisierten Autors beigefügt. Da die Schriftsteller vielfach unbekannt waren, ließ sich die Fotografie als nützliche Information interpretieren; wie aber fünf Aufnahmen des Präsidenten der Republik rechtfertigen, dessen Kinn und Nase alle in- und auswendig kannten? Sogar der Verfasser des Leitartikels war auf einem kleinen Foto über seinem Text abgebildet, offensichtlich an der gleichen Stelle wie jede Woche. Eine Reportage über Astronomie brachte das vergrößerte Lächeln von Astronomen, und auch auf sämtlichen Anzeigenseiten für Schreibmaschinen, für Möbel und für Mohrrüben waren Gesichter, lauter Gesichter. Sie sah das Blatt noch einmal durch, von der ersten bis zur letzten Seite, und zählte: zweiundneunzig Fotografien, auf denen nichts anderes als ein Gesicht war; einundvierzig Fotografien mit einem Gesicht und dem Körper; neunzig Gesichter auf dreiundzwanzig Fotografien, die mehrere Personen abbildeten, und nur elf Fotografien, auf denen die Menschen eine zweitrangige Rolle spielten oder überhaupt abwesend waren. Insgesamt zweihundertdreiundzwanzig Gesichter.

Als Paul nach Hause kam, erzählte ihm Agnes von ihren Berechnungen.

»Ja«, pflichtete er bei. »Je gleichgültiger der Mensch der Politik, den Interessen anderer gegenüber eingestellt ist, desto besessener ist er von seinem eigenen Gesicht. Das ist wohl der Individualismus unserer Zeit.«

»Individualismus? Was hat das mit Individualismus zu tun, wenn dich eine Kamera im Moment der Agonie fotografiert? Ganz im Gegenteil: das Individuum gehört eben nicht mehr sich selbst, es ist vollkommen und bedingungslos das Besitztum anderer geworden. Weißt du, das erinnert mich an meine Kindheit: wenn damals jemand einen Menschen fotografieren wollte, bat er ihn um Erlaubnis. Sogar ich als kleines Kind wurde von den Erwachsenen gefragt, Kleine, dürfen wir dich fotografieren? Doch eines Tages hörte man auf zu fragen. Das Recht der Kamera wurde über alle anderen Rechte erhoben, und dadurch änderte sich alles, absolut alles.«

Sie schlug die Illustrierte noch einmal auf und sagte: »Wenn du die Fotografien zweier Gesichter nebeneinander legst, springt dir sofort ins Auge, wodurch sie sich voneinander unterscheiden. Wenn du aber zweihundertdreiundzwanzig Gesichter vor dir hast, begreifst du auf einmal, daß das alles nur ein einziges Gesicht in -zig Varianten ist und es irgendein Individuum nie gegeben hat.«

»Agnes«, sagte Paul, und seine Stimme war auf einmal ernst, »dein Gesicht gleicht keinem anderen.«

46

Agnes nahm den Ton in Pauls Stimme nicht wahr und lächelte.

»Lach nicht. Ich meine es ernst. Wenn man jemanden liebt, liebt man sein Gesicht, und es wird anderen Gesichtern absolut unähnlich.«

»Ich weiß, du erkennst mich an meinem Gesicht, du kennst mich als Gesicht und hast mich nie anders gekannt. Also konntest du gar nicht auf den Gedanken kommen, daß ich nicht mein Gesicht bin.«

Paul antwortete mit der geduldigen Besorgtheit eines alten Arztes: »Warum solltest du nicht dein Gesicht sein? Wer ist hinter deinem Gesicht?«

»Stell dir vor, du lebst in einer Welt, in der es keine Spiegel gibt. Du würdest von deinem Gesicht träumen und es dir als äußerliches Bild dessen vorstellen, was in deinem Innern ist. Und dann, wenn du vierzig wärst, hielte dir jemand zum ersten Mal einen Spiegel vor. Stell dir deinen Schreck vor! Du sähest ein völlig fremdes Gesicht. Und wüßtest ganz genau, was du nicht verstehen willst: dein Gesicht, das bist nicht du.«

»Agnes«, sagte Paul und erhob sich von seinem Sessel. Er stand jetzt dicht vor ihr. Sie sah in seinen Augen Liebe und in seinen Zügen seine Mutter. Er glich ihr, wie die Mutter vermutlich ihrem Vater geglichen hatte, der ebenfalls jemandem geglichen hatte. Als Agnes seine Mutter zum ersten Mal gesehen hatte, war ihr die Ähnlichkeit mit Paul unangenehm und peinlich. Als sie sich später liebten, rief eine Art Boshaftigkeit ihr diese Ähnlichkeit in Erinnerung, und für Augenblicke war ihr, als läge eine alte Frau mit lustverzerrtem Gesicht auf ihr. Paul jedoch hatte längst vergessen, daß er einen Abdruck seiner Mutter auf seinem Gesicht trug und war überzeugt, daß sein Gesicht niemand anders war als er.

»Den Namen haben wir auch nur durch Zufall bekommen«, fuhr sie fort. »Wir wissen nicht, wann er entstanden ist und wie ein ferner Vorfahre dazu gekommen ist. Wir verstehen unseren Namen gar nicht, wir kennen nichts von seiner Geschichte, tragen ihn aber trotzdem mit überschwenglicher Treue, wir zerfließen mit ihm, er gefällt uns, wir sind lächerlicherweise stolz auf ihn, als hätten wir ihn in einem Anflug genialer Inspiration selber erfunden. Mit dem Gesicht ist es genauso. Es war vermutlich irgendwann gegen Ende der Kindheit: da habe ich so lange in den Spiegel geschaut, bis ich endlich glaubte, daß das, was ich sah, ich sei. Ich erinnere mich nur noch dunkel an jene Zeit, weiß aber, daß es berauschend war, das eigene Ich zu entdecken. Nur kommt dann der Moment, da du vor dem Spiegel stehst und dir sagst: das bin ich? und warum? warum habe ich mich mit *dem da* solidarisiert? was geht dieses Gesicht mich an? Und in diesem Moment bricht alles zusammen. Alles bricht zusammen.«

»Was bricht zusammen? Was ist denn bloß los mit dir, Agnes? Was ist in letzter Zeit los mit dir?«

Sie sah ihn an und senkte den Kopf. Unverbesserlich glich er seiner toten Mutter. Und zwar immer mehr. Er glich immer mehr der alten Frau, die seine Mutter gewesen war.

Er nahm sie in die Arme und hob sie hoch. Sie sah ihn an, und er bemerkte erst jetzt, daß ihre Augen feucht waren.

Er drückte sie an sich. Sie spürte, wie sehr er sie liebte, und es tat ihr plötzlich leid. Es tat ihr leid, daß er sie so sehr liebte, und sie hätte am liebsten geweint.

»Wir müssen uns beeilen, wir müssen gleich gehen«, sagte sie und entwand sich seiner Umarmung. Sie lief ins Badezimmer.

8.

Ich schreibe über Agnes, stelle sie mir vor, lasse sie auf einem Bänkchen in der Sauna sitzen, durch Paris gehen, in einer Illustrierten blättern, mit ihrem Mann sprechen, aber das, was am Anfang von allem stand, diese Geste der Dame, die am Schwimmbecken dem Bademeister zuwinkte, habe ich offenbar vergessen. Winkt Agnes nie jemandem auf diese Weise zu? Nein. Auch wenn es sonderbar ist, es kommt mir so vor, als täte sie es schon lange nicht mehr. Früher, als sie noch sehr jung war, ja, damals hat sie so gewinkt.

Das war zu der Zeit, als sie noch in einer Stadt lebte, hinter der sich die Gipfel der Alpen abzeichneten. Sie war sechzehn und ging mit einem Mitschüler ins Kino. In dem Moment, als die Lichter ausgingen, nahm er ihre Hand. Bald schon fingen seine Handflächen an zu schwitzen, doch der Junge wagte es nicht, die so kühn ergriffene Hand loszulassen, denn dadurch hätte er sich eingestanden, daß er schwitzte und sich deswegen schämte. So hielten sie die heiße Feuchtigkeit anderthalb Stunden lang fest und lösten die Hände erst wieder, als die Lichter angingen.

Er versuchte, das Stelldichein zu verlängern und führte sie durch die kleinen Gassen der Altstadt hinauf zum alten Kloster, in dessen Hof es vor Touristen wimmelte. Offensichtlich hatte er alles genau geplant, denn er führte sie relativ bald in einen verlassenen Gang, und zwar unter dem ziemlich dummen Vorwand, ihr dort ein Bild zeigen zu wollen. Sie kamen ans Ende des Gangs, doch ein Bild gab es dort nicht, nur eine braungestrichene Tür mit der Aufschrift WC. Der Junge sah diese Tür nicht und blieb stehen. Sie wußte genau, daß ihn Bilder wenig interessierten und er nur einen abgelegenen Ort gesucht hatte, um sie zu küssen. Der Ärmste, er hatte nichts Besseres gefunden als diese schmutzige Ecke neben der Toilette! Sie mußte lachen, aber da sie nicht wollte, daß er glaubte, sie lache über ihn, zeigte sie ihm die Aufschrift. Er lachte ebenfalls, wurde aber ganz hoffnungslos. Vor dem Hintergrund dieser beiden Buchstaben war es unmöglich, sich zu ihr zu beugen und sie zu küssen (dies um so mehr, als es ihr erster, das heißt unvergeßlicher Kuß sein sollte), und es blieb ihm nichts anderes übrig, als im bitteren Gefühle der Kapitulation wieder in die Straßen zurückzukehren.

Sie gingen schweigend nebeneinander her, und Agnes war wütend: warum küßte er sie nicht ganz einfach auf offener Straße? Warum führte er sie statt dessen in einen versteckten Gang mit einer Toilette, auf der Generationen alter, häßlicher und stinkender Mönche ihre Därme entleert hatten? Seine Verlegenheit schmeichelte ihr, da sie ein Zeichen seiner verwirrten Verliebtheit war, noch mehr aber ärgerte sie sich darüber, denn sie zeugte von Unreife; mit einem gleichaltrigen Jungen zu gehen schien ihr disqualifizierend: sie interessierte sich nur für ältere. Aber vielleicht gerade, weil sie ihn in Gedanken verriet, gleichzeitig aber wußte, daß er sie gern hatte, wurde sie durch eine Art Gerechtigkeitsgefühl dazu ermahnt, ihm bei seinen Liebesbemühungen zu helfen, ihn zu unterstützen und aus seiner kindlichen Verlegenheit zu befreien. Sie beschloß, selber den Mut zu haben, den er nicht fand.

Er begleitete sie nach Hause, und sie nahm sich vor, ihn, sobald sie zum Gartentor der Villa gelangt waren, sofort zu umarmen und zu küssen, damit er sich vor lauter Verwunderung nicht vom Fleck rühren konnte. Aber im letzten Moment verlor sie die Lust dazu, weil sein Gesicht nicht nur traurig, sondern unnahbar, ja fast feindselig war. Sie gaben

sich also nur die Hand, und sie ging den schmalen Garten-
weg hinauf, der zwischen den Beeten hindurch zur Haustür
führte. Sie spürte, wie der Junge reglos dastand und ihr nachschaute. Wieder tat er ihr leid, sie empfand für ihn das Mitgefühl einer älteren Schwester und tat in diesem Augenblick etwas, was sie eine Sekunde zuvor noch nicht geahnt hatte. Sie
drehte ihm im Gehen den Kopf zu, lächelte und warf den
rechten Arm fröhlich in die Luft, leicht und fließend, als
würfe sie einen bunten Ball in die Höhe.

Dieser Augenblick, als Agnes plötzlich und ohne Vorbe-
reitung den Arm mit einer fließend leichten Bewegung in die
Luft warf, ist wunderbar. Wie ist es möglich, daß sie im
Bruchteil einer Sekunde und gleich beim ersten Mal eine Geste von Körper und Arm gefunden hat, die perfekt, ausge-
feilt und einem vollendeten Kunstwerk ähnlich war?

Zu Agnes' Vater kam damals regelmäßig eine ungefähr
vierzigjährige Dame, eine Sekretärin der Fakultät, um ihm
Papiere zum Unterschreiben zu bringen und andere abzuho-
len. Obwohl der Anlaß dieser Besuche belanglos war, waren
sie von einer geheimnisvollen Spannung begleitet (die Mutter verstummte), und das weckte Agnes' Neugier. Jedesmal,
wenn die Sekretärin wieder ging, lief Agnes zum Fenster, um
ihr unauffällig nachzuschauen. Einmal, als die Dame auf das
Gartentor zuschritt (sie ging in umgekehrter Richtung als etwas später Agnes, gefolgt vom Blick ihres unglücklichen
Mitschülers), drehte sie sich um, lächelte und warf die Hand
mit einer unerwarteten, leichten und fließenden Bewegung
in die Luft. Es war unvergeßlich: der sandbestreute Weg
glänzte im Sonnenschein wie ein goldener Bach, und zu beiden Seiten des Gartentors blühte ein Jasminstrauch. Diese
nach oben weisende Geste schien dem goldenen Flecken
Erde die Richtung zu weisen, in die er emporfliegen sollte,

und die weißen Jasminsträucher begannen sich in Flügel zu verwandeln. Der Vater war nicht zu sehen, doch aus der Geste der Frau ging hervor, daß er in der Haustür stand und ihr nachschaute.

Diese Geste war so unerwartet und so schön, daß sie in Agnes' Gedächtnis haften blieb wie der Abdruck eines Blitzes; sie lockte sie in eine Ferne jenseits von Raum und Zeit und weckte in dem sechzehnjährigen Mädchen eine unbestimmte, grenzenlose Sehnsucht. Und als sie das plötzliche Bedürfnis verspürte, ihrem jungen Freund etwas Wichtiges mitzuteilen und dafür keine Worte fand, lebte diese Geste in ihr auf und sagte an ihrer Statt, was sie selbst nicht zu sagen vermochte.

Ich weiß nicht, wie lange sie diese Geste benutzte (oder besser gesagt, wie lange diese Geste sie benutzte), sicher aber bis zu jenem Tag, an dem sie bemerkte, daß ihre jüngere Schwester den Arm in die Luft warf, als sie sich von einer kleinen Schulfreundin verabschiedete. Als sie ihre Geste in der Ausführung der Schwester sah, von der sie seit frühester Kindheit bewundert und in allem nachgeahmt wurde, empfand sie eine Art Unbehagen: die erwachsene Geste paßte schlecht zu einem elfjährigen Mädchen. Und vor allem wurde ihr klar, daß diese Geste von allen benutzt werden konnte und folglich gar nicht ihr gehörte: wenn sie mit dem Arm winkte, handelte es sich eigentlich um Diebstahl oder um Fälschung. Seit damals bemühte sie sich, diese Geste zu vermeiden (es ist nicht einfach, sich Gesten abzugewöhnen, die sich an uns gewöhnt haben) und wurde allen Gesten gegenüber mißtrauisch. Sie bemühte sich, sie auf das Notwendigste zu reduzieren (mit dem Kopf ja oder nein zu sagen, auf einen Gegenstand zu deuten, den der Gesprächspartner nicht sah), sich auf Gesten zu beschränken, die nicht vorgaben, originelle Äußerungen zu sein. Und so kam es, daß jene Geste, die sie an der Sekretärin ihres Vaters so fasziniert hatte, als diese über den goldenen Weg schritt (und die mich bezaubert hat, als ich sah, wie die Dame im Badeanzug sich vom Schwimmlehrer verabschiedete), in ihr ganz einschlummerte.

Bis sie plötzlich wieder aufwachte. Und zwar, als Agnes vor dem Tod der Mutter zwei Wochen bei ihrem kranken Vater in der Villa verbrachte. Als sie sich am letzten Tag von ihm verabschiedete, wußte sie, daß sie einander lange nicht sehen würden. Die Mutter war nicht zu Hause, und der Vater wollte sie auf die Straße zum Auto begleiten. Sie verbot ihm, die Türschwelle zu überschreiten und ging allein auf dem goldenen Sand zwischen den Beeten hindurch auf das Gartentor zu. Ihre Kehle schnürte sich zusammen und sie verspürte den grenzenlosen Wunsch, dem Vater etwas Schönes zu sagen, was sich nicht in Worte fassen ließ, und so drehte sie plötzlich, ohne zu wissen weshalb, den Kopf und warf mit einem Lächeln den Arm in die Höhe, leicht und fließend, als wollte sie ihm sagen, daß sie beide noch ein langes Leben vor sich hätten und einander noch oft sehen würden. Einen Augenblick später erinnerte sie sich an die vierzigjährige Dame, die dem Vater vor fünfundzwanzig Jahren an derselben Stelle auf dieselbe Weise zugewinkt hatte. Sie war darüber gerührt und verwirrt. Es war, als wären in einer Sekunde zwei entfernte Zeiten und in einer Geste zwei verschiedene Frauen zusammengetroffen. Und durch ihren Kopf fuhr der Gedanke, daß diese beiden Frauen vielleicht die einzigen gewesen waren, die er geliebt hatte.

9.

Im Salon, wo nach dem Abendessen alle vor einem Gläschen Cognac oder einer halb leergetrunkenen Tasse Kaffee saßen, wagte der erste beherzte Gast, sich mit einem Lächeln vor der Hausherrin zu verneigen. Die anderen beschlossen, dies als Befehl aufzufassen, sprangen gleichzeitig mit Paul und Agnes von den Sesseln auf und eilten zu ihren Wagen. Paul fuhr, und Agnes betrachtete den nicht abreißenden Strom der Autos, das Blinken der Scheinwerfer, die Sinnlosigkeit dieses ewigen Trubels der großstädtischen Nacht, die keine Ruhe kannte. Und da empfand sie wieder dieses sonderbare, intensive Gefühl, das sich ihrer immer öfter bemächtigte: sie hatte mit diesen Zweibeinern, die auf dem Hals einen Kopf und im Gesicht einen Mund hatten, nichts gemein. Früher war sie von deren Politik, Wissenschaft und Erfindungskraft eingenommen gewesen und hatte sich als kleinen Teil des großen Abenteuers gesehen, bis eines Tages das Gefühl in ihr entstand, nicht zu ihnen zu gehören. Dieses Gefühl war befremdend, und sie wehrte sich dagegen, weil sie wußte, daß es absurd und unmoralisch war, zum Schluß aber sagte sie sich, daß sie nicht über ihre Gefühle gebieten könne: sie war unfähig, sich mit dem Gedanken an deren Kriege zu quälen und sich an deren Festen zu freuen, weil sie vom Bewußtsein durchdrungen war, daß das nicht ihre Sache war.

Heißt das, daß sie ein kaltes Herz hat? Nein, mit dem Herzen hat das nichts zu tun. Übrigens schenkt wohl kaum jemand den Bettlern so viel Geld wie sie. Sie kann nicht achtlos an ihnen vorbeigehen, und die Bettler wenden sich an sie, als ob sie es wüßten, sie erkennen sie augenblicklich und schon von weitem unter Hunderten anderer Passanten als eine, die sieht und hört. Ja, das stimmt, nur muß ich folgendes hinzufügen: selbst ihr Beschenken der Bettler geschieht aus einer *negativen* Haltung heraus: sie beschenkt sie nicht, weil auch Bettler zur Menschheit gehören, sondern weil sie *nicht* dazu gehören, weil sie ausgeschieden und wahrscheinlich genauso unsolidarisch mit der Menschheit sind wie sie selbst.

Unsolidarisch mit der Menschheit: das ist ihre Haltung. Nur eines hätte sie herausreißen können: eine konkrete Liebe zu einem konkreten Menschen. Würde sie jemanden wahrhaftig lieben, könnte ihr das Schicksal der anderen nicht gleichgültig sein, weil der von ihr geliebte von diesem Schicksal abhängig, weil er dessen Bestandteil wäre und sie nicht das Gefühl haben könnte, daß das, womit die Menschen sich abquälen, ihre Kriege und ihre Ferien, nicht auch ihre Sache sei.

Sie erschrak über ihren letzten Gedanken. Stimmte es denn, daß sie niemanden liebte? Und Paul?

Sie erinnerte sich, wie er vor einigen Stunden, bevor sie zum Diner fuhren, zu ihr gekommen war und sie umarmt hatte. Ja, es war etwas los mit ihr: in letzter Zeit wurde sie von dem Gedanken verfolgt, daß hinter ihrer Liebe zu Paul nichts anderes stand als der bloße Wille: der bloße Wille, ihn zu lieben; der bloße Wille, eine glückliche Ehe zu führen. Würde dieser Wille für einen Augenblick nachlassen, flöge die Liebe davon wie ein Vogel, dessen Käfig man geöffnet hat.

Es ist ein Uhr nachts, Agnes und Paul ziehen sich aus. Wenn sie beschreiben müßten, wie der andere sich auszieht, wie er sich dabei bewegt, brächte sie das in Verlegenheit. Sie schauen einander schon lange nicht mehr zu. Der Gedächtnisapparat ist abgeschaltet und registriert nichts von solchen gemeinsamen Momenten, bevor sie sich im Ehebett zur Ruhe legen.

Das Ehebett: der Altar der Ehe; und wer Altar sagt, sagt: Opfer. Hier opfert sich einer für den anderen: beide schlafen schlecht ein und werden vom Atmen des Partners geweckt; sie drücken sich deshalb an den Rand des Bettes und lassen in dessen Mitte einen breiten Freiraum; sie tun so, als schliefen sie, weil sie glauben, daß sie dem Partner so das Einschlafen erleichtern und dieser sich ohne Angst zu stören auf die Seite drehen könnte. Leider nutzt der Partner dies nicht aus, da auch er (aus den gleichen Gründen) so tut, als schliefe er, und Angst hat, sich zu bewegen.

Nicht einschlafen können und sich nicht bewegen dürfen: das Ehebett.

Agnes liegt ausgestreckt auf dem Rücken, und durch ihren Kopf wandern Vorstellungen: wieder ist dieser wunderliche, liebenswürdige Mann bei ihnen zu Besuch, der alles über sie weiß und dabei keine Ahnung hat, was der Eiffelturm ist. Sie würde alles darum geben, wenn sie allein mit ihm reden könnte, aber er hat absichtlich einen Moment gewählt, da sie beide zu Hause sind. Agnes überlegt vergeblich, mit welcher List sie Paul aus der Wohnung locken könnte. Sie sitzen alle drei in ihren Sesseln um das niedrige Tischchen herum vor drei Kaffeetassen, und Paul bemüht sich, den Gast zu unterhalten. Agnes wartet nur darauf, daß der Gast endlich das anspricht, weswegen er gekommen ist. Ja, sie weiß es. Aber nur sie, Paul nicht. Endlich unterbricht der Gast Pauls Erzählungen und kommt zur Sache: »Ich nehme an, Sie ahnen, woher ich komme.«

»Ja«, sagt Agnes. Sie weiß, daß der Gast von einem anderen, weit entfernten Planeten kommt, der im Universum eine wichtige Stellung einnimmt. Und sogleich fügt sie mit schüchternem Lächeln hinzu: »Ist es dort besser?«

Der Gast zuckt mit den Schultern: »Agnes, Sie wissen doch, wo Sie leben.«

Agnes sagt: »Vielleicht ist der Tod unausweichlich. Aber könnte man sich nicht irgendwie einen anderen ausdenken? Muß das sein, daß vom Menschen ein Körper übrigbleibt, den man in der Erde vergräbt oder ins Feuer wirft? Das ist doch alles furchtbar!«

»Das weiß man überall, daß es auf der Erde furchtbar ist«, sagt der Besucher.

»Und noch etwas«, sagt Agnes. »Ihnen wird diese Frage töricht vorkommen. Haben die, die dort leben, ein Gesicht?«

»Nein. Das Gesicht existiert nur hier, bei Ihnen.«

»Und wodurch unterscheiden sich die, die dort leben?«

»Dort sind alle ihr eigenes Werk. Jeder, wenn ich das so sagen darf, erfindet sich selbst. Aber das ist schwer zu erklären. Das können Sie nicht begreifen. Eines Tages werden Sie es begreifen. Ich bin nämlich gekommen, um Ihnen zu sagen, daß Sie im nächsten Leben nicht mehr auf die Erde zurückkehren werden.«

Agnes hatte im voraus gewußt, was der Gast ihnen sagen würde, und konnte daher nicht überrascht sein. Dafür war Paul ganz verduzt. Er sah den Gast an, sah Agnes an, und sie konnte nicht anders, als zu sagen: »Und Paul?«

»Paul wird auch nicht hierbleiben«, sagte der Gast. »Ich bin gekommen, um Ihnen das mitzuteilen. Auserwählten Menschen teilen wir es immer mit. Ich möchte Sie nur fragen: wollen Sie im nächsten Leben zusammenbleiben oder einander nicht mehr begegnen?«

Agnes wußte, daß diese Frage kommen würde, und das

war der Grund, weshalb sie mit dem Gast hatte allein sein wollen. Sie wußte, daß sie in Pauls Gegenwart nicht würde sagen können: »Ich will nicht mehr mit ihm zusammen leben.« Sie konnte es nicht vor ihm und er konnte es nicht vor ihr sagen, obwohl wahrscheinlich auch er es vorgezogen hätte, das nächste Leben anders und folglich ohne Agnes auszuprobieren. Aber in Gegenwart des andern laut zu sagen: »Wir wollen im nächsten Leben nicht mehr zusammenbleiben, wir wollen uns nicht mehr begegnen« ist dasselbe, wie wenn man sagte: »Liebe zwischen uns gibt es nicht und hat es nie gegeben.« Und gerade das können die beiden unmöglich laut aussprechen, denn ihr ganzes gemeinsames Leben (schon mehr als zwanzig Jahre gemeinsames Leben) war auf der Illusion der Liebe aufgebaut, einer Illusion, die beide sorgfältig hegten und pflegten. Und so weiß sie, daß sie, wenn sie sich diese Szene vorstellt und es zur Frage des Gastes kommt, jedesmal kapitulieren und entgegen ihrem Wunsch, entgegen ihrer Sehnsucht sagen wird: »Ja. Selbstverständlich. Ich möchte, daß wir auch im nächsten Leben zusammen sind.«

Heute jedoch war sie sich zum ersten Mal sicher, daß sie auch in Pauls Gegenwart den Mut finden würde zu sagen, was sie wollte, was sie wirklich und in der Tiefe ihres Herzens wollte; sie war sich sicher, daß sie den Mut auch um den Preis finden würde, daß zwischen ihnen alles zusammenbräche. Neben sich hörte sie lautes Atmen. Paul war bereits eingeschlafen. Als hätte sie dieselbe Filmspule nochmals in den Projektor gelegt, ließ sie die ganze Szene noch einmal vor ihren Augen ablaufen: sie spricht mit dem Gast, Paul sieht sie überrascht an, und der Gast sagt: »Wollen Sie im nächsten Leben zusammenbleiben oder einander nie mehr begegnen?«

(Sonderbar: obwohl er alle Informationen über sie besitzt, bleibt ihm die irdische Psychologie verschlossen, der Begriff der Liebe unbekannt; er ahnt nicht, in welch schwierige Lage er die beiden durch eine so direkte, praktische und gut gemeinte Frage versetzt.)

Agnes nimmt ihre ganze innere Kraft zusammen und antwortet mit fester Stimme: »Wir ziehen es vor, einander nicht mehr zu begegnen.«

Diese Worte klingen wie das Zuschlagen einer Tür hinter der Illusion der Liebe.

ZWEITER TEIL

Die Unsterblichkeit

1.

13. September 1811. Die junge, frischvermählte Bettina, geborene Brentano, wohnt schon die dritte Woche mit ihrem Gatten, dem Dichter von Arnim, beim Ehepaar Goethe in Weimar. Bettina ist sechsundzwanzig, Arnim dreißig, Goethes Frau Christiane neunundvierzig Jahre alt; Goethe ist zweiundsechzig und hat keinen einzigen Zahn mehr. Arnim liebt seine junge Frau, Christiane liebt ihren alten Herrn, und Bettina gibt ihren Flirt mit Goethe auch nach ihrer Hochzeit nicht auf. An diesem Vormittag bleibt Goethe zu Hause, Christiane begleitet das junge Paar zu einer Ausstellung (sie wurde von einem Familienfreund, dem Hofrat Mayer, veranstaltet), in der Bilder zu sehen sind, über die sich Goethe lobend geäußert hat. Frau Christiane versteht nichts von Bildern, hat sich aber gemerkt, was Goethe darüber gesagt hat, so daß sie dessen Ansichten nun ganz bequem als die ihren ausgeben kann. Arnim hört Christianes laute Stimme und sieht die Brille auf Bettinas Nase. Diese Brille hüpft immer wieder hoch, da Bettina (wie ein Kaninchen) die Nase rümpft. Und Armin weiß sehr wohl, was dies bedeutet: Bettina ist bis zur Raserei gereizt. Als er spürt, daß ein Gewitter im Anzug ist, verschwindet er unauffällig im Nebensaal.

Kaum ist er gegangen, unterbricht Bettina Christiane: Nein, sie ist nicht mit ihr einverstanden! diese Bilder sind doch vollkommen unmöglich!

Auch Christiane ist gereizt, und zwar aus zwei Gründen:

zum einen schämt sich diese junge Patrizierin nicht, obwohl verheiratet und schwanger, mit Goethe zu kokettieren, zum andern widerspricht sie seinen Ansichten. Was will sie? Die erste sein unter jenen, die einander in ihrer Ergebenheit Goethe gegenüber übertrumpfen, und zugleich die erste unter denen, die gegen ihn aufbegehren? Christiane irritiert das eine und das andere, und es irritiert sie darüber hinaus, daß das eine das andere logischerweise ausschließt. Also verkündet sie sehr laut, es sei unmöglich, so hervorragende Bilder als unmöglich zu bezeichnen.

Worauf Bettina reagiert: es sei nicht nur möglich, sie als unmöglich zu bezeichnen, man müsse sogar sagen, diese Bilder seien einfach lächerlich! Ja, lächerlich, und zur Untermauerung ihrer Behauptung führt sie neue und immer neue Argumente ins Feld.

Christiane hört zu und stellt fest, daß sie überhaupt nicht versteht, was diese junge Frau ihr erzählt. Je mehr Bettina sich aufregt, desto öfter gebraucht sie Worte, die sie von ihren studierten Altersgenossen gelernt hat, und Christiane weiß, daß Bettina diese Worte nur gebraucht, weil Christiane sie nicht versteht. Sie schaut auf Bettinas Nase, auf der die Brille hüpft, und ihr scheint, als gehörten diese unverständliche Sprache und diese Brille zusammen. Es war in der Tat bemerkenswert, daß Bettina eine Brille auf der Nase trug! Schließlich wußten alle, daß Goethe das Tragen einer Brille in der Öffentlichkeit als Geschmacklosigkeit und Exzentrizität verurteilte! Wenn Bettina sie in Weimar trotzdem trug, so deshalb, weil sie dreist und provokativ kundtun wollte, daß sie zur jungen Generation gehörte, zu einer Generation also, für die Romantik und Brillen kennzeichnend wurden. Und wir wissen, was man sagen will, wenn man sich stolz und demonstrativ zur jungen Generation bekennt: man will sagen, daß man noch in einer Zeit leben wird, in der die andern (in Bettinas Fall Christiane und Goethe) längst schon auf komische Weise unterm Rasen liegen werden.

Bettina redet, sie wird immer aufgeregter, und auf einmal fliegt ihr Christianes Hand ins Gesicht. Im letzten Augenblick macht sie sich bewußt, daß es sich nicht gehört, jemandem eine Ohrfeige zu verpassen, den man als Gast beherbergt. Sie bremst ihre Geste, wodurch ihre Hand Bettinas Stirn nur streift. Die Brille fällt zu Boden und zerspringt. Die Leute in ihrer Nähe drehen sich um und erstarren vor Verlegenheit; aus dem Nebenraum kommt Arnim gelaufen, der Ärmste, und weil ihm nichts Intelligenteres einfällt, geht er in die Hocke und sammelt Splitter für Splitter die Scherben ein, als wollte er sie wieder zusammenleimen.

Einige Stunden lang warten alle gespannt auf Goethes Verdikt. Hinter wen wird er sich stellen, wenn er alles erfährt?

Goethe stellt sich hinter Christiane und verbietet dem Ehepaar ein für allemal sein Haus.

Wenn ein Glas zerbricht, bedeutet das Glück. Zerbricht ein Spiegel, muß man sich auf sieben Jahre Unglück gefaßt machen. Und wenn eine Brille zerbricht? Bedeutet das Krieg. Bettina verkündet in allen Weimarer Salons, »diese dicke Blutwurst« sei verrückt geworden und habe sie gebissen. Ihr Ausspruch wandert von Mund zu Mund, ganz Weimar hält sich den Bauch vor Lachen. Der unsterbliche Ausspruch, das unsterbliche Lachen schallen herüber bis in unsere Tage.

2.

Die Unsterblichkeit. Goethe hat dieses Wort nicht gescheut. In seinem Buch *Aus meinem Leben*, das er mit dem berühmt gewordenen Untertitel *Dichtung und Wahrheit* versah, beschreibt er einen Vorhang, den er im neuen Theater von Leipzig sah, als er neunzehn Jahre alt war. Auf dem Vorhang war (ich zitiere Goethe) »der Tempel des Ruhms« abgebildet, um den herum sich die großen Schauspieldichter und die Göttinnen der Künste versammelt hatten: »Durch die freie Mitte sah man das Portal des fernstehenden Tempels, und ein Mann in leichter Jacke ging zwischen beiden obgedachten Gruppen, ohne sich um sie zu bekümmern, hindurch, gerade auf den Tempel los; man sah ihn daher im Rücken, er war nicht besonders ausgezeichnet. Dieser nun sollte Shakespeare bedeuten, der ohne Vorgänger und Nachfolger, ohne sich um die Muster zu bekümmern, auf seine eigene Hand der Unsterblichkeit entgegengehe.«

Die Unsterblichkeit, von der Goethe spricht, hat freilich nichts mit dem religiösen Glauben an eine unsterbliche Seele zu tun. Es handelt sich um eine andere, durchaus irdische Unsterblichkeit jener, die nach ihrem Tod im Gedächtnis der Nachfahren weiterleben. Jeder Mensch kann eine größere oder kleinere, eine kürzere oder längere Unsterblichkeit erlangen und beschäftigt sich seit seiner Jugend damit. Vom Bürgermeister eines mährischen Dorfes, in das ich als kleiner Junge oft Ausflüge gemacht habe, erzählte man sich, er habe zu Hause bereits einen offenen Sarg stehen und lege sich in glücklichen Momenten, wenn er mit sich selbst außerordentlich zufrieden sei, hinein und stelle sich sein Begräbnis vor. Der Bürgermeister kannte im Leben nichts

Schöneres als diese verträumten Augenblicke im Sarg: er verweilte in seiner Unsterblichkeit.

Hinsichtlich der Unsterblichkeit sind sich allerdings nicht alle Menschen gleich. Wir müssen zwischen der sogenannten *kleinen Unsterblichkeit*, der Erinnerung an einen Menschen in den Gedanken jener, die ihn gekannt haben (das war die Unsterblichkeit, von der der Bürgermeister des mährischen Dorfes träumte), und der *großen Unsterblichkeit* unterscheiden, die die Erinnerung an einen Menschen in den Gedanken jener beinhaltet, die ihn persönlich nicht gekannt haben. Es gibt Lebenswege, die einen von Anfang an mit dieser zwar ungewissen, vielleicht sogar unwahrscheinlichen, unbestreitbar aber möglichen großen Unsterblichkeit konfrontieren: die Lebenswege der Künstler und der Staatsmänner.

Von allen europäischen Staatsmännern unserer Zeit ist François Mitterrand vermutlich derjenige, der sich am intensivsten mit dem Gedanken der Unsterblichkeit beschäftigt hat: Ich erinnere mich an die unvergeßliche Zeremonie, die auf seine Präsidentenwahl im Jahr 1981 folgte. Auf der Place du Panthéon jubelte eine begeisterte Menschenmenge, und er entfernte sich von ihr: allein stieg er die breiten Stufen zum Panthéon empor (genau wie Shakespeare auf dem Vorhang, den Goethe beschrieb, auf den Tempel des Ruhms zuschritt) und hielt drei Rosen in der Hand. Dann entschwand er den Blicken des Volkes und war allein, ganz allein zwischen den Grabmälern von vierundsechzig großen Toten, in seiner gedankenverlorenen Einsamkeit nur vom Blick einer Kamera, eines Filmstabs und einiger Millionen Franzosen verfolgt, die die Augen auf den Fernseher geheftet hatten, aus dem Beethovens Neunte dröhnte. Er legte die Rosen eine nach der andern auf die Gräber von drei Toten, die er unter den vierundsechzig auserwählt hatte. Er glich einem Landvermesser, der die drei Rosen wie drei Fähnchen in den grenzenlosen Bauplatz der Ewigkeit pflanzte, um so das Dreieck abzustecken, in dessen Mitte sein eigener Palast emporragen sollte.

Valéry Giscard d'Estaing, der als Präsident Mitterrands Vorgänger war, hatte 1974 die Müllmänner zu seinem ersten Frühstück ins Elysée geladen. Es war die Geste eines sentimentalen Bourgeois, der sich nach der Liebe der einfachen Leute sehnte und sie glauben machen wollte, einer von ihnen zu sein. Mitterrand war nicht so naiv, den Müllmännern gleichen zu wollen (ein solcher Traum geht für keinen Präsidenten in Erfüllung!), er wollte den Toten gleichen, und das war viel weiser, denn der Tod und die Unsterblichkeit sind wie ein untrennbares Liebespaar, und jemand, dessen Gesicht sich für uns unter die Gesichter der Toten mischt, ist schon zu Lebzeiten unsterblich.

Der amerikanische Präsident Jimmy Carter war mir immer sympathisch, aber einmal, als ich ihn auf dem Bildschirm sah, wie er im Jogginganzug mit einer Gruppe seiner Mitarbeiter, Trainer und Gorillas lief, wurde er mir richtig lieb; plötzlich bildeten sich Schweißtröpfchen auf seiner Stirn, sein Gesicht verzerrte sich, die anderen Läufer wandten sich ihm zu, fingen ihn auf und stützten ihn: ein leichter Herzanfall. Das Jogging hätte eine Gelegenheit sein sollen, dem Volk die ewige Jugend des Präsidenten zu demonstrieren. Darum waren Kameraleute eingeladen worden, und es war nicht ihre Schuld, daß sie uns statt eines vor Gesundheit strotzenden Athleten einen alternden Mann vor Augen führen mußten, der Pech hatte.

Der Mensch sehnt sich nach Unsterblichkeit, doch die Kamera zeigt uns eines Tages den zu einer kläglichen Grimasse verzogenen Mund als das einzige, was wir in Erinnerung behalten werden, was uns von ihm als Parabel seines ganzen Lebens bleiben wird. Er tritt ein in eine Unsterblichkeit, die wir als *lächerlich* bezeichnen.

Tycho Brahe war ein großer Astronom, aber heute wissen wir von ihm nur noch, daß er sich geschämt hatte, während eines Festmahls am Kaiserhof zu Prag auf die Toilette zu gehen, so daß sein Harnleiter plötzlich platzte und er sich zu den lächerlichen Unsterblichen gesellte, als Märtyrer der Scham und des Urins. Er gesellte sich zu ihnen wie Christiane Goethe, die auf ewige Zeiten eine tollwütige Blutwurst sein wird, die beißt. Es gibt keinen Romancier, der mir teurer wäre als Robert Musil. Er starb eines Morgens, als er Hanteln stemmte. Wenn ich das tue, beobachte ich ängstlich meinen Puls und fürchte mich vor dem Tod, denn mit den Hanteln in den Händen zu sterben wie der von mir verehrte Autor, wäre in seiner Epigonalität derart unglaublich, kraß und fanatisch, daß mir dies augenblicklich eine lächerliche Unsterblichkeit garantieren würde.

3.

Stellen wir uns vor, zu Kaiser Rudolfs Zeiten hätte es schon Kameras gegeben (die Carter unsterblich gemacht haben) und das Gastmahl am Hof des Kaisers wäre gefilmt worden: wie Tycho Brahe auf seinem Stuhl hin und her rutschte, erblaßte, die Beine übereinander schlug und den Blick zur Decke hob. Wäre ihm zudem bewußt gewesen, daß einige Millionen Zuschauer ihn beobachteten, wären seine Qualen noch größer und das Lachen, das in den Fluren seiner Unsterblichkeit widerhallte, noch lauter geworden. Das Volk hätte mit Sicherheit verlangt, daß der Film über den berühmten Sternenforscher, der sich schämte, urinieren zu gehen, jedes Jahr zu Silvester ausgestrahlt würde, wenn die Leute lachen wollen, aber meistens nichts haben, worüber sie lachen können.

Diese Vorstellung bringt mich auf die Frage: Verändert sich der Charakter der Unsterblichkeit im Zeitalter der Kameras? Ich zögere nicht zu antworten: im Grunde genommen nicht; das Objektiv war schon da, lange bevor es erfunden wurde; es war da als sein eigenes, nichtmaterialisiertes Wesen. Obwohl kein Objektiv auf sie zielte, benahmen sich die Menschen bereits, als würden sie fotografiert. Um Goethe ist nie ein Haufen Fotografen herumgerannt, aber es rannten aus der Tiefe der Zukunft geworfene Schatten von Fotografen um ihn herum. Zum Beispiel während seiner berühmten Audienz bei Napoleon. Damals, auf dem Gipfel seiner Karriere, hatte der Kaiser der Franzosen auf einer Konferenz in Erfurt alle europäischen Herrscher versammelt, die ihr Einverständnis zur Machtaufteilung zwischen ihm und dem Kaiser der Russen geben sollten.

In diesem Punkt war Napoleon ein echter Franzose: es genügte ihm zu seiner Befriedigung nicht, Hunderttausende in den Tod zu schicken, er brauchte darüber hinaus die Bewunderung der Schriftsteller. Er fragte seinen Berater für kulturelle Angelegenheiten, welches die bedeutendsten geistigen Autoritäten des gegenwärtigen Deutschland seien, und erfuhr, daß es sich vor allem um einen gewissen Herrn Goethe handele. Goethe! Napoleon schlug sich an die Stirn. Der Autor der *Leiden des jungen Werther*! Während seines Ägyptenfeldzugs hatte er bemerkt, daß seine Offiziere in dieses Buch vertieft waren. Da er es gelesen hatte, wurde er furchtbar wütend. Er rügte die Offiziere, solch sentimentalen Quatsch zu lesen und verbot ihnen ein für allemal, Romane in die Hände zu nehmen. Jede Art von Roman! Sie sollten historische Schriften studieren, das sei viel nützlicher! Diesmal aber war er zufrieden, weil er wußte, wer Goethe war, und beschloß, ihn einzuladen. Er tat es um so lieber, als der Berater ihn darüber informiert hatte, daß Goethe in erster Linie als Theaterautor berühmt war. Im Unterschied zum Roman fand Napoleon Anerkennung für das Theater, weil es ihn an Schlachten erinnerte. Und da er selbst einer der größten Urheber von Schlachten und darüber hinaus deren unübertrefflicher Regisseur war, war er tief in seiner Seele davon überzeugt, zugleich der größte tragische Dichter aller Zeiten zu sein, größer als Sophokles, größer als Shakespeare.

Der Berater für kulturelle Angelegenheiten war ein kompetenter Mann, verwechselte aber trotzdem einiges. Goethe hatte sich zwar eingehend mit dem Theater befaßt, sein Ruhm jedoch hatte damit wenig zu tun. Für Napoleons Berater war er offenbar mit Schiller zu einer Person verschmolzen. Da aber Schiller sehr viel mit Goethe zu tun hatte, war es letztendlich kein allzu großer Fehler, die beiden Freunde in einem einzigen Dichter zu vereinigen; vielleicht hatte der Berater dies sogar bewußt getan in der lobenswerten didaktischen Absicht, für Napoleon eine Synthese der deutschen Klassik in der Person von Friedrich Wolfgang Schilloethe zu schaffen.

Als Goethe (nicht ahnend, daß er Schilloethe war) die Einladung erhielt, begriff er sofort, daß er sie annehmen mußte. Es fehlte ihm genau ein Jahr bis zu seinem sechzigsten Geburtstag. Der Tod näherte sich, und mit ihm die Unsterblichkeit (denn, wie schon gesagt, der Tod und die Unsterblichkeit bilden ein untrennbares Paar, schöner als

Marx und Engels, schöner als Romeo und Julia, schöner als Laurel und Hardy), und Goethe konnte es nicht auf die leichte Schulter nehmen, wenn ein Unsterblicher ihn zu einer Audienz lud. Und obwohl er damals sehr mit der Arbeit an seiner *Farbenlehre* beschäftigt war, die er für den Höhepunkt seines Schaffens hielt, verließ er seinen Schreibtisch und fuhr nach Erfurt, wo es am 2. Oktober 1808 zu der unvergeßlichen Begegnung des unsterblichen Heerführers mit dem unsterblichen Dichter kam.

4.

Umzingelt von den unruhigen Schatten der Fotografen, steigt Goethe die breite Treppe empor. Er wird von einem Adjutanten Napoleons begleitet, der ihn über eine weitere Treppe und weitere Gänge in einen großen Salon führt, in dem hinten an einem runden Tisch Napoleon sitzt und frühstückt. Um ihn herum schwirren Männer in Uniformen und übermitteln ihm Meldungen, die er kauend beantwortet. Erst nach Minuten wagt es der Adjutant, den Feldherrn auf Goethe hinzuweisen, der in einiger Entfernung reglos dasteht. Napoleon schaut ihn an und schiebt seine Rechte so unter die Weste, daß die Handfläche die unterste linke Rippe berührt. (Einst hatte er das getan, weil er an Magenschmerzen litt, später jedoch fand er an dieser Geste Gefallen und griff automatisch darauf zurück, wenn er Fotografen um sich sah.) Er schluckt rasch einen Bissen hinunter (es ist nicht gut, fotografiert zu werden, wenn das Gesicht durch Kaubewegungen entstellt ist, weil die Zeitungen böswillig vorwiegend solche Fotografien veröffentlichen!) und sagt laut, damit alle es hören: »Voilà un homme!«

Dieser kurze Satz ist genau das, was man heute in Frankreich ›une petite phrase‹ nennt. Politiker halten lange Reden, in denen sie schamlos immer dasselbe wiederholen, weil sie wissen, daß es vollkommen gleichgültig ist, ob sie sich wiederholen oder nicht, da die breite Öffentlichkeit ohnehin nur jene paar Worte erfährt, die die Journalisten aus ihren Reden zitieren. Um ihnen die Arbeit zu erleichtern und sie in die gewünschte Richtung zu lenken, fügen die Politiker in ihre immer ununterscheidbarer werdenden Reden einen oder zwei kurze Sätze ein, die sie bisher noch nicht verwendet haben, was für sich genommen schon so unerwartet und verblüffend ist, daß der kurze Satz mit einem Mal berühmt wird. Die ganze Kunst der Politik liegt heute nicht mehr im Verwalten der *Polis* (die verwaltet sich der Logik ihres dunklen, unkontrollierbaren Mechanismus folgend selbst), sondern im Erfinden von ›petites phrases‹, die darüber entscheiden, wie der Politiker gesehen, verstanden und in öffentlichen Meinungsumfragen bewertet wird, und ob er bei den nächsten Wahlen gewählt wird, oder auch nicht. Goethe kennt den Terminus ›petite phrase‹ noch nicht, aber wie wir wissen, existieren die Dinge in ihrem Wesen bereits, bevor sie materiell verwirklicht und benannt werden. Goethe begreift, daß das, was Napoleon gerade gesagt hat, eine hervorragende ›petite phrase‹ ist, die beiden überaus gelegen kommt. Zufrieden macht er einen Schritt auf Napoleons Tisch zu.

Sie mögen über die Unsterblichkeit der Dichter sagen, was Sie wollen, Heerführer sind noch unsterblicher, und es war zu Recht Napoleon, der Goethe Fragen stellte, und nicht umgekehrt. »Wie alt sind Sie?« fragt er ihn. »Sechzig«, antwortet Goethe. »Für Ihr Alter sehen Sie gut aus«, sagt Napoleon anerkennend (er ist zwanzig Jahre jünger), und Goethe freut sich darüber. Als er fünfzig war, war er schon sehr dick und hatte ein Doppelkinn, aber das war ihm egal. Im Lauf der Jahre jedoch stellte sich immer öfter der Gedanke an den Tod ein, und es wurde ihm bewußt, daß er mit einem häßlichen Wanst in die Unsterblichkeit eingehen könnte. Er beschloß deshalb abzumagern und wurde ein schlanker Mann, der, obwohl er nicht mehr schön war, mit seiner Erscheinung wenigstens Erinnerungen an seine einstmalige Schönheit wachrufen konnte.

»Sind Sie verheiratet?« fragt Napoleon mit aufrichtigem Interesse. »Ja«, antwortet Goethe mit einer leichten Verneigung. »Und haben Sie Kinder?« »Einen Sohn.« In diesem Moment beugt sich ein General zu Napoleon herunter und teilt ihm etwas Wichtiges mit. Napoleon überlegt. Er zieht die Hand unter der Weste hervor, spießt ein Stück Fleisch auf die Gabel, führt sie zum Mund (diese Szene wird nicht mehr fotografiert) und antwortet kauend. Erst nach einer Weile erinnert er sich wieder an Goethe. Mit aufrichtigem Interesse stellt er ihm die Frage: »Sind Sie verheiratet?« »Ja«, antwortet Goethe mit einer leichten Verneigung. »Und haben Sie Kinder?« »Einen Sohn«, antwortet Goethe. »Und was macht Karl August?«, platzt Napoleon plötzlich mit dem Namen von Goethes Landesvater, des Großherzogs von Sachsen-Weimar, heraus, und am Ton der Stimme ist klar zu erkennen, daß er diesen Menschen nicht mag.

Goethe kann nicht schlecht reden über seinen Herrn, will einem Unsterblichen aber auch nicht widersprechen, und so sagt er nur diplomatisch ausweichend, Karl August habe viel für Künste und Wissenschaft getan. Die Erwähnung der Künste nimmt der unsterbliche Heerführer zum Anlaß, das

Kauen einzustellen, vom Tisch aufzustehen, die Hand wieder unter die Weste zu schieben, einige Schritte zum Dichter hin zu machen und seine Ideen über das Theater vor ihm auszubreiten. In diesem Moment kommt in den unsichtbaren Haufen der Fotografen Bewegung, die Apparate klicken und der Heerführer, der den Dichter für dieses vertrauliche Gespräch zur Seite genommen hat, muß seine Stimme erheben, damit alle im Saal ihn hören. Er schlägt Goethe vor, ein Schauspiel über die Erfurter Konferenz zu schreiben, die der Menschheit endlich Frieden und Glück garantiere. »Das Theater«, sagt er dann sehr laut, »sollte die Schule des Volkes werden!« (Das ist bereits die zweite schöne ›petite phrase‹, die am nächsten Tag als Schlagzeile über den langen Zeitungsartikeln auftauchen wird.) »Und es wäre ausgezeichnet«, fügt er mit leiserer Stimme hinzu, »wenn Sie dieses Stück dem Zaren Alexander widmeten!« (Um den ging es auf der Erfurter Konferenz, und den mußte Napoleon für sich gewinnen!) Dann beglückt er Schilloethe noch mit einem kurzen Vortrag über Literatur; dabei wird er von der Meldung eines Adjutanten unterbrochen und verliert den Faden seiner Gedanken. Um ihn wiederzufinden, wiederholt er noch zweimal, zusammenhanglos und nicht sehr überzeugend, die Worte »das Theater – eine Schule des Volkes« und dann (ja! endlich! er hat den Faden wiedergefunden!) erwähnt er Voltaires *La Mort de César*. Das sei seiner Meinung nach ein Beispiel dafür, wie ein Dichter die Gelegenheit verpaßt habe, zum Lehrer des Volkes zu werden. In diesem Stück hätte Voltaire zeigen sollen, wie ein großer Heerführer für das Wohl der Menschheit arbeite und einzig die Kürze der seinem Leben bemessenen Zeit verhindere, daß er seine Absichten verwirkliche. Die letzten Worte klingen melancholisch, und der Heerführer schaut dem Dichter in die Augen: »Voilà, ein großes Thema für Sie!«

Aber er wird neuerlich unterbrochen. Hohe Offiziere betreten den Raum, Napoleon zieht die Hand unter der Weste hervor, setzt sich an den Tisch, spießt Fleisch auf seine Gabel und hört sich kauend die Rapporte an. Die Schatten der Fotografen sind verschwunden. Goethe sieht um sich. Schaut sich die Bilder an den Wänden an. Dann tritt er zum Adjutanten, der ihn hierhergeführt hat, und fragt ihn, ob er die Audienz als beendet ansehen dürfe. Der Adjutant nickt, Napoleons Gabel führt ein Stück Fleisch zum Mund und Goethe geht.

5.

Bettina war die Tochter von Maximiliane La Roche, einer Frau, in die Goethe verliebt war, als er dreiundzwanzig war. Abgesehen von einigen züchtigen Küssen war es eine unkörperliche, rein sentimentale Liebe gewesen, die schon deshalb keine Folgen hatte, weil Maximilianes Mutter ihre Tochter rechtzeitig mit dem reichen italienischen Kaufmann Brentano verheiratete, der den jungen Dichter, als er sah, daß dieser auch weiterhin mit seiner Frau zu flirten gedachte, aus dem Haus warf und ihm verbot, sich dort je wieder sehen zu lassen. Maximiliane brachte zwölf Kinder zur Welt (dieses diabolische italienische Mannsbild zeugte insgesamt zwanzig!) und gab einem davon den Namen Elisabeth; das war Bettina.

Von Goethe war Bettina seit ihrer frühen Jugend angezogen. Einmal, weil er vor den Augen ganz Deutschlands auf den Tempel des Ruhms zuschritt, dann aber auch, weil sie von der Liebe wußte, die er für ihre Mutter empfunden hatte. Sie begann, sich leidenschaftlich mit dieser alten Liebesgeschichte zu beschäftigen, die um so zauberhafter war, als sie schon sehr weit zurücklag (mein Gott, sie hatte dreizehn Jahre vor ihrer Geburt stattgefunden!), und allmählich wuchs in ihr das Gefühl heran, eine Art heimliches Anrecht auf den Dichter zu haben, denn im metaphorischen Sinn des Wortes (und wer, wenn nicht der Dichter, soll Metaphern ernst nehmen?) betrachtete sie sich als seine Tochter.

Männer haben, wie jeder weiß, die unselige Veranlagung, sich Vaterpflichten zu entziehen, Alimente nicht zu bezahlen und Vaterschaften nicht anzuerkennen. Sie wollen nicht verstehen, daß das Kind das Wesen der Liebe ist. Ja, das Wesen jeder Liebe, und es spielt gar keine Rolle, ob es empfangen oder geboren wird. In der Algebra der Liebe ist das Kind das Zeichen der magischen Summe zweier Personen. Selbst wenn ein Mann eine Frau liebt, ohne sie je zu berühren, muß er damit rechnen, daß seiner Liebe eine Frucht entspringt und auch noch dreizehn Jahre nach der letzten Begegnung zwischen den Verliebten zur Welt kommen kann. Etwas Ähnliches muß sich Bettina gesagt haben, bevor sie es endlich wagte, nach Weimar zu fahren und bei Goethe vorstellig zu werden. Das war im Frühjahr 1807. Sie war zweiundzwanzig (wie Goethe, als er ihrer Mutter den Hof machte), fühlte sich aber immer noch als Kind. Dieses Gefühl beschützte sie auf geheimnisvolle Weise, als sei die Kindheit ihr Schild.

Den Schild der Kindheit vor sich herzutragen, das war ihre lebenslange List. Ihre List, aber auch ihre Natur, denn sie hatte sich schon als Kind angewöhnt, Kind zu spielen. Sie war immer ein bißchen in ihren älteren Bruder, den Dichter

Clemens Brentano, verliebt gewesen und hatte mit großem Vergnügen auf seinem Schoß gesessen. Schon damals (sie war vierzehn) hatte sie es verstanden, diese dreideutige Situation auszukosten, in der sie zugleich Kind, Schwester und liebebedürftige Frau war. Darf man ein Kind von seinem Schoß verjagen? Nicht einmal Goethe wird dazu imstande sein.

Sie setzte sich schon im Jahre 1807 auf seinen Schoß, am Tag ihrer ersten Begegnung, falls wir glauben wollen, was sie selbst beschrieben hat: zuerst saß sie Goethe auf einem Sofa gegenüber; er redete mit konventionell trauriger Stimme über die Herzogin Anna Amalia, die einige Tage zuvor gestorben war. Bettina sagte, sie wisse nichts davon. »Wie das?« wunderte sich Goethe. »Interessiert das Weimarer Leben Sie etwa nicht?« Bettina sagte: »Außer Ihnen interessiert mich nichts.« Goethe lächelte und sagte folgenden schicksalsschweren Satz zu der jungen Frau: »Sie sind ein reizendes Kind.« Kaum hörte sie das Wort »Kind«, war ihr Lampenfieber verflogen. Sie behauptete, schlecht zu sitzen und sprang vom Sofa auf. »Setzen Sie sich so, daß es Ihnen bequem ist«, sagte Goethe, und Bettina fiel ihm um den Hals und setzte sich auf seinen Schoß. Es saß sich dort so gemütlich, daß sie an ihn geschmiegt bald einschlief.

Schwer zu sagen, ob sich das wirklich so zugetragen hat oder ob Bettina uns verulkt, falls sie uns aber verulkt, ist das noch besser: sie verrät uns damit nämlich, wie sie von uns gesehen werden möchte, und sie beschreibt die Methode, wie sie auf Männer zugeht: in der Art eines Kindes war sie dreist aufrichtig (sie erklärte, der Tod der Herzogin von Weimar sei ihr gleichgültig und sie sitze schlecht auf dem Sofa, obwohl vor ihr Dutzende anderer Besucher dankbar darauf gesessen hatten); in der Art eines Kindes fiel sie Goethe um den Hals und setzte sich auf seinen Schoß; und der Gipfel von allem: in der Art eines Kindes schlief sie ihm dort ein!

Nichts ist in dieser Situation vorteilhafter, als den Standpunkt eines Kindes einzunehmen: ein Kind kann sich erlauben, was es will, denn es ist unschuldig und unerfahren; es muß die gesellschaftlichen Anstandsregeln nicht beachten, denn es ist noch nicht in die Welt eingetreten, in der die Form regiert; es darf seine Gefühle ohne Rücksicht darauf äußern, ob es sich schickt oder nicht. Leute, die sich weigerten, in Bettina ein Kind zu sehen, behaupteten, sie sei verrückt (einmal tanzte sie vor lauter Freude, fiel hin und schlug sich an einer Tischkante den Kopf auf), ungezogen (sie setzte sich in Gesellschaft auf den Boden statt auf einen Stuhl) und vor allem katastrophal unnatürlich. Diejenigen hingegen, die willens waren, sie als ewiges Kind wahrzunehmen, waren von ihrer spontanen Natürlichkeit bezaubert.

Goethe war gerührt von dem Kind. Er dachte an seine eigene Jugend zurück und schenkte Bettina einen schönen Ring. In sein Tagebuch schrieb er an jenem Abend lakonisch: *Mamsell Brentano.*

6.

Wie oft im Leben die beiden berühmten Liebenden Goethe und Bettina einander begegnet sind? Sie kam ihn im selben Jahr 1807 im Herbst nochmals in Weimar besuchen und blieb zehn Tage. Danach sah sie ihn erst drei Jahre später wieder: sie reiste für drei Tage in den böhmischen Kurort Teplitz, in dessen heilbringenden Quellen, ohne daß sie es ahnte, auch Goethe sich gerade kurierte. Und nochmals ein Jahr später kam es zu diesem schicksalsschweren Besuch in Weimar, bei dem Christiane ihr nach zweiwöchigem Aufenthalt die Brille von der Nase schlug.

Und wie oft sind sie wirklich allein gewesen, von Angesicht zu Angesicht? Dreimal, viermal, kaum mehr. Je weniger sie sich sahen, desto mehr schrieben sie sich, genauer gesagt: desto mehr schrieb sie ihm. Sie schrieb ihm zweiundfünfzig lange Briefe, in denen sie ihn duzte und über nichts anderes als die Liebe sprach. Doch abgesehen von dieser Wortlawine ereignete sich nichts, und man fragt sich, weshalb ihre Liebesgeschichte so berühmt geworden ist.

Die Antwort lautet: sie ist so berühmt geworden, weil es dabei von Anfang an um etwas anderes als um die Liebe ging.

Goethe begann das schon bald zu ahnen. Zum ersten Mal war er beunruhigt, als Bettina ihm verriet, daß sie sich schon lange vor ihrem ersten Besuch in Weimar mit seiner alten Mutter angefreundet hatte, die wie sie selbst in Frankfurt lebte. Bettina fragte sie nach ihrem Sohn aus, und die Mutter erzählte ihr, erfreut und geschmeichelt, tagelang aus ihren Erinnerungen. Bettina hatte gedacht, daß die Freundschaft mit der Mutter ihr Goethes Haus und auch sein Herz öffnen würde. Diese Rechnung ging jedoch nicht ganz auf. Goethe fand die abgöttische Liebe seiner Mutter ein bißchen komisch (er fuhr nie nach Frankfurt, um sie zu besuchen), und im Bündnis des extravaganten Mädchens mit der naiven Mutter witterte er Gefahr.

Ich stelle mir vor, daß er sehr gemischte Gefühle hatte, als Bettina ihm Geschichten über ihn erzählte, die sie von der alten Frau Goethe erfahren hatte. Zunächst war er selbstverständlich geschmeichelt über das Interesse, das das junge Mädchen für ihn zeigte. Ihre Erzählungen weckten in ihm viele schlummernde Erinnerungen, die ihn freuten. Bald aber fanden sich darunter auch Anekdoten von Begebenheiten, die sich so nicht hatten zutragen können oder in denen er sich so lächerlich vorkam, daß sie sich nicht hätten zutragen dürfen. Zudem nahmen seine Kindheit und Jugend in Bettinas Version eine Färbung oder einen Sinn an, die ihm mißfielen. Nicht, daß Bettina die Erinnerungen an seine Kindheit gegen ihn verwendet hätte, sondern vielmehr deshalb, weil es dem Menschen (jedem Menschen, nicht nur Goethe) zuwider ist, wenn er hört, wie sein Leben in einer anderen Interpretation als der eigenen erzählt wird. Goethe fühlte sich bedroht: dieses Mädchen, das in Kreisen junger Intellektueller aus der romantischen Bewegung verkehrte (Goethe hegte für sie nicht die geringste Sympathie), war auf gefährliche Weise ehrgeizig und hielt sich (mit einer Selbstverständlichkeit, die an Unverschämtheit grenzte) für eine zukünftige Schriftstellerin. Eines Tages sagte sie ihm das übrigens unverblümt: sie wolle aus den Erinnerungen seiner Mutter ein Buch machen. Ein Buch über ihn, Goethe! In diesem Augenblick gewahrte er hinter ihren Liebesbeteuerungen die bedrohliche Aggressivität einer Feder und begann, sich in acht zu nehmen.

Aber gerade, weil er sich vor ihr in acht nahm, tat er alles, um nicht abweisend zu sein. Sie war viel zu gefährlich, als daß er es sich hätte leisten können, sie zu seiner Feindin zu machen; er zog es vor, sie unter ständiger, freundlicher Kontrolle zu haben. Zugleich aber wußte er, daß er es mit der Freundlichkeit nicht übertreiben durfte, da die allerkleinste Geste, die sie als Zeichen verliebter Sympathie hätte auffassen können (und sie war bereit, sogar sein Niesen als Liebeserklärung aufzufassen), sie noch kühner gemacht hätte.

Einmal schrieb sie ihm: »Verbrenne meine Briefe nicht,

zerreiß sie nicht; das könnte dir schaden, denn die Liebe, die ich darin äußere, ist fest, wahrhaftig, lebendig mit dir verbunden. Aber zeige sie niemandem. Bewahre sie in einem Versteck auf wie eine heimliche Schönheit.« Zuerst lächelte er nachsichtig über die Gewißheit, mit der Bettina ihre Briefe als Schönheit betrachtete, doch dann war er fasziniert von dem Satz: »Aber zeige sie niemandem!« Warum sagte sie ihm das? Er hatte nicht die geringste Lust, sie jemandem zu zeigen! Durch den Imperativ *zeige nicht!* hatte Bettina ihren heimlichen Wunsch verraten: *zu zeigen.* Er durfte nicht daran zweifeln, daß die Briefe, die er ihr von Zeit zu Zeit schrieb, auch andere Leser haben würden, und er wußte, daß er sich in der Lage eines Angeklagten befand, dem der Richter verkündete: alles, was Sie von nun an sagen, kann gegen Sie verwendet werden.

Er bemühte sich deshalb sorgfältig, einen Mittelweg zwischen Freundlichkeit und Zurückhaltung einzuschlagen: ihre ekstatischen Briefe beantwortete er mit Zeilen, die zugleich freundschaftlich und zurückhaltend waren, und auf ihr Duzen reagierte er lange mit Siezen. Wenn sie in der gleichen Stadt weilten, verhielt er sich väterlich freundlich zu ihr, er lud sie auch in sein Haus ein, war aber darauf bedacht, daß sie sich stets in Gegenwart Dritter sahen.

Worum also ging es zwischen den beiden?

Im Jahre 1809 schrieb Bettina an ihn: »Ich habe einen festen, starken Willen, bis in Ewigkeit Dich zu lieben.« Lesen Sie diesen scheinbar banalen Satz aufmerksam. Viel wichtiger als das Wort »lieben« sind darin die Wörter »Ewigkeit« und »Willen«.

Ich will Sie nicht länger auf die Folter spannen. Das, worum es zwischen den beiden ging, war nicht die Liebe. Es war die Unsterblichkeit.

7.

Im Jahre 1810, während jener drei Tage, als sie sich zufällig beide in Teplitz aufhielten, gestand sie Goethe, daß sie bald den Dichter Achim von Arnim heiraten werde. Sie sagte es ihm vermutlich mit einer gewissen Verlegenheit, da sie sich nicht sicher war, ob Goethe ihre Hochzeit nicht als Verrat an der Liebe betrachten würde, die sie ihm so ekstatisch gestanden hatte. Sie kannte die Männer nicht gut genug, um vorauszusehen, welche heimliche Freude sie Goethe damit bereitete.

Gleich nach Bettinas Abreise schrieb er Christiane nach Weimar einen Brief, in dem der fröhliche Satz stand: »Mit Arnim ist's wohl gewiß.« In demselben Brief freut er sich, daß Bettina diesmal »wirklich hübscher und liebenswürdiger war wie sonst«, und wir ahnen, weshalb sie ihm so vorkam: er war sich sicher, daß die Existenz eines Ehemannes ihn von nun an vor ihren Extravaganzen verschonen würde, die ihn daran gehindert hatten, ihre Reize gelöst und in guter Verfassung zu würdigen.

Um die Situation zu verstehen, dürfen wir etwas Wichtiges nicht vergessen: Goethe war seit seiner frühesten Jugend ein Verführer, und zu dem Zeitpunkt, als er Bettina kennenlernte, war er es ohne Unterbrechung bereits vierzig Jahre lang; in dieser Zeit hatte sich in seiner Seele ein Mechanismus von Verführungsreaktionen und -gesten gebildet, der sich beim geringsten Anlaß in Gang setzte. Bis jetzt hatte er ihn jedesmal unter größter Mühe vor Bettina verbergen müssen. Als er jedoch begriff, daß es »mit Arnim wohl gewiß« sei, sagte er sich erleichtert, seine Vorsicht sei nunmehr überflüssig.

Sie kam eines Abends in sein Zimmer und gebärdete sich

wieder wie ein Kind. Aufreizend erzählte sie irgend etwas Unanständiges, und während er in seinem Sessel sitzenblieb, setzte sie sich ihm gegenüber auf den Boden. Da er guter Laune war (»Mit Arnim ist's wohl gewiß!«), neigte er sich zu ihr hinab und streichelte ihr wie einem Kind die Wangen. In diesem Augenblick verstummte das Kind in seiner Erzählung und hob einen Blick voller weiblicher Sehnsüchte und Ansprüche zu ihm empor. Er nahm ihre Hände und half ihr vom Boden auf. Merken wir uns diese Szene gut: er saß da, sie stand ihm gegenüber, und hinter dem Fenster versank die Sonne. Sie sahen einander in die Augen, der Verführungsmechanismus war in Gang gesetzt, und er tat nichts dagegen. Mit einer etwas tieferen Stimme als sonst und ohne den Blick von ihr zu wenden, forderte er sie auf, vor ihm ihre Brüste zu entblößen. Sie sagte nichts, tat nichts; sie errötete. Er stand von seinem Sessel auf und knöpfte ihr das Kleid über der Brust selbst auf. Sie sah noch immer in seine Augen, und das Abendrot vermischte sich auf ihrer Haut mit der Röte, die sich vom Gesicht bis zum Bauch ausgebreitet hatte. Er legte die Hand auf ihre Brust: »Hat dir noch nie jemand den Busen berührt?« fragte er sie. »Nein, mir selbst ist's so fremd, daß du mich anrührst«, antwortete sie und sah ihm noch immer in die Augen. Ohne die Hand von ihrer Brust zu nehmen, sah auch er ihr in die Augen und beobachtete auf deren Grund lange und begierig die Scham eines Mädchens, dessen Busen noch nie jemand berührt hatte.

Ungefähr so hat Bettina selber diese Szene geschildert, die mit größter Wahrscheinlichkeit keine Fortsetzung mehr fand und inmitten ihrer eher rhetorischen als erotischen Geschichte als einziges wundervolles Juwel sexueller Erregung erhalten blieb.

8.

Nachdem sie sich getrennt hatten, hallte dieser zauberhafte Augenblick in ihrem Innern noch lange nach. Im Brief, der auf die Begegnung folgte, nannte Goethe sie *Allerliebste*. Er vergaß darüber aber nicht, worum es ging, und schon im folgenden Brief teilte er ihr mit, daß er anfangen wolle, seine Memoiren zu schreiben, *Dichtung und Wahrheit*, und dazu ihre Hilfe brauche: seine Mutter weile nicht mehr unter den Lebenden, und niemand sonst könne ihm seine Jugend in Erinnerung rufen. Bettina aber habe lange Zeit in der Gegenwart der alten Frau verbracht: sie möge doch niederschreiben, was diese ihr erzählt habe, und es ihm schicken!

Wußte er denn nicht, daß Bettina selbst ein Buch mit Erinnerungen an Goethes Kindheit herausbringen wollte? Daß sie sogar schon mit einem Verleger darüber verhandelt hatte? Natürlich wußte er es! Ich wette, daß er sie nicht um diesen Gefallen bat, weil er ihre Aufzeichnungen gebraucht hätte, sondern nur, damit sie nichts über ihn veröffentlichen konnte. Schwach geworden durch den Zauber ihrer letzten Begegnung und die Befürchtung, Goethe könnte sich ihr aufgrund ihrer Heirat mit Arnim entfremden, gehorchte sie. Damit war es ihm gelungen, sie wie eine Zeitbombe unschädlich zu machen.

Und dann kam sie im September 1811 wieder nach Weimar; sie kam mit ihrem jungen Gatten und war schwanger. Es gibt kein größeres Vergnügen als die Begegnung mit einer Frau, vor der wir uns gefürchtet haben und die uns, entwaffnet, keine Angst mehr einjagt. Nur: Bettina fühlte sich, obwohl schwanger, verheiratet und der Möglichkeit beraubt, ein Buch über Goethes Jugend zu schreiben, keineswegs entwaffnet, und sie hatte nicht die geringste Absicht, ihren Kampf aufzugeben. Verstehen Sie es richtig: nicht den Kampf um die Liebe; den Kampf um die Unsterblichkeit.

Daß Goethe an die Unsterblichkeit dachte, läßt sich in Anbetracht seiner Situation voraussetzen. Ist es aber möglich, daß auch das unbekannte Mädchen Bettina in so jungen Jahren daran dachte? Natürlich. An die Unsterblichkeit denkt man von Kindheit an. Außerdem gehörte Bettina zur Generation der Romantiker, und diese waren schon vom Tod fasziniert, kaum daß sie das Licht der Welt erblickt hatten. Novalis wurde keine dreißig Jahre alt, und obwohl er so jung war, hat nichts ihn so sehr inspiriert wie der Tod, der behexende Tod, der in den Alkohol der Dichtung umgestaltete Tod. Alle lebten sie in einer Transzendenz, sie wuchsen über sich selbst hinaus, streckten ihre Hände nach der Ferne aus, bis ans Ende ihres Lebens und weit darüber hinaus in die Ferne des Nichtseins. Und wie schon gesagt, dort, wo der Tod ist, ist auch seine Gefährtin, die Unsterblichkeit, und die Romantiker duzten sie mit der gleichen Berechtigung, wie Bettina Goethe duzte.

Die Jahre zwischen 1807 und 1811 waren die schönste Zeit in Bettinas Leben. 1810 besuchte sie, unangemeldet, Beethoven in Wien. So kannte sie die beiden unsterblichsten aller Deutschen, nicht nur den schönen Dichter, sondern auch den häßlichen Komponisten, und sie flirtete mit beiden. Sie war von dieser doppelten Unsterblichkeit berauscht. Goethe war schon alt (damals galten Sechzigjährige als alt), wundervoll reif für den Tod, und obwohl Beethoven erst vierzig war, war er, ohne es zu ahnen, dem Tod fünf Jahre näher als Goethe. Sie stand also zwischen ihnen wie ein zarter Engel zwischen zwei riesigen schweren Grabsteinen. Das war so schön, daß Goethes fast zahnloser Mund sie absolut nicht störte. Im Gegenteil, je älter er wurde, desto anziehender war er, denn je näher er dem Tode stand, desto näher stand er auch der Unsterblichkeit. Nur ein toter Goethe würde imstande sein, sie fest an die Hand zu nehmen und zum Tempel des Ruhms zu führen. Je näher er dem Tode stand, desto weniger war sie gewillt, auf ihn zu verzichten.

Darum spielte sie in jenem fatalen September 1811, obwohl verheiratet und schwanger, noch mehr das Kind als je zuvor, sie redete laut, setzte sich auf den Boden, auf den Tisch, auf den Rand der Wäschetruhe, auf den Lüster, sie kletterte auf Bäume und ging tanzen, sie sang, wenn alle anderen in eine ernste Konversation vertieft waren, und gab ernste Sätze von sich, wenn die andern singen wollten, und sie versuchte, um jeden Preis mit Goethe allein zu sein. Das jedoch schaffte sie in den zwei Wochen nur ein einziges Mal. Nach dem, was darüber erzählt wird, spielte es sich ungefähr so ab:

Es war Abend, sie saßen in seinem Zimmer am Fenster. Sie begann, von der Seele und danach von den Sternen zu sprechen. Da schaute Goethe zum Fenster hinaus und zeigte Bettina einen großen Stern. Doch Bettina war kurzsichtig und sah nichts. Goethe reichte ihr ein Fernrohr: »Wir haben Glück! Es ist der Merkur! In diesem Herbst sieht man ihn besonders gut.« Bettina wollte aber von den Sternen der Liebenden und nicht von den Sternen der Astronomen sprechen, und deshalb sah sie, als sie das Fernrohr vors Auge hielt, absichtlich nichts und verkündete, dieses Fernrohr sei zu schwach für sie. Geduldig ging Goethe ein anderes Fernrohr mit stärkeren Linsen holen. Wieder forderte er sie auf, es vors Auge zu halten, und abermals behauptete sie, nichts zu sehen. Was ausschlaggebend dafür war, daß er über Merkur und Mars, über die Planeten, die Sonne und die Milchstraße zu reden anfing. Er redete lange, und als er damit fertig war, entschuldigte sie sich und ging aus freien Stücken auf ihr Zimmer, um zu schlafen. Einige Tage später erklärte sie auf der Ausstellung, alle gezeigten Bilder seien unmöglich, und Christiane schlug ihr die Brille von der Nase.

9.

Den Tag der zerbrochenen Brille, den dreizehnten September, erlebte Bettina als schwere Niederlage. Zunächst reagierte sie kämpferisch, indem sie in ganz Weimar verkündete, eine tollwütige Blutwurst habe sie gebissen, doch bald schon begriff sie, daß sie als Folge ihrer Wut Goethe vielleicht nie mehr sehen würde, was ihre große Liebe zu einem Unsterblichen in eine bloße, dem Vergessen geweihte Episode verwandelt hätte. Deshalb zwang sie den guten Arnim, Goethe einen Brief zu schreiben, in dem er versuchen sollte, sie zu entschuldigen. Doch der Brief blieb ohne Antwort. Das Ehepaar verließ Weimar und kehrte im Januar 1812 wieder dorthin zurück. Goethe empfing sie nicht. Im Jahre 1816 starb Christiane, und kurz danach sandte Bettina Goethe einen langen demutsvollen Brief. Goethe reagierte nicht. 1821, also zehn Jahre nach ihrer letzten Begegnung, kam sie nach Weimar und ließ sich bei Goethe anmelden, der an diesem Abend Gäste empfing und sie nicht daran hindern konnte, das Haus zu betreten. Er sprach jedoch kein einziges Wort mit ihr. Im Dezember desselben Jahres schrieb sie ihm noch einmal, erhielt aber keine Antwort.

Im Jahre 1823 beschlossen die Frankfurter Stadträte, ein Goethedenkmal zu errichten, und sie bestellten es bei einem

Bildhauer namens Rauch. Als Bettina das Modell sah, gefiel es ihr nicht; sie begriff sofort, daß das Schicksal ihr eine Gelegenheit bot, die sie sich nicht entgehen lassen durfte. Obwohl sie nicht zeichnen konnte, machte sie sich noch in derselben Nacht an die Arbeit und skizzierte einen eigenen Entwurf: Goethe saß in der Position eines antiken Helden da; in einer Hand hielt er eine Lyra, zwischen seinen Knien stand ein Mädchen, das Psyché darstellen sollte; die Haare des Dichters standen wie Flammen um seinen Kopf. Sie schickte Goethe die Zeichnung, und es geschah etwas ganz Überraschendes: in Goethes Augen trat eine Träne! Und so empfing er sie nach dreizehn Jahren wieder bei sich (es war im Juli 1824, er war fünfundsiebzig und sie neununddreißig), und obwohl er sich distanziert verhielt, gab er ihr zu verstehen, daß alles verziehen und die Zeit des verächtlichen Schweigens Vergangenheit sei.

Mir scheint, beide Protagonisten waren in dieser Phase der Geschichte zu einer kalten, klarsichtigen Einschätzung der Situation gelangt: jeder wußte, worum es dem andern ging und daß der andere dies wußte. Mit ihrer Zeichnung des Denkmals hatte Bettina zum ersten Mal unmißverständlich auf das hingewiesen, was von Anfang an im Spiel gewesen war: die Unsterblichkeit. Bettina sprach dieses Wort nicht aus, sondern berührte es nur stumm, wie wenn man eine Saite anschlägt, die dann noch lange fast unhörbar nachhallt. Goethe hörte den Ton. Zunächst fühlte er sich törichterweise geschmeichelt, allmählich aber (nachdem er die Träne getrocknet hatte) verstand er den wahren (und weniger schmeichelhaften) Sinn von Bettinas Botschaft: sie gab ihm zu verstehen, daß das alte Spiel weiterging; daß sie nicht aufgegeben hatte; daß sie es sein würde, die ihm das festliche Totenhemd nähte, in dem er der Nachwelt präsentiert würde; daß er sie durch nichts daran hindern konnte, am allerwenigsten durch trotziges Schweigen. Er rief sich von neuem in Erinnerung, was er längst schon wußte: Bettina war gefährlich, und es war deshalb besser, sie unter freundlicher Aufsicht zu haben.

Bettina wußte, daß Goethe dies wußte. Es geht aus ihrer nächsten Begegnung im Herbst desselben Jahres hervor; sie beschreibt sie in einem Brief an ihre Nichte Sophie: »... erst knurrte er mich an, dann liebkoste er mich mit den schmeichelhaftesten Worten, um mich wieder gut zu machen.«

Wir verstehen ihn nur zu gut! Er spürte mit brutaler Eindringlichkeit, wie sehr sie ihm auf die Nerven ging, und er wurde wütend auf sich, daß er dieses wunderschöne, dreizehnjährige Schweigen gebrochen hatte. Er fing an, mit ihr zu streiten, als wollte er ihr auf einmal alles vorwerfen, was er je gegen sie gehabt hatte. Doch schon im nächsten Augenblick wies er sich zurecht: weshalb aufrichtig sein? weshalb ihr sagen, was er dachte? Wichtig war schließlich nur, was er sich vorgenommen hatte: sie zu neutralisieren; sie zu pazifizieren; sie unter Aufsicht zu haben.

Mindestens sechsmal im Laufe ihrer Unterhaltung, erzählt Bettina weiter, ging Goethe unter den verschiedensten Vorwänden ins Nebenzimmer, um heimlich Wein zu trinken, was sie seinem Atem anmerkte. Schließlich fragte sie ihn lachend, weshalb er heimlich trinke, und er war beleidigt.

Interessanter als Goethe, der trinken ging, scheint mir Bettina: sie verhielt sich nicht wie Sie oder ich, die wir Goethe amüsiert beobachtet und dabei diskret und ehrfurchtsvoll geschwiegen hätten. Ihm zu sagen, was andere nicht ausgesprochen hätten (»ich rieche den Alkohol aus deinem Mund! warum hast du getrunken? und warum heimlich?«), war für sie Mittel zum Zweck, um ihm gewaltsam ein Stück seiner Intimität zu entreißen und in engen Kontakt mit ihm zu treten. In der Aggressivität ihrer Indiskretion, auf die sie sich seit jeher ein Recht angemaßt hatte, indem sie auf ihre Maske des Kindes zurückgriff, sah Goethe plötzlich jene Bettina, die er vor dreizehn Jahren nie mehr zu sehen beschlossen hatte. Wortlos stand er auf und nahm die Lampe in die Hand zum Zeichen, daß der Besuch beendet war, und jetzt begleitet er die Besucherin durch den dunklen Flur zur Tür.

In diesem Moment, fährt Bettina in ihrem Brief fort, habe sie sich mit dem Gesicht zu seinem Zimmer auf die Schwelle gekniet, um ihm den Weg zu versperren, und gesagt: »Nun will ich sehen, ob ich dich einsperren kann und ob du ein guter oder ein böser Geist bist, wie die Ratten im Faust; ich küsse diese Schwelle und segne sie, über die tagtäglich der herrlichste Menschengeist und mein bester Freund hinausschreitet.«

Und was macht Goethe? Ich zitiere wieder wörtlich Bettina. Angeblich soll er gesagt haben: »Über Dich und Deine Liebe schreite ich nicht hinaus, die ist mir zu teuer, und um Deinen Geist schleiche ich mich so herum (indem er das Plätzchen sorgfältig umschritt), denn Du bist sehr pfiffig, und es ist besser, in gutem Vernehmen mit Dir zu sein.«

Dieser Satz, den Bettina Goethe in den Mund gelegt hat, faßt meiner Meinung nach alles zusammen, was er ihr bei dieser Begegnung unausgesprochen gesagt hat: Ich weiß, Bettina, daß deine Zeichnung des Denkmals eine geniale List war. In meiner bedauernswerten Senilität habe ich mich rühren lassen, weil ich mein Haar (ah, mein armes schütteres Haar!) in Feuer verwandelt sah, ich habe aber sofort begriffen, daß das, was du mir zeigen wolltest, nicht eine Zeichnung war, sondern die Pistole, die du in der Hand hältst, um weit in meine Unsterblichkeit hinein zu schießen. Nein, ich habe es nicht geschafft, dich zu entwaffnen. Deshalb will ich keinen Krieg. Ich will Frieden. Aber nicht mehr als Frieden. Ich werde vorsichtig um dich herumgehen und dich nicht berühren, nicht umarmen, nicht küssen. Zum einen habe ich dazu keine Lust, zum andern weiß ich, daß du alles, was ich tue, in Munition für deine Pistole verwandelst.

10.

Zwei Jahre später kam Bettina wieder nach Weimar; sie traf Goethe fast täglich (er war damals siebenundsiebzig), und gegen Ende ihres Besuches, als sie versuchte, sich am Hof Karl Augusts einzuführen, beging sie wieder eine ihrer charmanten Dreistigkeiten. Doch da geschah etwas Unerwartetes. Goethe explodierte. »Diese leidige Bremse«, schrieb er dem Großherzog, »ist mir als Erbstück von Meiner guten Mutter schon viele Jahre sehr unbequem! Sie wiederholt das selbe Spiel, das ihr in der Jugend allenfalls kleidete, wieder, spricht von Nachtigallen und zwitschert wie ein Zeisig. Befehlen Ew. H. so verbiet ich ihr in allem Ernst onkelhaft jede weiter Behelligung. Ohnehin sind Höchst Dieselben vor Treibereien und sonst nicht einmal sicher zu stellen.«

Sechs Jahre später meldete sie sich erneut in Weimar, aber Goethe empfing sie nicht. Der Vergleich mit der leidigen Bremse blieb für ihn das letzte Wort in dieser Geschichte.

Sonderbar. Seit der Zeit, da er die Zeichnung des Denkmals erhalten hatte, hatte er sich auferlegt, mit ihr Frieden zu halten. Obwohl er schon auf ihre bloße Gegenwart allergisch reagierte, bemühte er sich damals (selbst um den Preis, nach Alkohol zu riechen), den Abend bis zuletzt »in gutem Vernehmen« mit ihr zu verbringen. Wie ist es möglich, daß er dennoch plötzlich all diese Bemühungen in den Wind schreiben wollte? Er, der stets darauf geachtet hatte, nicht mit einem zerknitterten Hemd in die Unsterblichkeit einzugehen; wie ist es möglich, daß er plötzlich diesen entsetzlichen Satz von der leidigen Bremse schrieb, den man ihm noch in hundert und in dreihundert Jahren ankreiden wird, wenn kein Mensch mehr den *Faust* oder *Die Leiden des jungen Werthers* liest?

Man muß sich dazu das Zifferblatt des Lebens vergegenwärtigen:

Bis zu einem bestimmten Zeitpunkt ist der Tod für uns etwas zu Fernes, als daß wir uns mit ihm beschäftigten. Er wird nicht gesehen, und er ist unsichtbar. Das ist die erste, glückliche Phase des Lebens.

Dann aber sehen wir ihn plötzlich vor uns und können unsere Gedanken nicht von ihm lösen. Er ist bei uns. Und da die Unsterblichkeit sich an den Tod klammert wie Hardy an Laurel, können wir sagen, daß auch unsere Unsterblichkeit bei uns ist. Und von dem Moment an, da wir wissen, daß sie bei uns ist, fangen wir an, uns fieberhaft um sie zu kümmern. Wir lassen ihr einen Smoking scheidern und kaufen ihr eine Krawatte, weil wir Angst haben, daß andere uns vielleicht zuvorkommen und eine schlechte Wahl treffen könnten. Das ist der Moment, da Goethe beschließt, seine Memoiren zu schreiben, sein berühmtes Werk *Dichtung und Wahrheit*; es ist der Moment, da er den ergebenen Eckermann zu sich ruft (merkwürdige Übereinstimmung: es geschieht in demselben Jahr 1823, als Bettina ihm den Entwurf für das Denkmal schickt) und ihn die *Gespräche mit Goethe* schreiben läßt, dieses schöne, unter der liebenswürdigen Kontrolle des Portraitierten geschriebene Portrait.

Auf diese zweite Phase des Lebens, in der wir die Augen nicht losreißen können vom Tod, folgt noch eine dritte, die kürzeste und geheimnisvollste, über die man wenig weiß und wenig spricht. Die Kräfte schwinden uns, und wir werden von entwaffnender Müdigkeit übermannt. Die Müdigkeit: eine stille Brücke, die vom Ufer des Lebens zum Ufer des Todes führt. Der Tod ist so nah, daß uns der Blick auf ihn langweilt. Er ist wieder unsichtbar geworden und wird nicht gesehen: nicht gesehen wie ein Gegenstand, der uns allzu vertraut ist. Der müde Mann sieht aus dem Fenster, er betrachtet die Baumkronen und spricht in Gedanken die Namen der Bäume aus: Kastanie, Pappel, Ahorn. Die Namen sind schön wie das Sein selbst. Die Pappel ist hoch und gleicht einem Athleten, der die Hand zum Himmel ausstreckt. Oder einer Flamme, die emporlodert und versteinert. Pappel, o Pappel. Verglichen mit der Schönheit der Pappel, auf die der müde Mann aus dem Fenster schaut, ist die Unsterblichkeit eine lächerliche Illusion, ein leeres Wort, ein in einem Schmetterlingsnetz gefangener Windhauch. Die Unsterblichkeit interessiert den müden alten Mann ganz und gar nicht mehr.

Und was tut der müde alte Mann, der die Pappel betrachtet, wenn plötzlich eine Frau auftaucht, die sich auf den Tisch setzen, auf die Schwelle knien und gezierte Sätze von sich geben will? Mit einem Gefühl allergrößter Freude und in einem plötzlichen Anflug von Vitalität nennt er sie eine leidige Bremse.

Ich denke an den Augenblick, da Goethe die Worte »leidige Bremse« schreibt. Ich denke an das Vergnügen, das er dabei empfunden haben muß, und ich stelle mir vor, daß er damals plötzlich begriff: er hatte sein ganzes Leben lang nie so gehandelt, wie er hatte handeln wollen. Er hatte sich als Verwalter seiner Unsterblichkeit gesehen, und diese Verantwortung hatte ihn eingeengt und unnahbar gemacht. Er fürchtete sich vor Exzentrizitäten, obwohl sie ihn faszinierten, und falls er sich doch auf eine einließ, versuchte er sie nachträglich so zurechtzustutzen, daß sie den Rahmen jener lächelnden Harmonie nicht sprengte, die er oftmals mit der Schönheit gleichsetzte. Die Worte »leidige Bremse« paßten weder in sein Werk noch in sein Leben und noch weniger in seine Unsterblichkeit. Sie waren die reine Freiheit. Sie konnten nur von einem Menschen geschrieben werden, der sich bereits in der dritten Phase seines Lebens befand und aufgehört hatte, seine Unsterblichkeit zu verwalten und sie für etwas Wichtiges zu halten. Nicht jeder kommt dorthin, bis zu dieser am weitesten entfernten Grenze, wer es jedoch schafft, der weiß, daß erst dort, und nirgendwo sonst, die wahre Freiheit ist.

Diese Gedanken gingen Goethe durch den Kopf, doch er vergaß sie rasch wieder, da er alt und müde war und schon ein schlechtes Gedächtnis hatte.

11.

Erinnern wir uns: als sie das erste Mal zu ihm kam, spielte sie das Kind. Fünfundzwanzig Jahre später, im März 1832, als sie erfuhr, daß Goethe ernsthaft erkrankt war, schickte sie augenblicklich eines ihrer Kinder zu ihm: ihren achtzehnjährigen Sohn Sigmund. Der schüchterne

Jüngling blieb den Anweisungen seiner Mutter entsprechend sechs Tage in Weimar und wußte überhaupt nicht, worum es ging. Aber Goethe wußte es: sie hatte ihren Boten zu ihm gesandt, um ihm durch dessen bloße Gegenwart zu verstehen zu geben, daß der Tod hinter der Tür von einem Fuß auf den andern trat und Bettina nunmehr Goethes Unsterblichkeit in ihre Hände nehmen würde.

Dann tritt der Tod durch die Tür, nach einwöchigem Kampf mit ihm stirbt Goethe am 22. März, und einige Tage später schreibt Bettina an seinen Testamentsvollstrecker, den Kanzler Müller: »Gewiß hat der Tod von Goethe mir einen tiefen Eindruck gemacht, und einen unauslöschlichen; aber keinen traurigen. Wenn ich die aufrichtige Wahrheit im Wort nicht auszudrücken vermag, so glaub ich doch ihr am nächsten zu kommen, wenn ich sage einen glorreichen Eindruck.«

Merken wir uns diese Präzisierung Bettinas gut: nicht traurig, sondern glorreich.

Kurz danach verlangte sie von demselben Kanzler Müller, er möge ihr alle Briefe schicken, die sie Goethe je geschrieben hatte. Als sie sie durchgelesen hatte, war sie enttäuscht: die ganze Geschichte kam ihr vor wie eine bloße Skizze, wenn auch zu einem Meisterwerk, trotzdem aber nur eine Skizze, und eine sehr unvollkommene dazu. Es galt, sich an die Arbeit zu machen. Drei Jahre lang verbesserte sie, schrieb um und schrieb dazu. War sie mit ihren eigenen Briefen schon nicht zufrieden, so war sie es noch viel weniger mit denen Goethes. Als sie sie jetzt von neuem durchlas, war sie verletzt darüber, wie knapp, reserviert und stellenweise sogar unverschämt sie waren. Als hätte er ihre Maskierung als Kind wörtlich genommen, hatte er ihr manchmal geschrieben wie jemand, der einer Schülerin freundlich herablassend

Lektionen erteilt. Deshalb mußte sie den Ton verändern: wo er sie »liebe Freundin« nannte, änderte sie es ab in »mein teures Herz«, seine Maßregelungen milderte sie durch schmeichelnde Attribute, und sie fügte Sätze hinzu, die ihr die Macht einer Inspiratorin und Muse zusprachen, die Macht, die Bettina auf den faszinierten Dichter ausübte.

Noch radikaler allerdings schrieb sie ihre eigenen Briefe um. Nein, hier änderte sie nicht den Ton, der Ton war richtig. Aber sie veränderte zum Beispiel Daten (um die langen Pausen in ihrer Korrespondenz verschwinden zu lassen, die gegen die Beständigkeit der Leidenschaft gesprochen hätten), klammerte mehrere unpassende Passagen aus (zum Beispiel jene, in der sie Goethe bat, ihre Briefe niemandem zu zeigen) und fügte andere hinzu, sie machte die geschilderten Situationen dramatischer und verlieh ihren Ansichten über Politik und Kunst, vor allem aber über Musik und Beethoven größere Tiefe.

Das Buch schrieb sie im Jahre 1835 zu Ende und veröffentlichte es unter dem Titel *Goethes Briefwechsel mit einem Kinde*. Niemand zweifelte an der Echtheit dieser Korrespondenz, bis 1929 die Originalbriefe gefunden und publiziert wurden.

Ach, warum hat sie sie dann nicht rechtzeitig verbrannt?

Versetzen Sie sich in ihre Lage: es ist nicht leicht, intime Dokumente zu verbrennen, die einem am Herzen liegen; es ist, wie wenn Sie sich eingestünden, nicht mehr lange hier zu sein, morgen schon zu sterben; dennoch verschieben Sie den Akt der Zerstörung von einem Tag auf den andern, bis es dann zu spät ist.

Der Mensch rechnet mit der Unsterblichkeit und vergißt, mit dem Tod zu rechnen.

12.

Durch den Abstand, den das Ende unseres Jahrhunderts uns gewährt, können wir heute vielleicht wagen zu sagen: Goethe ist die Gestalt, die genau in der Mitte der europäischen Geschichte steht. Goethe: die große Mitte. Nicht etwa eine furchtsame Mitte, die den Extremen vorsichtig ausweicht, nein, eine feste Mitte, die beide Extreme in einem bewundernswerten Gleichgewicht hält, das Europa danach nie mehr erlebt hat. Goethe hat als junger Mann noch Alchimie studiert und ist später einer der ersten modernen Wissenschaftler geworden. Goethe ist wohl der größte aller Deutschen und zugleich Antipatriot und Europäer. Goethe ist Kosmopolit und verläßt zeit seines Lebens nur selten seine Provinz, sein kleines Weimar. Goethe ist ein Mann der Natur, aber auch ein Mann der Geschichte. In der Liebe ist er Libertin und Romantiker. Und noch etwas:

Erinnern wir uns an Agnes im Aufzug, der rüttelte, als wäre er vom Veitstanz befallen. Obwohl sie sich in der Kybernetik auskannte, konnte sie sich absolut nicht erklären, was im technischen Kopf dieser Maschine vor sich ging, die ihr ebenso fremd und undurchschaubar war wie der Mechanismus sämtlicher Gegenstände, mit denen sie täglich in Kontakt kam, vom Btx bis zur Geschirrspülmaschine.

Goethe hingegen lebte in jener kurzen Zeitspanne der Geschichte, als das technische Niveau dem Leben bereits eine gewisse Bequemlichkeit verlieh, der gebildete Mensch jedoch noch alle Geräte verstehen konnte, die er benutzte. Goethe wußte, woraus und wie das Haus gebaut war, in dem er wohnte, er wußte, weshalb eine Petroleumlampe brannte, er kannte das Prinzip des Fernrohrs, durch das er mit Bettina den Merkur betrachtete; er konnte zwar nicht selber operieren, hatte aber bei einigen Operationen assistiert, und war er selbst einmal krank, konnte er sich dank seines Fachwortschatzes mit dem Arzt unterhalten. Die Welt der technischen Geräte war ihm vertraut und verständlich, und das war ein großer Augenblick in der europäischen Geschichte, ein Augenblick, von dem eine Narbe der Wehmut zurückgeblieben ist im Herzen des Menschen, der in einem rüttelnden und tanzenden Aufzug festsitzt.

Beethovens Werk beginnt dort, wo Goethes Mitte aufhört. Es entsteht in einem Moment, da die Welt allmählich ihre Transparenz verliert und immer dunkler und unverständlicher wird und ins Unbekannte stürzt, während der Mensch, von der Welt verraten, sich in sein Inneres flüchtet, in seine Sehnsucht, seine Träume, seine Revolte, und sich von der leidvollen inneren Stimme so sehr betäuben läßt, daß er die Stimmen von außen gar nicht mehr hört. Dieser innere Schrei klang für Goethe wie unerträglicher Lärm. Goethe haßte Lärm. Das ist bekannt. Er ertrug nicht einmal Hundegebell aus einem entfernten Garten. Es wurde behauptet, er habe nicht einmal die Musik gemocht. Das ist ein Irrtum. Was er nicht mochte, war das Orchester. Er liebte Bach, weil Bach die Musik noch als transparente Kombination selbständiger Stimmen dachte, von denen jede von den anderen zu unterscheiden war. In Beethovens Symphonien hingegen zerflossen die einzelnen Stimmen der Instrumente zu einem klingenden Amalgam von Schreien und Klagen. Goethe ertrug dieses Geschrei des Orchesters ebensowenig wie das laute Weinen der Seele. Die junge Generation von Bettinas Weggefährten sah, wie der göttliche Goethe sie verächtlich anschaute und sich die Ohren zuhielt. Das konnten sie ihm nicht verzeihen, und sie griffen ihn an als Feind der Seele, der Revolte und des Gefühls.

Bettina war die Schwester des Dichters Brentano, die Frau des Dichters Arnim, und sie verehrte Beethoven. Sie gehörte zur Generation der Romantiker und war gleichzeitig eine Freundin Goethes. Ihre Stellung war ohnegleichen: sie war wie eine Königin, die in zwei Königreichen regierte.

Ihr Buch war eine großartige Ehrung Goethes. Alle ihre Briefe waren nichts anderes als ein *Gesang* der Liebe zu ihm. Das stimmt. Da aber alle auch von der Brille wußten, die Frau Goethe ihr von der Nase geschlagen hatte, und daß Goethe das liebende Kind damals schmachvoll zugunsten der tollwütigen Blutwurst verraten hatte, ist dieses Buch zugleich (und weit mehr) eine *Lektion* der Liebe für einen toten Dichter, der sich in der Konfrontation mit einem großen Gefühl wie ein feiger Spießbürger benommen und die Leidenschaft dem kläglichen Ehefrieden geopfert hatte. Bettinas Buch war eine Ehrung und eine Tracht Prügel zugleich.

13.

In dem Jahr, als Goethe starb, erzählte sie in einem Brief an einen Freund, den Grafen Hermann von Pückler-Muskau, was sich im Sommer vor zwanzig Jahren zugetragen hatte. Angeblich wußte sie es von Beethoven persönlich. Dieser war 1812 (zehn Monate nach den schwarzen Tagen der zerbrochenen Brille) für einige Tage nach Teplitz gefahren, wo er Goethe zum ersten Mal begegnete. Eines Tages gingen sie zusammen spazieren. Sie schritten durch eine Allee des Kurorts, und auf einmal tauchte vor ihnen die Kaiserin mit ihrer Familie und ihrem Hof auf. Als Goethe sie sah, hörte er nicht mehr zu, was Beethoven ihm erzählte, sondern trat an den Rand des Wegs und zog den Hut. Beethoven hingegen drückte seinen Hut noch tiefer in die Stirn und machte eine finstere Miene, so daß seine buschigen Augenbrauen um fünf Zentimeter wuchsen, und er ging weiter, ohne den Schritt zu verlangsamen. Statt dessen blieben umgekehrt die Aristokraten des Hofes stehen, ließen ihn vorbeigehen und grüßten. Erst als er ein Stück von ihnen entfernt war, drehte er sich um, um auf Goethe zu warten. Und er sagte ihm alles, was er von seinem unterwürfigen Lakaienbenehmen hielt. Er schimpfte mit ihm wie mit einem Rotzbengel.

Hat es sich tatsächlich so zugetragen? Oder hat Beethoven das alles nur erfunden? Mit allem Drum und Dran? Oder hat er diese Episode nur ausgeschmückt? Oder hat Bettina sie ausgeschmückt? Oder hat sie sie erfunden, mit allem Drum und Dran? Das wird nie zu erfahren sein. Sicher jedoch ist, daß sie, als sie den Brief an den Grafen schrieb, begriff, wie überaus bedeutsam diese Anekdote war. Erst diese Anekdote vermochte den wahren Sinn der Liebesgeschichte zwischen ihr und Goethe zu enthüllen. Aber wie konnte sie sie öffentlich machen? »Gefällt Dir diese Geschichte?« fragte sie Hermann von Pückler in ihrem Brief. »Kannst Du sie brauchen?« Pückler-Muskau gedachte sie nicht zu gebrauchen, und so trug Bettina sich mit dem Gedanken, ihre Korrespondenz mit dem Grafen zu veröffentlichen; doch dann fiel ihr etwas viel Besseres ein: sie veröffentlichte 1839 in der Zeitschrift *Athenäum* einen Brief, in dem ihr Beethoven selbst diese Geschichte erzählte! Das Original dieses mit 1812 datierten Briefes ist nie gefunden worden. Es existiert nur eine von Bettinas Hand geschriebene Kopie. Einige Details (zum Beispiel das genaue Datum) weisen darauf hin, daß Beethoven diesen Brief nie geschrieben hat, oder zumindest nicht so, wie Bettina ihn kopiert hat. Ob es sich um eine Fälschung oder eine halbe Fälschung handelt, die Anekdote jedenfalls hat alle bezaubert und ist berühmt geworden. Und plötzlich machte alles seinen Sinn: Goethe hatte eine Blutwurst einer großen Liebe vorgezogen, und dies war kein Zufall: während Beethoven der Aufwiegler war, der mit dem Hut tief im Gesicht und den Händen auf dem Rücken vorausschritt, war Goethe der Diener, der sich am Rande der Allee untertänigst verneigte.

14.

Bettina hatte Musik studiert, sie hatte sogar Stücke komponiert und also einige Voraussetzungen dafür, um zu begreifen, was an Beethovens Musik neu und schön war. Dennoch möchte ich fragen: hatte Beethovens Musik sie durch sich selbst, durch ihr Notenmaterial gefesselt, oder vielmehr durch das, was sie *repräsentierte*, mit anderen Worten: durch die nebulöse Verwandtschaft mit den Gedanken und Haltungen, die Bettina mit ihren Altersgenossen teilte? Gibt es die Liebe zur Kunst überhaupt, hat es sie je gegeben? Ist sie nicht bloße Illusion? Als Lenin erklärte, er liebe Beethovens *Appassionata* über alles, was eigentlich liebte er da? Was hörte er? Die Musik? Oder einen erhabenen Lärm, der ihn an die pompösen Regungen seiner Seele erinnerte, die nach Blut, Brüderlichkeit, Hinrichtungen, Gerechtigkeit und dem Absoluten lechzte? Erfreuten ihn die Töne oder die Träume, zu denen die Klänge ihn verführten, die weder etwas mit Kunst noch mit Schönheit zu tun hatten? Kehren wir zu Bettina zurück: war sie von Beethoven dem Musiker oder von Beethoven dem großen Anti-Goethe eingenommen? Liebte sie seine Musik mit der stillen Liebe, die wir für eine magische Metapher oder zwei benachbarte Farben auf einem Bild empfinden? Oder eher mit jener erobernden Leidenschaft, mit der wir uns zu einer politischen Partei bekennen? Wie auch immer (und wir werden nie wissen, wie es tatsächlich war), Bettina schickte das Bild von einem Beethoven, der mit dem Hut tief in der Stirn voranschreitet, in die Welt hinaus, und dieses Bild wanderte dann selbständig durch die Jahrhunderte.

1927, hundert Jahre nach Beethovens Tod, wandte sich die berühmte deutsche Zeitschrift *Die literarische Welt* an die bedeutendsten zeitgenössischen Komponisten mit der Frage, was Beethoven für sie bedeute. Die Redaktion hatte nicht geahnt, welch postume Hinrichtung des finsteren Mannes mit dem in die Stirn gedrückten Hut stattfinden würde. Auric, Mitglied der Pariser Groupe des Six, verkündete im Namen seiner Freunde: Beethoven sei ihnen in einem Maße gleichgültig, daß sie es nicht einmal für nötig hielten, etwas gegen ihn einzuwenden. Ob er nicht eines Tages neu entdeckt und wieder geschätzt werden könne, wie es Bach hundert Jahre zuvor widerfahren sei? Ausgeschlossen. Lachhaft! Auch Janáček bestätigte, daß er sich nie für Beethovens Werk begeistert habe. Und Ravel brachte es auf den Nenner: er möge Beethoven nicht, weil sein Ruhm nicht auf seiner offensichtlich unvollkommenen Musik begründet sei, sondern auf der literarischen Legende, die um sein Leben gesponnen worden sei.

Eine literarische Legende. Sie beruht in unserem Fall auf zwei Hüten: der eine ist tief in die Stirn gedrückt, und darunter ragen riesige Augenbrauen hervor; der andere befindet sich in der Hand eines sich tief verneigenden Mannes. Zauberer arbeiten gern mit Hüten. Sie lassen darin Dinge ver-

schwinden oder Dutzende von Tauben zur Decke emporfliegen. Bettina hat aus Goethes Hut die häßlichen Vögel
seiner Demütigung fliegen und in Beethovens Hut (und das
hatte sie gewiß nicht gewollt!) dessen Musik verschwinden
lassen. Sie hatte für Goethe das vorbereitet, was Tycho Brahe
erlangt hat und Carter erlangen wird: eine lächerliche Unsterblichkeit. Aber eine lächerliche Unsterblichkeit lauert
auf alle, und für Ravel war Beethoven mit dem bis auf die Augenbrauen heruntergezogenen Hut lächerlicher als der sich
tief verneigende Goethe.

Daraus folgt, daß die Unsterblichkeit, obwohl man sie
vorher modellieren, manipulieren und präparieren kann,
sich niemals so verwirklicht, wie sie geplant war. Beethovens
Hut ist unsterblich geworden. In diesem Punkt ist der Plan
geglückt. Was jedoch der Sinn dieses unsterblichen Hutes
sein würde, das konnte niemand voraussehen.

15.

Wissen Sie, Johann«, sagte Hemingway, »mich klagt
man auch ständig an. Statt daß meine Bücher gelesen
werden, werden jetzt welche über mich geschrieben. Darüber, daß ich meine Frauen nicht geliebt habe. Daß ich mich
nicht genügend um meinen Sohn gekümmert habe. Daß ich
einem Kritiker eins auf die Schnauze gehauen habe. Daß ich
gelogen habe. Daß ich nicht ehrlich war. Daß ich stolz war.
Daß ich ein Macho war. Daß ich verkündet habe, ich hätte
zweihundertdreißig Verletzungen, dabei habe ich nur zwei-
hundertzehn. Daß ich onaniert habe. Daß ich meine Mutter
geärgert habe.«

»Das ist die Unsterblichkeit«, sagte Goethe. »Die Unsterblichkeit ist ein Ewiges Gericht.«

»Wenn sie ein Ewiges Gericht ist, sollte ein anständiger Richter dort sitzen. Aber nicht so eine beschränkte Dorfschullehrerin mit einem Rohrstock in der Hand.«

»Der Rohrstock in der Hand einer beschränkten Lehrerin, das ist das Ewige Gericht. Haben Sie sich was anderes vorgestellt, Ernest?«

»Ich habe mir gar nichts vorgestellt. Ich habe gehofft, wenigstens nach dem Tod in Frieden leben zu können.«

»Sie haben alles getan, um unsterblich zu werden.«

»Blödsinn. Ich habe Bücher geschrieben. Das ist alles.«

»Das ist es ja!« lachte Goethe.

»Ich habe nichts dagegen, daß meine Bücher unsterblich sind. Und ich habe sie so geschrieben, daß niemand auch nur ein einziges Wort durch ein anderes ersetzen kann. Damit sie allen Unzeiten trotzen. Aber ich selbst, als Mensch, als Ernest Hemingway, ich pfeife auf die Unsterblichkeit!«

»Ich verstehe Sie sehr gut, Ernest. Aber Sie hätten vorsichtiger sein sollen, als Sie noch lebten. Jetzt ist es zu spät.«

»Vorsichtiger? Ist das etwa eine Anspielung auf meine Prahlsucht? Ich weiß, in meiner Jugend habe ich gern aufgeschnitten. Ich habe mich in Gesellschaft produziert. Ich habe mich über die Anekdoten gefreut, die man sich über mich erzählte. Aber glauben Sie mir, ich war kein solches Monstrum, daß ich dabei an die Unsterblichkeit gedacht hätte! An dem Tag, an dem ich begriff, daß es darum ging, hat mich die Panik gepackt. Tausendmal habe ich seitdem darum gebeten, mein Leben in Ruhe zu lassen. Aber je mehr ich darum bat, desto schlimmer wurde es. Ich bin nach Kuba gezogen, um aus den Augen der Leute zu verschwinden. Als ich den Nobelpreis erhielt, habe ich es abgelehnt, nach

Stockholm zu fahren. Ich sage Ihnen doch, ich habe auf die Unsterblichkeit gepfiffen, und ich sage Ihnen jetzt noch mehr: als mir eines Tages bewußt wurde, daß sie mich im Griff hatte, war das für mich grauenhafter als die Angst vor dem Tod. Der Mensch kann sich das Leben nehmen. Die Unsterblichkeit aber kann er sich nicht nehmen. Sobald die Unsterblichkeit einen an Bord genommen hat, kann man nie mehr aussteigen, und selbst wenn man sich erschießt, bleibt man samt seinem Selbstmord an Bord, und das ist grauenvoll, Johann, grauenvoll. Ich lag tot auf dem Deck und sah meine vier Frauen um mich herum, sie kauerten in der Hocke und schrieben alles auf, was sie über mich wußten, hinter ihnen stand mein Sohn, der ebenfalls schrieb, und die alte Hexe Gertrude Stein war auch dort und schrieb, und alle meine Freunde waren dort und gaben mit lauter Stimme sämtliche Indiskretionen und Verleumdungen zum besten, die sie je über mich gehört hatten, und dahinter drängten sich mit ihren Mikrophonen Hunderte von Journalisten, und ein Heer von Universitätsprofessoren aus ganz Amerika klassifizierte, analysierte und interpretierte das alles und fabrizierte daraus Artikel und Bücher.«

16.

Hemingway zitterte, und Goethe nahm seine Hand: »Ernest, beruhigen Sie sich! Beruhigen Sie sich, mein Freund. Ich verstehe Sie. Was Sie erzählen, erinnert mich an einen Traum. Es war mein letzter Traum, danach träumte ich nichts mehr, oder aber die Träume haben mich so verwirrt, daß ich sie nicht mehr von der Wirklichkeit unterscheiden

konnte. Stellen Sie sich den kleinen Saal eines Marionetten-
theaters vor. Ich bin hinter der Bühne, führe die Marionetten und rezitiere den Text. Es ist eine Vorstellung des *Faust*.
Meines *Faust*. Wissen Sie, daß der *Faust* als Puppentheater
am schönsten ist? Darum war ich so glücklich, daß keine
Schaupieler bei mir waren und ich die Verse allein rezitieren
konnte; sie klangen an diesem Tag schöner denn je. Und
dann schaute ich plötzlich in den Saal und sah, daß er leer
war. Das verwirrte mich. Wo sind die Zuschauer? Ist mein
Faust denn so langweilig, daß alle nach Hause gegangen
sind? War ich ihnen nicht einmal ein paar Pfiffe wert? Ich sah
mich verlegen um und erstarrte: ich hatte sie im Saal erwartet, sie aber waren hinter der Kulisse und schauten mich mit
großen, neugierigen Augen an. Als mein Blick den ihren begegnete, begannen sie zu applaudieren. Und ich begriff, daß
mein *Faust* sie überhaupt nicht interessierte und das Theater,
das sie sehen wollten, nicht das der Marionetten war, die ich
über die Bühne führte, sondern das, das ich selbst machte!
Nicht *Faust*, sondern Goethe! Und da wurde ich von einem
Grauen gepackt, das jenem, über das Sie gerade gesprochen
haben, sehr ähnlich war. Die Leute wollten, daß ich etwas
sagte, das spürte ich, aber ich brachte kein Wort heraus.
Meine Kehle war wie zugeschnürt, ich legte die Marionetten
auf die beleuchtete Bühne, auf die niemand schaute. Ich bemühte mich, würdige Ruhe zu bewahren, ging wortlos zum
Kleiderhaken, an dem mein Hut hing, und setzte ihn auf,
und ohne mich nach all den Neugierigen umzusehen, verließ
ich das Theater und ging nach Hause. Ich bemühte mich, weder nach rechts noch nach links und vor allem nicht zurück-
zuschauen, weil ich wußte, daß sie mir folgten. Ich schloß
das Haus auf und schlug die schwere Tür schnell hinter mir
zu. Ich tastete nach der Petroleumlampe und zündete sie an,

nahm sie in die zitternde Hand und ging in mein Arbeitszimmer, um diesen unangenehmen Vorfall vor meiner Mineraliensammlung zu vergessen. Aber noch bevor ich es schaffte, die Lampe auf den Tisch zu stellen, fiel mein Blick auf das Fenster. Die Gesichter waren an die Scheibe gepreßt. Damals habe ich begriffen, daß ich sie nie mehr loswerden würde, nie mehr, nie, nie mehr. Ihren großen Augen, die mich musterten, sah ich an, daß die Lampe einen Lichtschein auf mein Gesicht warf. Ich löschte sie, wußte aber im selben Moment, daß ich gerade das nicht hätte tun dürfen; denn nun hatten sie begriffen, daß ich mich vor ihnen versteckte, daß ich Angst vor ihnen hatte, und sie würden nur noch rasender sein. Und da diese Angst bereits stärker war als mein Verstand, flüchtete ich in mein Schlafzimmer, riß die Decke vom Bett, warf sie über den Kopf und drückte mich in einer Ecke des Raums an die Wand...«

17.

Hemingway und Goethe entfernen sich auf den Wegen des Jenseits, und Sie fragen mich, was das denn nun wieder für ein Einfall war, ausgerechnet diese beiden zusammenzubringen. Sie passen doch überhaupt nicht zueinander, sie haben überhaupt nichts gemeinsam! Was soll's! Mit wem, meinen Sie, möchte Goethe seine Zeit im Jenseits verbringen? Mit Herder? Mit Hölderlin? Mit Bettina? Mit Eckermann? Erinnern Sie sich an Agnes. Was für einen Schreck ihr die Vorstellung einjagte, das Rauschen der Frauenstimmen, die sie jeden Samstag in der Sauna hörte, auch noch im Jenseits hören zu müssen! Sie sehnte sich genausowenig danach, nach ihrem Tod mit Paul oder Brigitte zusammen zu sein. Weshalb also sollte Goethe sich nach Herder sehnen? Ich gehe, obwohl das nach Lästerung klingt, sogar so weit, daß er sich nicht einmal nach Schiller sehnte. Zu Lebzeiten hätte er es sich niemals eingestanden, denn es wäre eine traurige Bilanz gewesen, keinen einzigen großen Freund gehabt zu haben. Schiller war ihm zweifellos der liebste von allen. Das Wort ›liebste‹ bedeutet jedoch nur, daß er ihm lieber war als alle andern, die ihm, ehrlich gesagt, so lieb gar nicht waren. Sie waren seine Zeitgenossen, er hatte sie sich nicht ausgesucht. Auch Schiller hatte er sich nicht ausgesucht. Als ihm eines Tages bewußt wurde, daß er sie sein Leben lang um sich herum haben mußte, schnürte sich ihm die Kehle zu. Was half es, er hatte sich damit abzufinden. Aber welchen Grund gab es, auch noch nach dem Tod mit ihnen zu verkehren?

Ich habe also nur aus aufrichtigster Liebe zu ihm jemanden an seine Seite geträumt, der ihn interessieren könnte (ich erinnere Sie daran, daß Goethe zu Lebzeiten von Amerika fasziniert war!), und eben nicht an diese Bande von bleichgesichtigen Romantikern erinnert, die gegen Ende seines Lebens von ganz Deutschland Besitz ergriff.

»Wissen Sie, Johann«, sagte Hemingway, »es ist für mich ein großes Glück, mit Ihnen zusammen zu sein. Die Leute zittern alle so ehrfurchtsvoll vor Ihnen, daß meine Ehefrauen und sogar die alte Gertrude Stein einen weiten Bogen um mich machen.« Dann begann er zu lachen: »Falls sie es nicht wegen Ihres unglaublich komischen Aufzugs tun!«

Um Hemingways Worte verständlich zu machen, muß ich anfügen, daß die Unsterblichen im Jenseits in der Gestalt herumspazieren können, die sie wollen. Und Goethe hatte sich für die Zurückgezogenheit seiner letzten Jahre entschieden. So kannte ihn außer seinen Nächsten niemand: um seine brennenden Augen zu schützen, trug er auf der Stirn einen transparenten grünen Kappenschirm, den er mit einem Bändel um den Kopf festgebunden hatte; an den Füßen hatte er Pantoffeln, und um den Hals, weil er sich vor Erkältungen fürchtete, einen dicken bunten Wollschal.

Als er Hemingways Bemerkung über seinen komischen Aufzug hörte, lachte er so glücklich, als hätte Hemingway gerade ein großes Lob ausgesprochen. Dann neigte er sich zu ihm und sagte leise: »Diesen Aufzug trage ich vor allem Bettinas wegen. Wo auch immer sie geht, überall redet sie von ihrer großen Liebe zu mir. Deshalb will ich, daß die Leute das Objekt dieser Liebe auch sehen. Schon wenn sie mich von weitem sieht, läuft sie weg. Und ich weiß, sie kocht vor Wut, daß ich hier in dieser Aufmachung promeniere: zahnlos, glatzköpfig und mit diesem lächerlichen Ding über den Augen.«

DRITTER TEIL

Der Kampf

Die Schwestern

Der Radiosender, den ich höre, ist staatlich, deshalb strahlt er keine Werbung aus, und die Nachrichten wechseln sich mit den neuesten Schlagern ab. Der Sender daneben ist privat, und das heißt, daß statt der Musik Werbung gesendet wird, die jedoch den neuesten Schlagern in einem Maße gleicht, daß ich nie weiß, welchen Sender ich denn nun höre, und ich weiß es um so weniger, als ich immer wieder eindöse. Im Halbschlaf erfahre ich, daß es seit Ende des Krieges auf Europas Straßen zwei Millionen Tote gegeben hat, in Frankreich pro Jahr durchschnittlich zehntausend, und dazu dreihunderttausend Verletzte, ein ganzes Heer von Bein-, Arm-, Ohr- und Augenlosen. Empört über diese schreckliche Bilanz, hat der Abgeordnete Bertrand Bertrand (sein Name ist schön wie ein Wiegenlied) etwas Wichtiges unternommen, aber da bin ich bereits wieder fest eingeschlafen und erfahre die ganze Nachricht erst eine halbe Stunde später, als sie nochmals wiederholt wird: der Abgeordnete Bertrand Bertrand, dessen Name schön ist wie ein Wiegenlied, hat im Parlament den Vorschlag gemacht, die Bierwerbung zu verbieten. Im Parlament gab es daraufhin ein großes Donnerwetter, viele Abgeordnete waren dagegen, und sie wurden dabei unterstützt von den Vertretern von Radio und Fernsehen, die durch dieses Werbeverbot Einnahmen verloren hätten. Dann höre ich Bertrand Bertrands Stimme: er redet über den Kampf gegen den Tod und den Kampf für das Leben. Das Wort Kampf wird während der kurzen Ansprache fünfmal wiederholt, was mich unmittelbar an meine alte Heimat, an Prag erinnert, rote Fahnen, Plakate, Kampf für das Glück, Kampf für die Gerechtigkeit, Kampf für die Zukunft, Kampf für den Frieden; Kampf für den Frieden bis zur Vernichtung aller durch alle, fügte das tschechische Volk weise hinzu. Aber da schlafe ich bereits wieder (jedesmal, wenn Bertrand Bertrands Name erwähnt wird, sinke ich in süßen Schlaf), und als ich aufwache, höre ich eine Sendung über Gartenbau; also drehe ich rasch weiter zum Nachbarsender. Auch dort geht es um den Abgeordneten Bertrand Bertrand und das Werbeverbot für Bier. Langsam werden mir die logischen Zusammenhänge klar: die Menschen kommen in den Autos um wie auf dem Schlachtfeld, doch die Autos kann man nicht verbieten, weil sie der Stolz des modernen Menschen sind; ein bestimmter Prozentsatz der Unfälle aber wird durch Trunkenheit am Steuer verursacht, den Wein jedoch kann man ebensowenig verbieten, weil er seit Menschengedenken der Stolz Frankreichs ist, und ein weiterer Prozentsatz von Trunkenheit am Steuer schließlich wird durch Bier verursacht, doch nicht einmal das Bier läßt sich verbieten, weil das den internationalen Vereinbarungen über den freien Markt widersprochen hätte; da aber ein bestimmter Prozentsatz der Biertrinker durch Werbung zum Trinken verleitet wird, liegt hier die Achillesferse des Feindes, und genau da hat der beherzte Abgeordnete beschlossen, mit seiner geballten Faust zuzuschlagen! Es lebe Bertrand Bertrand, sage ich mir, aber weil diese Worte wie ein Wiegenlied auf mich wirken, schlummere ich sofort wieder ein und werde erst durch eine verführerische Samtstimme geweckt, ja, ich erkenne sie, es ist der Sprecher Bernard, und als würden heute alle Nachrichten nur Verkehrsunfälle betreffen, teilt er folgendes mit: eine junge Frau hat sich vergangene

Nacht auf die Straße gesetzt, und zwar mit dem Rücken gegen die Fahrtrichtung der Autos. Drei Wagen hintereinander schafften es, ihr im letzten Augenblick auszuweichen und rasten in den Straßengraben, es gab Tote und Verletzte. Als die Selbstmörderin ihren Mißerfolg bemerkte, verschwand sie spurlos vom Unglücksort, und nur die übereinstimmenden Zeugenaussagen der Verletzten bestätigten ihre Existenz. Diese Nachricht finde ich so entsetzlich, daß ich nicht mehr einschlafen kann. Es bleibt mir nichts anderes übrig, als aufzustehen, zu frühstücken und mich an den Schreibtisch zu setzen. Ich kann mich aber lange nicht konzentrieren, weil ich immer dieses Mädchen vor Augen habe, wie es nachts auf der Straße sitzt, den Rücken krümmt und die Stirn gegen die Knie preßt; und ich höre die Schreie aus dem Straßengraben. Ich muß diese Vorstellung gewaltsam verscheuchen, weil ich an meinem Roman weiterarbeiten will, der, wie Sie sich vielleicht erinnern, an einem Schwimmbecken anfing, wo ich auf Professor Avenarius wartete und dabei eine mir unbekannte Dame sah, die ihrem Bademeister zum Abschied zuwinkte. Diese Geste haben wir nochmals gesehen, als sich Agnes vor der Villa von ihrem schüchternen Mitschüler verabschiedete. Sie benutzte diese Geste dann jedesmal, wenn ein Junge sie nach einem Rendezvous zum Gartentor begleitete. Die kleine Laura wartete im Gebüsch versteckt, bis Agnes zurückkam; sie wollte den Kuß sehen und beobachten, wie ihre Schwester dann allein auf die Haustür zuging, und sie wartete vor allem darauf, daß Agnes sich umdrehen und den Arm in die Luft werfen würde. In diese Bewegung war für die kleine Schwester die verschwommene Vorstellung der Liebe hineingezaubert, von der sie noch nichts wußte, die für sie jedoch stets mit dem Bild ihrer anmutigen, zärtlichen Schwester verbunden bleiben sollte.

Als Agnes Laura dabei ertappte, wie diese sich ihre Geste ausborgte, um ihren Schulfreundinnen zuzuwinken, war sie sehr ungehalten und verabschiedete sich, wie wir wissen, seitdem verhalten und ohne sichtbares Zeichen von ihren Freunden. Diese kurze Geschichte einer Geste läßt uns den Mechanismus erkennen, der das Verhältnis der beiden Schwestern zueinander bestimmte: die jüngere ahmte die ältere nach, sie streckte die Hände nach ihr aus, aber Agnes entglitt ihr immer im letzten Moment.

Nach der Matura ging Agnes nach Paris an die Universität. Laura war ihr böse, daß sie die Landschaft verließ, die sie beide liebten, ging nach der Matura aber ebenfalls nach Paris, um dort zu studieren. Agnes widmete sich der Mathematik. Als sie ihr Studium abgeschlossen hatte, sagten ihr alle eine glänzende wissenschaftliche Laufbahn voraus, aber statt weiter zu forschen, heiratete sie Paul und nahm eine zwar gut bezahlte, aber uninteressante Stelle an, auf der Ruhm nicht zu ernten war. Laura bedauerte das, und als sie sich am Konservatorium von Paris einschrieb, nahm sie sich vor, den Mißerfolg der Schwester wettzumachen und statt ihrer berühmt zu werden.

Eines Tages stellte Agnes ihr Paul vor. Als Laura ihn sah, hörte sie im selben Augenblick, wie ein Unsichtbarer zu ihr sagte: »Voilà un homme! Das ist ein Mann! Der richtige Mann. Der einzige. Es gibt auf der ganzen Welt keinen andern.« Wer war der Unsichtbare, der da gesprochen hatte? Etwa Agnes selbst? Ja. Sie war es, die ihrer jüngeren Schwester den Weg wies, indem sie ihn gleichzeitig für sich in Beschlag nahm.

Agnes und Paul waren Laura gegenüber äußerst zuvorkommend und kümmerten sich so sehr um sie, daß sie sich in Paris zu Hause fühlte wie früher in ihrer Geburtsstadt.

Doch das Glück, immer noch im Schoß der Familie geborgen zu sein, war durch das melancholisch stimmende Wissen getrübt, daß der einzige Mann, den sie hätte lieben können, zugleich der einzige war, um den sie sich weder bemühen konnte noch durfte. Die gemeinsamen Stunden mit dem Ehepaar waren für Laura abwechselnd von Glück und Traurigkeit bestimmt. Sie verstummte, ihr Blick verlor sich im Leeren, und Agnes nahm in solchen Momenten ihre Hand und sagte: »Was hast du, Laura? Was hast du, mein Schwesterchen?« Manchmal nahm in der gleichen Situation und aus den gleichen Beweggründen Paul ihre Hand, und alle drei tauchten in ein herrliches Bad aus gemischten Gefühlen: geschwisterliche und verliebte, mitfühlende und sinnliche.

Dann heiratete sie. Agnes' Tochter Brigitte war damals zehn, und Laura beschloß, ihr einen kleinen Cousin oder eine kleine Cousine zu schenken. Sie bat ihren Mann, sie zu schwängern, was ihm auch mühelos gelang, aber das Resultat war für alle betrüblich: Laura verlor das Kind, und die Ärzte teilten ihr mit, daß sie ohne größere chirurgische Eingriffe keine Kinder bekommen könne.

Die schwarze Brille

Agnes hatte schon eine Vorliebe für schwarze Brillen, als sie noch aufs Gymnasium ging. Sie trug sie weniger, weil sie ihre Augen vor der Sonne schützen wollte, sondern weil sie sich darin hübsch und mysteriös vorkam. Brillen wurden ihr Steckenpferd: wie manche Männer den Schrank voller Krawatten haben und manche Frauen sich Dutzende von Ringen kaufen, so hatte Agnes ihre Sammlung schwarzer Brillen.

In Lauras Leben begann die schwarze Brille nach der Fehlgeburt eine Rolle zu spielen. Sie trug sie damals fast ständig und entschuldigte sich dafür bei den Freunden: »Nehmt es mir nicht übel, aber ich habe ganz verheulte Augen und kann mich ohne Brille nicht sehen lassen.« Die schwarze Brille war für sie seither zum Inbegriff der Trauer geworden. Sie setzte sie nicht auf, um ihre Tränen zu verbergen, sondern um kundzutun, daß sie weinte. Die Brille wurde zum Tränenersatz und hatte den echten Tränen gegenüber den Vorteil, daß sie den Lidern nicht schadete, sie weder rötete noch anschwellen ließ und ihr zudem auch noch gut stand.

Daß Laura jetzt Gefallen an schwarzen Brillen fand, hatte sie wieder einmal, wie schon so oft, von ihrer Schwester. Die Brillengeschichte zeigt aber außerdem, daß sich die Beziehung der Schwestern zueinander nicht darauf reduzieren läßt, daß die jüngere die ältere nachahmte. Gewiß, sie ahmte sie nach, korrigierte sie aber auch zugleich: sie gab der schwarzen Brille eine tiefere Bedeutung, einen ernsteren Sinn, Agnes' schwarze Brille hingegen mußte ihrer Frivolität wegen vor Lauras Brille sozusagen erröten. Wenn Laura mit einer schwarzen Brille auftauchte, bedeutete dies immer, daß sie litt, und Agnes hatte das Gefühl, daß sie ihre eigene Brille aus Gründen des Takts oder der Rücksicht ablegen sollte.

Und noch etwas bringt die Brillengeschichte ans Licht: Agnes erscheint darin als die vom Schicksal Bevorzugte, Laura als die vom Schicksal Ungeliebte. Beide Schwestern glaubten, daß die Glücksgöttin sie sehr ungleich behandelte, und Agnes litt deswegen vielleicht noch mehr als Laura. »Mein Schwesterchen ist in mich verliebt und hat Pech im

Leben«, sagte sie dann und wann. Deshalb hatte sie Laura so herzlich in Paris begrüßt; deshalb hatte sie ihr Paul vorgestellt und ihn gebeten, lieb zu Laura zu sein; deshalb hatte sie selbst ihr ein schönes Appartement gesucht und sie jedesmal zu sich eingeladen, wenn sie den Verdacht hatte, daß die Schwester Trübsal blies. Aber sie konnte tun, was immer sie wollte, sie blieb die vom Schicksal zu Unrecht Bevorzugte, während Laura von Fortuna übersehen wurde.

Laura war sehr musikalisch; sie spielte ausgezeichnet Klavier, hatte aber starrköpfig beschlossen, am Konservatorium Gesang zu studieren. »Wenn ich Klavier spiele, sitze ich vor einem fremden, feindlichen Gegenstand. Die Musik gehört nicht mir, sie gehört diesem schwarzen Instrument vor mir. Aber wenn ich singe, verwandelt sich mein eigener Körper in eine Orgel und ich werde selbst zu Musik.« Es war nicht ihre Schuld, daß sie eine zu schwache Stimme hatte, an der alles scheiterte: sie wurde keine Solistin, und von ihren musikalischen Ambitionen blieb ihr für den Rest des Lebens nur ein Laienchor, mit dem sie zweimal pro Woche probte und ein paar Konzerte im Jahr gab.

Auch ihre Ehe, in die sie all ihren guten Willen investiert hatte, scheiterte nach sechs Jahren. Es stimmt, daß ihr schwerreicher Mann ihr eine schöne Wohnung überlassen und ziemlich viel für den Unterhalt bezahlen mußte, was ihr erlaubte, ein Modegeschäft zu erwerben, in dem sie Pelze verkaufte, und zwar mit einer Geschäftstüchtigkeit, die alle überraschte; dieser Erfolg aber war allzu profan und zu materiell, um das Unrecht wiedergutzumachen, das ihr auf einer höheren, einer geistigen und emotionalen Ebene widerfahren war.

Die geschiedene Laura nahm sich einen Liebhaber nach dem andern, sie hatte den Ruf einer leidenschaftlichen Geliebten und tat so, als wären diese Liebesabenteuer allesamt ein Kreuz, das sie durchs Leben schleppen mußte. »Ich habe viele Männer gehabt«, sagte sie oft so melancholisch und pathetisch, als beklagte sie sich über ihr Schicksal.

»Ich beneide dich«, antwortete Agnes, und Laura setzte sich zum Zeichen der Trauer die schwarze Brille auf.

Die Bewunderung, die Laura in lange vergangenen Kinderjahren empfunden hatte, wenn sie Agnes beobachtete, wie diese sich am Gartentor von einem Freund verabschiedete, war geblieben, doch als sie eines Tages begriff, daß ihre Schwester nie eine blendende wissenschaftliche Karriere machen würde, konnte sie ihre Enttäuschung nicht verbergen.

»Was wirfst du mir vor?« wehrte sich Agnes. »Du verkaufst Pelzmäntel, statt in der Oper zu singen, und ich habe, statt von Kongreß zu Kongreß zu fahren, eine angenehm bedeutungslose Stelle bei einem Computerhersteller.«

»Mit dem Unterschied, daß ich mein Möglichstes getan habe, um singen zu können, während du deine wissenschaftliche Laufbahn aus freien Stücken an den Nagel gehängt hast. Ich bin besiegt worden. Du hast aufgegeben.«

»Und weshalb hätte ich Karriere machen sollen?«

»Agnes! Man hat nur ein Leben! Man muß es ausfüllen! Wir wollen doch etwas hinterlassen!«

»Etwas hinterlassen?« sagte Agnes verwundert und voller Skepsis.

Aus Lauras Stimme war eine fast schmerzliche Mißbilligung herauszuhören: »Agnes, du bist so negativ!«

Diesen Vorwurf machte Laura ihrer Schwester oft, wenn auch nur in Gedanken. Laut hatte sie ihn erst bei zwei oder drei Gelegenheiten geäußert. Das letzte Mal, als sie sah, wie der Vater nach dem Tod der Mutter am Tisch saß und die Fotos zerriß. Was der Vater tat, war für sie unannehmbar: er zerstörte einen Teil des Lebens, einen Teil seines gemeinsamen Lebens mit der Mutter; er zerriß Bilder, er zerriß Erinnerungen, die nicht nur ihm, sondern der ganzen Familie und vor allem seinen Töchtern gehörten; er hatte nicht das Recht, so zu handeln. Sie schrie ihn an, und Agnes verteidigte den Vater. Als die beiden Schwestern allein waren, stritten sie zum ersten Mal miteinander, leidenschaftlich und haßerfüllt. »Du bist so negativ! Du bist so negativ!« schrie Laura Agnes an, dann setzte sie sich die schwarze Brille auf und fuhr wütend davon.

Der Körper

Als der berühmte Maler Salvador Dalí und seine Frau Gala schon sehr alt waren, hatten sie ein zahmes Kaninchen, das mit ihnen lebte; es wich keinen Schritt von ihrer Seite, und sie liebten es sehr. Einmal mußten sie für längere Zeit verreisen, und sie diskutierten bis spät in die Nacht hinein, was sie mit dem Kaninchen tun sollten. Es war umständlich, es mitzunehmen, aber es war genauso schwierig, es jemandem in Pflege zu geben, denn es war anderen gegenüber sehr scheu. Am nächsten Tag kochte Gala das Mittagessen, und Dalí genoß das vorzügliche Gericht bis zu dem Augenblick, da er begriff, daß er Kaninchenragout aß. Er stand vom Tisch auf und lief zur Toilette, um das geliebte Tierchen, den treuen Freund seiner alten Tage, in die Kloschüssel zu erbrechen. Gala hingegen war glücklich, daß sie das, was sie liebte, liebevoll in ihre Innereien aufgenommen hatte, es streichelte, bis es zum Körper seiner Herrin wurde. Für sie gab es keine vollkommenere Erfüllung der Liebe, als den Geliebten zu verspeisen. Verglichen mit dieser körperlichen Vereinigung kam ihr der Sexualakt gerade noch wie ein lächerliches Kribbeln vor.

Laura war wie Gala. Agnes war wie Dalí. Es gab zwar viele Leute, die sie mochte, Frauen wie Männer, wenn aber aufgrund irgendeines kuriosen Abkommens zur Bedingung gemacht worden wäre, daß man sich in einer Freundschaft um die Nase des andern kümmern und diese Nase regelmäßig putzen mußte, hätte sie es vorgezogen, ohne Freunde zu leben. Laura, die diese Abscheu ihrer Schwester kannte, griff sie an: »Was bedeutet dir die Sympathie, die du für jemanden empfindest, denn eigentlich? Wie kannst du den Körper aus dieser Sympathie ausschließen? Ist ein Mensch ohne seinen Körper überhaupt noch ein Mensch?«

Ja, Laura war wie Gala: sie identifizierte sich vollständig mit dem eigenen Körper, in dem sie sich wie in einer luxuriös eingerichteten Wohnung fühlte. Und der Körper war nicht nur, was sie im Spiegel davon sehen konnte: das Kostbarste lag im Innern. Darum wurden die Bezeichnungen für die inneren Körpervorgänge und -organe ein bevorzugter Bestandteil ihres Wortschatzes. Wenn sie ausdrücken wollte, in welche Verzweiflung ein Geliebter sie gerade gestürzt hatte, sagte sie: »Kaum ist er gegangen, muß ich mich übergeben.« Obwohl sie das Erbrechen oft erwähnte, war sich Agnes nicht sicher, ob sich ihre Schwester tatsächlich jemals übergeben hatte. Das Erbrechen war bei Laura nicht Wahrheit, sondern Poesie: eine Metapher, ein lyrisches Bild des Schmerzes und des Ekels.

Einmal gingen die beiden Schwestern in eine Boutique für Damenwäsche, und Agnes sah, wie Laura einen Büstenhalter, den ihr die Verkäuferin hinhielt, zärtlich streichelte. In solchen Momenten wurde sich Agnes bewußt, was sie von ihrer Schwester trennte: Büstenhalter gehörten für Agnes zur Kategorie der Gegenstände, die ein körperliches Gebrechen korrigieren sollten, wie zum Beispiel Verbände, Prothesen, Brillen oder die Lederhalsbänder, die Kranke nach Wirbelsäulenverletzungen tragen. Der Büstenhalter sollte etwas halten, das durch die Schuld einer falschen Berechnung schwerer geworden war, als es sein sollte, und deshalb zusätzlich gestützt werden mußte wie ein Balkon, den man an einem unfachmännisch ausgeführten Bau durch zusätzliche Säulen stützte, damit er nicht einbrach. Mit anderen Worten: der Büstenhalter verwies für Agnes auf den *technischen* Aspekt des weiblichen Körpers.

Agnes beneidete Paul, daß er ohne den Zwang lebte, sich seines Körpers dauernd bewußt zu sein. Er atmete ein und aus, seine Lunge arbeitete wie ein automatischer Blasebalg, und so nahm er auch seinen Körper wahr: er vergaß ihn einfach. Er klagte nie über physische Beschwerden, und das nicht etwa aus Bescheidenheit, sondern eher aus einer Art eitlem Bedürfnis nach Stil; eine Krankheit war für ihn eine Unvollkommenheit, derer er sich schämte. Jahrelang litt er an einem Magengeschwür, was Agnes aber erst an dem Tag erfuhr, als ihn der Krankenwagen mitten in einem schrecklichen Anfall, der unmittelbar nach einem dramatischen Plädoyer im Gerichtssaal eingesetzt hatte, ins Krankenhaus brachte. Pauls Eitelkeit war sicher lächerlich, aber sie rührte Agnes auch, und fast beneidete sie ihren Mann darum.

Und obwohl Paul wahrscheinlich ganz besonders eitel war, machte seine Haltung dennoch den Unterschied zwischen dem Los eines Mannes und dem einer Frau sichtbar: eine Frau verbringt sehr viel mehr Zeit mit Diskussionen über ihre physischen Beschwerden; es ist ihr nicht vergönnt, ihren Körper sorglos zu vergessen. Es beginnt mit dem

Schock der ersten Blutung; der Körper ist plötzlich da und die Frau sieht sich in der Rolle eines Maschinisten, der eine kleine Fabrik in Gang halten muß: täglich den Büstenhalter zuhaken, jeden Monat Tampons benutzen, Tabletten schlukken, bereit sein zur Produktion. Deshalb beneidete Agnes alte Männer; ihr schien, daß sie anders alterten: der Körper ihres Vaters hatte sich langsam in seinen eigenen Schatten verwandelt, hatte sich entmaterialisiert, war nur noch als reine, unvollkommen verkörperte Seele auf der Erde geblieben. Demgegenüber wird der Körper einer Frau immer mehr Körper, je unbrauchbarer, belastender und schwerer er wird; er gleicht einer alten, abbruchreifen Manufaktur, bei der das Ich der Frau bis zum Schluß als Wächter ausharren muß.

Was kann Agnes' Beziehung zum eigenen Körper ändern? Nur der Augenblick der Erregung. Die Erregung: eine flüchtige Erlösung des Körpers.

Auch mit dieser Feststellung wäre Laura nicht einverstanden. Der Augenblick der Erlösung? Wieso nur ein Augenblick? Für Laura war der Körper sexuell von Anfang an, a priori, ununterbrochen und umfassend, von seinem Wesen her. Jemanden zu lieben bedeutete für sie: ihm den Körper darzubringen, ihm den Körper zu schenken, mit allem, was dazugehört, mit allem, was außen und innen ist, auch mit seiner Zeit, die ihn langsam zersetzt.

Für Agnes war der Körper nicht sexuell. Er wurde es nur in kurzen, seltenen Momenten, wenn die Erregung ihn in ein unwirkliches, künstliches Licht tauchte und begehrenswert und schön erscheinen ließ. Vielleicht war Agnes gerade deshalb, was fast niemand wußte, von der körperlichen Liebe besessen, sie hing an ihr, denn ohne sie hätte es keinen Notausgang aus dem Elend des Körpers gegeben, und alles wäre verloren gewesen. Während der Liebe hielt sie die Augen immer geöffnet, und wenn es einen Spiegel in der Nähe gab, betrachtete sie sich: in solchen Momenten schien ihr Körper von Licht überflutet zu sein.

Den eigenen lichtüberfluteten Körper zu beobachten, hat jedoch auch seine Tücken. Als Agnes einmal mit ihrem Geliebten zusammen war, entdeckte sie während der Liebe im Spiegel einige körperliche Mängel, die sie beim letzten Zusammensein noch nicht bemerkt hatte (sie sahen sich nur ein oder zwei Mal pro Jahr in einem großen, anonymen Pariser Hotel), und konnte ihren Blick nicht abwenden: sie sah nicht ihren Geliebten, sie sah nicht zwei im Liebesakt vereinigte Körper, sie sah nur das Alter, das an ihr zu nagen begonnen hatte. Die Erregung verflog rasch. Agnes schloß die Augen und beschleunigte ihre Bewegungen, als wollte sie den Geliebten daran hindern, ihre Gedanken zu lesen: sie hatte in diesem Augenblick beschlossen, daß dies ihre letzte Begegnung war. Sie fühlte sich schwach und sehnte sich nach dem Ehebett, neben dem das Nachttischlämpchen immer gelöscht blieb; sie sehnte sich danach wie nach einem Trost, wie nach einem ruhigen dunklen Hafen.

Addieren und Subtrahieren

In unserer Welt, in der es täglich mehr Gesichter gibt, die sich immer ähnlicher werden, hat man es schwer, wenn man sich die Originalität seines Ich bestätigen und von seiner unwiederholbaren Einzigartigkeit überzeugen will. Es gibt zwei Arten, die Einzigartigkeit des Ich zu pflegen: die Methode des *Addierens* und die Methode des *Subtrahierens*.

Agnes subtrahiert von ihrem Ich alles, was äußerlich und ausgeliehen ist, um sich so ihrem reinen Wesen zu nähern (auch auf das Risiko hin, daß am Ende solcher Subtraktionen die Null lauert). Lauras Methode ist gerade umgekehrt: um ihr Ich sichtbarer, faßbarer und dichter werden zu lassen, fügt sie ihm immer mehr Attribute hinzu und bemüht sich, sich mit ihnen zu identifizieren (auch auf das Risiko hin, das Wesen des Ich unter den addierten Attributen zu verlieren).

Nehmen wir als Beispiel ihre Katze. Nach der Scheidung blieb Laura allein in der großen Wohnung zurück und fühlte sich einsam und verlassen. Sie wünschte sich sehnlichst, ihre Einsamkeit wenigstens mit einem Tier zu teilen. Zuerst dachte sie an einen Hund, begriff aber schnell, daß ein Hund eine Pflege brauchte, die sie ihm nicht geben konnte. Deshalb schaffte sie sich eine Katze an. Es war eine große Siamkatze, schön und böse. Je länger sie mit ihr lebte und ihren Freunden von ihr erzählte, desto mehr gewann dieses Tier, das sie eher zufällig und ohne große Überzeugung ausgewählt hatte (sie hatte ja zuerst einen Hund gewollt!), an Bedeutung: Laura lobte ihre Katze und zwang alle, das Tier zu bewundern. Sie sah in ihr Unabhängigkeit, herrliche Selbständigkeit, Stolz, Freiheit im Benehmen und eine beständige Anmut (sehr verschieden von der menschlichen Anmut, die immer wieder durch Ungeschicklichkeiten und Unschönheiten gestört wird); sie sah in ihr ihr Vorbild; sie sah sich in ihr.

Es ist vollkommen unwichtig, ob Laura von ihrem Charakter her der Katze glich oder nicht, wichtig ist, daß sie sie in ihr Wappen gemalt, daß sie die Katze (die Liebe zur Katze, die Apologetik der Katze) zu einem Attribut ihres Ich gemacht hatte. Weil das egozentrische Tier, das aus heiterem Himmel fauchte und kratzte, mehrere Liebhaber anfänglich irritierte, wurde es zum Prüfstein für Lauras Macht, als wollte sie jedermann sagen: du wirst mich haben, aber so, wie ich wirklich bin, das heißt: mitsamt meiner Katze. Die Katze wurde zum Bild ihrer Seele, und ein Liebhaber mußte, wenn er ihren Körper haben wollte, zunächst einmal ihre Seele akzeptieren.

Die Methode des Addierens ist ganz reizvoll, wenn man zu seinem Ich Katzen, Hunde, Schweinebraten, die Liebe zum Meer oder zu kaltem Duschen hinzurechnet. Weniger idyllisch freilich wird die Sache, wenn man beschließt, die Liebe zum Kommunismus, zum Vaterland, zu Mussolini, zur katholischen Kirche, zum Atheismus, zum Faschismus oder zum Antifaschismus zu addieren. Die Methode bleibt sich in beiden Fällen gleich: wer hartnäckig den Vorrang der Katze vor den anderen Tierarten verteidigt, tut im Grunde genommen das gleiche wie jemand, der behauptet, Mussolini sei der wahre Erretter Italiens: er rühmt sich mit einem Attribut seines Ich und setzt alles daran, damit dieses Attribut (die Katze oder Mussolini) von seinen Mitmenschen anerkannt und geliebt wird.

Und genau hier liegt das seltsame Paradox derer, die ihr Ich durch Addition kultivieren: sie tun alles, um ein einzigartiges, unnachahmliches Ich zusammenzuaddieren, da sie aber augenblicklich zu Propagandisten dieser addierten Attribute werden, tun sie alles, damit ihnen möglichst viele Menschen gleichen, was freilich zur Folge hat, daß ihnen ihre (so mühselig errungene) Einzigartigkeit gleich wieder abhanden kommt.

Man könnte sich also die Frage stellen, warum sich ein Mensch, der eine Katze (oder einen Mussolini) liebt, nicht mit seiner Liebe zufriedengibt, sondern sie auch noch anderen aufzwingen will. Versuchen wir sie zu beantworten, indem wir uns an die junge Frau in der Sauna erinnern, die kämpferisch behauptet hatte, sie liebe kalte Duschen. Mit dieser Behauptung ist es ihr gelungen, sich auf der Stelle von jener Hälfte der Menschheit zu unterscheiden, die lieber warm duscht. Pech ist nur, daß die andere Hälfte der Menschheit ihr um so mehr gleicht. Zu traurig! Viele Menschen, wenige Gedanken: wie sollen wir uns also voneinander unterscheiden? Die junge Frau wußte nur einen Weg, um den Nachteil ihrer Ähnlichkeit mit den sich zur kalten Dusche bekennenden Massen zu kompensieren: sie mußte ihren Satz »Kalt duschen, das finde ich göttlich!« schon auf der Schwelle zur Sauna aussprechen, und das mit einer Vehemenz, die die Millionen anderer Frauen, die mit dem gleichen Vergnügen kalt duschten wie sie, augenblicklich wie blasse Nachahmerinnen aussehen ließ. Mit anderen Worten: die reine (einfache und unschuldige) Liebe zur Dusche kann nur dann zu einem Attribut des Ich werden, wenn wir die ganze Welt wissen lassen, daß wir bereit sind, dafür zu kämpfen.

Wer die Liebe zu Mussolini zum Attribut seines Ich gemacht hat, wird ein politischer Aktivist, wer sich zur Katze, zur Musik oder zu antiken Möbeln bekennt, macht seiner Umgebung Geschenke.

Nehmen wir an, Sie haben einen Freund, der Schumann liebt und Schubert haßt, während Sie Schubert über alles lieben und Schumann Sie zu Tode langweilt. Was für eine Schallplatte würden Sie Ihrem Freund zum Geburtstag schenken? Schumann, den er verehrt, oder Schubert, den Sie vergöttern? Selbstverständlich Schubert. Denn wenn Sie ihm Schumann schenkten, hätten Sie das unangenehme Gefühl, daß dieses Geschenk nicht aufrichtig wäre und nach einer Bestechung aussähe, mit der Sie Ihrem Freund auf berechnende Weise schmeicheln wollten. Wenn Sie ein Geschenk machen, machen Sie es schließlich aus Liebe, Sie möchten Ihrem Freund ein Stück Ihrer selbst, ein Stück Ihres Herzens schenken! So widmen Sie ihm Schuberts *Unvollendete*, und er wird, nachdem Sie gegangen sind, auf die Schallplatte spucken, Handschuhe anziehen, die Platte zwischen zwei spitze Finger nehmen und in den Mülleimer vor dem Haus werfen.

Im Laufe der Jahre hatte Laura ihrer Schwester und deren Mann eine Garnitur Teller und Schüsseln, ein Teeservice, einen Früchtekorb, eine Lampe, einen Schaukelstuhl, fünf oder sechs Aschenbecher, ein Tischtuch und vor allem ein Klavier geschenkt, das zwei kräftige Männer eines Tages als Überraschung brachten und fragten, wohin sie es stellen sollten. Laura strahlte: »Ich wollte euch etwas schenken, damit ihr an mich denken müßt, wenn ich nicht hier bei euch bin.«

Nach der Scheidung verbrachte sie jede freie Minute bei ihrer Schwester. Sie kümmerte sich um Brigitte, als wäre sie ihre eigene Tochter, und als sie der Schwester das Klavier kaufte, tat sie dies vor allem, weil sie wollte, daß ihre Nichte das Instrument spielen lernte. Brigitte jedoch haßte das Klavier. Agnes befürchtete, Laura könnte deshalb gekränkt sein und bat ihre Tochter, wenigstens zu versuchen, Gefallen an den schwarzen und weißen Tasten zu finden. Brigitte protestierte: »Soll ich Klavier spielen lernen, nur um ihr eine Freude zu machen?« So nahm diese Geschichte ein schlechtes Ende, und aus dem Klavier wurde nach wenigen Monaten ein reines Dekorationsstück, das eher im Weg stand; eine Art traurige Erinnerung an etwas Mißglücktes; eine Art großer weißer Körper (ja, das Klavier war weiß!), den niemand wollte.

Ehrlich gesagt mochte Agnes weder das Teeservice noch den Schaukelstuhl noch das Klavier. Nicht, daß diese Dinge geschmacklos gewesen wären, an allen aber haftete etwas Exzentrisches, was weder ihrem Charakter noch ihren Vorlieben entsprach. Deshalb begrüßte sie es nicht nur mit aufrichtiger Freude, sondern auch mit egoistischer Erleichterung, als Laura ihr eines Tages eröffnete (das Klavier stand schon sechs Jahre unberührt in der Wohnung), daß sie sich in Bernard verliebt habe, einen jungen Freund von Paul. Agnes ahnte, daß jemand, der glücklich verliebt ist, Besseres zu tun hat, als der Schwester Geschenke ins Haus zu tragen und die Nichte zu erziehen.

Die ältere Frau und der jüngere Mann

Eine großartige Nachricht«, sagte Paul, als Laura ihm ihre neue Liebe anvertraute; er lud die beiden Schwestern zum Abendessen ein. Es freute ihn aufrichtig, daß sich zwei Menschen liebten, die er beide mochte, und er bestellte zwei Flaschen besonders teuren Wein.

»Du wirst mit einer der bedeutendsten Familien Frankreichs in Kontakt kommen«, sagte er zu Laura. »Weißt du überhaupt, wer Bernards Vater ist?«

Laura sagte: »Natürlich! Ein Abgeordneter!«, und Paul sagte: »Du weißt gar nichts. Der Abgeordnete Bertrand Bertrand ist der Sohn des Abgeordneten Arthur Bertrand. Der war sehr stolz auf seinen Namen und wollte, daß er noch berühmter würde. Er überlegte lange, welchen Vornamen er seinem Sohn geben sollte, und kam auf die geniale Idee, ihn Bertrand taufen zu lassen. Einen solcherweise verdoppelten

Namen würde niemand überhören oder vergessen können! Es genügt, Bertrand Bertrand auszusprechen, und es klingt wie eine Ovation, wie ein Hochruf: Bertrand! Bertrand! Bertrand! Bertrand! Bertrand! Bertrand!«

Paul hob das Glas, als skandierte er den Namen eines geliebten Führers, auf dessen Wohl er anstoßen wollte. Dann nahm er tatsächlich einen Schluck: »Ein vorzüglicher Wein«, und er fuhr fort: »Jeder von uns ist auf geheimnisvolle Weise durch seinen Namen geprägt, und Bertrand Bertrand, der mehrmals am Tag hörte, wie dieser Name skandiert wurde, lebte sein Leben, als wäre ihm der imaginäre Ruhm dieser vier wohlklingenden Silben eine Last. Als er beim Abitur durchfiel, litt er mehr darunter als andere Mitschüler. Als hätte der Doppelname unter der Hand auch sein Verantwortungsgefühl verdoppelt. Dank seiner sprichwörtlichen Bescheidenheit ertrug er die Schande, die auf ihn als Person gefallen war; er konnte sich aber nicht mit der Schande abfinden, die seinem Namen angetan worden war. Diesem Namen hatte er schon mit zwanzig geschworen, sein ganzes Leben dem Kampf für das Gute zu widmen. Nach kurzer Zeit schon stellte er jedoch fest, wie schwer es war, zwischen Gut und Böse zu unterscheiden. Sein Vater zum Beispiel hatte mit der Mehrheit der Abgeordneten für das Münchner Abkommen gestimmt. Er hatte den Frieden wahren wollen, denn der Friede ist unbestreitbar das Gute. Später wurde dem Vater dann vorgeworfen, daß das Münchner Abkommen dem Krieg, der unbestreitbar das Böse ist, den Weg geebnet habe. Da der Sohn die Irrtümer des Vaters vermeiden will, hält er sich ausschließlich an die fundamentalen Sicherheiten. Er hat sich nie über die Palästinenser, Israel, die Oktoberrevolution oder Castro und nicht einmal über Terroristen geäußert, weil er weiß, daß es eine Grenze gibt, hinter der Mord nicht mehr Mord, sondern eine Heldentat ist, und er nie imstande sein wird, diese Grenze zu erkennen. Um so leidenschaftlicher redet er gegen Hitler, den Nationalsozialismus und die Gaskammern, und in einem gewissen Sinne bedauert er es, daß Hitler in den Trümmern der Reichskanzlei verschwunden ist, weil sich das Gute wie das Böse seit jenem Tag auf unerträgliche Weise relativiert haben. Er versucht also, sich auf das Gute in seiner reinsten, nicht von der Politik verwässerten Form zu konzentrieren. Seine Losung lautet: Das Gute ist das Leben. Und so ist der Kampf gegen die Abtreibung, gegen die Sterbehilfe und gegen den Selbstmord zu seinem Lebensinhalt geworden.«

Laura protestierte lachend: »Du machst ja einen Dummkopf aus ihm!«

»Da hast du's«, sagte Paul zu Agnes. »Laura fängt schon an, die Familie ihres Geliebten zu verteidigen. Das ist sehr lobenswert, genau wie dieser Wein, zu dessen Wahl ihr mir wirklich gratulieren könnt! Vor kurzem hat sich Bertrand Bertrand in einer Sendung über Sterbehilfe am Bett eines Kranken filmen lassen, der sich nicht mehr bewegen konnte, der zungenamputiert und blind war und unter ständigen Schmerzen litt. Er saß über den Patienten gebeugt da, und die Kamera zeigte ihn, wie er ihm Hoffnung auf eine bessere Zukunft machte. Als er das Wort Hoffnung zum dritten Mal aussprach, wurde der Kranke plötzlich wütend und stieß einen furchterregenden Laut aus, der klang wie der Schrei eines Tieres, Stier, Pferd, Elefant, oder alles zusammen; Bertrand Bertrand bekam es mit der Angst zu tun: er brachte kein Wort mehr heraus, und während die Kamera lange auf dem versteinerten Lächeln des vor Angst zitternden Abgeordneten und der Grimasse des brüllenden Kranken stehen blieb, gelang es ihm nur mit größter Mühe, sein Lächeln auf dem Gesicht zu behalten. Aber darüber wollte ich nicht reden. Ich wollte nur sagen, daß er schon alles verdorben hatte, als er seinem Sohn den Namen Bernard gab. Zuerst wollte er, daß er hieß wie er selbst, doch dann sah er ein, daß zwei Bertrand Bertrands auf der Welt grotesk wären, weil die Leute nie wüßten, ob es sich um zwei oder um vier Personen handelte. Andererseits aber wollte er nicht auf das Glück verzichten, im Namen seines Sprößlings das Echo seines eigenen Namens zu hören, und so kam er auf die Idee, seinen Sohn Bernard zu taufen. Nur: Bernard Bertrand klingt nicht wie eine Ovation oder ein Hochruf, sondern wie ein Stottern, oder eher noch wie eine phonetische Übung für Schauspieler oder Radiosprecher, die lernen sollen, schnell und ohne Versprecher zu reden. Wie ich schon gesagt habe: unsere Namen prägen uns auf geheimnisvolle Weise, und Bernards Name hat ihn von der Wiege an dazu bestimmt, eines Tages über die Wellen des Äthers zu sprechen.«

Paul redete all diesen Unsinn nur deshalb, weil er es nicht wagte, das auszusprechen, was ihm die ganze Zeit durch den Kopf ging: die acht Jahre, die Laura älter war als Bernard, versetzten ihn in Begeisterung! Es erinnerte ihn nämlich an eine Frau, die fünfzehn Jahre älter war als er und mit der er eine wunderbare intime Beziehung gehabt hatte, als er ungefähr fünfundzwanzig war. Er hätte gern darüber gesprochen, und er hätte Laura zu gern erklärt, daß zum Leben eines Mannes auch die Liebe zu einer älteren Frau gehört und sich gerade daran die schönsten Erinnerungen knüpfen. Eine ältere Frau ist ein Juwel im Leben des Mannes, wollte er rufen und erneut das Glas heben. Aber er verzichtete auf diese unbedachte Geste und erinnerte sich lieber still an die Geliebte von damals, die ihm den Schlüssel ihrer Wohnung anvertraut hatte; er hatte dorthin gehen können, wann er wollte, und er hatte dort tun können, was er wollte, was ihm damals sehr gelegen kam, da er sich mit seinem Vater überworfen hatte und so wenig wie möglich zu Hause sein wollte. Die Geliebte hatte nie Anspruch auf seine Abende erhoben; wenn er frei war, ging er zu ihr, und wenn er keine Zeit hatte, war er ihr keine Erklärung schuldig. Sie zwang ihn nie, mit ihr auszugehen, und wenn jemand sie in Gesellschaft zusammen sah, benahm sie sich wie eine verliebte Verwandte, die bereit war, alles zu tun für ihren schönen Neffen. Als er heiratete, schickte sie ihm ein kostbares Hochzeitsgeschenk, das für Agnes immer ein Rätsel blieb.

Nur konnte er schlecht zu Laura sagen: ich bin glücklich, daß mein Freund eine ältere, erfahrene Frau liebt, die sich ihm gegenüber verhalten wird wie eine verliebte Tante zu ihrem schönen Neffen, und er konnte es um so weniger, als Laura gerade davon anfing:

»Das schönste ist, daß ich mich neben ihm zehn Jahre jünger fühle. Dank ihm habe ich zehn oder fünfzehn mühsame Jahre gestrichen, es kommt mir vor, als wäre ich erst gestern aus der Schweiz nach Paris gekommen und hätte ihn gleich getroffen.«

Dieses Geständnis machte es Paul unmöglich, das Juwel seines Lebens auch nur mit einem Wort zu erwähnen, und so behielt er seine Erinnerungen für sich, genoß den Wein und nahm nicht mehr wahr, was Laura erzählte. Erst später sagte er, um sich wieder am Gespräch zu beteiligen: »Was erzählt Bernard dir über seinen Vater?«

»Nichts«, sagte Laura. »Denn eines ist klar, sein Vater ist für uns kein Gesprächsthema. Ich weiß, daß die Bertrands eine bedeutende Familie sind. Aber du weißt ja, was ich von bedeutenden Familien halte.«

»Und du bist nicht einmal neugierig?«

»Nein«, sagte Laura und lachte fröhlich.

»Das solltest du aber. Bertrand Bertrand ist Bernard Bertrands größtes Problem.«

»Dieses Gefühl habe ich nicht«, sagte Laura, die überzeugt war, daß sie selbst Bernards größtes Problem war.

»Weißt du, daß der alte Bertrand für Bernard eine politische Laufbahn vorgesehen hatte?« fragte Paul Laura.

»Nein«, sagte sie und zuckte mit den Schultern.

»In dieser Familie erbt man die politische Laufbahn wie anderswo einen Gutsbetrieb. Bertrand Bertrand hatte fest damit gerechnet, daß sein Sohn eines Tages an seiner Stelle als Abgeordneter kandidieren würde. Aber Bernard hat mit zwanzig im Radio folgenden Satz gehört: Bei einer Flugzeugkatastrophe über dem Atlantischen Ozean sind hundertneunundreißig Passagiere ums Leben gekommen, darunter sieben Kinder und vier Journalisten. Daß Kinder in solchen Nachrichten als besondere, außerordentlich wertvolle Spezies der Menschheit erwähnt werden, daran haben wir uns gewöhnt; diesmal aber hatte die Sprecherin auch noch die Journalisten dazugenommen und Bernard so das Licht der Erkenntnis geschenkt: Er begriff, daß Politiker zu sein heutzutage lächerlich ist, und beschloß, Journalist zu werden. Wie der Zufall so spielt, habe ich damals an der rechtswissenschaftlichen Fakultät ein Seminar abgehalten, in dem auch Bernard saß. Dort ist der Verrat an der politischen Karriere und am Vater beschlossene Sache geworden. Das hat Bernard dir doch wohl erzählt!«

»Sicher«, sagte Laura. »Er vergöttert dich!«

In diesem Moment betrat ein Schwarzer mit einem Korb Blumen das Lokal. Laura winkte ihm. Der Schwarze zeigte seine wundervollen weißen Zähne, und Laura nahm einen Bund aus fünf halbverwelkten Nelken aus seinem Korb und überreichte die Blumen Paul: »All mein Glück verdanke ich dir.«

Paul griff in den Korb und zog einen anderen Bund Nelken heraus: »Heute feiern wir dich und nicht mich!«, und er reichte Laura die Blumen.

»Ja, heute feiern wir Laura«, sagte Agnes und nahm einen dritten Nelkenstrauß aus dem Korb.

Lauras Augen wurden feucht. »Ich fühle mich so wohl, ich fühle mich so wohl mit euch«, sagte sie und stand auf. Sie preßte die beiden Blumensträuße an ihre Brust und stand neben dem Schwarzen, der sie überragte wie ein König. Alle Schwarzen gleichen Königen: dieser hier sah aus wie Othello, als er noch nicht auf Desdemona eifersüchtig war, und Laura gebärdete sich wie Desdemona, die in ihren König verliebt ist. Paul wußte, was jetzt passieren mußte. Wenn Laura betrunken war, begann sie immer zu singen. Das Bedürfnis drang mit solcher Kraft aus der Tiefe ihres Körpers in die Kehle, daß ihr einige der tafelnden Herren neugierig den Kopf zuwandten.

»Laura«, raunte Paul ihr zu, »in diesem Restaurant weiß man deinen Mahler nicht zu schätzen!«

Laura preßte mit jeder Hand einen Strauß auf eine Brust und kam sich vor wie auf einer Bühne. Sie spürte unter ihren Händen ihre Brüste, deren Milchdrüsen ihr auf einmal mit Noten gefüllt schienen. Aber Pauls Wünsche waren ihr Befehl. Sie gehorchte und seufzte nur: »Ich möchte so wahnsinnig gern etwas tun...«

In diesem Augenblick nahm der Schwarze, geleitet vom zartfühlenden Instinkt eines Königs, die letzten beiden Sträuße zerknitterter Nelken aus seinem Korb und reichte sie Laura mit erhabener Geste. Und Laura sagte zu Agnes: »Agnes, meine Agnes, ohne dich wäre ich nicht in Paris, ohne dich hätte ich Paul nicht kennengelernt, und ohne Paul hätte ich Bernard nicht kennengelernt«, und sie legte alle vier Sträuße vor ihrer Schwester auf den Tisch.

Das elfte Gebot

Journalistischer Ruhm und der große Name Ernest Hemingways wurden früher einmal in einem Atemzug genannt. Hemingways ganzes Werk wie auch sein knapper, sachlicher Stil wurzeln in den Reportagen, die er als junger Mann an die Zeitungen in Kansas City schickte. Journalist zu sein bedeutete damals, sich mehr als andere der Wirklichkeit zu nähern, alle ihre versteckten Winkel zu durchforschen und sich an ihr die Hände schmutzig zu machen. Hemingway war stolz darauf, daß seine Bücher so erdverbunden waren und zugleich so hoch oben am Himmel der Kunst standen.

Wenn Bernard in Gedanken das Wort ›Journalist‹ ausspricht (so werden heute in Frankreich auch Redakteure beim Rundfunk, beim Fernsehen und sogar Pressefotografen bezeichnet), stellt er sich jedoch nicht Hemingway vor, und das literarische Genre, in dem er sich auszeichnen möchte, ist nicht die Reportage. Er träumt vielmehr davon, in einem einflußreichen Wochenblatt Leitartikel zu veröffentlichen, die alle Kollegen seines Vaters das Zittern lehren. Oder Interviews. Wer ist, nebenbei, der erinnerungswürdigste Journalist der letzten Zeit? Kein Hemingway, der seine Erlebnisse in den Schützengräben der Front beschrieb, kein Orwell, der ein Jahr seines Lebens mit den Armen von Paris verbrachte, kein Egon Erwin Kisch, Vertrauter der Prager Prostituierten, sondern Oriana Fallaci, die zwischen 1969 und 1972 in der italienischen Zeitschrift *Europeo* eine Serie von Gesprächen mit den berühmtesten Politikern jener Zeit veröffentlichte. Diese Gespräche waren mehr als Gespräche; es waren Duelle. Noch bevor die mächtigen Politiker begriffen hatten, daß sie sich mit ungleichen Waffen schlugen – denn die Fragen durften nur von ihr und nicht von ihnen gestellt werden –, wälzten sie sich schon auf dem Boden des Rings und waren k. o.

Diese Duelle waren Zeichen der Zeit: die Situation hatte sich geändert. Die Journalisten hatten begriffen, daß das Fragenstellen nicht nur die Arbeitsmethode eines Reporters war, der seine Ermittlungen bescheiden mit Notizblock und Bleistift in der Hand vornahm, sondern eine Methode, Macht auszuüben. Ein Journalist ist nicht jemand, der Fragen stellt, sondern jemand, der das heilige Recht hat, Fragen zu stellen, wem auch immer und wonach auch immer. Aber haben wir dieses Recht nicht alle? Und ist eine Frage nicht eine Brücke des Verständnisses von Mensch zu Mensch? Vielleicht. Ich möchte meine Behauptung also präzisieren: die Macht des Journalisten beruht nicht auf seinem Recht, Fragen zu stellen, sondern auf seinem Recht, *eine Antwort zu verlangen*.

Vergessen Sie bitte nicht, daß Moses kein »du sollst nicht lügen!« unter die Zehn Gebote aufgenommen hat. Das ist kein Zufall! Denn wer »du sollst nicht lügen!« sagt, mußte vorher »antworte!« sagen, und Gott hat niemandem das Recht gegeben, vom andern eine Antwort zu verlangen. »Du sollst nicht lügen!« und »antworte und sag die Wahrheit!« sind Worte, die man zu niemandem sagen sollte, solange man ihn als ebenbürtig betrachtet. Nur Gott hätte vielleicht das Recht, er aber hat keinen Grund dazu, weil er alles weiß und unsere Antworten nicht braucht.

Zwischen dem, der befiehlt, und dem, der gehorchen muß, besteht keine so radikale Ungleichheit wie zwischen dem, der das Recht hat, eine Antwort zu verlangen und dem, der die Pflicht hat zu antworten. Deshalb wurde das Recht, Antworten zu verlangen, seit jeher nur in Ausnahmefällen zugestanden. Zum Beispiel einem Richter, der ein Verbrechen untersucht. In unserem Jahrhundert haben sich die faschistischen und die kommunistischen Staaten dieses Recht angemaßt, und dies nicht nur in Ausnahmesituationen, sondern dauernd. Die Bürger dieser Länder wußten, daß jederzeit der Augenblick kommen konnte, da sie aufgefordert sein würden zu antworten: was sie gestern gemacht hätten; was sie insgeheim dächten; worüber sie gesprochen hätten, als sie sich mit A trafen; ob sie ein intimes Verhältnis mit B unterhielten. Genau dieser sakrale Imperativ »antworte und sag die Wahrheit!«, dieses elfte Gebot, dessen Vehemenz sie nicht zu widerstehen vermochten, machte aus ihnen Herden von bevormundeten armen Teufeln. Manchmal fand sich allerdings irgendein C, der um nichts in der Welt sagen wollte, worüber er mit A gesprochen hatte, und der, um sich aufzulehnen (es war oft die einzig mögliche Auflehnung), anstelle der Wahrheit eine Lüge sagte. Aber die Polizei wußte Bescheid und ließ in seiner Wohnung heimlich Wanzen installieren. Sie tat dies nicht aus niederen Motiven, sondern um die Wahrheit zu erfahren, die der Lügner C verheimlichte. Sie bestand einzig auf ihrem heiligen Recht, eine Antwort zu verlangen.

Im demokratischen Frankreich würde jeder Bürger einem Polizisten die Zunge herausstrecken, der es wagte zu fragen, worüber er mit A gesprochen habe und ob er eine intime Beziehung mit B unterhalte. Nichtsdestoweniger waltet auch hier das elfte Gebot in seiner ganzen Stärke. Irgendein Gebot muß in unserem Jahrhundert schließlich über den Menschen herrschen, nachdem die zehn Gebote Gottes schon fast vergessen sind! Das gesamte moralische Gebäude unserer Zeit beruht auf dem elften Gebot, und die Journalisten haben richtig erkannt, daß sie dank eines geheimen Beschlusses der Geschichte dessen Verwalter werden sollen, wodurch sie eine Macht bekommen haben, von der ein Hemingway oder ein Orwell nicht einmal zu träumen gewagt hätten.

Diese Macht wurde zum ersten Mal deutlich sichtbar, als die amerikanischen Journalisten Carl Bernstein und Bob Woodward mit ihren Fragen die Machenschaften von Präsident Nixon während des Wahlkampfes enthüllten und den mächtigsten Mann des Planeten zwangen, zuerst öffentlich zu lügen, dann seine Lügen öffentlich einzugestehen, und schließlich gesenkten Hauptes das Weiße Haus zu verlassen. Wir alle haben damals applaudiert, weil der Gerechtigkeit Genüge getan worden war. Paul hat darüber hinaus auch deswegen applaudiert, weil er in dieser Episode eine große historische Wende vermutete, einen Meilenstein, den unvergeßlichen Augenblick einer Wachablösung: es tauchte eine neue Macht auf, die einzige, die in der Lage war, die alten Profis der Macht, die Politiker, zu entthronen. Sie nicht mit Waffen oder durch Intrigen zu entthronen, sondern durch die bloße Kraft des Fragens.

»Antworte und sag die Wahrheit!«, verlangt der Journalist, und wir mögen uns fragen, was das Wort Wahrheit für jemanden bedeutet, der die Institution des elften Gebots verwaltet. Damit keine Mißverständnisse entstehen: es handelt sich weder um die göttliche Wahrheit, für die Jan Hus auf dem Scheiterhaufen gestorben ist, noch um die Wahrheit der Wissenschaft und des freien Denkens, für die Giordano Bruno verbrannt wurde. Die Wahrheit, die das elfte Gebot fordert, betrifft weder den Glauben noch das Denken, es ist die Wahrheit des untersten ontologischen Stockwerks, die rein positivistische Wahrheit der Fakten: was C gestern gemacht hat; was er insgeheim denkt; worüber er spricht, wenn er sich mit A trifft; und ob er eine intime Beziehung mit B unterhält. Aber obwohl sich diese Wahrheit im untersten ontologischen Stockwerk befindet, handelt es sich gleichwohl um die Wahrheit unserer Zeit, und sie enthält die gleiche explosive Kraft wie einst die Wahrheit von Jan Hus oder Giordano Bruno. »Hatten Sie eine intime Beziehung mit B?« fragt der Journalist. C lügt und behauptet, B nicht zu kennen. Der Journalist schmunzelt, denn der Fotograf seines Blattes hat die nackte B in den Armen von C längst schon heimlich fotografiert, und es liegt nur an ihm, wann dieser Skandal samt den Aussagen des Lügners C veröffentlicht wird, der feige und frech behauptet, B nicht zu kennen.

Wir befinden uns mitten in einem Wahlkampf, der Politiker springt vom Flugzeug in einen Hubschrauber und vom Hubschrauber in ein Auto, er müht sich ab, schwitzt, verschlingt das Mittagessen im Gehen, schreit ins Mikrophon und hält zweistündige Reden, letztlich aber wird es von einem Bernstein und einem Woodward abhängen, welcher der fünfzigtausend Sätze, die der Politiker von sich gegeben hat, in den Zeitungen gedruckt oder im Rundfunk zitiert wird. Deshalb hat der Politiker den Wunsch, live im Radio oder im Fernsehen aufzutreten, was sich aber nur durch die Vermittlung einer Oriana Fallaci bewerkstelligen läßt, die Herrin der Sendung ist und die Fragen stellen wird. Der Politiker wird von dem Augenblick profitieren wollen, in dem er endlich vom ganzen Volk gesehen wird, und sofort alles sagen, was er auf dem Herzen hat, ein Woodward wird ihn aber nur nach Dingen fragen, die dem Politiker überhaupt nicht am Herzen liegen und über die er lieber nicht sprechen möchte. Er befindet sich in der klassischen Situation eines Gymnasiasten, der vor der Wandtafel geprüft wird und einen alten Trick anzuwenden versucht: er wird so tun, als beantworte er die Frage, in Wirklichkeit aber das sagen, was er zu Hause auswendig gelernt hat. Auch wenn der Trick früher einmal beim Studienrat funktioniert hat, bei einem Bernstein funktioniert er nicht, denn der weist den Prüfling erbarmungslos zurecht: »Sie haben meine Frage nicht beantwortet!«

Wer möchte denn heute noch eine Politikerkarriere machen? Wer möchte sich das ganze Leben lang vor der Wandtafel prüfen lassen? Der Sohn des Abgeordneten Bertrand Bertrand ganz sicher nicht.

Die Imagologie

D er Politiker ist vom Journalisten abhängig. Von wem aber sind die Journalisten abhängig? Von denen, die sie bezahlen. Und die, die bezahlen, sind die Werbeagenturen, die für ihre Werbung bei den Zeitungen Platz und beim Fernsehen Sendezeit kaufen. Auf den ersten Blick sieht es so aus, als inserierten sie, um den Absatz des angebotenen Produkts zu fördern, unterschiedslos bei allen auflagenstarken Zeitungen. Doch das zu glauben ist naiv. Der Verkauf des Produkts ist weniger wichtig, als man glaubt. Es genügt, einen Blick auf die kommunistischen Länder zu werfen: niemand wird ernsthaft behaupten wollen, daß die Millionen von Leninbildern, die einem dort auf Schritt und Tritt begegnen, geeignet wären, die Liebe zu Lenin zu vergrößern. Die Werbeagenturen der kommunistischen Partei (die sogenannten Agitations- und Propagandaabteilungen) haben das praktische Ziel ihrer Tätigkeit (das kommunistische System zu einem geliebten System zu machen) längst vergessen und sind zu einem Ziel an sich geworden: sie haben eine eigene Sprache, eigene Formeln und eine eigene Ästhetik entwickkelt (die Leiter dieser Agenturen hatten früher die absolute Macht über die Kunst ihrer Länder), und sie haben sogar eine eigene Vorstellung des Lebensstils, den sie entwickeln, kultivieren und dem armen Volk aufzwingen.

Sie wollen einwenden, daß Werbung und Propaganda zwei nicht miteinander zu vergleichende Dinge sind, weil die eine dem Geschäft und die andere der Ideologie dient? Ach woher. Vor etwa hundert Jahren begannen verfolgte Marxisten in Rußland, sich in geheimen Zirkeln zu treffen, um das Manifest von Marx zu studieren; sie vereinfachten den Inhalt dieser einfachen Ideologie, um sie in weiteren Zirkeln zu verbreiten, deren Mitglieder sie nach nochmaliger Vereinfachung des Vereinfachten weiter und weiter gaben, bis der Marxismus, als er weltweit an Einfluß gewonnen hatte, sich auf eine Sammlung von sechs oder sieben Schlagworten reduziert hatte, die so dürftig miteinander verbunden waren, daß man schwerlich von einer Ideologie sprechen konnte. Aber gerade weil das, was von Marx übriggeblieben ist, schon lange kein *logisches Ideensystem* mehr bildet, sondern nur noch eine Abfolge suggestiver Bilder und Losungen (strahlender Arbeiter mit Hammer; schwarzer, weißer und gelber Mann, die einander brüderlich die Hände reichen; zum Himmel emporfliegende Friedenstaube, und so weiter und so fort), können wir zu Recht von einer stufenweisen, allgemeinen und planetaren Verwandlung der Ideologie in Imagologie sprechen.

Imagologie! Wer hat sich diesen großartigen Neologismus ausgedacht? Paul oder ich? Das tut nichts zur Sache. Wichtig ist, daß dieser Begriff uns endlich erlaubt, unter einen Hut zu bringen, was sehr viele Namen hat: Werbeagenturen; Werbeberater von Staatsmännern; Designer, die Formen von Autos und Ausstattungen von Gymnastikräumen entwerfen; Modeschöpfer; Friseure; Stars im Show Business, die die Norm physischer Schönheit diktieren, denen dann alle Branchen der Imagologie gehorchen.

Die Imagologen haben allerdings schon existiert, bevor die mächtigen Institutionen geschaffen wurden, die man heute kennt. Auch Hitler hatte seinen persönlichen Imagologen, der sich vor den Führer hinstellte und mit ihm geduldig die Gesten probte, die er auf der Rednertribüne machen sollte, um die Massen zu faszinieren. Hätte dieser Imagologe damals jedoch einem Journalisten ein Interview gegeben, in dem er zum Ergötzen der Deutschen geschildert hätte, wie unkontrolliert Hitler seine Hände bewegte, hätte er seine Indiskretion nicht länger als einen halben Tag überlebt. Heute legt der Imagologe seine Aktivitäten nicht nur offen dar, sondern er spricht auch im Namen seiner Staatsmänner, er erklärt dem Publikum gern, was er ihnen beigebracht und was er ihnen abgewöhnt habe, wie sie sich seinen Instruktionen entsprechend verhalten, welche Formulierungen sie benutzen und was für Krawatten sie tragen würden. Wundern wir uns nicht über sein Selbstvertrauen: die Imagologie hat in den letzten Jahrzehnten einen historischen Sieg über die Ideologie errungen.

Alle Ideologien haben ausgespielt: ihre Dogmen wurden schließlich als Illusionen entlarvt und von den Leuten nicht mehr ernstgenommen. Die Kommunisten hatten zum Beispiel geglaubt, daß das Proletariat im Laufe der kapitalistischen Entwicklung immer mehr verelenden würde, und als sich eines Tages herausstellte, daß die Arbeiter in ganz Europa im Auto zur Arbeit fuhren, hätten sie am liebsten herausgeschrien, daß die Wirklichkeit schwindle. Die Wirklichkeit war stärker als die Ideologie. Die Imagologie schließlich hat die Wirklichkeit aus dem gleichen Grund überwunden: sie ist stärker als die Wirklichkeit, die heute übrigens längst nicht mehr das ist, was sie noch für meine Großmutter war, die in einem mährischen Dorf gelebt und noch alles aus eigener Erfahrung gekannt hat: wie Brot gebacken und ein Haus gebaut wurde, wie man ein Schwein schlachtete und daraus Geräuchertes machte, womit man die Bettdecken füllte, was der Herr Pfarrer und der Herr Lehrer über die Welt dachten; täglich begegnete sie dem ganzen Dorf, und sie wußte, wieviele Morde während der letzten zehn Jahre in der Umgebung passiert waren; sie hatte die Wirklichkeit sozusagen unter persönlicher Kontrolle, und niemand konnte ihr einreden, daß es der mährischen Landwirtschaft blendend gehe, wenn es zu Hause nichts zu essen gab. Mein Nachbar in Paris verbringt seine Zeit im Büro, wo er acht Stunden täglich einem anderen Angestellten gegenübersitzt, dann setzt er sich in sein Auto, fährt nach Hause, schaltet den Fernseher ein, und wenn der Sprecher ihn über eine Meinungsumfrage informiert, derzufolge eine Mehrheit der Franzosen beschlossen habe, daß in ihrem Land die größte Sicherheit in Europa herrsche (unlängst habe ich eine solche Meinungsumfrage gelesen), entkorkt er vor lauter Freude eine Flasche Champagner und erfährt nie, daß gerade an diesem Tag in seiner Straße drei Einbrüche und zwei Morde verübt worden sind.

Meinungsumfragen sind ein entscheidendes Instrument der imagologischen Macht, die dank solcher Umfragen in perfekter Harmonie mit dem Volk lebt. Der Imagologe bombardiert die Leute mit Fragen: wie prosperiert die französische Wirtschaft? wird es Krieg geben? gibt es in Frankreich Rassismus? ist Rassismus gut oder schlecht? wer ist der größte Schriftsteller aller Zeiten? liegt Ungarn in Europa oder in Polynesien? welcher Staatsmann auf der Welt hat am meisten Sex-Appeal? Und da die Wirklichkeit ein immer seltener besuchtes und zu Recht ungeliebtes Terrain geworden ist, sind die Ergebnisse dieser Umfragen eine Art höherer Wirklichkeit geworden, oder anders gesagt: sie sind zur Wahrheit geworden. Meinungsumfragen sind ein permanent tagendes Parlament, das die Aufgabe hat, die Wahrheit herzustellen, und zwar die demokratischste aller Wahrheiten, die es je gegeben hat. Da sich die Macht der Imagologen nie im Widerspruch zum Parlament der Wahrheit befindet, wird sie immer in dieser Wahrheit leben, und obwohl ich weiß, daß alles Menschliche sterblich ist, kann ich mir nichts vorstellen, was diese Macht brechen könnte.

Zum Vergleich zwischen Ideologie und Imagologie möchte ich noch hinzufügen: Die Ideologien waren wie riesige Räder hinter der Bühne, die sich drehten und Kriege, Revolutionen und Reformen auslösten. Die imagologischen Räder drehen sich ebenfalls, jedoch ohne die Geschichte zu beeinflussen. Die Ideologien haben einander bekämpft, und jede von ihnen konnte mit ihrem Denken eine ganze Epoche prägen. Die Imagologie hingegen organisiert von sich aus eine friedliche Ablösung ihrer eigenen Systeme im fließenden Rhythmus der Jahreszeiten. Mit Pauls Worten: Die Ideologien haben zur Geschichte gehört, während die Herrschaft der Imagologie dort beginnt, wo die Geschichte aufhört.

Der unserem Europa so teure Begriff *Veränderung* hat einen neuen Sinn bekommen: er bezeichnet nicht eine *neue Phase einer kontinuierlichen Entwicklung* (im Sinne eines Vico, Hegel oder Marx), sondern eine *Verschiebung von einem Ort an den andern*, von einer Seite auf die andere, von vorn nach hinten, von hinten nach links, von links nach vorn (im Sinne der Couturiers, wenn sie den neuen Schnitt für die nächste Saison kreieren). Als die Imagologen beschlossen, die Wände des Fitneß-Clubs, den Agnes besuchte, mit riesigen Spiegeln zu verkleiden, geschah das nicht etwa, damit die Turnenden sich während der Übungen besser beobachten konnten, sondern weil der Spiegel im imagologischen Roulette gerade zur Glückszahl geworden war. Wenn in dem Moment, da ich diese Zeilen schreibe, die ganze Welt beschlossen hat, in Martin Heidegger einen Wirrkopf und ein räudiges Schaf zu sehen, so geschieht das nicht, weil sein Denken durch andere Philosophen überwunden worden wäre, sondern weil er im imagologischen Roulette gerade zu einer Unglückzahl, zu einem Anti-Ideal geworden ist. Die Imagologen schaffen Systeme von Idealen und Anti-Idealen, Systeme, die von kurzer Dauer sind und rasch durch andere ersetzt werden können, die aber unser Verhalten, unsere politischen Ansichten, unseren ästhetischen Geschmack, die Farbe unserer Teppiche wie die Wahl unserer Bücher genauso stark beeinflussen wie früher die Systeme der Ideologen.

Nach diesen Anmerkungen kann ich zum Anfang meiner Überlegungen zurückkehren. Der Politiker ist von den Journalisten abhängig. Und von wem sind die Journalisten abhängig? Von den Imagologen. Ein Imagologe ist ein Mensch mit Überzeugungen und Prinzipien: er verlangt vom Journalisten, daß seine Zeitung (sein Fernsehkanal, sein Radiosender) dem imagologischen System der unmittelbaren Gegenwart entspricht. Und genau das ist es, was die Imagologen von Zeit zu Zeit kontrollieren, wenn sie entscheiden, ob sie diese oder jene Zeitung unterstützen. Eines Tages beugten sie sich daher auch über den Radiosender, in dem Bernard Redakteur war und Paul jeden Samstag einen kurzen Kommentar sprach, der ›Recht und Gesetz‹ hieß. Sie versprachen, dem Sender viele Werbeverträge zu verschaffen und darüber hinaus eine Werbekampagne mit Plakaten in ganz Frankreich zu organisieren, stellten jedoch Bedingungen, denen sich der Programmchef mit dem Spitznamen Grizzly beugen mußte: er fing an, die einzelnen Kommentare zu kürzen, um die Zuhörer nicht mit langen Erläuterungen zu langweilen; er ließ die Monologe der Redakteure durch Fragen anderer Redakteure unterbrechen, um den Eindruck eines Gesprächs zu erwecken; er spielte noch mehr Musik ein und ließ die Texte selbst durch Musik untermalen, und er empfahl seinen Mitarbeitern, alles mit lockerer Leichtigkeit und jugendlicher Sorglosigkeit zu moderieren, was wiederum meine Morgenträume versüßte, in denen sich die Wettervorhersage in eine Opera buffa verwandelte. Da Grizzly viel daran lag, daß seine Untergebenen in ihm auch weiterhin einen mächtigen Bären sahen, bemühte er sich mit aller Kraft, die Stellen sämtlicher Mitarbeiter zu retten. Nur in einem Punkt gab er nach. Die wöchentliche Sendung ›Recht und Gesetz‹ hielten die Imagologen für derart langweilig, daß sie sich weigerten, darüber zu diskutieren, und nur noch lachten und ihre allzu weißen Zähne zeigten. Grizzly versprach, den Samstags-Kommentar in absehbarer Zeit aus dem Programm zu streichen und schämte sich, daß er klein beigegeben hatte. Er schämte sich um so mehr, als Paul sein Freund war.

Der geistreiche Verbündete seiner eigenen Totengräber

Der Programmchef wurde Grizzly genannt, man konnte ihn gar nicht anders nennen: er war stämmig und bedächtig, und obwohl er ein gutmütiger Kerl war, wußten alle, daß er mit seiner schweren Pranke zum Schlag ausholen konnte, wenn er wütend wurde. Den Imagologen, die die Frechheit hatten, ihn zu belehren, wie er seine Arbeit machen sollte, war es gelungen, fast seine ganze Bärengüte auszuschöpfen. Nun saß er, umringt von einigen Mitarbeitern, in der Rundfunk-Kantine und sagte: »Diese Schwindler von der Werbung sind wie Marsmenschen. Sie verhalten sich nicht wie normale Menschen. Auch wenn sie einem die unangenehmsten Dinge entgegenschleudern, strahlen sie vor Glück. Sie verwenden nicht mehr als sechzig Wörter und drücken sich in Sätzen aus, die nie mehr als vier Wörter haben. Ihre Rede besteht aus zwei oder drei technischen Ausdrücken, die ich nicht verstehe, und einem, maximal zwei absolut primitiven Gedanken. Sie schämen sich nicht im geringsten und haben absolut keine Minderwertigkeitskomplexe. Und genau darin liegt der Beweis ihrer Macht.«

Etwa in diesem Augenblick erschien Paul in der Kantine. Als die Runde um Grizzly ihn sah, wurden alle verlegen, und ihre Verlegenheit wurde um so größer, als Paul bester Laune war. Er kam mit einem Kaffee von der Bar und setzte sich zu ihnen.

Grizzly fühlte sich in Pauls Gegenwart sofort unwohl. Er schämte sich, daß er ihn hatte fallen lassen und jetzt nicht einmal den Mut fand, es ihm geraderaus zu sagen. Er wurde von einer neuen Welle des Hasses gegen die Imagologen überwältigt und sagte: »Ich bin ja sogar bereit, diesen

Idioten entgegenzukommen und aus der Wettervorhersage einen Dialog zwischen Clowns zu machen, aber schlimm wird es, wenn gleich danach Bernard über eine Flugzeugkatastrophe berichtet, bei der hundert Passagiere ums Leben gekommen sind. Ich bin zwar bereit, mein Leben dafür hinzugeben, daß der Franzose sich amüsiert, aber die Nachrichten sind kein Kasperletheater.«

Alle sahen aus, als wären sie einverstanden, bis auf Paul. Mit dem Lachen des fröhlichen Provokateurs sagte er: »Grizzly! Die Imagologen haben recht! Du verwechselst die Nachrichten mit dem Schulfunk!«

Grizzly dachte daran, daß Pauls Kommentare manchmal zwar ganz witzig waren, immer aber viel zu kompliziert und darüber hinaus gespickt mit unbekannten Wörtern, deren Bedeutung die ganze Redaktion dann heimlich in verschiedenen Wörterbüchern nachschlagen mußte. Aber darüber wollte er im Moment nicht reden und sagte würdevoll: »Ich habe immer eine hohe Meinung vom Journalismus gehabt und möchte sie nicht verlieren.«

Paul sagte: »Nachrichten hört man, wie man eine Zigarette raucht und die Kippe im Aschenbecher ausdrückt.«

»Das ist etwas, das ich nur schwer akzeptieren kann«, sagte Grizzly.

»Aber du bist doch ein leidenschaftlicher Raucher! Warum bist du dagegen, daß die Nachrichten wie Zigaretten sind?« lachte Paul. »Während Zigaretten deiner Gesundheit schaden, können dir die Nachrichten nichts anhaben, sie zerstreuen dich vielmehr vor einem anstrengenden Tag.«

»Der Krieg zwischen Iran und Irak als Zerstreuung?« fragte Grizzly, und in sein Mitleid mit Paul mischte sich langsam auch Gereiztheit: »Das Eisenbahnunglück heute, ein richtiges Massaker, ist das ein so großes Vergnügen?«

»Du begehst den weitverbreiteten Irrtum, im Tod eine Tragödie zu sehen«, sagte Paul, dem man ansah, daß er seit dem Morgen in Hochform war.

»Ich muß gestehen«, sagte Grizzly mit eisiger Stimme, »daß ich den Tod tatsächlich immer als Tragödie gesehen habe.«

»Das ist tatsächlich ein Irrtum«, sagte Paul. »Ein Zugunglück ist etwas Grauenvolles für den, der in einem der Wagen sitzt oder weiß, daß sein Sohn mit dem Zug gefahren ist. Aber in den Nachrichten bedeutet der Tod genau das gleiche wie in den Romanen von Agatha Christie, die übrigens die größte Zauberin aller Zeiten ist, weil sie es verstanden hat, den Mord in ein Vergnügen zu verwandeln, und nicht nur einen Mord, sondern Dutzende, Hunderte Morde, Morde am Fließband, die zu unserer Freude in den Vernichtungslagern ihrer Romane begangen werden. Auschwitz ist vergessen, aber aus den Krematorien von Agathas Romanen steigt ewig Rauch zum Himmel empor, und nur ein äußerst naiver Mensch könnte behaupten, daß dies der Rauch der Tragödie sei.«

Grizzly erinnerte sich daran, daß Paul genau mit dieser Art von Paradoxien schon seit längerer Zeit die ganze Redaktion beeinflußte, die, als die Imagologen ihren verhängnisvollen Blick auf sie hefteten, ihrem Chef nur eine sehr dürftige Stütze war, weil sie dessen Einstellung insgeheim für altmodisch hielt. Grizzly schämte sich, daß er zum Schluß nachgegeben hatte, wußte aber zugleich, daß ihm nichts anderes übriggeblieben war. Solche erzwungenen Kompromisse mit dem Zeitgeist sind banal und letztlich unausweichlich, wenn man nicht alle zum Generalstreik aufrufen will, die unser Jahrhundert ablehnen. In Pauls Fall konnte man freilich kaum von einem erzwungenen Kompromiß reden.

Nein, Paul beeilte sich, seinem Jahrhundert seinen Witz und seinen Verstand zu leihen, und zwar freiwillig, und für den Bärengeschmack etwas zu eifrig. Darum antwortete Grizzly ihm mit noch frostigerer Stimme: »Auch ich lese Agatha Christie! Wenn ich müde bin, und wenn ich für eine Weile wieder ein Kind werden möchte. Wenn sich aber das ganze Leben in ein Kinderspiel verwandelt, wird die Welt eines Tages unter unserem fröhlichen Geplapper und Gelächter untergehen.«

Paul sagte: »Ich gehe lieber bei den Klängen von Kindergeplapper zugrunde als bei den Klängen von Chopins Trauermarsch. Und ich sage dir noch etwas: in diesem Trauermarsch, der eine einzige Glorifizierung des Todes ist, liegt alles Böse. Wenn es weniger Trauermärsche gäbe, gäbe es vielleicht auch weniger Tod. Versteh mich richtig: die Ehrfurcht vor der Tragödie ist viel gefährlicher als die Sorglosigkeit von kindlichem Geplapper. Weißt du, was die ewige Bedingung der Tragödie ist? Die Existenz von Idealen, die für wichtiger gehalten werden als das menschliche Leben. Und was ist die Voraussetzung der Kriege? Das gleiche. Du wirst in den Tod getrieben, weil es angeblich etwas Größeres gibt als dein Leben. Der Krieg kann nur in der Welt der Tragödie existieren; der Mensch hat seit Beginn seiner Geschichte nur die tragische Welt kennengelernt und ist unfähig, aus ihr herauszutreten. Das Zeitalter der Tragödie kann nur durch eine Revolte der Frivolität beendet werden. Von Beethovens Neunter kennt man heute nur noch die vier Takte der Ode an die Freude, die man täglich in der Werbung für das Parfum ›Bella‹ hört. Darüber kann ich mich nicht aufregen. Die Tragödie wird aus der Welt getrieben wie eine alte, schlechte Schauspielerin, die sich ans Herz greift und mit heiserer Stimme deklamiert. Die Frivolität ist eine radikale Abmagerungskur. Die Dinge verlieren neunzig Prozent ihres Sinns und werden leicht. Aus einer solchen Schwerelosigkeit wird der Fanatismus verschwinden. Der Krieg wird unmöglich werden.«

»Ich bin froh, daß du endlich ein Mittel gefunden hast, wie man den Krieg abschaffen kann«, sagte Grizzly.

»Kannst du dir die französische Jugend vorstellen, wie sie begeistert fürs Vaterland in den Kampf zieht? Grizzly, in Europa ist der Krieg mittlerweile undenkbar geworden. Nicht politisch. Anthropologisch undenkbar. In Europa sind die Menschen nicht mehr fähig, Kriege zu führen.«

Sagen Sie mir nicht, zwei Männer mit tiefen Meinungsverschiedenheiten könnten sich trotzdem mögen; das sind Ammenmärchen. Sie könnten sich vielleicht unter der Voraussetzung mögen, daß sie ihre Ansichten verschweigen oder nur in scherzhaftem Ton darüber sprechen, um deren Bedeutung herunterzuspielen (auf diese Weise übrigens haben bisher Paul und Grizzly miteinander gesprochen). Wenn der Streit aber einmal ausgebrochen ist, ist es zu spät. Nicht, weil sie so sehr an die Ansichten glauben, die sie verteidigen, sondern weil sie es nicht ertragen, nicht recht zu haben. Schauen Sie sich diese beiden an. Ihr Streit ändert gar nichts, er führt keine Entscheidung herbei und beeinflußt auch nicht den Gang der Dinge, er ist vollkommen steril, überflüssig und nur für diese Kantine und die stickige Luft da, mit der er bald schon hinausgeblasen wird, wenn die Putzfrauen die Fenster öffnen werden. Und trotzdem, achten Sie auf die Konzentration des kleinen Publikums rund um den Tisch! Alle sind verstummt und hören den beiden zu, sie vergessen sogar, ihren Kaffee zu schlürfen. Jedem der beiden Gegner liegt jetzt nur noch daran, vor dieser kleinen öffentlichen Meinung als Inhaber der Wahrheit dazustehen: denn als derjenige zu gelten, der im Unrecht ist, ist für beide dasselbe wie die Ehre zu verlieren. Oder ein Stück des eigenen Ich. Die Ansicht, die sie verteidigen, liegt ihnen gar nicht so sehr am Herzen, da sie diese Ansicht aber zu einem Attribut ihres Ich gemacht haben, scheint ihnen jeder Angriff ins lebendige Fleisch zu schneiden.

Irgendwo in den Tiefen seiner Seele empfand Grizzly Genugtuung darüber, daß Paul seine gestelzten Kommentare bald nicht mehr vortragen würde; seine von Bärenstolz erfüllte Stimme wurde immer leiser und eisiger. Dafür sprach Paul immer lauter und kam auf immer überspanntere und provokativere Einfälle. Er sagte: »Eine große Kultur ist nichts anderes als ein Kind dieser europäischen Perversion, die bei uns Geschichte heißt: diese Besessenheit, stets vorwärts zu gehen und die Abfolge der Generationen als Stafettenlauf zu sehen, bei dem jeder seinen Vorgänger überholt, um dann seinerseits von seinem Nachfolger überholt zu werden. Ohne diesen Stafettenlauf gäbe es weder die europäische Kunst noch das, was sie charakterisiert: den Wunsch nach Originalität, den Wunsch nach Veränderung. Robespierre, Napoleon, Beethoven, Stalin, Picasso, alles Stafettenläufer, die ins selbe Stadion gehören.«

»Willst du tatsächlich Beethoven mit Stalin vergleichen?« fragte Grizzly mit frostiger Ironie.

»Selbstverständlich, auch wenn dich das schockiert. Krieg und Kultur, das sind die beiden Pole Europas, sein Himmel und seine Hölle, sein Ruhm und seine Schande, aber sie lassen sich nicht voneinander trennen. Wenn eines zu Ende geht, geht auch das andere zu Ende, und sie werden gemeinsam verschwinden. Die Tatsache, daß in Europa schon fünfzig Jahre lang keine Kriege mehr stattfinden, hängt auf mysteriöse Weise damit zusammen, daß hier schon fünfzig Jahre lang kein Picasso mehr aufgetaucht ist.«

»Ich will dir etwas sagen, Paul«, sagte Grizzly sehr langsam, als wollte er seine schwere Pranke heben und sie im nächsten Moment niedersausen lassen: »Wenn das Ende der großen Kultur gekommen ist, dann ist auch das Ende für dich und deine paradoxen Kommentare gekommen, denn das Paradox als solches gehört zur großen Kultur und nicht zum Kindergeplapper. Du erinnerst mich an die jungen Männer, die sich nicht aus Sadismus oder Karrierismus zu den Nazis oder zu den Kommunisten bekannt haben, sondern aus einem Übermaß an Intelligenz. Nichts verlangt nämlich eine größere Anstrengung des Denkens als die Argumentation, die die Herrschaft des Nicht-Denkens rechtfertigt. Ich habe nach dem Krieg noch die Möglichkeit gehabt, das mit eigenen Augen zu sehen und am eigenen Leib zu erleben, wie Intellektuelle und Künstler wie Kälber in die kommunistische Partei eintraten, von der sie dann alle mit großem Vergnügen systematisch liquidiert wurden. Du tust genau dasselbe. Du bist ein geistreicher Verbündeter deiner eigenen Totengräber.«

Der totale Esel

Aus dem Transistorradio, das zwischen ihren Köpfen lag, kam Bernards vertraute Stimme; er unterhielt sich mit einem Schauspieler, dessen Film in den nächsten Tagen anlaufen sollte. Die laute Stimme des Schauspielers weckte sie aus dem Halbschlaf:

»Ich bin gekommen, um mit Ihnen über meinen Film und nicht über meinen Sohn zu sprechen.«

»Keine Angst, wir kommen schon noch zum Film«, sagte

Bernards Stimme. »Die Aktualität stellt ihre Forderungen. Es war verschiedentlich zu hören, daß Sie in der Affäre Ihres Sohnes eine bestimmte Rolle gespielt haben.«

»Als Sie mich hierher einluden, haben Sie ausdrücklich gesagt, daß Sie mit mir über meinen Film sprechen wollen. Wir werden also über den Film und nicht über Privatangelegenheiten sprechen.«

»Sie sind eine öffentliche Person, und ich stelle Ihnen die Fragen, die unsere Hörer interessieren. Ich bin Journalist und mache nur meine Arbeit.«

»Ich bin bereit, auf Ihre den Film betreffenden Fragen einzugehen.«

»Wie Sie wollen. Aber unsere Hörer werden sich wundern, weshalb Sie sich weigern, auf die Affäre Ihres Sohnes einzugehen.«

Agnes stieg aus dem Bett. Eine Viertelstunde später, als sie zur Arbeit gegangen war, stand auch Paul auf; er zog sich an und ging zur Concierge, um die Post zu holen. Ein Brief war von Grizzly. In vielen Sätzen, in denen sich Galgenhumor und Entschuldigungen mischten, teilte dieser ihm mit, was wir bereits wissen: Pauls Tätigkeit beim Radio war zu Ende.

Er las den Brief viermal. Dann winkte er ab und ging in sein Büro. Aber er brachte nichts zustande, konnte sich nicht konzentrieren und dachte nur an diesen Brief. War es für ihn ein schwerer Schlag? Von einem praktischen Standpunkt aus sicher nicht. Aber Paul war trotzdem verletzt. Das ganze Leben hatte er die Gesellschaft von Juristen gemieden: er war glücklich, wenn er an der Universität ein Seminar halten, er war glücklich, wenn er im Radio sprechen konnte. Nicht, daß ihm sein Beruf nicht gefallen hätte; im Gegenteil, er arbeitete gern mit den Angeklagten, er versuchte, ihre Verbrechen zu verstehen und dahinter einen Sinn zu sehen; »ich

156

bin kein Advokat, ich bin ein Poet der Verteidigung!« sagte er oft scherzend. Er war ganz bewußt auf seiten derer, die außerhalb des Gesetzes standen, und sah sich selbst (nicht ohne eine gehörige Portion Eitelkeit) als Verräter, als fünfte Kolonne, als barmherzigen Guerillero in einer Welt von unmenschlichen Gesetzen, die in dicken Büchern kommentiert wurden, die er mit dem Widerwillen eines blasierten Spezialisten zur Hand nahm. Er legte Wert auf Kontakte mit Menschen außerhalb des Gerichtspalastes, mit Studenten, Schriftstellern, Journalisten, um von sich sagen zu können (und nicht nur die bloße Illusion zu haben), daß er zu ihnen gehörte. Er war ihnen stark verbunden und ertrug es nur schwer, daß Grizzlys Brief ihn zurück in sein Büro und die Gerichtssäle trieb.

Und noch etwas hatte ihn getroffen. Als Grizzly ihn gestern einen Verbündeten seiner eigenen Totengräber genannt hatte, hatte Paul dies nur als eloquente, aber inhaltsleere Beleidigung aufgefaßt. Unter dem Wort ›Totengräber‹ konnte er sich nicht viel vorstellen. Weil er nichts von seinen Totengräbern wußte. Heute aber, als er Grizzlys Brief in den Händen hielt, wurde ihm auf einmal klar, daß es Totengräber gab, daß sie ihn schon im Visier hatten und auf ihn warteten.

Plötzlich begriff er, daß die andern ihn anders sahen, als er sich selbst sah oder dachte, gesehen zu werden. Als einziger Mitarbeiter des Senders mußte er gehen, obwohl Grizzly (daran zweifelte er nicht) ihn nach besten Möglichkeiten verteidigt hatte. Wodurch hatte er diese Werbefritzen verärgert? Abgesehen davon wäre es naiv gewesen zu glauben, daß nur sie ihn für inakzeptabel hielten. Es mußten noch andere der gleichen Meinung sein. Ohne daß er es geahnt hatte, war etwas mit seinem Bild passiert. Irgend etwas mußte passiert sein, er wußte nur nicht was und würde es auch nie erfahren.

Denn so ist es nun einmal, und das gilt für uns alle: wir werden nie erfahren, weshalb und wodurch wir andere irritieren, wodurch wir ihnen sympathisch sind oder lächerlich vorkommen; das Bild, das andere von uns haben, ist für uns das größte Geheimnis.

Paul wußte, daß er an diesem Tag nicht in der Lage sein würde, an etwas anderes zu denken, also hob er den Telefonhörer, wählte und lud Bernard zum Mittagessen in ein Restaurant ein.

Sie nahmen einander gegenüber Platz und Paul brannte vor Ungeduld, über Grizzlys Brief zu reden, da er aber gut erzogen war, sagte er als erstes: »Ich habe dich heute früh gehört. Du hast diesen Schauspieler gehetzt wie einen Hasen.«

»Ich weiß«, sagte Bernard. »Vielleicht habe ich es übertrieben. Aber ich war schlecht gelaunt. Ich habe gestern einen Besuch bekommen, den ich so schnell nicht vergessen werde. Von einem Unbekannten. Einen Kopf größer als ich und mit einem Riesenbauch. Er hat sich vorgestellt, gefährlich zuvorkommend gelächelt und zu mir gesagt: ›Ich habe die Ehre, Ihnen dieses Diplom zu überreichen‹; und dann hat er mir eine große Papprolle in die Hand gedrückt und darauf bestanden, daß ich sie vor seinen Augen öffne. Ich rollte das Diplom aus. Farbig. Wunderschön geschrieben. Es lautete: ›Bernard Bertrand wurde zum totalen Esel ernannt‹.«

»Was?« prustete Paul heraus, beherrschte sich aber sofort, als er Bernards ernstes und ungerührtes Gesicht sah, in dem nicht die geringste Spur von Erheiterung zu sehen war.

»Ja«, wiederholte Bernard betrübt: »Ich bin zum totalen Esel ernannt worden.«

»Und wer hat dich ernannt? Irgendeine Organisation?«

»Nein. Es gibt nur eine unleserliche Unterschrift.«

Bernard schilderte mehrmals und immer wieder von neuem, was vorgefallen war, und fügte dann hinzu: »Zuerst wollte ich meinen Augen nicht trauen. Ich hatte das Gefühl, das Opfer eines Attentats geworden zu sein, ich wollte schreien und die Polizei rufen. Aber dann habe ich begriffen, daß ich gar nichts tun konnte. Der Kerl lächelte und streckte mir seine Hand hin: ›Erlauben Sie mir, daß ich Ihnen gratuliere‹, sagte er, und ich war dermaßen verwirrt, daß ich tatsächlich seine Hand gedrückt habe.«

»Du hast ihm die Hand gedrückt? Du hast ihm tatsächlich gedankt?« sagte Paul und konnte sich nur mit Mühe das Lachen verkneifen.

»Als ich begriff, daß ich diesen Typ nicht einsperren lassen konnte, wollte ich kühlen Kopf bewahren und so tun, als wäre das alles völlig normal und würde mich nicht weiter betreffen.«

»Das ist logisch«, sagte Paul. »Wenn man zum Esel ernannt wird, fängt man an, sich wie ein Esel zu benehmen.«

»Leider«, sagte Bernard.

»Und du weißt nicht, wer es war? Er hat sich doch vorgestellt!«

»Ich war so aufgeregt, daß ich den Namen gleich wieder vergessen habe.«

Jetzt konnte Paul nicht mehr anders und lachte los.

»Ja, ich weiß, du wirst sagen, daß es ein Scherz war, und natürlich hast du recht, es ist ein Scherz«, sagte Bernard, »aber ich kann mir nicht helfen. Ich kann seitdem an nichts anderes mehr denken.«

Paul wurde ernst, denn er hatte begriffen, daß Bernard die Wahrheit sagte und zweifellos seit gestern an nichts anderes mehr denken konnte. Wie würde Paul reagieren, wenn er ein solches Diplom bekäme? Genauso wie Bernard. Wenn man zum totalen Esel ernannt wird, heißt das, daß mindestens einer einen für einen Esel hält und Wert darauf legt, es einen auch wissen zu lassen. Das ist an sich schon sehr ärgerlich, und es ist sehr wohl möglich, daß hinter dem Diplom -zig Leute stehen. Und es ist sehr wohl möglich, daß diese Leute noch etwas im Schilde führen und zum Beispiel eine Annonce in einer Zeitung aufgeben, so daß morgen in *Le Monde* in der Rubrik Beerdigungen, Hochzeiten und Ehrungen die Bekanntmachung stehen wird, daß Bernard zum totalen Esel ernannt wurde.

Weiterhin vertraute Bernard ihm an (und Paul wußte nicht, ob er lachen oder weinen sollte), daß er dieses Diplom noch am selben Tag allen gezeigt hatte, denen er begegnet war. Er wollte in seiner Schande nicht allein sein, er bemühte sich, andere mit einzubeziehen und erklärte deshalb, daß der Angriff nicht auf ihn persönlich gemünzt sei: »Wenn er nur auf mich gemünzt gewesen wäre, hätte man mir das Diplom nach Hause gebracht, an meine Privatadresse. Aber man hat es in den Rundfunk gebracht! Das ist ein Angriff gegen mich als Journalisten! Ein Angriff gegen uns alle!«

Paul zerschnitt das Fleisch auf seinem Teller, nahm einen Schluck Wein und sagte sich: so sitzen zwei gute Freunde zusammen; der eine heißt ›totaler Esel‹, der andere ›geistreicher Verbündeter seiner eigenen Totengräber‹. Und es wurde ihm bewußt (die Sympathie für seinen jüngeren Freund wurde dadurch nur noch größer), daß er ihn insgeheim nie mehr Bernard, sondern nur noch totalen Esel nennen würde, und dies nicht etwa in böser Absicht, sondern weil dieser Titel etwas Unwiderstehliches hatte; und mit Sicherheit würde jeder der Kollegen, denen Bernard in seiner kopflosen Aufregung das Diplom gezeigt hatte, ihn für alle Zeiten ebenso nennen.

Und es fiel ihm auch ein, daß es geradezu liebenswürdig von Grizzly gewesen war, ihn nur in einem Tischgespräch einen geistreichen Verbündeten seiner eigenen Totengräber zu nennen und ihm zu diesem Titel nicht auch noch eine Ernennungsurkunde zu verleihen. Und so ließ der Kummer seines Freundes Paul die eigenen Sorgen fast vergessen, und als Bernard zu ihm sagte: »Dir ist ja wohl auch etwas ziemlich Unangenehmes passiert«, winkte er bloß ab: »Eine Bagatelle«, und Bernard pflichtete bei: »Ich habe mir gleich gedacht, daß du drüber stehst. Du kannst ja tausend andere und interessantere Dinge tun.«

Als Bernard Paul zu dessen Auto begleitete, sagte dieser sehr melancholisch: »Grizzly irrt sich, und die Imagologen haben recht. Der Mensch ist nichts anderes als sein Bild. Auch wenn die Philosophen behaupten, daß es egal ist, was die Welt von uns hält und nur zählt, was wir sind. Aber die Philosophen haben nichts begriffen. Solange wir mit Menschen zusammenleben, sind wir nichts als das, wofür diese Menschen uns halten. Wenn man sich fragt, wie die anderen einen sehen und sich bemüht, ein möglichst sympathisches Bild abzugeben, wird einem das als Verstellung oder falsches Spiel ausgelegt. Aber gibt es eine direkte Verbindung zwischen zwei Ichs ohne Vermittlung der Augen? Ist Liebe denkbar, ohne daß wir unser Bild in den Gedanken der geliebten Person ängstlich verfolgen? Wenn wir uns nicht mehr dafür interessieren, wie der andere uns sieht, bedeutet das, daß wir ihn nicht mehr lieben.«

»Das stimmt«, sagte Bernard betrübt.

»Es ist eine naive Illusion zu glauben, daß unser Bild nur ein Schein sei, hinter dem sich unser wahres Ich als von den Augen der Welt unabhängiges Wesen verbirgt. Die Imagologen haben mit aller zynischen Radikalität klargemacht, daß das Gegenteil der Fall ist: unser Ich ist bloßer Schein, unfaßbar, unbeschreibbar, verschwommen, unser Bild in den Augen anderer hingegen die einzige, fast zu leicht zu fassende und zu beschreibende Wirklichkeit. Und das Schlimmste daran ist, daß man nicht Herr über dieses Bild ist. Zuerst versucht man, es selbst zu malen, und dann, es wenigstens zu beeinflussen und zu kontrollieren, aber vergeblich: es genügt eine bösartige Formulierung, und man ist für immer in eine niederschmetternd schlichte Karikatur seiner selbst verwandelt.«

Beim Auto blieben sie stehen, und Paul sah Bernards Gesicht vor sich, das nun noch ängstlicher und blasser war als sonst. Er hatte die beste Absicht gehabt, seinen Freund zu trösten und sah nun, daß er ihn mit seinen Worten nur verletzt hatte. Er bereute, daß er sich zu dieser Überlegung hatte hinreißen lassen, nur weil er an sich selbst, an seine eigene Situation gedacht hatte. Aber es ließ sich nicht mehr ändern.

Sie verabschiedeten sich, und Bernard sagte mit rührender Verlegenheit: »Bitte sag Laura nichts. Und Agnes auch nichts.«

Paul drückte seinem Freund die Hand: »Du kannst dich darauf verlassen.«

Er kehrte in sein Büro zurück und machte sich an die Arbeit. Die Begegnung mit Bernard hatte ihn seltsamerweise getröstet, und er fühlte sich besser als am Vormittag. Am Abend erzählte er Agnes von dem Brief und betonte sofort, daß die ganze Sache für ihn nicht weiter von Bedeutung sei. Er versuchte, es lachend zu sagen, doch Agnes bemerkte, daß Paul zwischen den Wörtern und dem Lachen hüstelte. Sie kannte dieses Hüsteln. Paul konnte sich beherrschen, wenn ihm etwas Unangenehmes zustieß, und nur dieses kurze, verlegene Hüsteln, von dem er selbst nicht wußte, verriet ihn.

»Sie müssen eben amüsantere und jugendnähere Sendungen machen«, sagte Agnes. Ihre Worte waren nicht gegen Paul gerichtet, sondern gegen jene, die Pauls Sendung eingestellt hatten. Sie strich ihm übers Haar. Auch das hätte sie nicht tun sollen. In ihren Augen sah Paul sein Bild: das Bild eines gedemütigten Menschen, von dem feststand, daß er nicht mehr amüsant und auch nicht jugendnah war.

Die Katze

Jeder von uns träumt davon, erotische Konventionen, erotische Tabus zu durchbrechen und berauscht in das Königreich des Verbotenen einzutreten. Aber es fehlt uns allen der Mut. Eine ältere Geliebte oder einen jüngeren Geliebten zu haben, ist die einfachste Art, das Verbot zu übertreten. Laura hatte zum ersten Mal im Leben einen Geliebten, der jünger war als sie, Bernard hatte zum ersten Mal eine Geliebte, die älter war als er, und beide erlebten diese Erfahrung als erregende Sünde.

Als Laura vor Paul verkündet hatte, daß sie neben Bernard zehn Jahre jünger geworden sei, hatte sie recht gehabt: sie hatte einen wahren Strom neuer Energie in sich gespürt. Sie fühlte sich deshalb aber nicht jünger als er! Im Gegenteil, sie genoß es mit bisher nie gekannter Lust, einen jüngeren Geliebten zu haben, der sich ihr unterlegen fühlte und Lampenfieber hatte, wenn er daran dachte, daß die erfahrene Geliebte ihn mit seinen Vorgängern vergleichen könnte. In der Erotik ist es wie im Tanz: ein Partner führt. Laura führte zum ersten Mal in ihrem Leben einen Mann, und das Führen war für sie ebenso berauschend wie für Bernard das Geführtwerden.

Was eine ältere Frau einem jüngeren Mann bietet, ist vor allem die Sicherheit, daß sich ihre Liebe fern aller Ehefallen abspielt, weil niemand ernsthaft annimmt, daß ein junger Mann, vor dem sich am Horizont ein erfolgreiches Leben auftut, eine Ehe mit einer acht Jahre älteren Frau eingehen könnte. In dieser Hinsicht sah Bernard Laura genau so wie Paul damals die Frau, die er im nachhinein zum Juwel seines Lebens gemacht hatte: er setzte voraus, daß seine Geliebte damit rechnete, eines Tages zugunsten einer jüngeren Frau zu verzichten, die er seinen Eltern würde vorstellen können, ohne diese in Verlegenheit zu bringen. Im Vertrauen auf Lauras mütterliche Weisheit träumte er sogar davon, daß sie eines Tages Trauzeugin auf seiner Hochzeit wäre und der Braut nicht den kleinsten Hinweis geben würde, daß sie einmal (und vielleicht auch weiterhin, warum nicht?) seine Geliebte war.

Zwei Jahre war ihr Glück ungetrübt. Dann wurde Bernard zum totalen Esel ernannt und wortkarg. Laura wußte nichts von dem Diplom (Paul hatte Wort gehalten), und da sie Bernard nie nach seiner Arbeit fragte, wußte sie nichts von seinen beruflichen Schwierigkeiten (ein Unglück kommt bekanntlich selten allein) und erklärte sich seine Verschlossenheit damit, daß er sie nicht mehr liebte. Sie hatte ihn schon mehrmals dabei ertappt, daß er nicht mehr wußte, was sie gerade zu ihm gesagt hatte, und sie war sich sicher, daß er in solchen Momenten an eine andere Frau dachte. Ach, in der Liebe braucht es so wenig, um einen Menschen in Verzweiflung zu stürzen!

Eines Tages kam er, wieder in schwarze Gedanken versunken, zu ihr. Sie ging ins Nebenzimmer, um sich umzuziehen, und er blieb mit der großen Siamkatze allein im Wohnzimmer. Er hegte keine besondere Sympathie für sie, wußte aber, daß sie für seine Geliebte fast heilig war. Er saß im Sessel, überließ sich seinen schwarzen Gedanken und streckte seine Hand mechanisch nach dem Tier aus in der Annahme, er sei verpflichtet, es zu streicheln. Die Katze fauchte und biß ihn in die Hand. Dieser Biß reihte sich augenblicklich in die lange Serie von Mißerfolgen ein, die ihn in den letzten Wochen verfolgt und erniedrigt hatte, und brachte das Faß zum Überlaufen: rasend vor Wut sprang er aus dem Sessel auf und jagte der Katze nach. Sie lief in eine Ecke, machte einen Buckel und fauchte furchterregend.

Da drehte er sich um und sah Laura. Sie stand in der Tür und hatte die ganze Szene offensichtlich verfolgt. Sie sagte: »Nein, du darfst sie nicht bestrafen. Sie war hundertprozentig im Recht.«

Er sah sie verwundert an. Der Biß schmerzte, und er erwartete von seiner Geliebten wenn schon nicht eine Koalition mit ihm gegen das Tier, so doch wenigstens die Regung eines elementaren Gerechtigkeitsgefühls. Er hatte große Lust, dem Vieh einen solchen Fußtritt zu verpassen, daß es zermatscht an der Wohnzimmerdecke kleben blieb. Nur mit allergrößter Mühe konnte er sich beherrschen.

Doch Laura fügte hinzu, indem sie jedes Wort einzeln betonte: »Sie verlangt, daß derjenige, der sie streichelt, sich auch wirklich darauf konzentriert. Ich ertrage es auch nicht, wenn man mit mir zusammen ist und dabei an etwas anderes denkt.«

Als sie beobachtet hatte, wie Bernard die Katze streichelte und wie feindselig diese auf seine zerstreute Geste reagierte, hatte sie sich nämlich sehr solidarisch mit ihr gefühlt: es dauerte nun schon Wochen, daß Bernard sie genauso behandelte: er streichelte sie und dachte dabei an etwas anderes; er tat so, als wäre er bei ihr, hörte aber überhaupt nicht zu, was sie ihm sagte.

Als sie sah, wie ihn die Katze biß, hatte sie den Eindruck, als wollte ihr zweites, ihr symbolisches und mystisches Ich, das von diesem Tier verkörpert wurde, sie aufrütteln und ihr zeigen, wie sie sich verhalten sollte: als wollte die Katze ihr ein Beispiel geben. Es gibt Augenblicke, in denen man seine Krallen zeigen muß, sagte sie sich und beschloß, im Laufe des zweisamen Abendessens in einem Restaurant, in das sie nun aufbrechen würden, endlich den Mut zur entscheidenden Tat aufzubringen.

Ich komme den Ereignissen zuvor und sage es direkt: man kann sich nur schwer eine größere Dummheit vorstellen als ihre Entscheidung. Was sie tun wollte, war absolut gegen alle Interessen gerichtet. Ich muß hinzufügen, daß Bernard die zwei Jahre, in denen sie sich kannten, sehr glücklich war mit ihr, glücklicher vielleicht, als Laura ahnen konnte. Sie war für ihn der Ausweg aus einem Leben, wie es sein Vater mit dem wohlklingenden Namen Bertrand Bertrand für ihn von Kindheit an vorgesehen hatte. Endlich konnte er frei und nach seinen Wünschen leben, einen versteckten Winkel haben, in den kein Mitglied seiner Familie neugierig seinen Kopf hineinsteckte, einen Winkel, in dem es sich ganz anders lebte, als er es gewohnt war; er war fasziniert von Lauras Boheme, ihrem Klavier, an das sie sich manchmal setzte, den Konzerten, zu denen sie ihn mitnahm, ihren Launen und ihrer Exzentrizität. In ihrer Gegenwart fühlte er sich weit weg von den reichen und langweiligen Leuten, mit denen sein Vater verkehrte. Ihr Glück war freilich von einer Bedingung abhängig: sie mußten ledig bleiben. Wären sie verheiratet, würde sich auf einen Schlag alles ändern: ihre Verbindung würde plötzlich allen Interventionen von seiten seiner Familie Tür und Tor öffnen; ihre Liebe würde nicht nur ihren Reiz, sondern auch ihren Sinn verlieren. Und Laura würde alle Macht einbüßen, die sie bisher über Bernard ausgeübt hatte.

Wie ist es möglich, daß sie dennoch eine derart dumme Entscheidung traf, die allen ihren Interessen zuwiderlief? Kannte sie ihren Geliebten so wenig? Verstand sie ihn so schlecht?

Ja, wie merkwürdig es auch klingen mag, sie kannte ihn schlecht und verstand ihn nicht. Sie war sogar stolz darauf, daß sie an Bernard nur seine Liebe interessierte. Sie fragte ihn nie nach seinem Vater. Sie wußte nichts von seiner Familie. Wenn er manchmal davon sprach, langweilte sie sich demonstrativ und verkündete sofort, sie wolle nicht mit überflüssigem Reden die Zeit verlieren, die sie doch ihm widmen könne. Noch seltsamer ist allerdings, daß sie auch in den düsteren Wochen des Esel-Diploms, als er wortkarg wurde und sich damit entschuldigte, Sorgen zu haben, immer wieder zu ihm sagte: »Ja, ich weiß, was es heißt, Sorgen zu haben«, aber nie die einfachste aller Fragen stellte: »*Was* für Sorgen hast du? Was genau ist los? Erklär mir, was dich bedrückt!«

Merkwürdig: sie war wahnsinnig in Bernard verliebt und interessierte sich dennoch nicht für ihn. Ich würde sogar sagen: sie war wahnsinnig in ihn verliebt, und *gerade darum* interessierte sie sich nicht für ihn. Würden wir ihr Desinteresse vorwerfen und ihr vorhalten, ihren Geliebten nicht zu kennen, würde sie uns nicht verstehen. Laura wußte einfach nicht, was es bedeutete, jemanden zu *kennen*. In dieser Hinsicht war sie wie eine Jungfrau, die glaubt, ein Kind zu bekommen, wenn sie ihren Liebsten leidenschaftlich küßt! Sie dachte in letzter Zeit fast ununterbrochen an Bernard. Sie stellte sich seinen Körper, sein Gesicht vor und hatte das Gefühl, ständig bei ihm und ganz von ihm ausgefüllt zu sein. Deshalb glaubte sie, ihn auswendig zu kennen, ihn so zu kennen, wie niemand ihn je gekannt hatte. Das Gefühl der Liebe beschenkt uns jedesmal mit der Illusion einer Erkenntnis.

Nach dieser Anmerkung können wir vielleicht endlich begreifen, was sie ihm beim Dessert sagte (als Entschuldigung könnte ich anführen, daß sie eine Flasche Wein und zwei Cognacs getrunken hatten, ich bin aber sicher, daß sie es auch in nüchternem Zustand gesagt hätte): »Bernard, heirate mich!«

Die Protestgeste gegen die Verletzung der Menschenrechte

Brigitte verließ den Deutschkurs in der festen Absicht, ihn aufzugeben. Zum einen, weil sie in Goethes Sprache für sich persönlich keinen Nutzen sah (die Sprachstunden hatte die Mutter durchgesetzt), und zum anderen, weil das Deutsche in ihr große Widerstände hervorrief. Die Sprache irritierte sie, weil sie für sie unlogisch war. Heute hatte sie sich wirklich geärgert: die Präposition *ohne* erfordert den Akkusativ, die Präposition *mit* den Dativ. Weshalb? Die beiden Präpositionen bezeichneten schließlich den positiven und den negativen Aspekt der *gleichen* Beziehung, also sollten sie auch mit dem gleichen Fall verbunden sein. Brigitte brachte diesen Einwand ihrem Professor gegenüber vor, einem jungen Deutschen, der verlegen wurde und sich sofort schuldig fühlte. Er war ein sympathischer, feinfühliger Mann, der darunter litt, einem Volk anzugehören, das einen Hitler an die Macht gebracht hatte. Da er bereit war, alle Fehler in seinem Heimatland zu suchen, gestand er auf der Stelle, daß es keinen einleuchtenden Grund gebe, den Präpositionen *mit* und *ohne* zwei verschiedene Fälle zuzuordnen.

»Es ist nicht logisch, ich weiß, aber es hat sich durch hundertjährigen Usus so herausgebildet«, sagte er, als wollte er vor der jungen Französin um Gnade für eine von der Geschichte verurteilte Sprache bitten.

»Ich bin froh, daß Sie das einsehen. Es ist nicht logisch. Eine Sprache *muß* aber logisch sein«, sagte Brigitte.

Der junge Deutsche pflichtete bei: »Leider fehlt uns Descartes. Das ist eine unverzeihliche Lücke in unserer Geschichte. Deutschland hat keine Tradition der Vernunft und der Klarheit, es ist erfüllt von metaphysischen Nebeln und Wagnerscher Musik, und wir wissen alle, wer Wagners größter Bewunderer war: Hitler!«

Brigitte kümmerten weder Wagner noch Hitler, und sie spann ihre Argumentation weiter: »Ein Kind kann eine unlogische Sprache lernen, weil ein Kind nicht denkt. Ein erwachsener Ausländer jedoch wird sie nie lernen. Deshalb ist Deutsch in meinen Augen keine Weltsprache.«

»Sie haben ganz recht«, sagte der Deutsche und fügte leise hinzu: »Wenigstens sehen Sie auf diese Weise, wie absurd das deutsche Streben nach der Weltmacht war!«

Zufrieden mit sich stieg Brigitte in ihren Wagen und fuhr zu Fauchon, um eine Flasche Wein zu kaufen. Sie wollte parken, doch es war unmöglich: die Autos standen eins am anderen im Umkreis von einem Kilometer lückenlos an den Trottoirs, und nachdem sie eine Viertelstunde im Kreis herumgefahren war, wunderte sie sich empört darüber, daß es nirgendwo Platz gab: sie fuhr aufs Trottoir, ließ den Wagen stehen und ging auf das Geschäft zu. Schon von weitem sah sie, daß dort irgend etwas vor sich ging. Als sie näherkam, begriff sie:

Vor der Tür und im Innern des berühmten Lebensmittelladens, wo alles zehnmal teurer ist als anderswo und wo die Leute einkaufen, denen das Zahlen größeren Spaß macht als das Essen, drängten sich etwa hundert ärmlich gekleidete Menschen, Arbeitslose; es war eine sonderbare Demonstration: die Demonstranten waren nicht gekommen, um Scheiben einzuschlagen, jemanden zu bedrohen oder irgendwelche Parolen zu rufen; sie wollten die Reichen nur in Verlegenheit bringen und ihnen durch ihre pure Anwesenheit den Appetit auf Wein und Kaviar verderben. Und tatsächlich hatten Verkäufer und Kunden plötzlich ein schüchternes Lächeln auf ihren Gesichtern, und niemand traute sich, etwas zu kaufen oder zu verkaufen.

Brigitte bahnte sich einen Weg in den Laden. Die Arbeitslosen waren ihr genausowenig unsympathisch wie die Damen in den Pelzmänteln. Resolut verlangte sie eine Flasche Bordeaux. Ihre Entschiedenheit überraschte die Verkäuferin, die plötzlich begriff, daß sie die Anwesenheit von Arbeitslosen, die sie durch nichts bedrohten, nicht daran hinderte, die junge Kundin zu bedienen. Brigitte bezahlte die Flasche und ging zu ihrem Wagen zurück, neben dem sie zwei Polizisten erwarteten und eine Strafgebühr verlangten.

Sie fing an zu fluchen, und als die Polizisten sagten, das Fahrzeug sei falsch geparkt und behindere die Passanten auf dem Trottoir, zeigte sie auf die parkenden Autos hinter sich und schrie: »Können Sie mir sagen, wo ich hier hätte parken sollen? Wenn es den Leuten erlaubt ist, Autos zu kaufen, muß man ihnen auch garantieren, daß es genug Platz gibt, um zu parken, oder? Wo bleibt denn da Ihre Logik!«

Ich erzähle das nur wegen dieses Details: in dem Moment, als Brigitte die Polizisten anschrie, erinnerte sie sich an die arbeitslosen Demonstranten vor dem Fauchon und verspürte eine plötzliche Sympathie für sie: sie fühlte sich mit ihnen vereint in einem gemeinsamen Kampf. Das machte ihr Mut, und ihre Stimme wurde schriller; die Polizisten wiederholten (von Brigittes Schimpfen ebenso verunsichert wie die Damen in den Pelzmänteln von den Blicken der Arbeitslosen) wenig überzeugend und ziemlich einfältig die Wörter ›verboten‹, ›nicht erlaubt‹, ›Disziplin‹ und ›Ordnung‹ und ließen sie schließlich ohne Strafgebühr wegfahren.

Während des Streits hatte Brigitte den Kopf mit kurzen, raschen Bewegungen hin und her geschüttelt und Schultern und Augenbrauen hochgezogen. Als sie den Vorfall zu Hause ihrem Vater erzählte, beschrieb ihr Kopf die gleiche Bewegung. Wir sind dieser Geste bereits begegnet: sie bringt die empörte Verwunderung darüber zum Ausdruck, daß jemand uns unsere elementarsten Rechte absprechen will. Nennen wir diese Geste also eine *Protestgeste gegen die Verletzung der Menschenrechte.*

Der Begriff der Menschenrechte ist zweihundert Jahre alt, erlangte den größten Ruhm aber erst seit der zweiten Hälfte der siebziger Jahre unseres Jahrhunderts. Alexander Solschenizyn wurde damals aus seiner Heimat ausgewiesen, und seine ungewöhnliche Gestalt, die ein Vollbart und Handschellen zierten, hypnotisierte die westlichen Intellektuellen, die an der Sehnsucht nach einem großen Schicksal krankten, das ihnen nicht beschieden war. Erst dank Solschenizyn und mit fünfzigjähriger Verspätung glaubten sie, daß es im kommunistischen Rußland Konzentrationslager gab; auch progressive Leute waren plötzlich bereit zuzugeben, daß es ungerecht war, jemanden für das einzusperren, was er dachte. Und sie fanden für ihre neue Einstellung ein hervorragendes Argument: die russischen Kommunisten verletzten die Menschenrechte, obwohl diese doch schon von der Französischen Revolution ausgerufen worden waren!

So fanden die Menschenrechte dank Solschenizyn wieder einen Platz im Wortschatz unserer Zeit; ich kenne keinen Politiker, der seitdem nicht zehnmal am Tag vom ›Kampf für die Menschenrechte‹ oder von der ›Mißachtung der Menschenrechte‹ spricht. Da die Menschen im Westen aber nicht von Konzentrationslagern bedroht sind und sagen und schreiben können, was sie wollen, verlor der Kampf für die Menschenrechte immer mehr an konkretem Inhalt, je größer seine Popularität wurde, und wurde schließlich zu einer allgemeinen Haltung aller gegen alles, zu einer Art Energie, die jeden menschlichen Wunsch in ein Recht verwandelte. Die Welt ist zu einem Recht des Menschen geworden, und alles in ihr ist zu einem Recht geworden: der Wunsch nach Liebe zu einem Recht auf Liebe, der Wunsch nach Ruhe zu einem Recht auf Ruhe, der Wunsch nach Freundschaft zu einem Recht auf Freundschaft, der Wunsch, mit überhöhter Geschwindigkeit zu fahren, zu einem Recht, mit überhöhter Geschwindigkeit zu fahren, der Wunsch nach Glück zu einem Recht auf Glück, der Wunsch, ein Buch zu veröffentlichen, zu einem Recht, ein Buch zu veröffentlichen, der Wunsch, nachts auf einem Platz zu schreien, zu einem Recht, nachts auf einem Platz zu schreien. Die Arbeitslosen haben das Recht, einen luxuriösen Lebensmittelladen zu besetzen, die Damen in den Pelzmänteln haben das Recht, Kaviar zu kaufen, Brigitte hat das Recht, ihr Auto auf dem

Trottoir zu parken, und alle, die Arbeitslosen, die Damen in den Pelzmänteln und Brigitte gehören zu derselben Armee von Kämpfern für die Menschenrechte.

Paul saß seiner Tochter im Sessel gegenüber und schaute liebevoll auf ihren Kopf, der sich in raschem Tempo hin und her bewegte. Er wußte, daß er ihr gefiel, und das war für ihn wichtiger, als seiner Frau zu gefallen. Brigittes bewundernde Augen gaben ihm, was Agnes ihm nicht geben konnte: den Beweis, daß er sich der Jugend nicht entfremdet hatte, daß er immer noch zu den Jungen gehörte. Es waren kaum zwei Stunden vergangen, daß ihm Agnes, gerührt durch sein Hüsteln, übers Haar gestrichen hatte. Um wieviel lieber jedoch als diese demütigende Liebkosung war ihm Brigittes Kopfbewegung! Die Gegenwart seiner Tochter wirkte auf ihn wie eine Art Energie-Akkumulator, aus dem er seine Kräfte schöpfte.

Absolut modern sein

Ach, mein Paul, der Grizzly provozieren und quälen und einen Schlußstrich unter die Geschichte, unter Beethoven und Picasso ziehen wollte…! Er verschmilzt in meinen Gedanken mit Jaromil, einer Gestalt aus einem Roman, den ich vor genau zwanzig Jahren abgeschlossen habe und von dem ich in einem der nächsten Kapitel ein Exemplar für Professor Avenarius in einem Bistro am Boulevard Montparnasse deponieren werde.

Wir sind in Prag, im Jahr 1948, der achtzehnjährige Jaromil ist unsterblich in die moderne Poesie verliebt, in Breton, Eluard, Desnos, Nezval, und deren Beispiel folgend bekennt er sich zu einem Satz, den Rimbaud in *Eine Zeit in der Hölle* geschrieben hat: »Man muß absolut modern sein.« Nur war das, was sich im Prag des Jahres 1948 plötzlich als absolut modern gab, die sozialistische Revolution, die die moderne Kunst, in die Jaromil unsterblich verliebt war, augenblicklich und kompromißlos verwarf. Und deshalb verleugnete mein Held in Gesellschaft einiger Freunde (die nicht weniger in die moderne Kunst verliebt waren als er) sarkastisch alles, was er liebte (was er aufrichtig und aus ganzem Herzen liebte), weil er das große Gebot »absolut modern sein« nicht verraten wollte. In dieses Verleugnen legte er die ganze Wut und die ganze Leidenschaft eines keuschen Jünglings, der sich nichts sehnlicher wünscht, als durch eine brutale Tat ins Erwachsenenalter einzutreten. Als seine Freunde sahen, mit welcher Hartnäckigkeit er all das verleugnete, was ihm am teuersten war, wofür er gelebt hatte und weiter hatte leben wollen, wie er den Kubismus und den Surrealismus, Picasso und Dalí, Breton und Rimbaud verleugnete, wie er sie im Namen Lenins und der Roten Armee verleugnete (die zu jenem Zeitpunkt den Gipfel aller denkbaren Modernität darstellten), schnürten sich ihre Kehlen zusammen, und sie verspürten zunächst Verwunderung, dann Widerwillen und zum Schluß fast Entsetzen. Der Anblick dieses Jünglings, der bereit war, sich dem, was sich als modern ankündigte, anzupassen, und zwar nicht aus Feigheit (im Namen eines persönlichen Vorteils oder einer Karriere), sondern standhaft wie ein Mensch, der unter Schmerzen opfert, was er liebt, ja, dieser Anblick war tatsächlich grauenvoll (eine Vorwegnahme des grauenvollen Terrors, der darauf folgte, eine Vorwegnahme der grauenvollen Verfolgungen und Verhaftungen). Vielleicht ist damals einem von denen, die ihn beobachteten, der Gedanke durch den Kopf gegangen: »Jaromil ist ein Verbündeter seiner eigenen Totengräber.«

Dennoch: Paul und Jaromil gleichen sich in nichts. Das einzige, was sie verbindet, ist ihre leidenschaftliche Überzeugung, daß man »absolut modern sein muß«. »Absolut modern« ist ein Begriff ohne klar definierbaren Inhalt. Rimbaud hat sich im Jahre 1872 wohl kaum Millionen von Lenin- und Stalinbüsten vorgestellt und noch viel weniger Werbefilme, Farbfotos in Illustrierten oder entrückte Gesichter von Rocksängern. Aber das tut nichts zur Sache, denn *absolut* modern sein bedeutet: den Inhalt der Modernität nie zu hinterfragen und sich in ihren Dienst zu stellen, wie man sich in den Dienst des Absoluten stellt: ohne daran zu zweifeln.

Paul wußte ebensogut wie Jaromil, daß die Modernität von morgen sich von der Modernität von heute unterscheiden würde, daß man dazu fähig sein mußte, für den ewigen *Imperativ* der Modernität deren veränderlichen *Inhalt* zu verraten und für Rimbauds *Losungen* seine *Verse*. In einer Terminologie, die noch radikaler war als jene, die Jaromil 1948 in Prag gebraucht hatte, lehnten die Pariser Studenten 1968 die Welt, in der sie lebten, ab: die Welt der Oberflächlichkeit und der Bequemlichkeit, die Welt des Konsums, der Werbung und der idiotischen Massenkultur, die den Leuten Melodramen in die Köpfe hämmerte, die Welt der Konventionen, die Welt der Väter. Paul hatte damals einige Nächte auf den Barrikaden verbracht, und seine Stimme klang genauso radikal wie die von Jaromil zwanzig Jahre früher; er ließ sich durch nichts erweichen, und gestützt auf den Arm der Studentenrevolte, schritt er hinaus aus der Welt der Väter, um mit seinen bald fünfunddreißig Jahren endlich erwachsen zu werden.

Doch die Zeit verging, seine Tochter wuchs heran und fühlte sich sehr wohl in der Welt, wie sie war, in der Welt des Fernsehens, der Rockmusik, der Werbung und der Massenkultur mit ihren Melodramen, in der Welt der Sänger, der Autos, der Mode, der teuren Lebensmittelläden und der eleganten Industriellen, die zu Fernsehstars avancierten. So fähig Paul war, seine Ansichten Professoren, Polizisten, Präfekten und Ministern gegenüber standhaft zu verteidigen, so unfähig war er dazu seiner Tochter gegenüber, die sich gern auf seinen Schoß setzte und es keineswegs eilig hatte, die Welt des Vaters zu verlassen und erwachsen zu werden. Im Gegenteil, sie wollte so lange wie möglich zu Hause bei ihrem toleranten Papa bleiben, der ihr (nicht ohne Sentimentalität) erlaubte, jede Samstagnacht mit ihrem Freund in ihrem Zimmer zu verbringen.

Was bedeutet es, absolut modern zu sein, wenn man nicht mehr jung ist und die eigene Tochter ganz anders ist, als man es in seiner Jugend war? Paul fiel die Antwort nicht schwer: absolut modern zu sein bedeutete in diesem Fall, sich absolut mit seiner Tochter zu identifizieren.

Ich stelle mir Paul vor, wie er mit Agnes und Brigitte zu Hause Abendbrot ißt. Brigitte sitzt halb abgewandt auf ihrem Stuhl und schaut kauend auf den Fernseher. Alle drei schweigen, da das Gerät mit voller Lautstärke läuft. Paul hat noch immer den unseligen Satz Grizzlys im Kopf, der ihn einen Verbündeten seiner eigenen Totengräber genannt hat. Da wird er durch das Lachen der Tochter aus seinen Gedanken gerissen: auf dem Bildschirm ist ein Werbespot zu sehen: ein nacktes, kaum einjähriges Kind steht von seinem Topf auf und zieht Toilettenpapier hinter sich her, das sich von der Rolle abwickelt und hinter der winzigen Gestalt ausbreitet wie eine wunderschöne weiße Brautschleppe. In diesem Augenblick erinnert er sich daran, wie er vor kurzem überrascht festgestellt hat, daß Brigitte kein einziges Gedicht von Rimbaud gelesen hat. In Anbetracht dessen, daß er in ihrem Alter Rimbaud über alles geliebt hat, kann er in ihr zu Recht seine Totengräberin sehen.

Paul wird ganz melancholisch, wenn er daran denkt, daß seine Tochter über jeden Unsinn im Fernsehen herzlich lacht, seinen geliebten Dichter aber nie gelesen hat. Doch dann stellt er sich die Frage: weshalb hat er Rimbaud eigentlich so geliebt? wie ist es zu dieser Liebe gekommen? hat am Anfang der Zauber von Rimbauds Versen gestanden? Nein. Rimbaud ist für ihn damals mit Trotzki, Breton, Mao und Castro zu einem revolutionären Amalgam verschmolzen. Das erste, was er von Rimbaud kennenlernte, war dessen von aller Welt nachgeplapperte Losung: changer la vie, *das Leben ändern*. (Als bedürfe es für eine derart banale Formulierung eines dichterischen Genies...) Ja, gewiß hatte er dann Gedichte von Rimbaud gelesen, einige sogar auswendig gekannt und geliebt. Alle Gedichte hat er aber nie gelesen, und geliebt nur die, über die seine Bekannten redeten, die wiederum nur darüber redeten, weil andere sie ihnen empfohlen hatten. Seine Liebe zu Rimbaud ist also keine ästhetische Liebe gewesen, und vielleicht hat er nie eine ästhetische Liebe gehabt. Er bekannte sich zu Rimbaud, wie man sich zu einer Fahne, einer politischen Partei oder zu einer Fußballmannschaft bekennt, deren Fan man ist. Was also hatten Rimbauds Verse Paul wirklich gebracht? Ein Gefühl des Stolzes, zu jenen zu gehören, die Rimbauds Verse lieben. Mehr nicht.

Immer wieder kehrt er in Gedanken zu seiner letzten Diskussion mit Grizzly zurück: sicher, er hat übertrieben, sich von Paradoxen mitreißen lassen und Grizzly und alle andern provoziert; hat er aber im Grunde genommen nicht nur die Wahrheit gesagt? Ist das, was Grizzly mit solcher Hochachtung ›Kultur‹ genannt hat, nicht nur unser Hirngespinst, etwas zwar Schönes und Wertvolles, das uns aber weit weniger bedeutet, als wir uns eingestehen wollen?

Vor einigen Tagen hatte Paul vor Brigitte ausgebreitet, was Grizzly so schockiert hatte, und sich bemüht, die gleichen Worte zu verwenden. Er wollte wissen, wie sie reagierte. Sie war über seine provokativen Formulierungen nicht nur nicht empört, sondern ging noch viel weiter. Das war für Paul sehr wichtig. Er hing immer mehr an seiner Tochter und fragte sie seit einigen Jahren zu all seinen Problemen nach ihrer Meinung. Zuerst vielleicht nur aus erzieherischen Gründen, um sie dazu anzuhalten, über ernste Dinge nachzudenken. Bald aber hatten sich die Rollen unvermutet vertauscht: Er war nun nicht mehr der Lehrer, der mit seinen Fragen einen schüchternen Schüler ermunterte, sondern glich einem unsicheren Mann, der eine Wahrsagerin konsultierte.

Von einer Wahrsagerin erwartet man keine großen Weisheiten (Paul hatte keine besonders hohe Meinung von der Begabung und Bildung seiner Tochter), sondern daß sie über unsichtbare Fäden mit einem Weisheitsvorrat verbunden ist, der außerhalb ihrer Person liegt. Wenn Paul Brigittes Ansichten hörte, schrieb er sie nicht der persönlichen Originalität seiner Tochter zu, sondern der großen kollektiven Weisheit der Jugend, die aus ihrem Mund sprach, weshalb er sie mit um so größerem Vertrauen akzeptierte.

Agnes stand vom Tisch auf, stellte das Geschirr zusammen und trug es in die Küche, Brigitte hatte sich samt dem Stuhl ganz dem Bildschirm zugewandt, und Paul blieb verlassen am Tisch zurück. Er stellte sich ein Gesellschaftsspiel vor, das seine Eltern gespielt hatten. Zehn Personen gehen im Kreis um zehn Stühle herum und müssen sich auf ein verabredetes Zeichen hinsetzen. Jeder Stuhl hat eine Aufschrift. Auf dem Stuhl, der für ihn übriggeblieben ist, steht: *geistreicher Verbündeter seiner eigenen Totengräber*. Er weiß, daß das Spiel zu Ende ist und er für immer auf diesem Stuhl sitzenbleiben wird.

Was tun? Nichts. Weshalb sollte ein Mensch nicht der Verbündete seiner Totengräber sein? Sollte er sich etwa mit ihnen prügeln? Damit sie ihm dann auf den Sarg spuckten?

Wieder hörte er Brigittes Lachen, und in diesem Augenblick fiel ihm eine neue Definition ein, die paradoxeste, radikalste. Sie gefiel ihm so sehr, daß er darüber fast seine Traurigkeit vergaß. Diese Definition lautete: absolut modern zu sein bedeutet, ein Verbündeter seiner eigenen Totengräber zu sein.

Opfer seines Ruhms sein

Zu Bernard »heirate mich!« zu sagen, war mit Sicherheit ein Fehler, aber nachdem Bernard das Esels-Diplom bekommen hatte, war der Fehler so groß wie der Montblanc. Dazu müssen wir etwas wissen, was auf den ersten Blick ganz unwahrscheinlich klingt, ohne das Bernard aber nicht zu verstehen ist: abgesehen von den Masern ist er als Kind nie krank gewesen, abgesehen vom Tod des Jagdhunds seines Vaters hat ihn bisher noch kein Todesfall getroffen, und abgesehen von einigen schlechten Prüfungs-Zensuren hat er noch keinen wirklichen Mißerfolg gehabt; er hat also bislang in der selbstverständlichen Überzeugung gelebt, daß ihm das Glück von Natur aus zufällt und alle nur Gutes über ihn denken. Die Ernennung zum Esel war tatsächlich der erste Schicksalsschlag, der ihn traf.

Dabei kam es zu einem eigenartigen Zusammentreffen von Übereinstimmungen. Ungefähr zur gleichen Zeit lancierten die Imagologen eine Werbekampagne für seinen Radiosender; auf den großen Plakaten, die in ganz Frankreich angeklebt wurden, war ein Farbfoto des Redaktionsteams zu sehen: die Redakteure standen in weißen Hemden, mit hochgekrempelten Ärmeln und offenem Mund vor dem blauen Himmel: sie lachten. Bernard ging aufgeregt und stolz durch Paris, bis nach einer Woche oder vierzehn Tagen des ungetrübten Ruhms dieser dickbäuchige Riese kam und ihm lächelnd die Papprolle mit dem Diplom überreichte. Wäre es zu einem Zeitpunkt passiert, als sein Foto noch nicht für alle Welt sichtbar an den Plakatwänden klebte, hätte er den Schock vermutlich leichter verwunden. Doch der Ruhm der Fotografie verlieh der Schmach eine Art Resonanz; sie vervielfältigte sie.

Wenn in *Le Monde* eine Anzeige erscheint, daß irgendein Bernard Bertrand zum totalen Esel ernannt worden ist, ist das etwas ganz anderes, als wenn diese Mitteilung jemanden betrifft, dessen Fotografie an allen Plakatwänden hängt. Der Plakat-Ruhm haftet dann nämlich an allem, was einem zustößt, und zwar mit hundertfachem Echo. Es ist nicht sehr angenehm, damit durch die Welt zu gehen. Bernard begriff plötzlich, wie verletzlich er geworden war, und er begriff auch, daß der Ruhm genau das war, was er nie gewollt hatte. Gewiß, Erfolg hatte er sich gewünscht, doch Erfolg und Ruhm sind zwei verschiedene Dinge. Ruhm bedeutet, daß einen viele Leute kennen, die man selbst nicht kennt, die Ansprüche auf einen erheben, alles über einen wissen wollen und sich benehmen, als gehöre man ihnen. Schauspielern, Sängern und Politikern ist es offenbar eine besondere Lust, sich auf diese Weise auszuliefern. Doch nach dieser Lust sehnte Bernard sich nicht. Als er unlängst den Schauspieler interviewte, dessen Sohn in eine peinliche Affäre verwickelt war, hatte er mit einiger Befriedigung bemerkt, wie schnell der Ruhm zur Achillesferse, zum Schwachpunkt, zum Schopf geworden war, an dem man den anderen packen und zerren konnte, um ihn nicht mehr loszulassen. Bernard wollte immer derjenige sein, der die Fragen stellte, und nicht der, der sie beantworten mußte. Der Ruhm gehört stets dem Antwortenden und nicht dem Fragenden. Das Gesicht des Antwortenden liegt im Scheinwerferlicht, der Fragende hingegen wird nur von hinten aufgenommen. In vollem Licht steht Nixon, und nicht Woodward. Bernard sehnt sich nicht nach dem Ruhm des Angestrahlten, sondern nach der Macht dessen, der im Halbdunkel steht. Er sehnt sich nach der Stärke des Jägers, der einen Tiger erlegt, nicht nach dem Ruhm des Tigers, der von jenen bewundert wird, die ihn als Bettvorleger benutzen.

Doch der Ruhm gehört nicht nur den Berühmten. Jeder Mensch bringt es zumindest zu einem kurzen, kleinen Ruhm und empfindet wenigstens für Momente dasselbe wie Greta Garbo, Nixon oder der Bettvorleger-Tiger. Bernards offener Mund lacht von den Pariser Plakatwänden herab, und Bernard hat das Gefühl, am Pranger zu stehen: alle sehen, prüfen und beurteilen ihn. In dem Moment, als Laura zu ihm sagte: »Bernard, heirate mich!«, stellte er sie sich an seiner Seite am Pranger vor. Und plötzlich (das war ihm nie zuvor passiert!) sah er sie als alte, unangenehm extravagante und etwas lächerlich wirkende Frau.

Das war um so fataler, als er sie mehr brauchte denn je. Von allen Arten der Liebe wird die Liebe zu einer älteren

Frau für ihn immer die wohltuendste bleiben unter der Bedingung, daß diese Liebe noch heimlicher und die Frau noch lebensklüger und diskreter sein wird. Hätte Laura statt der törichten Aufforderung zur Hochzeit beschlossen, aus ihrer Liebe ein schönes, vom gesellschaftlichen Leben abgewandtes Luxusschloß zu bauen, hätte sie nicht befürchten müssen, Bernard zu verlieren. Aber sie sah ihn an jeder Ecke groß auf dem Foto, und wenn sie dieses Foto mit seinem veränderten Verhalten, mit seinem finsteren Gesicht und seiner Zerstreutheit in Verbindung brachte, schloß sie daraus ohne langes Überlegen, daß der Erfolg ihm eine andere Frau zugeführt hatte, an die er ununterbrochen dachte. Und weil sie nicht kampflos kapitulieren wollte, war sie zum Angriff übergegangen.

Jetzt ist auch klar, weshalb Bernard einen Rückzieher machte: Wenn der eine angreift, weicht der andere zurück, das ist eine Gesetzmäßigkeit. Der Rückzug ist bekanntlich das schwierigste Kriegsmanöver. Bernard ging mit der Präzision eines Mathematikers vor: wenn er bisher vier Nächte pro Woche bei Laura verbracht hatte, beschränkte er sich jetzt auf zwei; wenn er bisher jedes Wochenende mit ihr verbracht hatte, war er jetzt nur noch jeden zweiten Sonntag mit ihr zusammen und bereitete sich für die Zukunft auf weitere Einschränkungen vor. Er kam sich vor wie der Pilot eines Raumschiffs, der in die Stratosphäre zurückkehrt und jäh abbremsen muß. Er bremste behutsam, aber resolut, und seine attraktive mütterliche Freundin verschwand aus seinen Augen. An ihre Stelle trat eine Frau, die sich ständig mit ihm stritt, die ihre Lebensklugheit und Reife schnell verlor und unangenehm aktiv war.

Eines Tages sagte Grizzly zu ihm: »Ich habe deine Verlobte kennengelernt.«

Bernard errötete.

Grizzly fuhr fort: »Sie hat von einem Mißverständnis zwischen euch gesprochen. Sie ist eine sympathische Frau. Sei ruhig ein bißchen netter zu ihr.«

Bernard wurde blaß vor Wut. Er wußte, daß Grizzly ein loses Mundwerk hatte und der ganze Sender darüber informiert sein mußte, wer seine Geliebte war. Die Liaison mit einer älteren Frau war ihm bisher als reizvolle Perversion, ja fast als Waghalsigkeit vorgekommen, jetzt aber war er sich sicher, daß seine Kollegen in diesem Verhältnis nur eine weitere Bestätigung dafür sahen, daß er ein Esel war.

»Weshalb beklagst du dich bei fremden Leuten über mich?«

»Bei was für fremden Leuten?«

»Bei Grizzly.«

»Ich habe gedacht, er sei dein Freund.«

»Selbst wenn er ein Freund wäre, weshalb bindest du ihm unsere Intimitäten auf die Nase?«

Sie sagte traurig: »Ich verstecke meine Liebe zu dir nicht. Oder darf ich nicht darüber sprechen? Schämst du dich meiner?«

Bernard sagte nichts. Ja, er schämte sich ihrer. Er schämte sich, obwohl er glücklich mit ihr war. Aber er war nur glücklich mit ihr in Momenten, in denen er vergaß, daß er sich ihrer schämte.

Der Kampf

Laura ertrug es sehr schlecht, als sie spürte, wie das Liebesraumschiff seinen Flug verlangsamte.

»Sag mir, was mit dir los ist!«

»Nichts.«

»Du hast dich verändert.«

»Ich muß allein sein.«

»Was ist los?«

»Ich habe Sorgen.«

»Wenn du Sorgen hast, solltest du besser nicht allein sein. Wenn der Mensch Sorgen hat, braucht er den Partner.«

An einem Freitag fuhr er in sein Landhaus, ohne sie einzuladen. Sie kam am Samstag nach, uneingeladen. Sie wußte, daß sie das nicht hätte tun dürfen, hatte sich aber längst schon angewöhnt, Dinge zu tun, die man nicht tun sollte, und war darauf sogar stolz, weil sie dafür von den Männern bewundert wurde, von Bernard noch mehr als von anderen. Manchmal stand sie mitten in einem Konzert oder einer Theateraufführung, die ihr nicht gefiel, auf und ging aus Protest ostentativ und geräuschvoll hinaus, so daß die Leute sich empört nach ihr umdrehten. Als Bernard ihr einmal durch die Tochter seiner Concierge einen von ihr sehnlichst erwarteten Brief ins Geschäft bringen ließ, nahm sie eine Pelzmütze, die mindestens zweitausend Francs kostete, vom Gestell und schenkte sie in ihrer Freude dem sechzehnjährigen Mädchen. Ein andermal, sie war mit Bernard für zwei Tage in eine gemietete Villa am Meer gefahren, wollte sie ihn für irgend etwas bestrafen, spielte den ganzen Tag mit dem zwölfjährigen Sohn des Nachbarn und tat, als hätte sie die Existenz ihres Geliebten vollkommen vergessen. Erstaunlich war nur, daß er damals, obwohl er sich verletzt fühlte, in ihrem Verhalten eine bezaubernde Spontaneität sah (»Ich hätte wegen dieses Fischerjungen fast die ganze Welt vergessen!«), die sich mit entwaffnender Weiblichkeit verband (war sie durch das Kind nicht mütterlich gerührt?), und als sie sich am nächsten Tag ihm und nicht dem Fischerssohn widmete, war seine Wut sofort verflogen. Unter seinen verliebten, bewundernden Blicken entfalteten sich ihre kapriziösen Einfälle förmlich, oder: sie blühten auf wie Rosen; in ihren impulsiven Handlungen und unüberlegten Worten sah Laura ihre persönliche Note, den Charme ihres Ich, und sie war glücklich.

Als Bernard sich ihr zu entziehen begann, veränderte sich ihr extravagantes Benehmen zwar nicht, verlor aber mit einem Mal seinen Charme und seine Natürlichkeit. An dem Tag, als sie beschloß, ihn unangemeldet zu besuchen, wußte sie, daß sie diesmal keine Bewunderung erwarten würde; sie betrat sein Haus mit einem Gefühl der Angst, was zur Folge hatte, daß die sonst unschuldige und sogar reizvolle Dreistigkeit ihres Benehmens aggressiv und verkrampft wurde. Sie war sich dessen bewußt und nahm es Bernard übel, daß er ihr die Freude genommen hatte, die sie bis vor kurzem an sich selbst gehabt hatte, eine Freude, die, wie sich nun herausstellte, sehr zerbrechlich, nicht verwurzelt und gänzlich von ihm, von seiner Liebe und seiner Bewunderung abhängig war. Sie war deswegen aber um nichts weniger entschlossen, sich weiterhin exzentrisch und kapriziös zu verhalten und ihn zu provozieren; sie wollte, daß er richtig wütend wurde, weil sie insgeheim und vage hoffte, daß sich die Wolken nach dem Gewitter verzögen und alles wieder wie vorher werden würde.

»Hier bin ich. Ich hoffe, du freust dich«, sagte sie lachend.

»Ja, ich freue mich. Aber ich bin hierher gekommen, um zu arbeiten.«

»Ich werde dich bei deiner Arbeit nicht stören. Ich will nichts von dir. Ich will nur bei dir sein. Oder habe ich dich je bei der Arbeit gestört?«

Er antwortete nicht.

»Wir sind doch oft zusammen aufs Land gefahren und du hast die Radiosendung vorbereitet. Habe ich dich je gestört?«

Er antwortete nicht.

»Habe ich dich gestört?«

Es half nichts. Er mußte antworten: »Nein, du hast mich nicht gestört.«

»Und warum störe ich dich jetzt?«

»Du störst mich nicht.«

»Lüg nicht! Benimm dich wie ein Mann und bring wenigstens den Mut auf, mir zu sagen, daß du schrecklich wütend bist, weil ich uneingeladen hier aufgekreuzt bin. Ich kann Feiglinge nicht ausstehen. Ich fände es besser, wenn du mir sagtest, pack auf der Stelle deine Sachen zusammen und geh. Sag es!«

Er wurde verlegen. Zuckte mit den Schultern.

»Warum bist du so feige?«

Er zuckte abermals mit den Schultern.

»Zuck nicht mit den Schultern!«

Er hatte Lust, es ein drittes Mal zu tun, unterließ es aber.

»Sag mir, was mit dir los ist!«

»Nichts.«

»Du hast dich verändert.«

»Laura! Ich habe Sorgen!« Seine Stimme wurde lauter.

Sie hob ihre Stimme ebenfalls: »Ich habe auch Sorgen!«

Er wußte, daß er sich dumm verhielt, wie ein von der Mutter ausgeschimpftes Kind, und er haßte sie dafür. Er wußte nicht, was er tun sollte. Er konnte Frauen gegenüber nett, unterhaltsam, vielleicht sogar verführerisch sein, aber er konnte ihnen nicht böse sein, das hatte ihm niemand beigebracht, im Gegenteil, alle hatten ihm eingehämmert, daß man ihnen nie böse sein dürfe. Wie soll ein Mann sich einer Frau gegenüber verhalten, die ungeladen zu Besuch kommt? Wo ist die Universität, an der man solche Dinge lernen kann?

Er gab ihr keine Antwort und ging ins Nebenzimmer. Er legte sich aufs Sofa und nahm das erstbeste Buch, ein Taschenbuch, zur Hand: ein Kriminalroman. Er lag auf dem Rücken und hielt das aufgeschlagene Buch über seinem Brustkasten; er tat, als würde er lesen. Es verging ungefähr eine Minute, dann kam sie ins Zimmer. Sie setzte sich ihm gegenüber in einen Sessel. Sie betrachtete das bunte Bild auf dem Einband und sagte: »Wie kannst du so was lesen!«

Er sah überrascht auf.

»Ich meine diesen Einband«, sagte sie.

Er verstand immer noch nicht.

»Wie kannst du mir einen derart geschmacklosen Einband unter die Nase halten? Wenn du schon darauf bestehst, dieses Buch in meiner Gegenwart zu lesen, könntest du mir wenigstens den Gefallen tun, den Einband abzureißen.«

Bernard sagte nichts, riß den Einband ab, gab ihn ihr und las weiter.

Laura hatte Lust zu schreien. Sie sagte sich, ich sollte jetzt eigentlich aufstehen, weggehen und ihn nie mehr wiedersehen. Oder ihm das Buch, das er in der Hand hält, wegreißen und ihm ins Gesicht spucken. Aber weder für das eine noch für das andere hatte sie den Mut. Statt dessen stürzte sie sich auf ihn (das Buch fiel auf den Teppich), küßte ihn wild und liebkoste ihn am ganzen Körper.

Bernard hatte nicht die geringste Lust zur Liebe. Da er aber gewagt hatte, die Diskussion mit ihr abzulehnen,

konnte er nun nicht auch noch ihren erotischen Appell ablehnen. Darin glich er übrigens allen Männern aller Zeiten.
Welcher Mann wagt es, einer Frau, die ihm mit einer Geste
der Liebe die Hand zwischen die Schenkel schiebt, zu sagen:
»Nimm die Hand weg!« Und so reagierte derselbe Bernard,
der gerade noch in souveräner Verachtung den Einband von
seinem Buch gerissen und ihn der erniedrigten Geliebten
hingestreckt hatte, jetzt gehorsamst auf ihre Berührungen,
küßte sie und zog dabei die Hose aus.

Aber auch sie hatte keine Lust zur Liebe. Das, was sie zu
ihm getrieben hatte, war die Verzweiflung darüber, daß sie
nicht wußte, was sie tun sollte, aber die Notwendigkeit
spürte, etwas zu tun. Ihre leidenschaftlichen und ungeduldi-
gen Liebkosungen drückten ihren blinden Wunsch nach
einer Tat, ihren stummen Wunsch nach einem Wort aus. Als
sie sich zu lieben anfingen, bemühte sie sich, ihre Umarmun-
gen wilder denn je und verzehrend wie eine Feuersbrunst
werden zu lassen. Wie aber war das in einem wortlosen Liebesakt zu schaffen (ihre Liebesakte waren, abgesehen von
einigen lyrischen, keuchend ausgesprochenen Worten, immer stumm)? Ja, wie? durch die Heftigkeit der Bewegungen? die Lautstärke des Stöhnens? das häufige Verändern der
Positionen? Etwas anderes kannte sie nicht, und so benutzte
sie jetzt alles zusammen. Vor allem änderte sie dauernd aus
eigener Initiative ihre Position; einmal hockte sie auf allen
vieren, dann wieder setzte sie sich rittlings auf ihn oder
dachte sich neue, extrem anspruchsvolle Positionen aus, die
sie noch nie ausprobiert hatten.

Bernard deutete ihre erstaunliche körperliche Leistung als
Aufforderung, die er nicht einfach ungehört verstreichen lassen durfte. Er spürte in sich die alte Angst des jungen Mannes, der befürchtet, sein erotisches Talent und seine eroti-

sche Reife könnten unterschätzt werden. Diese Angst gab Laura die Macht zurück, die sie in letzter Zeit verloren und von der ihr Verhältnis früher gelebt hatte: die Macht einer Frau, die älter war als ihr Geliebter. Und Bernard hatte wieder einmal den unangenehmen Eindruck, daß Laura mehr Erfahrung besaß als er, daß sie Dinge wußte, die er nicht wußte, daß sie ihn mit anderen vergleichen, ihn beurteilen konnte. Deshalb führte er alle verlangten Bewegungen mit ungewöhnlichem Eifer aus, und schon auf die kleinste Andeutung, daß sie die Position ändern wollte, reagierte er flink und diszipliniert wie ein Soldat beim Exerzieren. Der unerwartet abwechslungsreiche Bewegungsablauf des Liebesaktes hielt ihn dermaßen in Trab, daß er gar nicht dazu kam, sich darüber klarzuwerden, ob er erregt war oder nicht und ob er etwas spürte, das man Lust nennen konnte.

Auch sie dachte weder an Lust noch an Erregung. Sie sagte sich: ich laß dich nicht los, du kannst mich nicht fortjagen, ich werde um dich kämpfen. Ihr Geschlecht, das sich auf und ab bewegte, verwandelte sich in eine Kriegsmaschine, die sie in Bewegung gesetzt hatte und steuerte. Sie sagte sich, daß dies ihre letzte Waffe sei, die einzige, die sie noch hatte, die dafür aber allmächtig war. Im Rhythmus ihrer Bewegungen wiederholte sie, als wäre es ein vom Generalbaß begleitetes Ostinato: *ich werde kämpfen, ich werde kämpfen, ich werde kämpfen*, und glaubte daran, daß sie siegen würde.

Man braucht nur im Wörterbuch nachzuschlagen. Kämpfen heißt: den eigenen Willen dem eines anderen entgegenstellen mit dem Ziel, ihn zu brechen, den anderen in die Knie zu zwingen und vielleicht sogar zu töten. »Das Leben ist ein Kampf«, ist ein Satz, der, als er das erste Mal ausgesprochen wurde, melancholisch und resigniert gemeint gewesen sein mußte. Unser Jahrhundert, dieses Jahrhundert des Optimismus und der Massaker, hat es geschafft, den schrecklichen Satz in ein süßes Lied zu verwandeln. Vielleicht werden Sie nun sagen, es sei zwar schrecklich, gegen jemanden zu kämpfen, aber um etwas, für etwas zu kämpfen, das sei edel und schön. Ja, es ist schön, nach Glück (nach Liebe, nach Gerechtigkeit und so weiter) zu streben, wenn Sie aber Gefallen daran gefunden haben, Ihr Streben mit dem Wort ›Kampf‹ zu bezeichnen, bedeutet dies, daß sich hinter Ihrem edlen Streben der Wunsch versteckt, jemanden zu Boden zu strecken. Der Kampf *um* oder *für* ist untrennbar mit dem Kampf *gegen* verbunden, und die Präpositionen um oder für werden während des Kampfes immer zugunsten der Präposition gegen vergessen.

Lauras Geschlecht bewegte sich machtvoll auf und ab. Laura kämpfte. Sie liebte und kämpfte. Kämpfte um Bernard. Aber gegen wen? Gegen den, den sie an sich drückte und dann wieder von sich stieß, um ihn zu zwingen, eine neue Position einzunehmen. Die aufreibende Gymnastik auf dem Sofa und auf dem Teppich, bei der sie beide schwitzten und außer Atem gerieten, glich der Pantomime eines gnadenlosen Kampfes, in dem sie angriff und er sich verteidigte, in dem sie die Befehle erteilte und er sie ausführte.

Professor Avenarius

Professor Avenarius spazierte die Avenue du Maine hinunter und kam zum Bahnhof Montparnasse, und da er es nicht eilig hatte, beschloß er, ins Warenhaus Lafayette zu gehen. In der Damenabteilung schauten ihn von überall nach der letzten Mode gekleidete Frauen aus Wachs an. Avenarius liebte ihre Gesellschaft. Am meisten fühlte er sich von den Frauengestalten angezogen, die in einer bizarren Bewegung erstarrt schienen und deren weit aufgerissene Münder kein Lachen ausdrückten (die Mundwinkel waren seitlich nicht hochgezogen), sondern ein Erschrecken. Er stellte sich vor, daß diese erstarrten Frauen jetzt seine herrliche Erektion sahen, daß sie sein Glied sahen, das nicht nur gigantisch war, sondern sich von anderen Gliedern dadurch unterschied, daß es in einem kleinen, gehörnten Teufelskopf auslief. Neben den Puppen, die ein bewunderndes Entsetzen ausdrückten, gab es andere, deren Münder nicht geöffnet, sondern gespitzt waren; sie hatten die Form eines dicken roten Rings mit einer kleinen Öffnung in der Mitte, durch die sie jeden Augenblick ihre Zunge heraustrecken und Professor Avenarius zu einem sinnlichen Kuß auffordern konnten. Und dann gab es noch eine dritte Gruppe, die ihre wächsernen Lippen zu einem verträumten Lächeln schürzten. Den halbgeschlossenen Augen konnte man ansehen, daß sie gerade die stillen, langen Wonnen eines Koitus auskosteten.

Doch die wunderbare Sexualität, die diese Modepuppen wie eine radioaktive Strahlung in der Atmosphäre verbreiteten, stieß bei niemandem sonst auf ein Echo; zwischen den ausgestellten Waren flanierten müde, graue, gelangweilte, gereizte und gänzlich asexuelle Wesen; nur Professor Avenarius spazierte glücklich hier herum und hatte das Gefühl, der Dirigent einer riesigen Sexparty zu sein.

Doch alles Schöne hat ein Ende: Professor Avenarius verließ das Warenhaus und ging die Treppe zur Metro hinunter, da er dem Strom der Autos auf dem Boulevard ausweichen wollte. Er ging oft diesen Weg und war nicht überrascht von dem, was er sah. In den unterirdischen Gängen hielt sich die immer gleiche Gesellschaft auf. Zwei Clochards torkelten herum, einer von ihnen hielt eine Flasche Rotwein in der Hand und wandte sich von Zeit zu Zeit träge an einen Passanten, um ihn mit entwaffnendem Lächeln um eine milde Gabe für die nächste Flasche zu bitten. An die Wand gelehnt saß ein junger Mann und hatte das Gesicht in die Hände vergraben; vor sich hatte er mit Kreide auf den Boden geschrieben, daß er gerade aus dem Knast komme, keine Arbeit finden könne und hungrig sei. Drittens stand (an der Wand, aber gegenüber dem jungen Mann, der aus dem Knast gekommen war) ein müder Musikant in dem Metrogang; neben dem einen Fuß hatte er einen Hut, auf dessen Grund einige Münzen glänzten, neben dem andern stand eine Trompete.

Doch etwas in diesem alltäglichen Szenario faszinierte Professor Avenarius. Direkt zwischen dem jungen Mann, der aus dem Knast entlassen worden war, und den beiden betrunkenen Clochards, nicht an der Wand, sondern mitten im Gang, stand eine ziemlich hübsche, noch nicht vierzigjährige Dame, die eine rote Sammelbüchse in der Hand hielt und den Passanten mit dem strahlenden Lächeln verführerischer Weiblichkeit entgegenstreckte; auf der Sammelbüchse klebte die Aufschrift: *Helfen Sie den Aussätzigen.* Ihre elegante Kleidung kontrastierte auffallend mit der Umgebung, und ihr Enthusiasmus war wie ein Leuchten in dem düsteren Gang. Ihre Anwesenheit verdarb den Bettlern, die ihren Arbeitstag hier verbrachten, ganz offensichtlich die Laune, und die Trompete neben dem Bein des Musikanten war ein beredter Ausdruck der Kapitulation vor der unlauteren Konkurrenz.

Wenn der Dame irgendein Blick begegnete, sagte sie deutlich, aber so leise, daß die Vorbeigehenden ihr die Worte

von den Lippen ablesen mußten: »Für die Aussätzigen!«
Auch Professor Avenarius wollte ihr diese Worte vom Mund
ablesen, doch als die Frau ihn sah, sagte sie nur noch »Für
die Aus-« und verschluckte das »sätzigen«, da sie ihn erkannt hatte. Avenarius hatte sie ebenfalls erkannt und
konnte sich nicht erklären, was sie hierher geführt hatte. Er
lief die Treppe hinauf und stand nun auf der anderen Seite
des Boulevards.

Dort sah er, daß es gar nicht nötig gewesen wäre, unter
dem Strom der Autos hindurchzugehen, da der Verkehr still-
stand: über die ganze Breite der Fahrbahn marschierten von
der Coupole zur Rue de Rennes Menschen. Alle hatten
dunkle Gesichter, und Professor Avenarius dachte, es handele sich um Araber, die gegen den Rassismus protestierten.
Er beachtete sie jedoch nicht weiter, ging ein paar Schritte
den Boulevard hinauf und betrat ein Bistro, wo ihm der
Chef zurief: »Monsieur Kundera kommt später. Er mußte
noch auf einen Sprung weg und läßt sich entschuldigen.
Aber er hat ein Buch für Sie hiergelassen, damit es Ihnen
nicht langweilig wird«, und er gab ihm die Taschenbuchaus-
gabe meines Romans *Das Leben ist anderswo*.

Avenarius steckte das Buch in die Tasche, ohne ihm die geringste Aufmerksamkeit zu schenken, denn in diesem Augenblick kam ihm wieder die Frau mit der roten Sammelbüchse
in den Sinn, und er hatte Lust, sie noch einmal zu sehen. »Ich
bin gleich wieder zurück«, sagte er im Hinausgehen.

Die Aufschriften über den Köpfen der Demonstranten be-
sagten, daß nicht Araber, sondern Türken über den Boulevard defilierten, und daß sie nicht gegen den französischen
Rassismus protestierten, sondern gegen die Bulgarisierung
der türkischen Minderheit in Bulgarien. Die Demonstranten reckten die geballten Fäuste in die Luft, wirkten aber

schon irgendwie müde; die grenzenlose Gleichgültigkeit der Pariser, an denen sie vorbeizogen, hatte sie an den Rand der Verzweiflung gebracht. Als sie aber den Mann sahen, der mit einem bedrohlich mächtigen Bauch am Rande des Trottoirs in ihrer Richtung marschierte, die Faust hob und schrie: »À bas les Russes! À bas les Bulgares! Nieder mit den Russen, nieder mit den Bulgaren!«, wuchs ihnen neue Energie zu und ließ die Parolen wieder über den Boulevard schweben.

Am Metroeingang, aus dem Avenarius gerade gekommen war, standen zwei häßliche Tanten und verteilten Flugblätter. Avenarius wollte etwas über den Kampf der Türken erfahren und fragte die eine: »Sind Sie Türkin?« »Gott bewahre!« wehrte sie sich, als hätte er ihr etwas ganz Furchtbares vorgeworfen. »Mit dieser Demo haben wir nichts zu tun! Wir sind hier, um gegen den Rassismus zu protestieren!« Professor Avenarius nahm von jeder Frau ein Flugblatt und fing das Lächeln eines jungen Mannes auf, der lässig am Geländer des Metroeingangs lehnte. Mit fröhlich provokanter Miene überreichte auch er ihm ein Flugblatt.

»Wogegen ist das?« fragte Avenarius.

»Das ist für die Freiheit der Kanaken in Neukaledonien.«

Professor Avenarius stieg also mit drei Flugblättern in den Untergrund der Metro und bemerkte schon von weitem, daß sich die Stimmung in den Katakomben verändert hatte, die öde Dumpfheit war verschwunden und der freundliche Klang der Trompete, Klatschen und Lachen drangen an sein Ohr. Und dann sah er es: die junge Dame war zwar noch da, war nun aber von den beiden Clochards umringt: der eine hielt ihre freie linke Hand fest, der andere stützte vorsichtig ihren rechten Arm, dessen Hand die Sammelbüchse fest umklammerte. Derjenige, der ihre Hand hielt, machte kleine Tanzschritte, drei vor, drei zurück, der andere streckte den

Passanten den Musikantenhut entgegen und schrie: »Pour les lépreux! Für die Aussätzigen! Pour l'Afrique!«, und neben ihm stand der Musikant und spielte auf seiner Trompete, er spielte, ja, er spielte, wie er noch nie in seinem Leben gespielt hatte; um die vier herum blieben immer mehr Leute stehen, lächelten amüsiert und warfen dem Clochard Münzen und sogar Banknoten in den Hut, und er dankte: »Merci! Ah, que la France est généreuse! Ohne Frankreich würden die Aussätzigen wie Tiere krepieren! Ah, wie großzügig Frankreich ist!«

Die Dame wußte nicht, was sie tun sollte; für Momente versuchte sie, sich dem Clochard zu entwinden, dann wieder machte sie, vom Applaus der Zuschauer ermuntert, kleine Schritte vor und zurück. Als er versuchte, sie an sich zu ziehen und Körper an Körper mit ihr zu tanzen (aus seinem Mund schlug ihr der Alkoholgestank entgegen), versuchte sie sich, mit einem Ausdruck von Angst und Schrecken im Gesicht, linkisch zu verteidigen.

Der junge Mann aus dem Knast stand plötzlich auf und winkte, als wollte er die Clochards warnen. Als Professor Avenarius die zwei Polizisten bemerkte, fing auch er zu tanzen an. Er ließ seinen riesigen Bauch von einer Seite auf die andere schwappen, machte mit angewinkelten Armen kreisende Bewegungen, lächelte nach allen Seiten und verbreitete so eine wunderbar friedliche und entspannte Atmosphäre um sich herum. Als die Polizisten auf seiner Höhe waren, lächelte er der Dame mit der Sammelbüchse komplizenhaft zu und klatschte zum Rhythmus der Trompete und seiner Tanzschritte in die Hände. Die Polizisten sahen sich teilnahmslos um und setzten ihre Runde fort.

Angespornt durch seinen Erfolg, holte Avenarius mit seinen Tanzschritten noch weiter aus und drehte sich mit unvermuteter Leichtigkeit auf der Stelle, lief vor und zurück, warf ein Bein in die Höhe und beschrieb mit den Armen die Gesten einer Cancantänzerin, die ihren Rock hochschlägt. Das wiederum inspirierte den Clochard, der die Dame am Arm hielt; er bückte sich und nahm ihren Rocksaum zwischen die Finger; sie wollte sich wehren, konnte ihren Blick aber nicht von dem dicken Mann lösen, der ihr aufmunternd zulächelte; als sie versuchte, das Lächeln zu erwidern, hob der Clochard ihren Rock bis zur Taille: darunter kamen nackte Beine und ein (hervorragend zum rosafarbenen Rock passender) grüner Slip zum Vorschein. Wieder wollte sie sich wehren, war aber machtlos: die eine Hand hielt die Sammelbüchse (niemand warf noch auch nur einen Centime hinein, doch sie hielt sie fest, als wären ihre Ehre, der Sinn ihres Lebens, ja vielleicht gar ihre Seele darin eingeschlossen), die andere war durch den Griff des Clochards blockiert. Hätte man ihr beide Arme gefesselt, um sie zu vergewaltigen, sie wäre nicht schlimmer dran gewesen. Der Clochard hob noch einmal den Rocksaum und rief: »Für die Aussätzigen! Für Afrika!«; über ihre Wangen rannen Tränen. Um ihre Erniedrigung nicht zu zeigen (eine eingestandene Erniedrigung ist eine doppelte Erniedrigung), versuchte sie zu lächeln, als ob dies alles mit ihrer Zustimmung und zum Wohle Afrikas geschähe, und sie schwang ihr schönes, wenn auch etwas kurzes Bein freiwillig in die Höhe.

Plötzlich stieg ihr der schreckliche Gestank des Clochards in die Nase, der Gestank aus seinem Mund und seinen Kleidern, die er seit Jahren Tag und Nacht trug, so daß sie ihm zur zweiten Haut geworden waren (würde ihm ein Unglück zustoßen, müßte ihm ein ganzer Stab von Chirurgen zuerst eine Stunde lang die Lumpen vom Leib kratzen, bevor sie ihn auf den Operationstisch legen könnten); in diesem Augenblick konnte sie nicht mehr: sie entwand sich ihm mit einer heftigen Bewegung und lief, wobei sie die rote Sammelbüchse an die Brust drückte, auf Professor Avenarius zu. Dieser breitete seine Arme aus und umarmte sie. Sie zitterte und schluchzte und drückte sich an seinen Körper. Er beruhigte sie rasch, nahm sie an der Hand und führte sie aus der Metro.

Der Körper

Du wirst immer dünner«, sagte Agnes besorgt, als sie mit ihrer Schwester in einem Restaurant zu Mittag aß.

»Ich habe keinen Appetit mehr. Ich muß alles erbrechen«, sagte Laura und nahm einen Schluck Mineralwasser, das sie anstelle des gewohnten Weins bestellt hatte. »Es ist wahnsinnig stark«, sagte sie.

»Das Mineralwasser?«

»Ich möchte es mit Leitungswasser verdünnen.«

»Laura…«, Agnes wollte ihre Schwester zurechtweisen, sagte aber statt dessen: »Du darfst dich nicht so quälen.«

»Es ist alles aus, Agnes.«

»Was ist eigentlich zwischen euch beiden anders geworden?«

»Alles. Dabei schlafen wir miteinander wie nie zuvor. Wie zwei Verrückte.«

»Was ist denn anders geworden, wenn ihr miteinander schlaft wie zwei Verrückte?«

»Es ist der einzige Moment, wo ich die Gewißheit habe, daß er mit mir zusammen ist. Kaum ist alles vorbei, ist er in seinen Gedanken wieder woanders. Auch wenn wir hundertmal mehr miteinander schliefen, es ist aus. Die körperliche Liebe bedeutet nicht viel. Sie ist nicht das Wichtigste. Das Wichtigste ist, daß er an mich denkt. Ich habe viele Männer gehabt, von denen heute keiner mehr etwas über mich weiß, ich weiß nichts mehr über sie, und ich frage mich, wozu ich all die Jahre überhaupt gelebt habe, wenn ich bei niemandem eine Spur hinterlassen habe. Was ist von meinem Leben geblieben? Nichts, Agnes, nichts! Nur die letzten zwei Jahre, da war ich tatsächlich glücklich, weil ich wußte, daß Bernard an mich dachte, daß ich ihm nicht aus dem Kopf ging und in ihm lebte. Denn nur das ist für mich das wahre Leben: in den Gedanken des andern zu leben. Sonst bin ich schon zu Lebzeiten tot.«

»Und wenn du allein zu Hause bist und Schallplatten hörst, deinen Mahler, genügt dir das nicht, wenigstens für ein kleines, bescheidenes Glück, für das es sich lohnt zu leben?«

»Agnes, du mußt doch merken, daß du dummes Zeug erzählst. Mahler bedeutet mir überhaupt nichts, wirklich überhaupt nichts, wenn ich allein bin. Über Mahler kann ich mich nur freuen, wenn ich mit Bernard zusammen bin oder weiß, daß er an mich denkt. Wenn ich ohne ihn bin, habe ich nicht einmal die Kraft, mein Bett zu machen, und schon gar keine Lust, mich zu waschen und die Wäsche zu wechseln.«

»Laura! Bernard ist doch nicht der einzige Mann auf der Welt!«

»Doch!« sagte Laura. »Warum willst du, daß ich mir etwas vormache? Bernard ist meine letzte Chance. Ich bin nicht mehr zwanzig und auch nicht mehr dreißig. Nach Bernard kommt nur noch die Wüste.«

Sie trank wieder ihr Mineralwasser und sagte noch einmal: »Es ist zu stark.« Dann rief sie den Kellner und bat um Leitungswasser.

»In einem Monat fährt er für vierzehn Tage nach Martinique«, fuhr sie fort. »Ich war schon zweimal mit ihm dort. Diesmal, hat er gesagt, will er ohne mich fahren. Als er mir das mitteilte, konnte ich zwei Tage lang nichts essen. Aber ich weiß, was ich tun werde.«

Der Kellner brachte eine Karaffe, aus der Laura vor seinen erstaunten Augen Wasser in ihr Glas goß, und sie wiederholte noch einmal: »Ja, ich weiß, was ich tun werde.«

Sie verstummte, als wollte sie die Schwester auffordern, ihr eine Frage zu stellen. Agnes begriff dies sofort und fragte absichtlich nicht. Als das Schweigen jedoch allzu lange dauerte, kapitulierte sie: »Was willst du tun?«

Laura antwortete, daß sie in den letzten Wochen fünf Ärzte aufgesucht, über Schlaflosigkeit geklagt und sich von jedem habe Schlaftabletten verschreiben lassen.

Seit Laura nicht nur wie üblich klagte, sondern auch noch Anspielungen machte, sich umzubringen, reagierte Agnes mit Beklommenheit und Müdigkeit. Sie hatte der Schwester schon mehrmals mit logischen und emotionalen Argumenten zu widersprechen versucht; sie hatte sie ihrer Liebe versichert (»so etwas könntest du *mir* doch nicht antun!«), doch ohne das geringste Resultat: Laura redete immer wieder von Selbstmord, als hätte Agnes ihren Einspruch in die Luft gesprochen.

»Ich werde eine Woche vor ihm nach Martinique fliegen«, fuhr sie fort. »Ich habe einen Schlüssel. Die Villa steht leer. Ich werde es so einrichten, daß er mich dort findet. Damit er mich nie mehr vergessen kann.«

Agnes wußte, daß Laura imstande war, die verrücktesten Dinge zu tun, und ihr Satz »ich werde es so einrichten, daß er mich dort findet«, jagte ihr Angst ein: sie stellte sich Lauras reglosen Körper mitten im Salon einer subtropischen

Villa vor und erschrak darüber, daß diese Vorstellung realistisch und denkbar war und Laura durchaus ähnlich sah.

Jemanden zu lieben bedeutete für Laura, ihm den Körper zum Geschenk zu machen; ihn hinzustellen, wie sie ihrer Schwester das weiße Klavier hatte hinstellen lassen, ihn mitten in seine Wohnung zu stellen: hier bin ich, hier sind meine siebenundfünfzig Kilo, mein Fleisch und meine Knochen, sie sind für dich da und ich überlasse sie dir. Dieses Beschenken war für sie eine erotische Geste, da der Körper ihrer Meinung nach nicht nur in den außergewöhnlichen Momenten der Erregung, sondern, wie gesagt, von Anfang an, a priori, ununterbrochen und mit allen seinen Details sexuell war, auf seiner Oberfläche und in seinem Innern, im Schlaf, im Wachen und im Tod.

Für Agnes reduzierte sich die Erotik auf den Augenblick der Erregung, in dem der Körper begehrenswert und schön wurde. Nur dieser Augenblick rechtfertigte und erlöste den Körper; sobald diese künstliche Beleuchtung verlosch, wurde der Körper wieder zu einem bloßen befleckten Mechanismus, den sie in Gang halten mußte. Gerade deshalb hätte sie nie sagen können »ich werde es so einrichten, daß er mich dort findet«. Ihr grauste vor der Vorstellung, daß der Mann, den sie liebte, sie als bloßen, seines Sex, seines Zaubers beraubten Körper sehen könnte, als einen Körper mit einer verzerrten Grimasse im Gesicht und in einer Position, die sie nicht mehr in der Lage wäre zu kontrollieren. Sie würde sich schämen. Die Scham würde sie daran hindern, sich freiwillig zur Leiche zu machen.

Natürlich wußte Agnes, daß Laura anders war: ihren leblosen Körper im Salon der Wohnung ihres Geliebten liegen zu lassen, war eine logische Folgerung aus ihrem Verhältnis zum Körper, aus ihrer Art zu lieben. Deshalb bekam Agnes

Angst. Sie neigte sich über den Tisch und nahm die Hand ihrer Schwester.

»Du verstehst mich doch«, sagte Laura jetzt mit leiser Stimme. »Du hast Paul. Den besten Mann, den du dir wünschen kannst. Ich habe Bernard. Wenn Bernard mich verläßt, habe ich nichts mehr, und ich werde auch nie mehr jemanden haben. Und du weißt, daß ich mich nicht mit halben Sachen begnüge. Ich werde mir die Misere meines eigenen Lebens nicht mitanschauen. Dafür habe ich eine zu hohe Vorstellung vom Leben. Ich will vom Leben alles, oder ich gehe. Du verstehst mich doch. Du bist meine Schwester.«

Eine Weile war es still, Agnes suchte verwirrt nach Worten, um eine Antwort zu formulieren. Sie war müde. Dieser immer gleiche Dialog wiederholte sich nun schon seit Wochen, und Agnes mußte immer wieder neu die Erfahrung machen, daß alles wirkungslos war, was sie ihrer Schwester sagte. In diesen Moment der Müdigkeit und Hilflosigkeit hinein fielen ganz plötzlich folgende unwahrscheinliche Worte:

»Der alte Bertrand Bertrand hat im Parlament wieder gegen das Ansteigen der Selbstmordrate gewettert. Die Villa auf Martinique gehört ihm. Stell dir die Freude vor, die ich ihm machen werde!« sagte Laura lachend.

Obwohl dieses Lachen nervös und gekünstelt war, kam es Agnes wie ein unerwarteter Verbündeter zu Hilfe. Sie lachte nun ebenfalls, das Lachen verlor rasch seine anfängliche Unnatürlichkeit und war plötzlich ein echtes Lachen, ein Lachen der Erleichterung; beide Schwestern hatten Tränen in den Augen und spürten, daß sie sich liebten und Laura sich nicht umbringen würde. Sie redeten durcheinander, hielten sich immer noch an den Händen und sagten sich Worte schwesterlicher Liebe, hinter denen die Schweizer Villa im

Garten und die Geste der Hand durchschimmerten, die in die Luft geworfen wurde wie ein bunter Ball, wie eine Aufforderung zu einer Reise, wie ein Versprechen einer ungeahnten Zukunft, ein Versprechen, das sich zwar nicht erfüllt hatte, aber in ihnen erhalten geblieben war als wunderschönes Echo.

Als der Überschwang der Gefühle abgeklungen war, sagte Agnes: »Laura, du darfst keine Dummheiten machen. Kein Mann ist es wert, daß du seinetwegen so leidest. Denk an mich und daran, wie lieb ich dich habe.«

Und Laura sagte: »Aber etwas möchte ich tun. Etwas muß ich tun.«

»Etwas? Was heißt ›etwas‹?«

Laura sah der Schwester tief in die Augen und zuckte mit den Schultern, als gestünde sie sich ein, daß der genaue Inhalt des Wortes ›etwas‹ ihr vorerst noch unklar war. Dann bog sie den Kopf leicht zurück, setzte ein vages, leicht melancholisches Lächeln auf, berührte mit den Fingerspitzen die Stelle zwischen den Brüsten und warf, während sie das Wort ›etwas‹ wiederholte, die Arme nach vorn.

Agnes war beruhigt: sie konnte sich unter dem Wort ›etwas‹ zwar nichts Konkretes vorstellen, Lauras Geste jedoch ließ keinen Zweifel offen: dieses ›etwas‹ wies in herrliche Höhen und hatte nichts mit einer Leiche zu tun, die unten, auf der Erde, auf dem Boden eines Salons in den Tropen lag.

Einige Tage später suchte Laura die französisch-afrikanische Gesellschaft auf, deren Vorsitzender Bernards Vater war, und meldete sich, um als Freiwillige auf der Straße Geld für die Aussätzigen zu sammeln.

Die Geste der Sehnsucht nach Unsterblichkeit

Bettinas erste Liebe war ihr Bruder Clemens, der später ein großer romantischer Dichter wurde, dann war sie, wie wir wissen, in Goethe verliebt; sie verehrte Beethoven, sie liebte ihren Mann Achim von Arnim, der ebenfalls ein großer Dichter war, danach verknallte sie sich in den Grafen Hermann von Pückler-Muskau, der zwar kein großer Dichter war, aber ebenfalls Bücher schrieb (ihm ist übrigens *Goethes Briefwechsel mit einem Kinde* gewidmet), und als sie fünfzig war, hegte sie mütterlich-erotische Gefühle für zwei junge Männer, Philipp Nathusius und Julius Döring, die keine Bücher schrieben, aber mit ihr korrespondierten (auch diesen Briefwechsel hat sie auszugsweise veröffentlicht); sie bewunderte Karl Marx, den sie einmal zwang, mit ihr einen langen Nachtspaziergang zu machen, als sie bei seiner Verlobten Jenny zu Besuch war (Marx hatte keine Lust, mit Bettina spazierenzugehen, er wollte lieber mit Jenny zusammen sein; aber selbst derjenige, der imstande war, die ganze Welt auf den Kopf zu stellen, war unfähig, der Frau zu widersprechen, die Goethe geduzt hatte); sie hatte eine Schwäche für Franz Liszt, wenn auch nur flüchtig, weil sie empört darüber war, daß Liszt sich nur um seinen eigenen Ruhm kümmerte; sie versuchte leidenschaftlich, dem geisteskranken Maler Carl Blechen zu helfen (dessen Frau sie nicht weniger verachtete als einst Frau Goethe); sie begann einen Briefwechsel mit Karl Alexander, dem Erben des Throns von Sachsen-Weimar; sie schrieb für den preußischen König Friedrich Wilhelm *Dies Buch gehört dem König*, in dem sie erklärte, was für Pflichten ein König seinen Untertanen gegenüber habe, und veröffentlichte unmittelbar darauf *Das Armenbuch*, in dem sie das furchtbare Elend schilderte, in dem das Volk lebte; sie wandte sich nochmals an den König mit der Bitte, den eines kommunistischen Komplotts bezichtigten Wilhelm Friedrich Schlöffel aus dem Gefängnis zu entlassen, und kurz danach intervenierte sie zugunsten von Ludwik Mierosławski, einem der Anführer der polnischen Revolution, der in einem preußischen Gefängnis auf seine Hinrichtung wartete. Den letzten Mann, den sie vergötterte, lernte sie persönlich nie kennen: den ungarischen Dichter Sandor Petöfi, der im Jahre 1848 als Sechsundzwanzigjähriger in den Reihen der aufständischen Armee fiel. So entdeckte sie für die Welt nicht nur einen großen Dichter (sie nannte ihn »Sonnengott«), sondern mit ihm auch seine Heimat, von deren Existenz Europa damals praktisch nichts wußte. Wenn wir uns in Erinnerung rufen, daß sich die ungarischen Intellektuellen, die 1956 gegen das russische Imperium rebellierten und die erste große antistalinistische Revolution entfachten, nach diesem Dichter »Petöfi-Kreis« nannten, ließe sich daraus folgern, daß Bettina mit ihrer Liebe in einem langen Abschnitt der europäischen Geschichte präsent ist, der sich vom 18. Jahrhundert bis in die Mitte unseres Jahrhunderts erstreckt. Standhafte, hartnäckige Bettina: Fee der Geschichte, Priesterin der Geschichte. Und ich sage mit Absicht Priesterin, denn die Geschichte war für Bettina (und alle ihre Freunde benutzten diese Metapher) eine Darstellung Gottes.

Es gab Momente, in denen ihre Freunde ihr vorwarfen, daß sie nicht genug an ihre Familie und ihre finanziellen Verhältnisse denke, sie sich zu sehr für andere aufopfere und nicht rechnen könne.

»Das, was ihr mir sagt, interessiert mich nicht! Ich bin keine Buchhalterin! Schaut, was ich bin!«, in diesem Augenblick legte sie ihre Hände so auf ihren Brustkasten, daß ihre

Mittelfinger genau den Punkt zwischen den beiden Brüsten berührten. Dann bog sie den Kopf leicht zurück, setzte ein Lächeln auf und warf die Arme abrupt und doch elegant nach vorn. Am Anfang dieser Bewegung berührten sich die beiden Handgelenke, dann erst lösten sich die Arme voneinander, während sich die Handflächen langsam öffneten.

Nein, Sie irren sich nicht. Es ist die gleiche Bewegung, die Laura im vorangegangenen Kapitel machte, als sie verkündete, ›etwas‹ tun zu wollen. Rekapitulieren wir die Situation:

Als Agnes sagte: »Laura, du darfst keine Dummheiten machen. Kein Mann ist es wert, daß du seinetwegen so leidest. Denk an mich und daran, wie lieb ich dich habe!«, da hatte Laura geantwortet: »Aber etwas möchte ich tun. Etwas muß ich tun!«

Bei diesen Worten hatte sie die vage Vorstellung, mit einem anderen Mann zu schlafen. Die Idee war ihr schon öfter gekommen und stand in keinem Widerspruch zu ihrem Wunsch, sich das Leben zu nehmen. Es waren zwei extreme und ganz legitime Reaktionen einer gedemütigten Frau. Ihre unbestimmten Träumereien über einen Seitensprung wurden dann aber brutal von Agnes' unseligem Versuch unterbrochen, die Dinge klarzustellen:

»Etwas? Was heißt ›etwas‹?«

Laura merkte, daß sie nun nicht mit dem Wunsch nach einem Seitensprung kommen konnte, nachdem sie gerade über Selbstmord gesprochen hatte. Deshalb wurde sie verlegen und wiederholte nur noch einmal das Wort ›etwas‹. Da Agnes' Blick jedoch eine präzisere Antwort verlangte, versuchte sie, diesem unbestimmten Wort wenigstens durch eine Geste einen Sinn zu verleihen: sie legte die Hände zwischen die Brüste und warf sie dann nach vorn.

Wie war ihr eingefallen, diese Geste zu machen? Schwer

zu sagen. Sie hatte sie nie zuvor gemacht. Irgendein Unbekannter mußte sie ihr eingeflüstert haben wie einem Schauspieler, der seinen Text vergessen hat. Obwohl die Geste nichts Konkretes ausdrückte, ließ sie vermuten, daß ›etwas‹ zu tun bedeutete, sich zu opfern, sich der Welt hinzugeben, seine Seele in Richtung des blauen Himmels zu schicken wie eine weiße Taube.

Der Gedanke, daß sie mit einer Sammelbüchse in der Metro stehen könnte, mußte ihr bis vor kurzem noch völlig fremd gewesen sein, und sie wäre vermutlich nie darauf gekommen, wenn sie nicht die Finger auf die Brust gelegt und die Arme nach vorn geworfen hätte. Diese Geste schien gleichsam einen eigenen Willen zu haben: die Geste führte sie, und sie folgte ihr nach.

Lauras und Bettinas Geste sind identisch, und es besteht sicher auch ein Zusammenhang zwischen Lauras Sehnsucht, den Schwarzen in fernen Ländern zu helfen, und Bettinas Bemühungen, einen zum Tode verurteilten Polen zu retten. Trotzdem kommt mir der Vergleich ungehörig vor. Ich kann mir Bettina von Arnim nicht vorstellen, wie sie mit einer Sammelbüchse in der Metro steht und um Spenden bittet! Bettina hatte keinen Sinn für wohltätige Aktionen! Und sie gehörte nicht zu den reichen Damen, die mangels Beschäftigung Sammlungen für die Armen veranstalten. Sie war so hart mit ihren Bediensteten, daß ihr Mann sie deswegen ermahnen mußte (»denke recht oft an die eigene menschliche Existenz des Gesindes und daß sie durchaus nicht wie Maschinen zu dressieren sind«, rief er ihr in einem Brief in Erinnerung). Das, was sie dazu anspornte, anderen zu helfen, war nicht die Leidenschaft der Wohltätigkeit, sondern die Sehnsucht, in eine direkte, persönliche Beziehung zu Gott zu treten, von dem sie glaubte, daß er sich in der Geschichte darstelle. All ihre Liebe für berühmte Männer (und andere Männer interessierten sie nicht!) war nichts anderes als ein Trampolin, auf das sie mit dem Gewicht ihres ganzen Körpers fiel, um dann hoch hinauf geschleudert zu werden, bis dorthin, wo jener in der Geschichte dargestellte Gott thronte.

Ja, das alles stimmt. Aber Vorsicht! Auch Laura gehörte nicht zu den gutmütigen Damen aus dem Vorstand von Wohltätigkeitsvereinen. Sie hatte keineswegs die Angewohnheit, Bettlern Almosen zu geben. Wenn sie ein paar Meter entfernt an ihnen vorbeiging, sah sie sie nicht. Sie litt an geistiger Weitsichtigkeit. Die Schwarzen, die viertausend Kilometer weit weg waren und von denen das Fleisch in Stücken abfiel, waren ihr näher. Sie befanden sich genau an der Stelle am Horizont, wohin sie mit dieser eleganten Armbewegung ihre schmerzende Seele schickte.

Zwischen einem zum Tode verurteilten Polen und aussätzigen Schwarzen besteht aber doch wohl ein Unterschied! Was bei Bettina eine Intervention in die Geschichte war, wurde bei Laura zu einer bloßen barmherzigen Tat. Wofür sie jedoch nichts konnte. Die Geschichte mit ihren Revolutionen, Utopien, Hoffnungen und Verzweiflungen hat Europa verlassen, zurückgeblieben ist die bloße Nostalgie. Genau deshalb haben die Franzosen die wohltätigen Werke international werden lassen. Sie taten es nicht (wie zum Beispiel die Amerikaner) aus christlicher Nächstenliebe, sondern aus Nostalgie über die verlorene Geschichte, aus Sehnsucht, sie zurückzurufen und in ihr wenigstens als rote Sammelbüchse mit einer Kollekte für aussätzige Schwarze wieder präsent zu sein.

Nennen wir Bettinas und Lauras Geste die *Geste der Sehnsucht nach Unsterblichkeit*. Bettina, die die große Unsterblichkeit anstrebt, will damit sagen: ich weigere mich, mit der Gegenwart und ihren Sorgen zu sterben, ich will über mich selbst hinauswachsen, will Teil der Geschichte werden, denn die Geschichte bedeutet ewiges Gedächtnis. Obwohl Laura nur eine kleine Unsterblichkeit anstrebt, will sie dasselbe: über sich selbst und den unglücklichen Moment, den sie durchlebt, hinauswachsen, ›etwas‹ tun, um damit ins Gedächtnis derer einzugehen, die sie kannten.

Die Vieldeutigkeit

Von klein auf hatte Brigitte gern auf dem Schoß ihres Vaters gesessen, mir scheint aber, daß sie, als sie achtzehn war, noch lieber dort saß. Agnes nahm daran keinen Anstoß: Brigitte kroch oft zu den Eltern ins Bett (zum Beispiel spät abends, wenn sie fernsahen), und die körperliche Vertrautheit zwischen den dreien war viel größer als früher die zwischen Agnes und ihren Eltern. Dennoch entging ihr die Zweideutigkeit dieser Szene nicht: ein erwachsenes Mädchen mit vollen Brüsten und ausladendem Hintern saß bei einem gutaussehenden Mann, der noch voll bei Kräften war, auf dem Schoß, berührte mit ihrem eroberungslustigen Busen seine Schultern und sein Gesicht und nannte ihn »Papa«.

Einmal war in ihrem Haus eine fröhliche Gesellschaft versammelt, zu der Agnes auch ihre Schwester eingeladen hatte. Als alle schon ein bißchen angeheitert waren, setzte sich Brigitte auf dem Schoß ihres Vaters, und Laura sagte: »Ich will auch!«. Brigitte machte ihr Platz, und so saßen beide auf Pauls Knien.

Diese Situation erinnert uns noch einmal an Bettina, denn

sie (und niemand anderer) hatte das Sich-auf-den-Schoß-Setzen zu einem klassischen Modell erotischer Vieldeutigkeit erhoben. Ich habe gesagt, daß sie, geschützt vom Schild der Kindheit, durch das erotische Schlachtfeld ihres Lebens zog. Sie trug diesen Schild vor sich, bis sie fünfzig war, um ihn dann gegen den Schild der Mutter einzutauschen und selbst junge Männer auf den Schoß zu nehmen. Und auch das war wieder eine wunderbar vieldeutige Situation: es gehört sich nicht, einer Mutter dem Sohn gegenüber sexuelle Absichten zu unterstellen, und gerade deshalb ist das Bild eines jungen Mannes, der (und sei es auch nur im übertragenen Sinn) auf dem Schoß einer reifen Frau sitzt, voller erotischer Bedeutungen, die um so aufgeladener sind, je nebulöser sie daherkommen.

Ich wage zu sagen, daß es ohne die Kunst der Vieldeutigkeit keine echte Erotik gibt, und daß die Erregung um so intensiver wird, je größer die Vieldeutigkeit ist. Wer erinnert sich nicht an das herrliche Doktorspiel aus seiner Kindheit! Das kleine Mädchen legt sich auf den Boden, und der kleine Junge zieht es aus unter dem Vorwand, der Doktor zu sein. Das Mädchen gibt sich gehorsam, weil derjenige, der sie untersucht, nicht ein neugieriger kleiner Bub ist, sondern ein seriöser Herr, der sich Sorgen um ihre Gesundheit macht. Der erotische Gehalt dieser Situation ist ebenso grenzenlos wie geheimnisvoll, und beide halten den Atem an. Und sie tun dies um so mehr, als der Junge keinen Augenblick aufhören darf, der Doktor zu sein und das Mädchen siezen wird, wenn er ihm die Unterhose herunterzieht.

Die Erinnerung an diese gesegneten Momente der Kindheit ruft in mir eine noch schönere Erinnerung an ein böhmisches Provinzstädtchen wach, in das 1969 eine junge Tschechin aus Paris zurückkehrte. Sie war 1967 nach Frankreich gefahren, um dort zu studieren, und fand ihr Land zwei Jahre später von der Russen-Armee besetzt wieder, und sie begegnete Leuten, die nur noch Angst hatten und sich danach sehnten, wenigstens mit der Seele woanders zu sein, irgendwo, wo die Freiheit, wo Europa war. Die junge Tschechin, die in den zwei Pariser Jahren genau die Seminare besucht hatte, die damals jeder besuchen mußte, der im Mittelpunkt des intellektuellen Geschehens sein wollte, hatte erfahren, daß wir alle in unserer frühesten Kindheit noch vor dem ödipalen Stadium eine Phase durchleben, die ein berühmter Psychoanalytiker das *Spiegelstadium* genannt hat, was besagen will, daß wir, noch bevor wir uns des Körpers von Mutter und Vater bewußt werden, unseren eigenen Körper entdecken. Die junge Tschechin beschloß, daß viele ihrer Landsmänninnen gerade dieses Entwicklungsstadium übersprungen hatten. Umgeben von der Aura der Weltstadt und der berühmten Seminare, scharte sie eine Gruppe junger Frauen um sich. Sie verbreitete sich über Theorien, die niemand verstand, und betrieb praktische Übungen, die ebenso einfach waren wie die Theorie kompliziert: alle zogen sich nackt aus und sahen sich in einem großen Spiegel zuerst selbst an, dann betrachteten sie sich gegenseitig lange und aufmerksam, und zum Schluß zeigten sie sich wechselseitig mit kleinen Taschenspiegeln, was sie bisher an sich noch nicht gesehen hatten. Die Leiterin der Gruppe unterließ es dabei keine Minute, in ihrer theoretischen Sprache zu sprechen, deren faszinierende Unverständlichkeit alle Frauen weit aus der russischen Okkupation, weit aus ihrer Provinz hinaustrug und ihnen zudem eine unbenannte und unbenennbare Erregung verschaffte, von der zu sprechen sie sich hüteten. Wahrscheinlich war die Gruppenleiterin abgesehen davon, daß sie eine Schülerin des großen Lacan war, auch

lesbisch, ich glaube aber nicht, daß es in der Gruppe viele
überzeugte Lesben gab. Und ich gestehe, daß von all diesen
Frauen ein unschuldiges Mädchen meine Träumereien am
meisten beschäftigt, ein Mädchen, für die es während der
Séance auf der Welt nichts anderes gab als die dunkle Sprache
des schlecht ins Tschechische übersetzten Lacan. Ach, die
wissenschaftlichen Sitzungen nackter Frauen in einer Wohnung eines böhmischen Provinzstädtchens, durch dessen
Straßen russische Militärposten patrouillierten, wieviel erre-
gender sind sie doch als die Orgien, bei denen alle versuchen
zu leisten, was verlangt wird, was abgesprochen wurde und
nur einen, nur einen kläglichen und eindeutigen Sinn hat!
Aber verlassen wir rasch die böhmische Kleinstadt, und kehren wir rasch zu Pauls Knien zurück: auf dem einen sitzt
Laura, und auf dem anderen stellen wir uns diesmal aus ex-
perimentellen Gründen nicht Brigitte, sondern ihre Mutter
vor:

Laura erlebt das angenehme Gefühl, mit ihrem Hintern
die Schenkel des Mannes zu berühren, den sie heimlich be-
gehrt; dieses Gefühl ist um so reizvoller, als sie nicht als Geliebte, sondern als Schwägerin auf seinen Knien sitzt, mit
vollem Einverständnis der Ehefrau. Laura ist eine Süchtige
der Vieldeutigkeit.

Agnes findet die Situation nicht sonderlich erregend, sie
kann aber einen lächerlichen Satz nicht zum Verstummen
bringen, der ihr ständig durch den Kopf schwirrt: »Auf jedem Knie von Paul sitzt ein Arsch! Auf jedem Knie von Paul
sitzt ein Arsch!« Agnes ist eine weitsichtige Beobachterin
der Vieldeutigkeit.

Und Paul? Paul lärmt und scherzt und hebt abwechselnd
mal das eine, mal das andere Knie etwas an, damit die beiden
Schwestern keinen Augenblick daran zweifeln, daß er ein

netter und lustiger Onkel ist, der jederzeit bereit ist, sich für seine kleinen Nichten in ein Reitpferd zu verwandeln. Paul ist ein Dummkopf der Vieldeutigkeit.

In der Zeit ihrer Liebesqualen hatte Laura ihn oft um Rat gebeten und sich in verschiedenen Cafés mit ihm getroffen. Wir wollen vermerken, daß in diesen Gesprächen kein Wort über den Selbstmord fiel. Laura hatte ihre Schwester gebeten, mit niemandem über ihre morbiden Pläne zu sprechen, und sie selbst erwähnte sie Paul gegenüber mit keinem Wort. Das zarte Gewebe der schönen Traurigkeit, die sie einhüllte, wurde nicht durch die brutale Vorstellung des Todes zerrissen, sie saßen sich gegenüber und berührten sich manchmal. Paul drückte ihre Hand oder ihre Schulter, wie wenn er ihr Selbstvertrauen und Kraft einflößen wollte, denn Laura liebte Bernard, und Liebende verdienen Hilfe.

Gern würde ich sagen, daß er ihr in solchen Momenten in die Augen sah, aber das wäre falsch, weil Laura wieder angefangen hatte, schwarze Brillen zu tragen; Paul kannte den Grund: sie wollte nicht, daß er sie mit verheulten Augen sah. Die schwarze Brille hatte mehrere Bedeutungen: sie verlieh Laura eine fast strenge Eleganz und Unnahbarkeit, gleichzeitig jedoch wies sie auf etwas sehr Körperliches und Sinnliches hin: auf ein von einer Träne befeuchtetes Auge, auf ein Auge, das plötzlich eine Öffnung des Körpers war, eines jener schönen neun Tore im Körper einer Frau, von denen Apollinaire in einem berühmten Gedicht spricht, eine feuchte, mit einem Feigenblatt aus schwarzem Glas bedeckte Öffnung. Einige Male war die Vorstellung der Träne hinter der Brille so intensiv und die imaginäre Träne so heiß, daß sie sich in Nebel verwandelte, der sie beide einhüllte und ihnen Zurechnungsfähigkeit und Sehkraft nahm.

Paul sah diesen Nebel. Verstand er aber dessen Sinn? Ich

glaube nicht. Stellen wir uns folgende Situation vor: Ein kleines Mädchen kommt zu einem kleinen Jungen. Es beginnt sich auszuziehen und sagt: »Herr Doktor, Sie müssen mich untersuchen.« Und da sagt der Junge: »Aber Kleines! Ich bin doch gar kein Herr Doktor!«

Genauso verhielt sich Paul.

Die Wahrsagerin

Wenn Paul sich in der Diskussion mit Grizzly als geistreicher Bekenner der Frivolität hatte präsentieren wollen, wie ist es dann möglich, daß er mit den beiden Schwestern auf seinen Knien so wenig frivol war? Die Erklärung: Frivolität war in seiner Auffassung ein wohltuendes Klistier, das er der Kultur, dem öffentlichen Leben, der Kunst, der Politik verordnen wollte; ein Klistier für Goethe und Napoleon, aber eben: keines für Laura und Bernard! Sein tiefes Mißtrauen Beethoven und Rimbaud gegenüber wurde durch sein grenzenloses Vertrauen in die Liebe aufgewogen.

Der Begriff der Liebe verband sich für ihn mit der Vorstellung des Meeres, des stürmischsten aller Elemente. Wenn er mit Agnes im Urlaub war, ließ er nachts im Hotelzimmer das Fenster sperrangelweit offen, damit die Stimme der Brandung in ihre Liebe eintreten und ihre Leidenschaft mit dieser mächtigen Stimme verschmelzen konnte. Er liebte seine Frau und war glücklich mit ihr; dennoch regte sich in der Tiefe seiner Seele eine schwache, schüchterne Enttäuschung, daß ihre Liebe sich nie auf dramatische Weise geäußert hatte. Fast beneidete er Laura um die Hindernisse, die sich ihr in den Weg stellten, denn nur solche Hindernisse waren seiner Meinung nach in der Lage, eine Liebe in eine Liebesgeschichte zu verwandeln. Paul empfand für seine Schwägerin eine gefühlige Solidarität, und ihre Liebesqualen bedrückten ihn, als wären es seine eigenen.

Eines Tages rief Laura ihn an, um ihm mitzuteilen, daß Bernard in einigen Tagen in die Familienvilla nach Martinique fliegen werde und sie entschlossen sei, ihm gegen seinen Willen zu folgen. Wenn sie ihn dort mit einer anderen Frau fände, um so schlimmer. Wenigstens sei dann alles klar.

Um sie vor unnötigen Konflikten zu bewahren, versuchte er, ihr die Entscheidung auszureden. Doch das Gespräch wurde unendlich: Laura wiederholte immer wieder die gleichen Argumente, und Paul hatte sich schon damit abgefunden, ihr, wenn auch ungern, zum Schluß zu sagen: »Wenn du tatsächlich im Innersten davon überzeugt bist, daß deine Entscheidung richtig ist, dann flieg!« Doch bevor er diesen Satz aussprechen konnte, sagte Laura: »Nur etwas könnte mich von dieser Reise abhalten: wenn du sie mir verbietest.«

Sie hatte Paul mit diesen Worten sehr klar zu verstehen gegeben, was er zu tun hatte, um sie von ihrem Vorhaben abzuhalten; und sie konnte dabei vor sich selbst und vor ihm die Würde einer Frau bewahren, die entschlossen war, in ihrer Verzweiflung und ihrem Kampf zum äußersten zu gehen. Erinnern wir uns, daß Laura, als sie Paul zum ersten Mal sah, in ihrem Innern genau die Worte hörte, die Napoleon einst zu Goethe gesagt hatte: »Voilà un homme!« Wäre Paul tatsächlich ein Mann gewesen, hätte er ihr diese Reise auf der Stelle verboten. Nur war er ja, leider, kein Mann, sondern ein Mann mit festen Prinzipien: er hatte das Wort ›verbieten‹ längst aus seinem Wortschatz gestrichen und war stolz darauf. Er protestierte: »Du weißt, daß ich niemandem etwas verbiete.«

Laura insistierte: »Ich *will*, daß du mir verbietest und befiehlst. Du weißt, daß niemand außer dir das Recht dazu hat. Ich werde tun, was du sagst.«

Paul wurde verlegen: eine Stunde lang hatte er ihr erklärt, daß sie Bernard nicht nachreisen sollte, und sie wiederholte seit einer Stunde ihre Gegenargumente. Warum verlangte sie sein Verbot, statt sich überzeugen zu lassen? Er verstummte.

»Hast du Angst?« fragte sie.

»Wovor?«

»Mir deinen Willen aufzuzwingen.«

»Wenn ich dich nicht habe überzeugen können, habe ich auch kein Recht, dir etwas zu verbieten.«

»Das ist es, was ich sage: du hast Angst.«

»Ich wollte dich mit dem Verstand überzeugen.«

Sie lachte: »Du versteckst dich hinter dem Verstand, weil du Angst hast, mir deinen Willen aufzuzwingen. Du fürchtest dich vor mir!«

Ihr Lachen stürzte ihn in noch größere Verlegenheit, so daß er sich beeilte, das Gespräch zu beenden: »Ich werde darüber nachdenken.«

Dann fragte er Agnes nach ihrer Meinung.

Sie sagte: »Sie darf ihm nicht nachreisen. Es wäre die allergrößte Dummheit. Wenn du noch mal mit ihr redest, tu alles, damit sie nicht fährt!«

Doch leider zählte Agnes' Meinung nicht viel, weil Brigitte Pauls wichtigste Beraterin war.

Als er ihr die Lage ihrer Tante schilderte, reagierte sie sofort: »Und weshalb sollte sie nicht fahren? Man soll immer das tun, wozu man Lust hat.«

»Aber stell dir vor«, wandte Paul ein, »sie trifft Bernard dort mit einer Geliebten! Sie wird einen riesigen Skandal machen!«

»Und hat er ihr gesagt, daß er mit einer Frau dort sein wird?«

»Nein.«

»Das hätte er ihr aber sagen sollen. Wenn er es ihr nicht gesagt hat, ist er ein Feigling und verdient keine Schonung. Was hat Laura zu verlieren? Nichts.«

Weshalb Brigitte Paul ausgerechnet diese und keine andere Antwort gab? Aus Solidarität mit Laura? Nein. Laura benahm sich oft, als wäre sie Pauls Tochter, und Brigitte fand das lächerlich und widerlich. Sie hatte nicht die geringste Lust, sich mit ihrer Tante zu solidarisieren; ihr ging es nur um eines: dem Vater zu gefallen. Sie ahnte, daß Paul sich an sie wandte wie an eine Wahrsagerin, und sie wollte diese magische Autorität festigen. Da sie richtig voraussetzte, daß ihre Mutter gegen Lauras Reise war, beschloß sie, die entgegengesetzte Haltung einzunehmen, durch ihren Mund die Stimme der Jugend sprechen zu lassen und den Vater mit einer Geste des unbefangenen Mutes zu betören.

Während sie Schultern und Augenbrauen hochzog, schüttelte sie den Kopf mit einer kurzen Bewegung hin und her, und Paul hatte wieder das herrliche Gefühl, in seiner Tochter einen Akkumulator zu haben, aus dem er seine Energie schöpfte. Und doch: vielleicht wäre er glücklicher gewesen, wenn Agnes ihn verfolgt und sich ins Flugzeug gesetzt hätte, um auf fernen Inseln seine Liebhaberinnen aufzuspüren. Sein ganzes Leben hatte er sich danach gesehnt, daß die geliebte Frau seinetwegen einmal mit dem Kopf gegen die Wand laufen, vor Verzweiflung schreien oder vor Freude im Zimmer herumhüpfen würde. Für ihn standen Laura und Brigitte auf der Seite des Mutes und der Verrücktheit, und ein Leben ohne ein Fünkchen Verrücktheit war eigentlich nicht wert, gelebt zu werden. Mag Laura sich also von der Stimme ihres Herzens leiten lassen! Warum soll jede unserer Taten zehnmal in der Pfanne der Vernunft umgedreht werden wie eine Crêpe?

»Bedenke aber«, wandte er nochmals ein, »daß Laura eine sensible Frau ist. Eine solche Reise kann für sie zur Quälerei werden.«

»Ich an ihrer Stelle würde fliegen und mich von niemandem abhalten lassen«, beendete Brigitte das Gespräch.

Dann rief Laura an. Um langen Diskussionen zuvorzukommen, sagte er, kaum daß er ihre Stimme hörte: »Ich habe lange darüber nachgedacht und bin der Meinung, daß du genau das tun sollst, was du tun möchtest. Wenn es dich dorthin zieht, dann flieg!«

»Ich hatte schon beschlossen, nicht zu fahren. Du warst so skeptisch. Aber wenn du jetzt anders denkst, werde ich morgen fliegen.«

Das war wie eine kalte Dusche. Paul begriff, daß Laura ohne seine ausdrückliche Ermunterung nie nach Martinique fliegen würde. Aber er war nicht mehr in der Lage, noch etwas dazu zu sagen; das Gespräch war beendet. Am nächsten Tag trug ein Flugzeug Laura über den Atlantik, und Paul wußte, daß er persönlich verantwortlich war für eine Reise, die er ebenso wie Agnes in tiefster Seele für einen blanken Unfug hielt.

Der Selbstmord

Seit dem Augenblick ihres Abflugs waren zwei Tage vergangen. Um sechs Uhr früh klingelte das Telefon. Es war Laura. Sie teilte der Schwester und dem Schwager mit, daß auf Martinique gerade Mitternacht sei. Ihre Stimme war unnatürlich fröhlich, woraus Agnes sofort schloß, daß sich die Dinge nicht zum Guten entwickelten.

Sie irrte sich nicht: als Bernard Laura auf der Palmenallee sah, die zur Villa führte, in der er wohnte, wurde er blaß vor Wut und sagte streng zu ihr: »Ich habe dich gebeten, nicht hierher zu kommen.« Sie versuchte, sich zu rechtfertigen, doch er sagte kein Wort, warf ein paar Sachen in seinen Koffer, setzte sich ins Auto und fuhr davon. Sie blieb allein zurück, irrte durchs Haus und fand in einem Schrank ihren roten Badeanzug, den sie beim letzten Aufenthalt hier vergessen hatte.

»Nur er hat hier auf mich gewartet. Nur dieser Badeanzug«, sagte sie ins Telefon, und ihr Lachen ging in Weinen über. Schluchzend fuhr sie fort: »Es war widerlich von ihm. Ich habe alles erbrochen. Und dann habe ich beschlossen zu bleiben. Alles wird in dieser Villa zu Ende gehen. Wenn Bernard zurückkommt, wird er mich in diesem Badeanzug hier finden.«

Lauras Stimme hallte durchs Zimmer; Agnes und Paul hörten sie beide, hatten aber nur einen Hörer und reichten ihn sich hin und her.

»Ich bitte dich«, sagte Agnes, »beruhige dich, beruhige dich doch. Versuch, ruhig und vernünftig zu sein.«

Laura lachte wieder: »Stell dir vor, ich habe mir vor der Reise zwanzig Schachteln Schlaftabletten beschafft und sie alle in Paris liegenlassen. So nervös war ich.«

»Ach, das ist gut, das ist gut so«, sagte Agnes und fühlte sich im ersten Moment irgendwie erleichtert.

»Aber ich habe in einer Schublade einen Revolver gefunden«, fuhr Laura immer noch lachend fort: »Bernard fürchtet anscheinend um sein Leben! Er fürchtet, die Schwarzen könnten ihn überfallen! Das ist doch ein Zeichen!«

»Was für ein Zeichen?«

»Daß er mir hier den Revolver dagelassen hat.«

»Du spinnst wohl! Er hat nichts für dich dagelassen. Er hat doch gar nicht damit gerechnet, daß du kommst!«

»Natürlich hat er ihn nicht absichtlich hiergelassen. Aber er hat einen Revolver gekauft, den niemand anders als ich benutzen wird. Also hat er ihn für mich dagelassen.«

Agnes wurde wieder von einem Gefühl verzweifelter Machtlosigkeit übermannt. Sie sagte: »Leg diesen Revolver bitte an seinen Platz zurück.«

»Leider kann ich damit nicht umgehen. Aber Paul... Paul, hörst du mich?«

Paul nahm den Hörer in die Hand: »Ja.«

»Paul, ich bin froh, deine Stimme zu hören.«

»Ich auch, Laura, aber ich bitte dich...«

»Ich weiß, Paul, aber ich kann nicht mehr...«, und sie fing wieder an zu schluchzen.

Eine Weile war es still.

Dann meldete sich Laura wieder: »Der Revolver liegt vor mir. Ich kann den Blick nicht davon losreißen.«

»Dann leg ihn an seinen Platz zurück«, sagte Paul.

»Paul, du warst doch beim Militär.«

»Ja.«

»Du bist Offizier!«

»Unterleutnant.«

»Das heißt, daß du mit einem Revolver umgehen kannst.«

Paul war verlegen. Aber er mußte sagen: »Ja.«

»Wie erkennt man, ob ein Revolver geladen ist?«

»Wenn der Schuß losgeht, war er geladen.«

»Wenn ich den Abzug drücke, geht der Schuß los?«

»Kann sein.«

»Wie das: kann sein?«

»Wenn der Revolver entsichert ist, geht der Schuß los.«

»Und wie erkennt man, ob er entsichert ist?«

»Du wirst ihr doch nicht erklären, wie sie sich erschießen soll!« schrie Agnes und riß Paul den Hörer aus der Hand.

Laura fuhr fort: »Ich möchte nur wissen, wie man damit umgeht. Das sollte man wenigstens wissen: wie man mit einem Revolver umgeht. Was bedeutet das, daß er entsichert ist? Wie macht man das?«

»Es reicht«, sagte Agnes. »Ich will kein Wort mehr über diesen Revolver hören. Du legst ihn jetzt sofort an seinen Platz zurück. Mir reicht es jetzt mit diesen Scherzen.«

Laura hatte plötzlich eine ganz andere, ernste Stimme, »Agnes! Ich scherze nicht!«, und fing wieder an zu weinen.

Das Gespräch war endlos, Agnes und Paul wiederholten die immer gleichen Sätze, sie versicherten Laura ihrer Liebe, baten sie, bei ihnen zu bleiben, sie nicht zu verlassen, bis sie ihnen endlich versprach, den Revolver wieder in die Schublade zu legen und schlafen zu gehen.

Als sie den Hörer auflegten, waren sie so erschöpft, daß sie lange kein Wort hervorbrachten.

Dann sagte Agnes: »Warum tut sie das! Warum tut sie das!«

Und Paul sagte: »Es ist meine Schuld. Ich habe sie hingeschickt.«

»Sie wäre auf jeden Fall geflogen.«

Paul schüttelte den Kopf: »Nein. Sie war bereit zu bleiben. Ich habe den größten Blödsinn meines Lebens gemacht.«

Agnes wollte nicht, daß Paul sich mit Schuldgefühlen belastete. Nicht aus Mitleid, eher aus Eifersucht: sie wollte nicht, daß er sich für ihre Schwester so sehr verantwortlich fühlte, daß er sich in Gedanken an sie band. Darum sagte sie: »Und woher bist du so sicher, daß sie dort tatsächlich einen Revolver gefunden hat?«

Paul begriff zuerst überhaupt nichts: »Was willst du damit sagen?«

»Daß es dort vielleicht überhaupt keinen Revolver gibt.«

»Agnes! Sie spielt keine Komödie! Das spürt man!«

Agnes versuchte, ihren Verdacht vorsichtiger zu formulieren: »Natürlich ist es möglich, daß es diesen Revolver gibt. Es ist aber auch möglich, daß sie die Schlaftabletten dabei hat und absichtlich von einem Revolver redet, um uns zu verwirren. Und es ist auch nicht auszuschließen, daß sie weder Schlafmittel noch eine Waffe hat und uns nur quälen will.«

»Agnes«, sagte Paul, »du bist jetzt aber garstig mit ihr!«

Pauls Vorwurf machte sie erneut hellhörig: ohne daß Paul es ahnte, war Laura ihm in letzter Zeit vertrauter geworden als Agnes; er dachte an sie, beschäftigte sich mit ihr, machte sich Sorgen um sie, war gerührt über sie, und Agnes sah sich plötzlich gezwungen anzunehmen, daß Paul sie mit ihrer Schwester verglich und sie aus diesem Vergleich als diejenige hervorging, die weniger Gefühle hatte.

Sie versuchte sich zu verteidigen: »Ich bin nicht garstig. Ich will dir nur sagen, daß Laura alles tut, um auf sich aufmerksam zu machen. Das ist verständlich, denn sie leidet. Zugleich aber lachen wir doch eher über ihre unglückliche Liebe und zucken mit den Schultern. Wenn sie einen Revolver in der Hand hält, kann niemand mehr lachen.«

»Und was ist, wenn der Wunsch, die Aufmerksamkeit auf sich zu lenken, dazu führt, daß sie sich umbringt? Ist das so weit hergeholt?«

»Nein, das ist es nicht«, sagte Agnes, und wieder machte sich zwischen ihnen diese lange, angstvolle Stille breit.

Dann sagte Agnes: »Ich kann mir durchaus vorstellen, daß man sich irgendwann einmal danach sehnt, Schluß zu machen. Daß man einen Schmerz nicht mehr ertragen kann. Oder die Bosheit der Leute. Daß man den Leuten aus den Augen gehen will und verschwindet. Jeder hat das Recht, sich umzubringen. Das gehört zu unserer Freiheit. Ich habe nichts gegen den Selbstmord, solange es tatsächlich eine Art Verschwinden ist.«

Sie wollte damit schließen, doch das Verhalten ihrer Schwester war ihr so zuwider, daß sie fortfuhr: »Aber das ist bei ihr nicht der Fall. Sie will nicht *verschwinden*. Sie denkt an Selbstmord, weil das für sie eine Art und Weise ist zu *bleiben*. Bei ihm zu bleiben. Bei uns zu bleiben. Sich uns allen für immer ins Gedächtnis einzuprägen. Sich mit ihrem ganzen Körper in unser Leben zu drängen. Uns zu zermalmen.«

»Du bist ungerecht«, sagte Paul. »Sie leidet.«

»Ich weiß«, sagte Agnes und fing an zu weinen. Sie stellte sich ihre Schwester tot vor, und jedes Wort, das sie gerade gesagt hatte, kam ihr kleinlich und niederträchtig und unverzeihlich vor.

»Und was ist, wenn sie uns mit ihren Versprechungen nur beschwichtigen wollte?« sagte sie und wählte die Nummer der Villa auf Martinique; das Telefon klingelte lange, ohne daß jemand abhob, und auf ihren Stirnen stand wieder der Schweiß; sie wußten, daß sie es nicht fertigbringen würden, den Hörer aufzulegen und bis in alle Ewigkeit das Läuten hören würden, das Lauras Tod bedeutete. Endlich meldete sich Lauras Stimme, und sie klang nicht gerade freundlich. Agnes fragte sie, wo sie gewesen sei. »Im Nebenzimmer.« Nun redeten beide in den Hörer. Sie redeten über ihre Angst und darüber, daß sie sie noch einmal hören mußten, um beruhigt zu sein. Sie versicherten ihr, daß sie sie liebten und ungeduldig auf ihre Rückkehr warteten.

Beide kamen zu spät zur Arbeit und dachten den ganzen

Tag nur an sie. Am Abend riefen sie sie nochmals an, das Gespräch dauerte wieder eine Stunde, und sie beteuerten ihr abermals ihre Liebe und sagten, daß sie sich auf sie freuten.

Einige Tage später klingelte es an der Tür. Paul war allein zu Hause. Sie stand auf der Schwelle und trug eine schwarze Brille. Sie fiel ihm in die Arme. Sie gingen ins Wohnzimmer und setzten sich einander gegenüber in die Sessel, aber sie war dermaßen nervös, daß sie bald wieder aufstand und auf und ab ging. Sie redete fiebrig. Dann stand auch Paul auf, ging im Raum herum und redete.

Er sprach verächtlich von seinem ehemaligen Schüler, Schützling und Freund. Das ließe sich noch dadurch rechtfertigen, daß er Laura die Trennung erleichtern wollte. Aber er war selbst erstaunt, daß er alles, was er sagte, ernst und aufrichtig meinte: Bernard sei ein verwöhntes Kind reicher Eltern; ein arroganter, eingebildeter Mensch.

Laura stand an den Kamin gelehnt da und sah Paul an. Und Paul bemerkte plötzlich, daß sie keine Brille mehr trug. Sie hielt sie in der Hand und hatte ihre Augen auf ihn geheftet, ihre vom Weinen geschwollenen, feuchten Augen. Er begriff, daß Laura schon eine ganze Weile nicht mehr hörte, was er ihr sagte.

Er verstummte. Ins Zimmer senkte sich eine Stille, die ihn durch eine geheimnisvolle Kraft dazu brachte, auf sie zuzugehen. Sie sagte: »Paul, warum sind wir beide uns nicht früher begegnet? Vor allen andern...«

Diese Worte breiteten sich zwischen ihnen aus wie ein Nebel. Paul trat in diesen Nebel und streckte den Arm aus wie jemand, der nichts sieht und herumtappt; seine Hand berührte Laura. Laura seufzte und ließ Pauls Hand auf ihrer Haut liegen. Dann machte sie einen Schritt seitwärts und setzte wieder die Brille auf. Diese Geste zerstreute den Nebel, und sie standen sich wieder gegenüber wie Schwager und Schwägerin.

Etwas später betrat Agnes, die gerade von der Arbeit zurückkam, das Zimmer.

Die schwarze Brille

Als Agnes ihre Schwester nach deren Rückkehr aus Martinique wiedersah, stand sie, statt sie wie eine gerade dem Tod entronnene Schiffbrüchige in die Arme zu schließen, erstaunlich kalt da. Sie sah nicht ihre Schwester, sondern nur die schwarze Brille, diese tragische Maske, die der folgenden Szene den Ton diktieren sollte. Und als sähe sie diese Maske nicht, sagte sie: »Du bist schrecklich dünn geworden.« Erst dann trat sie zu ihr und küßte sie, wie in Frankreich unter Bekannten üblich, flüchtig auf beide Wangen.

Wenn man bedenkt, daß das die ersten Worte nach diesen dramatischen Tagen waren, muß man zugeben, daß sie deplaziert waren. Sie betrafen weder das Leben noch den Tod noch die Liebe, sondern die Ernährung. Das wäre an sich noch nicht so schlimm gewesen, weil Laura gern über ihren Körper redete und ihn für eine Metapher ihrer Gefühle hielt. Viel schlimmer war, daß der Satz weder mit Besorgnis noch mit melancholischer Bewunderung für die Leiden, die das Abmagern verursacht hatten, vorgebracht worden war, sondern mit einem unüberhörbaren, müden Widerwillen.

Es besteht kein Zweifel daran, daß Laura den Ton in der Stimme ihrer Schwester genau hörte und dessen Bedeutung verstand. Aber auch sie tat, als würde sie nicht verstehen, was Agnes dachte, und sagte mit klagender Stimme: »Ja. Ich habe sieben Kilo abgenommen.«

Agnes wollte sagen: »Genug! Genug! Das dauert schon viel zu lange! Hör endlich auf damit!«, aber sie beherrschte sich und sagte nichts.

Laura hob ihren Arm: »Schau, das ist kein Arm mehr, das ist ein Stöckchen... Ich kann keinen einzigen Rock mehr anziehen. Alles flattert an mir. Und ich habe Nasenbluten...« und als wollte sie demonstrieren, was sie gerade gesagt hatte, warf sie den Kopf zurück und atmete lange und laut durch die Nase ein und aus.

Agnes sah Lauras abgemagerten Körper an, und unter dem unüberwindbaren Widerwillen kam ihr folgender Gedanke: Wo sind die sieben Kilo geblieben, die Laura verloren hat? Sind sie wie verbrauchte Energie irgendwo in den Äther verpufft? Oder mit ihren Exkrementen in die Kanalisation geschwommen? Wo sind die sieben Kilo von Lauras unersetzlichem Körper geblieben?

Inzwischen hatte Laura die schwarze Brille abgenommen und auf den Kaminsims gelegt, an den sie sich lehnte. Sie wandte der Schwester die geschwollenen Lider zu wie wenige Augenblicke zuvor Paul.

Als sie die Brille abnahm, war es, als würde sie ihr Gesicht enthüllen. Als würde sie sich ausziehen. Aber eben nicht wie eine Frau, die sich vor ihrem Liebhaber auszieht, sondern eher wie vor einem Arzt, dem man die ganze Verantwortung für den Körper zuschiebt.

Agnes war außerstande, die Sätze zu stoppen, die ihr durch den Kopf schwirrten, und sie sagte laut: »Es reicht. Hör auf. Wir sind alle am Ende unserer Kräfte. Du wirst dich von Bernard trennen, wie sich Millionen Frauen von

Millionen Männern getrennt haben, ohne deswegen gleich mit Selbstmord zu drohen.«

Man könnte meinen, daß Laura nach Wochen endloser Gespräche, in denen Agnes ihr schwesterliche Liebe geschworen hatte, über diesen Ausbruch hätte überrascht sein müssen, merkwürdigerweise aber war sie es ganz und gar nicht; Laura reagierte auf Agnes' Worte, als sei sie schon lange darauf gefaßt. Sie sagte seelenruhig: »Ich will dir sagen, was ich denke. Du weißt nicht, was Liebe ist, du hast es nie gewußt und wirst es nie wissen. Liebe ist noch nie deine Stärke gewesen.«

Laura wußte, wo ihre Schwester verwundbar war, und Agnes bekam Angst; sie begriff, daß Laura das jetzt nur sagte, weil Paul sie hörte. Auf einmal war klar, daß es überhaupt nicht mehr um Bernard ging: das ganze Selbstmorddrama hatte nicht ihm gegolten; mit größter Wahrscheinlichkeit würde er nie davon erfahren; das Drama war nur für Paul und Agnes bestimmt gewesen. Und es fiel ihr auch ein, daß der Mensch, wenn er zu kämpfen beginnt, eine Kraft in Bewegung setzt, die nicht beim ersten Ziel innehält, und daß hinter dem ersten Ziel, das für Laura Bernard war, noch weitere Ziele lagen.

Es war nicht mehr möglich, dem Kampf auszuweichen. Agnes sagte: »Wenn du seinetwegen sieben Kilo verloren hast, ist das ein materieller Liebesbeweis, der sich nicht wegleugnen läßt. Aber etwas verstehe ich trotzdem nicht. Wenn ich jemanden liebe, dann will ich nur sein Bestes. Wenn ich jemanden hasse, so wünsche ich ihm Schlechtes. Aber du hast Bernard in den letzten Monaten nur noch gequält, und du hast uns gequält. Was hat das mit Liebe zu tun? Nichts.«

Stellen wir uns das Wohnzimmer jetzt als Theaterbühne vor: ganz rechts ist der Kamin, auf der gegenüberliegenden Seite wird die Szene durch eine Bücherwand abgeschlossen.

In der Mitte stehen im Hintergrund ein Sofa, ein niedriges Tischchen und zwei Sessel. Paul steht mitten im Zimmer, Laura lehnt am Kamin und schaut gebannt auf Agnes, die zwei Schritte von ihr entfernt ist. Lauras geschwollene Augen klagen die Schwester der Grausamkeit, der Verständnislosigkeit und der Kälte an. Während Agnes spricht, weicht Laura gegen die Mitte des Raums zurück, wo Paul steht, als wollte sie mit dieser Rückwärtsbewegung Erstaunen und Angst über den ungerechten Angriff der Schwester ausdrükken.

Als sie noch knapp zwei Schritte von Paul entfernt ist, bleibt sie stehen und wiederholt: »Du weiß überhaupt nicht, was Liebe ist.«

Agnes geht nach vorn und nimmt die Stelle ihrer Schwester am Kamin ein. Sie sagt: »Ich weiß sehr wohl, was Liebe ist. In der Liebe ist der, den wir lieben, das Wichtigste. Um ihn geht es, und um nichts anderes. Aber ich frage mich, was Liebe für jemanden bedeutet, der nur immer sich selbst sieht. Mit anderen Worten, was eine absolut egozentrische Frau unter dem Wort Liebe versteht.«

»Sich zu fragen, was Liebe ist, hat wenig Sinn, Schwesterherz«, sagte Laura: »Die Liebe ist, was sie ist, mehr kann man darüber nicht sagen. Die Liebe hat man entweder erlebt, oder man hat sie nicht erlebt. Sie ist der Flügel, der in meiner Brust schlägt und mich zu Taten drängt, die dir unvernünftig vorkommen. Und genau das ist es, was dir nie passiert ist. Du hast gesagt, daß ich nur mich selbst sehe. Aber ich sehe auch dich, und ich sehe bis auf deinen Grund. Als du mir in letzter Zeit deine Liebe geschworen hast, habe ich genau gewußt, daß dieses Wort in deinem Mund keinen Sinn macht. Es war nur eine List. Ein Argument, um mich zu besänftigen. Um mich davon abzuhalten, deinen Frieden zu stören. Ich kenne dich, Schwesterherz: du lebst dein ganzes Leben lang auf der anderen Seite der Liebe. Ganz auf der anderen Seite. Jenseits der Grenzen der Liebe.«

Die beiden Frauen redeten über die Liebe und waren durch ihren Haß ineinander verkeilt. Und der Mann, der bei ihnen war, war verzweifelt darüber. Er wollte etwas sagen, um die unerträgliche Spannung zu lockern: »Wir sind alle drei erledigt. Aufgeregt. Wir sollten jetzt irgendwo hinfahren und Bernard vergessen.«

Doch Bernard war bereits längst vergessen, und Pauls Intervention bewirkte nur, daß der Wortkampf der beiden Schwestern von einem Schweigen abgelöst wurde, in dem kein Quentchen Mitleid lag, keine einzige versöhnliche Erinnerung, nicht das leiseste Bewußtsein familiärer Blutsbande oder schwesterlicher Solidarität.

Behalten wir diese Szene im Auge: rechts, an den Kamin gelehnt, stand Agnes: in der Mitte des Wohnzimmers, der Schwester zugewandt, Laura, und zwei Schritte weiter links Paul. Paul, der nun aus lauter Verzweiflung abwinkte, weil er nicht in der Lage war, diesen Haß, der so unsinnigerweise ausgebrochen war zwischen den zwei Frauen, die er liebte, aus der Welt zu schaffen. Und als wollte er sich aus Protest so weit wie möglich entfernen, drehte er sich um und ging zur Bücherwand. Er lehnte sich mit dem Rücken dagegen, drehte den Kopf zum Fenster und versuchte, die beiden nicht zu sehen.

Agnes sah die Brille auf dem Kaminsims und nahm sie unwillkürlich in die Hand. Sie sah sie haßerfüllt an, als hielte sie zwei schwarze Tränen ihrer Schwester in der Hand. Sie verspürte Ekel für alles, was dem Körper ihrer Schwester entstammte, und diese großen gläsernen Tränen kamen ihr vor wie eine seiner Ausscheidungen.

Laura sah Agnes an, und sie sah die Brille in ihrer Hand. Die Brille, die ihr auf einmal fehlte. Sie hatte das Bedürfnis nach einem Schild, einem Schleier, um das Gesicht vor dem Haß ihrer Schwester zu schützen. Gleichzeitig hatte sie aber nicht die Kraft, die vier Schritte bis zu der Feindin zu machen, um ihr die Brille aus der Hand zu nehmen. Sie hatte Angst vor Agnes. Und so gab sie sich mit einer Art masochistischer Leidenschaft der Verletzbarkeit ihres entblößten Gesichts hin, dem alle Spuren ihres Leidens einbeschrieben waren. Sie wußte genau, daß Agnes ihren Körper, ihr Reden über den Körper, über die sieben Kilo, die sie verloren hatte, nicht ausstehen konnte, sie wußte es intuitiv und instinktiv, und vielleicht wollte sie gerade deshalb, aus Trotz, in diesem Moment soviel wie möglich Körper sein, verlassener, abgewiesener Körper. Sie wollte ihren Körper mitten im Wohnzimmer der beiden deponieren und dort lassen. Ihn dort liegen lassen: reglos und schwer. Und sie zwingen, wenn sie diesen Körper, ihren Körper, hier nicht wollten, ihn einer an den Armen und der andere an den Beinen zu fassen, ins Freie zu tragen und aufs Trottoir zu legen wie eine alte, durchgelegene Matratze, die man nachts heimlich vors Haus trägt.

Agnes stand am Kamin und hielt die schwarze Brille in der Hand. Laura stand mitten im Wohnzimmer und wich mit kleinen Schritten immer mehr vor ihrer Schwester zurück. Dann machte sie einen letzten Schritt rückwärts, und ihr Körper preßte sich eng, sehr eng an Paul, denn hinter Paul war die Bücherwand, und er konnte nirgendwohin entweichen. Laura schob ihre Arme auf den Rücken und preßte beide Handflächen fest aufs Pauls Schenkel. Und sie neigte den Kopf zurück, so daß er Pauls Brustkorb berührte.

Agnes steht auf der einen Seite des Raumes und hat die schwarze Brille in der Hand; auf der anderen Seite, ihr gegenüber und weit weg von ihr, stehen Lauras und Pauls Körper und sind aneinandergeschmiegt wie eine leblose Doppelskulptur. Beide verharren reglos, wie aus Stein gemeißelt, und niemand sagt ein Wort. Erst nach einer Weile löst Agnes den Zeigefinger vom Daumen. Die schwarze Brille, Symbol der schwesterlichen Trauer und Metapher der Tränen, fällt auf den Steinboden und zerspringt.

VIERTER TEIL
Der Homo sentimentalis

1.

Als das Ewige Gericht gegen Goethe tagte, wurde eine Vielzahl von Anklagen und Zeugenaussagen vorgebracht, die alle den Fall Bettina betrafen. Um den Leser nicht mit einer Aufzählung von Belanglosigkeiten zu langweilen, beschränke ich mich auf drei Zeugenaussagen, die mir als die wichtigsten erscheinen.

Erstens: die Zeugenaussage Rainer Maria Rilkes, des berühmtesten deutschen Dichters nach Goethe.

Zweitens: die Zeugenaussage Romain Rollands, der in den zwanziger und dreißiger Jahren einer der meistgelesenen Romanciers zwischen Ural und Atlantik war und darüber hinaus die große Autorität eines progressiven Menschen, eines Antifaschisten, Humanisten, Pazifisten und Freundes der Revolution besaß.

Drittens: die Zeugenaussage des Dichters Paul Eluard, eines hervorragenden Vertreters dessen, was man einmal die Avantgarde genannt hat, eines Sängers der Liebe, oder, mit seinen eigenen Worten, eines Sängers der Liebe als Dichtung, denn diese zwei Begriffe verschmolzen für ihn zu einem einzigen (was eine seiner schönsten Verssammlungen mit dem Titel *L'amour la poésie* bezeugt).

2.

Als Rilke vor das Ewige Gericht geladen wurde, gebrauchte er genau die gleichen Worte, die er in seinem berühmtesten, 1910 veröffentlichten Prosaband *Die Aufzeichnungen des Malte Laurids Brigge* verwendet hatte, in dem er Bettina mit dieser langen Einlassung anspricht:

»Wie ist es möglich, daß nicht noch alle erzählen von deiner Liebe? Was ist denn seither geschehen, was merkwürdiger war? Was beschäftigt sie denn? Du selber wußtest um deiner Liebe Wert, du sagtest sie laut deinem größesten Dichter vor, daß er sie menschlich mache; denn sie war noch Element. Er aber hat sie den Leuten ausgeredet, da er Dir schrieb. Alle haben diese Antworten gelesen und glauben ihnen mehr, weil der Dichter ihnen deutlicher ist als die Natur. Aber vielleicht wird es sich einmal zeigen, daß hier die Grenze seiner Größe war. Diese Liebende ward ihm auferlegt, und er hat sie nicht bestanden. Was heißt es, daß er nicht hat erwidern können? Solche Liebe bedarf keiner Erwiderung, sie hat Lockruf und Antwort in sich; sie erhört sich selbst. Aber demütigen hätte er sich müssen vor ihr in seinem ganzen Staat und schreiben was sie diktiert, mit beiden Händen, wie Johannes auf Patmos, kniend. Es gab keine Wahl dieser Stimme gegenüber, die ›das Amt der Engel verrichtete‹; die gekommen war, ihn einzuhüllen und zu entziehen ins Ewige hinein. Da war der Wagen seiner feurigen Himmelfahrt. Da war seinem Tod der dunkle Mythos bereitet, den er leer ließ.«

3.

Die Zeugenaussage Romain Rollands betrifft die Beziehung zwischen Goethe, Beethoven und Bettina. Der Romancier hat sie in seiner 1930 in Paris erschienenen Schrift *Goethe und Beethoven* ausführlich geschildert. Obwohl er seinen Standpunkt differenziert, verheimlicht er keineswegs, daß es Bettina ist, für die er die größten Sympathien hegt: er erklärt die Ereignisse ähnlich wie sie. Goethe spricht er die Größe nicht ab, ist jedoch enttäuscht von seiner politischen und ästhetischen Vorsicht, weil sie schlecht zu einem Genie passe. Und Christiane? Ach, von der spricht man lieber gar nicht, sie ist eine »nullité d'esprit«, eine geistige Null.

Dieser Standpunkt ist, ich wiederhole es, mit Feingefühl und Augenmaß formuliert. Epigonen sind stets radikaler als ihre Inspiratoren. Nehmen wir zum Beispiel eine sehr ausführliche französische Beethoven-Biographie, die in den sechziger Jahren erschienen ist. Dort spricht man unumwunden von Goethes »Feigheit«, von seiner »Servilität« und »senilen Angst vor allem, was in der Literatur und der Ästhetik neu war« usw. usw. Bettina hingegen ist mit »Weitblick und wahrsagerischen Fähigkeiten begabt, die ihr fast geniale Dimensionen verleihen«. Und Christiane, wie immer, nichts weiter als die arme »volumineuse épouse«, die füllige Gattin.

4.

Obwohl Rilke und Rolland sich auf Bettinas Seite schlagen, sprechen sie mit Hochachtung von Goethe. In Paul Eluards Textsammlung *Straßen und Wege der Dichtung* (die er, seien wir gerecht, 1949, also zum unglücklichsten Zeitpunkt seiner Karriere schrieb, als er ein begeisterter Anhänger Stalins war) findet er, als wahrer Saint-Just der Liebe als Dichtung, viel härtere Worte:

»In seinem Tagebuch kommentiert Goethe seine erste Begegnung mit Bettina Brentano nur gerade mit den Worten: ›Mamsell Brentano‹. Der angesehene Dichter, Autor des *Werther*, zog den Frieden seines trauten Heims dem aktiven Rausch der Leidenschaft (délires actives de la passion) vor. Und weder Bettinas Phantasie noch ihr Talent konnten ihn seinem olympischen Traum entreißen. Hätte Goethe nachgegeben, wäre sein Gesang vielleicht zur Erde hinabgestiegen; wir würden ihn deswegen nicht weniger lieben, denn er hätte sich wahrscheinlich nicht für seine Höflingsrolle entschieden und sein Volk nicht angesteckt, indem er es davon überzeugte, daß Ungerechtigkeit der Unordnung vorzuziehen sei.«

5.

Diese Liebende ward ihm auferlegt«, schrieb Rilke, und wir können uns nun fragen: was bedeutet diese passive grammatikalische Form? Anders gesagt: *von wem* wurde sie ihm auferlegt?

Eine ähnliche Frage kommt uns in den Sinn, wenn wir folgenden Satz aus einem Brief lesen, den Bettina am 15. Juni 1807 an Goethe schrieb: »Auch darf ich mich nicht scheuen, einem Gefühl mich hinzugeben, das sich aus meinem Herzen hervordrängt wie die junge Saat im Frühling; – es mußte so sein, und der Same war in mich gelegt.«

Wer hat dieses Gefühl hineingelegt? Goethe? Das hat Bettina gewiß nicht sagen wollen. Derjenige, der es in ihr Herz gelegt hat, war jemand, der über ihr und über Goethe stand, wenn nicht Gott selbst, so doch wenigstens einer jener Engel, von denen Rilke spricht.

An dieser Stelle muß Goethe verteidigt werden: wenn jemand (Gott oder ein Engel) dieses Gefühl in Bettinas Herz gelegt hat, ist es nur natürlich, daß Bettina diesem Gefühl gehorchen wird: es ist ein Gefühl in *ihrem* Herzen, es ist *ihr* Gefühl. Goethe aber ist anscheinend von niemandem ein Gefühl ins Herz gelegt worden. Bettina wurde ihm »auferlegt«. Auferlegt als Aufgabe. Wie konnte Rilke es Goethe also übelnehmen, daß er sich gegen eine Aufgabe wehrte, die ihm gegen seinen Willen und sozusagen ohne Vorwarnung auferlegt worden war? Warum hätte er auf die Knie fallen und »mit beiden Händen« schreiben sollen, was eine von oben kommende Stimme ihm »diktierte«?

Darauf werden wir vermutlich keine rationale Antwort finden und uns mit einem Vergleich behelfen müssen: stellen wir uns Simon vor, wie er im Meer von Galiläa fischt. Jesus tritt zu ihm und fordert ihn auf, seine Netze zu verlassen und ihm zu folgen. Und Simon sagt zu ihm: »Laß mich in Frieden. Mir sind meine Netze und meine Fische lieber.« Ein solcher Simon würde augenblicklich zu einer komischen Figur, zu einem Falstaff des Evangeliums: genauso ist Goethe in Rilkes Augen zu einem Falstaff der Liebe geworden.

6.

Rilke sagt von Bettinas Liebe: »Solche Liebe bedarf keiner Erwiderung, sie hat Lockruf und Antwort in sich; sie erhört sich selbst«. Eine Liebe, die dem Menschen von einem Gärtnerengel wie ein Same ins Herz gelegt worden ist, braucht kein Objekt, kein Echo, keine Gegen-Liebe, wie Bettina gesagt hat. Der Geliebte (Goethe zum Beispiel) ist weder die Ursache noch der Sinn der Liebe.

Zur Zeit ihres Briefwechsels mit Goethe schreibt Bettina auch an Arnim Liebesbriefe. In einem davon sagt sie: »Die wahre Liebe ist keiner Untreue fähig.« Eine solche Liebe, die sich nicht um ein Echo sorgt (»die Liebe ohne Gegen-Liebe«), »sucht den Geliebten wie den Proteus unter jeglicher Verwandlung.«

Wenn nicht ein Gärtnerengel, sondern Goethe oder Arnim Bettina diese Liebe ins Herz gelegt hätten, wäre in ihr eine Liebe zu Goethe oder eine Liebe zu Arnim herangewachsen, eine nicht nachzuahmende, nicht austauschbare Liebe, die ganz auf den gerichtet gewesen wäre, der sie in ihr Herz gelegt hatte, den Geliebten; es wäre also eine Liebe gewesen, die sich nicht verwandeln kann. Eine solche Liebe ließe sich als *Beziehung* definieren: eine privilegierte Beziehung zwischen zwei Menschen.

Das jedoch, was Bettina »wahre Liebe« nennt, ist nicht eine Liebe als Beziehung, sondern eine *Liebe als Gefühl*; die Flamme, die eine himmlische Hand in der Seele des Menschen entfacht hat, die Fackel, in deren Licht der Liebende »den Geliebten unter jeglicher Verwandlung« sucht. Eine solche Liebe (eine Liebe als Gefühl) kennt keine Untreue, denn selbst wenn das Objekt der Liebe wechselt, bleibt die

Liebe immer dieselbe Flamme, die von derselben himmlischen Hand entfacht worden ist.

An diesem Punkt unserer Überlegungen wird verständlich, warum Bettina in ihrem umfangreichen Briefwechsel mit Goethe so wenig Fragen stellte. Mein Gott, stellen Sie sich vor, Sie könnten mit Goethe korrespondieren! Wonach könnten Sie ihn nicht alles fragen! Nach seinen Büchern. Den Büchern seiner Zeitgenossen. Nach der Poesie. Der Prosa. Nach Bildern. Nach Deutschland. Nach Europa. Nach Wissenschaft und Technik. Sie würden ihn mit Ihren Fragen so lange bedrängen, bis er seine Ansichten dargelegt hätte. Sie würden sich mit ihm streiten und ihn zwingen zu sagen, was er bisher noch nicht gesagt hat.

Doch Bettina diskutiert nicht mit Goethe. Nicht einmal über Kunst. Mit einer einzigen Ausnahme: sie schreibt ihm ihre Gedanken über die Musik. Doch sie ist es, die belehrt! Goethe denkt offensichtlich anders. Wieso fragt Bettina ihn nicht eingehend nach den Gründen für seine ablehnende Haltung? Wenn sie zu fragen verstanden hätte, hätten uns Goethes Antworten die erste Kritik, eine Kritik avant la lettre der romantischen Musik geliefert!

Aber nein, wir finden nichts dergleichen in dieser umfangreichen Korrespondenz, wir erfahren sehr wenig über Goethe, und das ganz einfach, weil Bettina sich viel weniger für Goethe interessiert hat, als man annimmt; Ursache und Sinn ihrer Liebe war nicht Goethe, sondern die Liebe.

7.

Die europäische Zivilisation steht in dem Ruf, auf die Vernunft gegründet zu sein. Mit der gleichen Berechtigung könnte man aber auch behaupten, daß es sich um eine Zivilisation des Gefühls handele; sie hat einen Menschentyp hervorgebracht, den man den ›sentimentalen Menschen‹ nennen könnte: den *Homo sentimentalis*.

Die jüdische Religion bestimmt für die Gläubigen alles durch ein Gesetz. Dieses Gesetz will der Vernunft zugänglich sein (der Talmud ist eine stete vernunftgemäße Auslegung der durch die Bibel festgesetzten Vorschriften) und fordert den Gläubigen keinen besonderen Sinn für Übernatürliches, keine besondere Begeisterung und auch keine mystische Flamme in der Seele ab. Das Kriterium für Gut und Böse ist objektiv: es geht darum, das geschriebene Gesetz zu verstehen und einzuhalten.

Das Christentum hat dieses Kriterium auf den Kopf gestellt: Liebe Gott und tu, was du willst! sagte der heilige Augustinus. Das Kriterium für Gut und Böse wurde in die Seele des Individuums gelegt und ist subjektiv. Wenn die Seele dieses oder jenes Menschen mit Liebe erfüllt ist, ist alles bestens: dieser Mensch ist gut, und alles, was er tut, ist ebenfalls gut.

Bettina denkt wie der heilige Augustinus, wenn sie an Arnim schreibt: »Aber noch ein schöner Spruch existiert, den ich erfunden habe: Wahre Liebe hat immer recht, selbst im Unrecht. Luther spricht aber in einem seiner Briefe: Wahre Liebe hat oft unrecht. Diesen finde ich nicht so gut wie meinen Spruch. Er sagt aber an einer anderen Stelle: die Liebe geht allem vor, selbst dem Opfer und Gebet. Ich merke mir aber hieraus, daß die Liebe die höchste Tugend ist. Die Liebe macht bewußtlos im Irdischen und ist erfüllt mit dem Himmlischen, die Liebe macht also unschuldig.«

Auf der Überzeugung, daß die Liebe unschuldig macht, beruht die Originalität des europäischen Rechts und seiner Schuldtheorie, die die Gefühle des Angeklagten berücksichtigt: wenn Sie für Geld jemanden kaltblütig umbringen, gibt es kein Pardon; wenn Sie ihn aber umbringen, weil er Sie beleidigt hat, wird Ihre Wut ein mildernder Umstand und die Strafe geringer sein; und wenn Sie ihn aus unglücklicher Liebe oder Eifersucht töten, wird das Schwurgericht mit Ihnen sympathisieren, und Paul als Ihr Verteidiger wird die Höchststrafe für den Ermordeten fordern.

8.

Der Homo sentimentalis kann nicht definiert werden als Mensch, der Gefühle empfindet (denn die empfinden wir alle), sondern als Mensch, der Gefühle zu einem Wert erhoben hat. In dem Moment, wo das Gefühl ein Wert ist, will jeder fühlen; und da wir alle gern mit unseren Vorzügen prahlen, sind wir versucht, unsere Gefühle zu demonstrieren.

Die Verwandlung des Gefühls in einen Wert ging in Europa bereits im zwölften Jahrhundert vor sich: die Troubadoure, die von ihrer grenzenlosen Leidenschaft für eine geliebte und unerreichbare adelige Dame sangen, kamen denen, die sie hörten, so bewundernswert und schön vor, daß auch sie wie eine Beute unbezähmbarer Herzensregungen aussehen wollten.

Niemand hat den Homo sentimentalis gründlicher durchschaut als Cervantes. Don Quichote beschließt, eine gewisse Dame namens Dulcinea zu lieben, obwohl er sie praktisch nicht kennt (was uns nicht weiter überraschen kann, weil wir ja wissen, daß der oder die Geliebte nicht das Entscheidende ist, wenn es um die ›wahre Liebe‹ geht). Im fünfundzwanzigsten Kapitel des ersten Buchs zieht er mit Sancho in die öden Berge, um ihm die Größe seiner Leidenschaft zu zeigen. Aber wie kann man einem anderen beweisen, daß in der Brust eine Flamme brennt? Und wie kann man es einem so naiven und stumpfsinnigen Wesen wie Sancho beweisen? Don Quichote zieht sich auf einem Waldweg aus und steht nur noch im Hemd da, und um seinem Diener das Grenzenlose seines Gefühls zu beweisen, beginnt er, vor ihm Purzelbäume zu schlagen. Jedesmal, wenn sein Kopf in der Luft nach unten hängt, rutscht sein Hemd bis auf die Schultern und Sancho sieht das baumelnde Geschlecht seines Herrn. Der Blick auf das kleine, keusche Glied des Ritters ist auf so komische Weise traurig, so herzzerreißend, daß selbst Sancho mit seiner abgebrühten Seele dieses Spektakel nicht mehr mitansehen kann, sich auf Rosinante schwingt und rasch davonreitet.

Als Agnes' Vater starb, mußte sie das Programm für die Trauerzeremonie zusammenstellen. Sie wünschte sich das Begräbnis ohne Reden, es sollte nur das Adagio aus Mahlers Zehnter Symphonie gespielt werden, das der Vater besonders geliebt hatte. Weil das aber eine unglaublich traurige Musik ist, fürchtete Agnes, daß sie die Tränen nicht würde zurückhalten können. Da es ihr unerträglich schien, vor den Augen der Leute zu heulen, legte sie eine Schallplatte mit dem Adagio auf und hörte es sich an. Einmal, zweimal, dreimal. Die Musik erinnerte sie an ihren Vater und sie weinte. Als das Adagio aber zum achten, zum neunten Mal durch das Zimmer schwebte, stumpfte die Macht der Musik ab, und als sie die Platte zum dreizehnten Mal auflegte, war sie nicht mehr gerührt, als wenn sie die Nationalhymne von Paraguay gehört hätte. Dank dieses Trainings schaffte sie es, während des Begräbnisses nicht zu weinen.

Es gehört zur Definition des Gefühls, daß es unabhängig von unserem Willen, oft sogar gegen unseren Willen in uns entsteht. In dem Moment, da wir fühlen *wollen* (da wir zu fühlen *beschließen*, wie Don Quichote beschlossen hatte, Dulcinea zu lieben), ist das Gefühl nicht mehr ein Gefühl, sondern eine Nachahmung des Gefühls, seine Demonstration. Was gemeinhin als Hysterie bezeichnet wird. Deshalb ist der Homo sentimentalis (der Mensch, der das Gefühl zu einem Wert erhoben hat) in Wirklichkeit dasselbe wie der *Homo hystericus*.

Womit nicht gesagt sein soll, daß ein Mensch, der ein Gefühl nachahmt, es nicht auch empfindet. Ein Schauspieler, der die Rolle des alten Königs Lear spielt, empfindet auf der Bühne vor allen Zuschauern wirklich die Trauer eines verlassenen und verratenen Menschen, doch diese Trauer verflüchtigt sich in dem Moment, wo die Vorstellung zu Ende ist. Deshalb verblüfft uns der Homo sentimentalis, kaum daß er uns mit seinen großen Gefühlen beschämt hat, immer wieder durch seine unerklärliche Gleichgültigkeit.

9.

Don Quijote war ein keuscher Jüngling. Bettina spürte mit fünfundzwanzig zum ersten Mal eine Männerhand auf ihrer Brust, als sie sich allein mit Goethe in einem Hotelzimmer des Badestädtchens Teplitz aufhielt. Goethe lernte die körperliche Liebe, wenn man seinen Biographen glauben darf, erst auf seiner Italienreise kennen, als er schon fast vierzig war. Kurz nach der Rückkehr begegnete er in Weimar einer dreiundzwanzigjährigen Zuarbeiterin und machte sie zu seiner ersten ständigen Geliebten. Es war Christiane Vulpius, die nach langen Jahren des Zusammenlebens 1806 seine legalisierte Gattin wurde und im denkwürdigen Jahr 1811 Bettinas Brille auf den Boden warf. Sie war ihrem Mann treu ergeben (es wird erzählt, sie habe ihn mit dem eigenen Körper geschützt, als betrunkene Soldaten Napoleons ihn bedrohten), und sie war offenbar eine phantastische Geliebte, wie das Kosewort Goethes bezeugt, der sie »mein Bettschatz« nannte.

Dennoch befindet sich Christiane in Goethes Hagiographie jenseits der Liebe. Das 19. Jahrhundert (aber auch das unsere, das noch immer im Bann des letzten Jahrhunderts steht) weigerte sich, Christiane neben Friderike, Charlotte, Lili, Bettina oder Ulrike in Goethes Liebesgalerie aufzunehmen. Weil sie seine Frau war, werden Sie sagen, und weil wir die Ehe per se für etwas Unpoetisches halten. Ich glaube aber, daß der wahre Grund tiefer lag: das Publikum weigerte sich ganz einfach, in Christiane eine Liebe Goethes zu sehen, weil Goethe mit ihr schlief. Die Schatzkammer der Liebe und die Schatzkammer des Bettes waren zwei verschiedene, unvereinbare Dinge. Wenn die Schriftsteller des 19. Jahrhunderts ihre Romane gern mit einer Hochzeit abschlossen, so geschah dies nicht, um die Liebesgeschichte vor der ehelichen Langeweile zu verschonen. Nein, sie wollten sie vor dem Koitus verschonen!

Alle großen europäischen Liebesgeschichten spielen sich im nicht-koitalen Bereich ab: die Geschichte der Prinzessin von Clèves, die Geschichte von Paul und Virginie, Fromentins Geschichte von Dominique, der sein Leben lang eine einzige Frau liebte, die er niemals küßte, und vor allem natürlich die Geschichte Werthers, die Geschichte von Hamsuns Viktoria und Romain Rollands Geschichte von Pierre und Lucie, über die damals die Leserinnen von ganz Europa weinten. In seinem Roman *Der Idiot* ließ Dostojewskij Nastasja Filippowna mit dem erstbesten Händler schlafen, wenn es aber um die wahre Leidenschaft ging, als nämlich Nastasja zwischen Myschkin und Rogoschin stand, zerschmolzen die Geschlechtsorgane in den drei großen Herzen wie Zuckerwürfel in drei Teetäßchen. Die Liebe zwischen Anna Karenina und Vronskji ging mit ihrem ersten sexuellen Akt zu Ende und war dann nur noch ihr eigener Niedergang, ohne daß wir wissen, warum: hatten sie sich so kläglich geliebt? oder, im Gegenteil, so schön, daß die Übermächtigkeit der Lust in ihnen Schuldgefühle wachgerufen hatte? Zu welcher Antwort auch immer wir kommen, wir gelangen stets zu demselben Schluß: nach der prä-koitalen Liebe gab es keine andere große Liebe mehr, es konnte sie nicht mehr geben.

Was absolut nicht bedeutet, daß die nicht-koitale Liebe unschuldig, engelhaft, kindlich und rein wäre; im Gegenteil, sie enthielt die ganze Hölle, die man sich auf Erden vorstellen kann. Nastasja Filippowna schlief seelenruhig mit vielen vulgären, reichen Männern, aber von dem Moment an, da sie Myschkin und Rogoschin begegnete, deren Geschlechtsorgane sich im großen Samowar der Gefühle auflösten, betrat sie eine Katastrophenzone und starb. Oder folgende herrliche Szene aus Fromentins *Dominique*: die beiden Verliebten, die sich schon jahrelang nacheinander verzehrten und noch nie berührt hatten, ritten zusammen aus, und die zarte, zurückhaltende Madeleine begann mit unerwarteter Grausamkeit, das Pferd zu einem wilden Galopp anzutreiben, wohl wissend, daß Dominique ein schlechter Reiter war und zu Tode stürzen konnte. Die nicht-koitale Liebe: ein Topf auf dem Feuer, in dem sich die Gefühle durch Sieden in Leidenschaft verwandeln, wodurch der Deckel anfängt zu hüpfen und bald wie verrückt auf dem Topf tanzt.

Der europäische Begriff der Liebe ist tief im nicht-koitalen Bereich verwurzelt. Das 20. Jahrhundert, das sich rühmt, die Sexualität befreit zu haben und romantische Gefühle gern belächelt, war nicht in der Lage, dem Begriff der Liebe einen neuen Sinn zu verleihen (das ist einer der Punkte, wo es versagt hat), so daß ein junger Europäer, der dieses große Wort im Geiste ausspricht, wohl oder übel auf den Schwingen der Begeisterung genau dorthin zurückkehrt, wo Werther seine Liebe zu Lotte erlebt hatte und Dominique beinahe vom Pferd gestürzt wäre.

10.

Es ist bezeichnend, daß Rilke als Bewunderer Bettinas auch Rußland bewunderte, in dem er eine Zeitlang seine geistige Heimat zu sehen glaubte. Denn Rußland ist das Land christlicher Sentimentalität par excellence. Es blieb sowohl vom Rationalismus der mittelalterlichen Scholastik als auch von der Renaissance verschont. Die auf dem cartesianischen kritischen Denken begründete Neuzeit traf dort mit hundert oder zweihundert Jahren Verspätung ein. Der *Homo sentimentalis* stieß dort auf keine adäquate Gegengröße und verwandelte sich in seine eigene Hyperbel, die normalerweise als *slawische Seele* bezeichnet wird.

Rußland und Frankreich sind zwei Pole Europas, die sich ewig anziehen werden. Frankreich ist ein altes, müdes Land, in dem die Gefühle nur noch als Formen überlebt haben. Ein Franzose schreibt am Ende eines Briefes: »Seien Sie so freundlich, verehrter Herr, den Ausdruck meiner vorzüglichen Gefühle zu empfangen.« Als ich zum ersten Mal einen solchen Brief erhielt, den eine Sekretärin des Verlagshauses Gallimard unterschrieben hatte, lebte ich noch in Prag. Ich sprang vor Freude an die Decke: in Paris gab es eine Frau, die mich liebte! Sie hatte es geschafft, am Ende eines Geschäftsbriefes eine Liebeserklärung einzuflechten! Sie empfand für mich nicht nur Gefühle, sie betonte ausdrücklich, daß sie vorzüglich seien! So etwas hatte mir eine Tschechin noch nie im Leben gesagt!

Erst viele Jahre später, als ich schon in Paris lebte, erklärte man mir, daß es für Briefe ein großes semantisches Spektrum von Schlußformeln gebe, dank derer ein Franzose mit der Präzision eines Apothekers feinste Gefühlsgrade abwägen kann, die er, ohne sie zu empfinden, dem Empfänger zu verstehen geben will; in diesem Sortiment stehen die »vorzüglichen Gefühle« auf der niedrigsten Stufe geschäftlicher Höflichkeit, die fast schon an Verachtung grenzt.

O Frankreich! Du bist das Land Der Form, wie Rußland das Land Des Gefühls ist! Deshalb schaut der Franzose, ewig frustriert, weil in seiner Brust keine Flamme lodert, voller Neid und Nostalgie auf das Land Dostojewskijs, wo die Männer einander ihre gespitzten Münder zum Kusse reichen und allzeit bereit sind, demjenigen die Kehle durchzuschneiden, der sich weigert, sie zu küssen. (Falls sie es tatsächlich tun, ist ihnen das augenblicklich zu verzeihen, denn an ihrer Stelle hat die verletzte Liebe gehandelt, und diese macht unschuldig, wie Bettina uns beigebracht hat. In Paris fänden sich mindestens hundertzwanzig Advokaten, die bereit wären, einen Sonderzug nach Moskau zu organisieren, um dort einen dieser sentimentalen Mörder zu verteidigen. Dazu werden sie freilich nicht durch Mitleid bewogen (ein in ihrem Land viel zu exotisches und selten praktiziertes Gefühl), sondern durch abstrakte Prinzipien, die ihre einzige Leidenschaft sind. Der russische Mörder, der von alledem nichts weiß, wird sich nach dem Freispruch auf seinen französischen Verteidiger stürzen, um ihn zu umarmen und auf den Mund zu küssen. Der Franzose wird entsetzt zurückweichen, der beleidigte Russe ihm das Messer in den Leib stoßen, und die ganze Geschichte fängt wieder von vorne an wie das Lied vom Mops und vom Ei.)

11.

Ach, die Russen…

Als ich noch in Prag lebte, erzählte man sich dort eine Anekdote über die russische Seele. Ein tschechischer Mann verführt mit atemberaubender Geschwindigkeit eine russische Frau. Nach dem Liebesakt sagt die Russin mit grenzenloser Verachtung zu ihm: »Meinen Körper hast du gehabt. Meine Seele wirst du nie haben!«

Eine wunderbare Geschichte. Bettina hat Goethe neunundvierzig Briefe geschrieben. Das Wort Seele kommt darin fünfzigmal vor, das Wort Herz hundertneunzehnmal. Nur selten wird das Wort Herz in der wörtlichen, anatomischen Bedeutung gebraucht (»mein Herz hat geklopft«), öfter als Synonym für Brustkorb verwendet (»ich möchte dich an mein Herz drücken«), in der erdrückenden Mehrzahl der Fälle aber bedeutet es dasselbe wie das Wort Seele: *das fühlende Ich.*

Ich denke, also bin ich ist ein Satz eines Intellektuellen, der Zahnschmerzen unterschätzt. *Ich fühle, also bin ich* ist eine Wahrheit von größerer Gültigkeit und betrifft jedes lebende Wesen. Mein Ich unterscheidet sich nicht wesentlich von dem Ihren durch das, was es denkt. Viele Menschen, wenig Gedanken: alle denken wir annähernd das gleiche, übergeben einander die Gedanken, leihen sie aus und stehlen sie. Wenn mir aber jemand auf den Fuß tritt, spüre nur ich den Schmerz. Die Grundlage des Ich ist nicht das Denken, sondern das Leiden, das elementarste aller Gefühle. Im Leiden kann nicht einmal eine Katze an der Unverwechselbarkeit ihres Ich zweifeln. Im Leiden verschwindet die Welt, und jeder von uns bleibt sich selbst überlassen. Das Leiden ist die Hohe Schule der Egonzentrik.

»Verachten Sie mich?« fragt Ippolit den Fürsten Myschkin.

»Weshalb? Etwa weil Sie mehr gelitten haben und mehr leiden als wir?«

»Nein, weil ich meines Leidens nicht würdig bin.«

Ich bin meines Leidens nicht würdig. Ein großer Satz. Daraus geht hervor, daß das Leiden nicht nur die Grundlage des Ich, sein einziger untrüglicher ontologischer Beweis ist, sondern darüber hinaus von allen Gefühlen dasjenige, das der größten Verehrung würdig ist: der Wert aller Werte. Deshalb bewundert Myschkin alle Frauen, die leiden. Als er zum ersten Mal eine Fotografie von Nastasja Filippowna sieht, sagt er: »Diese Frau muß viel gelitten haben.« Diese Worte bestimmen von allem Anfang an, daß Nastasja Filippowna über allen anderen steht, noch bevor wir sie auf der Bühne des Romans zu sehen bekommen. »Ich bin nichts, Sie aber haben gelitten«, sagt der bezauberte Myschkin im fünfzehnten Kapitel des ersten Teils zu Nastasja und ist von diesem Moment an verloren.

Ich habe gesagt, daß Myschkin alle Frauen bewunderte, die litten, aber ich könnte meine Behauptung auch umgekehrt formulieren: von dem Augenblick an, da ihm irgendeine Frau gefiel, stellte er sich vor, wie sie litt. Und da er nicht für sich behalten konnte, was er dachte, sagte er es ihr auch sofort. Das war übrigens eine geniale Verführungsmethode (schade, daß der Fürst für sich so wenig daraus gemacht hat!), denn wenn man irgendeiner Frau sagt »Sie haben viel gelitten«, ist das, als würde geradewegs ihre Seele angesprochen, gestreichelt, emporgehoben. Jede Frau wird in einem solchen Moment sagen: »Auch wenn du meinen Körper noch nicht hast, meine Seele gehört dir bereits!«

Unter Myschkins Blick wächst und wächst die Seele, sie gleicht einem riesigen Pilz, der so hoch ist wie ein fünfstöckiges Gebäude, sie gleicht einem Gasballon, der jeden Moment abheben und mit seinen Luftschiffern zum Himmel emporschweben wird. Diese Erscheinung nenne ich *Hypertrophie der Seele*.

12.

Als Goethe von Bettina den Entwurf seines Denkmals bekam, spürte er, wir erinnern uns, in seinem Auge eine Träne und war sich sicher, daß sein tiefstes Inneres ihm auf diese Weise eine Wahrheit offenbarte: Bettina liebte ihn wirklich, und er hatte ihr Unrecht getan. Erst später wurde ihm bewußt, daß die Träne ihm nicht etwa eine bemerkenswerte Wahrheit über Bettinas Ergebenheit verraten hatte, sondern nur eine banale Wahrheit über seine eigene Eitelkeit. Er schämte sich dafür, daß er wieder einmal der Demagogie seiner Tränen erlegen war. Er hatte nämlich seit seinem fünfzigsten Lebensjahr so manche Erfahrung damit gemacht: jedesmal, wenn ihn jemand lobte oder wenn er eine plötzliche Befriedigung über eine schöne oder gute Tat verspürte, die er vollbracht hatte, hatte er Tränen in den Augen. Was ist eine Träne? fragte er sich oft und fand keine Antwort. Eines aber war ihm klar: die Träne wurde verdächtig oft durch die Rührung hervorgerufen, die Goethes Anblick in Goethe persönlich wachrief.

Ungefähr eine Woche nach Agnes' furchtbarem Tod besuchte Laura den erschütterten Paul.

»Paul«, sagte sie, »jetzt sind wir allein auf der Welt.«

Pauls Augen wurden feucht, und er wandte den Kopf ab, um seine Verzweiflung vor Laura zu verbergen.

Gerade dieses Wegdrehen des Kopfes brachte Laura dazu, seinen Arm festzuhalten: »Paul, weine nicht!«

Paul sah Laura durch seine Tränen hindurch an und stellte fest, daß auch sie feuchte Augen hatte. Er lächelte und sagte mit zitternder Stimme: »Ich weine nicht. Du weinst.«

»Wenn du irgend etwas brauchst, Paul, du weißt, ich bin da, ich bin ganz bei dir.«

251

Und Paul antwortete: »Ich weiß.«

Die Träne in Lauras Auge war eine Träne der Rührung, die Laura über eine Laura empfand, die bereit war, ihr ganzes Leben zu opfern, um dem Mann ihrer verstorbenen Schwester zur Seite zu stehen.

Die Träne in Pauls Auge war eine Träne der Rührung, die Paul über die Treue eines Paul empfand, der niemals mit einer anderen Frau würde leben können, außer mit dem Schatten seiner toten Frau, mit ihrer Nachahmung – mit ihrer Schwester.

Und so legten sie sich eines Tages ins breite Bett, und die Träne (die Barmherzigkeit der Träne) bewirkte, daß sie nicht das geringste Gefühl eines Verrats empfanden, den sie der Toten angetan hatten.

Die uralte Kunst der erotischen Vieldeutigkeit kam ihnen zu Hilfe: sie lagen nicht nebeneinander wie ein Ehepaar, sondern wie Geschwister. Laura war für Paul bis jetzt tabu gewesen: vermutlich hatte er sie nicht einmal in einem Winkel seines Denkens mit sexuellen Vorstellungen in Verbindung gebracht. Er fühlte sich jetzt wie ein Bruder, der ihr die verlorene Schwester ersetzen mußte. Dieses Gefühl machte es ihm zunächst moralisch leichter, mit ihr ins Bett zu gehen, und erfüllte ihn dann mit einer ganz unbekannten Erregung: sie wußten alles voneinander (wie Bruder und Schwester), und das, was sie getrennt hatte, war nicht das Unbekannte, sondern ein Verbot gewesen; ein Verbot, das zwanzig Jahre alt war und mit fortschreitender Zeit immer weniger zu übertreten gewesen war. Nichts war näher als der Körper des andern. Nichts war verbotener als der Körper des andern. Mit dem berauschenden Gefühl des Inzests (und Tränen in den Augen) begann er sie zu lieben, und er liebte sie so wild, wie er noch nie im Leben jemanden geliebt hatte.

13.

Es gibt Zivilisationen, die eine bedeutendere Architektur hervorgebracht haben als Europa, und die antike Tragödie wird für immer unübertroffen bleiben. Doch keine Zivilisation hat dieses Wunder aus Tönen vollbracht, das die tausendjährige Geschichte der europäischen Musik mit ihrem Formen- und Stilreichtum darstellt! Europa: die große Musik und der Homo sentimentalis. Zwillinge, die Seite an Seite in derselben Wiege gelegen haben.

Die Musik hat den Europäer nicht nur einen Empfindungsreichtum gelehrt, sondern auch, dieses Gefühl und das fühlende Ich zu verehren. Sie kennen die Situation: ein Geiger auf dem Podium schließt die Augen und spielt die ersten beiden langen Töne. In diesem Moment schließt auch der Zuhörer die Augen, er spürt, wie seine Seele sich im Brustkasten weitet und seufzt: »Wie schön!« Und dabei sind das, was er hört, nur zwei Töne, die an sich keinen Gedanken des Komponisten, nichts Schöpferisches, also weder Kunst noch Schönheit enthalten. Aber sie haben das Herz des Zuhörers ergriffen und sowohl Verstand als auch ästhetisches Urteilsvermögen zum Verstummen gebracht. Ein reiner Ton hat auf uns ungefähr die gleiche Wirkung wie Myschkins Blick auf eine Frau. Die Musik: eine Pumpe zum Aufblasen der Seele. Hypertrophierte, in große Ballons verwandelte Seelen schweben unter der Decke des Konzertsaals und stoßen in diesem unglaublichen Gedränge gegeneinander.

Laura liebte die Musik aufrichtig und tief; in ihrer Liebe zu Mahler sehe ich eine präzise Bedeutung: Mahler ist der letzte große europäische Komponist, der sich noch naiv und direkt an den Homo sentimentalis wendet. Nach Mahler wird das Gefühl in der Musik suspekt; Debussy will uns bezaubern und nicht ergreifen, und Strawinsky schämt sich der Gefühle. Mahler ist für Laura *der letzte Komponist*, und wenn sie aus Brigittes Zimmer laut aufgedrehte Rockmusik hört, treibt sie ihre verletzte Liebe für die europäische Musik, die unter dem Lärm elektrischer Gitarren verschwindet, zur Raserei; also stellt sie Paul ein Ultimatum: entweder Mahler oder Rock; was soviel heißt wie: entweder ich oder Brigitte.

Wie aber zwischen zwei gleich ungeliebten Musiken wählen? Rock war für Paul (er hatte, wie Goethe, empfindliche Ohren) viel zu laut, und die romantische Musik weckte in ihm Angstgefühle. Während des Krieges, als alle um ihn herum durch den bedrohlichen Marsch der Geschichte in Panik geraten waren, erklangen aus dem Radio statt der gewohnten Walzer und Tangos Töne einer ernsten, feierlichen Musik; diese Akkorde in Moll hatten sich dem Kind für immer als Verkünder von Katastrophen eingeprägt. Später dann begriff er, daß das Pathos der romantischen Musik ganz Europa vereinigt hatte: man konnte sie jedesmal hören, wenn irgendein Staatsmann ermordet oder ein Krieg erklärt wurde, wenn es an der Zeit war, den Menschen die Köpfe mit dem erhebenden Gefühl des Ruhms zu verkleistern, damit sie sich williger abschlachten ließen. Völker, die sich gegenseitig bekämpften, waren von der gleichen, einander wesensverwandten Rührung erfüllt, wenn sie den Lärm von Chopins *Trauermarsch* oder Beethovens *Eroica* hörten. Ach, wenn es nach Paul ginge, käme die Welt sehr gut ohne Rock und ohne Mahler aus. Doch die beiden Frauen gönnten ihm keine neutrale Haltung. Sie zwangen ihn zu wählen: zwischen zwei Musiken, zwischen zwei Frauen. Und er wußte nicht, was er tun sollte, weil er beide Frauen gleich gern hatte.

Die einander dafür haßten. Brigitte starrte in qualvoller Trauer auf das weiße Klavier, das jahrelang nur als Ablage gedient hatte; es erinnerte sie an Agnes, die sie einst aus Liebe zu ihrer Schwester gebeten hatte, darauf spielen zu lernen. Kaum war Agnes gestorben, lebte das Klavier wieder auf und dröhnte nun täglich. Brigitte wünschte sich nichts mehr, als mit der entfesselten Rockmusik ihre verratene Mutter zu rächen und den Eindringling aus der Wohnung zu vertreiben. Als sie begriff, daß Laura bleiben würde, ging sie. Die Rockmusik verstummte. Die Schallplatte auf dem Plattenspieler drehte sich, durch die Wohnung klangen Mahlers Posaunen und zerrissen Paul, der von der Abwesenheit seiner Tochter zutiefst erschüttert war, das Herz. Laura nahm Pauls Gesicht in ihre Hände und sah in seine Augen. Dann sagte sie: »Ich möchte dir ein Kind schenken.« Beide wußten, daß die Ärzte sie vor einer Geburt gewarnt hatten. Darum fügte sie hinzu: »Ich werde die notwendigen Operationen auf mich nehmen.«

Es war Sommer. Laura schloß ihren Laden, und die beiden verreisten für vierzehn Tage ans Meer. Die Wellen brandeten ans Ufer und füllten Pauls Brust mit ihrem Schrei. Die Musik dieses Elements war die einzige Musik, die er leidenschaftlich liebte. In glücklicher Verwunderung stellte er fest, daß Laura für ihn mit dieser Musik verschmolz; sie war die einzige Frau in seinem Leben, die dem Meer glich; die das Meer war.

14.

Romain Rolland, Zeuge der Anklage im Ewigen Prozeß gegen Goethe, zeichnete sich durch zwei Eigenschaften aus: die Verehrung der Frauen (»sie war eine Frau, und allein schon deshalb lieben wir sie«, schrieb er über Bettina) und die schwärmerische Sehnsucht, mit dem Fortschritt zu gehen (was für ihn bedeutete: mit dem kommunistischen Rußland und der Revolution zu gehen). Sonderbar, daß dieser Verehrer der Frauen Beethoven dafür bewunderte, daß dieser sich geweigert hatte, Frauen zu grüßen. Darum geht es im Grunde genommen, falls wir die Geschichte aus Teplitz richtig verstanden haben: Beethoven schreitet mit tief in die Stirn gedrücktem Hut und den Händen auf dem Rücken der Kaiserin und ihrem Hof entgegen, dem neben einigen Herren gewiß auch ein paar Damen angehören. Wenn er sie nicht gegrüßt hat, ist er ein ausgemachter Flegel! Doch genau das ist undenkbar: obwohl Beethoven ein Original und ein Griesgram war, benahm er sich Frauen gegenüber nie rüpelhaft! Die Geschichte ist ein offensichtlicher Unsinn, und sie konnte nur deshalb naiv geglaubt und weiterverbreitet werden, weil die Leute (und sogar ein Romancier, was eine Schande ist!) jeglichen Sinn für die Wirklichkeit verloren haben.

Man wird mir entgegenhalten, es mache wenig Sinn, die Wahrscheinlichkeit einer Anekdote zu überprüfen, die eindeutig nicht Zeugnis, sondern Allegorie ist. Gut, schauen wir uns diese Allegorie also als Allegorie an; vergessen wir die Umstände ihres Entstehens (wir werden sie ohnehin nie genau in Erfahrung bringen), vergessen wir die tendenziöse Absicht, mit der ihr diese oder jene Seite eine bestimmte Lesart unterschieben wollte, und versuchen wir, ihre, falls man das so nennen kann, objektive Bedeutung zu erfassen:

Was bedeutet Beethovens tief in die Stirn gedrückter Hut? Daß Beethoven die Aristokratie als reaktionär und ungerecht ablehnt, während der Hut in der demütigen Hand Goethes darum bittet, daß die Welt so erhalten bleibt, wie sie ist? Ja, das ist die allgemein akzeptierte Interpretation, die sich aber nur schwer aufrechterhalten läßt: genau wie Goethe mußte auch Beethoven in seiner Zeit einen Modus vivendi für sich und seine Musik finden; also widmete er seine Sonaten einmal diesem und dann jenem Fürsten, und er zögerte auch nicht, zu Ehren der Sieger, die sich nach Napoleons Niederlage in Wien versammelt hatten, eine Kantate zu komponieren, in der der Chor die Rückkehr der alten Zeit besingt; er ging sogar so weit, für die russische Zarin eine Polonaise zu komponieren, als wollte er das arme Polen (dieses Polen, für das Bettina dreißig Jahre später so tapfer kämpfen wird) seinem Usurpator vor die Füße legen.

Wenn Beethoven auf unserem allegorischen Bild also einer Gruppe von Aristokraten entgegenschreitet, ohne seinen Hut zu lüften, kann daraus nicht geschlossen werden, daß die Adligen verachtungswürdige Reaktionäre sind, er hingegen ein bewundernswerter Revolutionär ist; es bedeutet vielmehr, daß denen, die etwas *schaffen* (Statuen, Gedichte, Symphonien) mehr Ehre gebührt als jenen, die etwas *beherrschen* (Diener, Beamte oder ganze Völker). Daß kreatives Schaffen mehr gilt als Macht, Kunst mehr als Politik. Daß Kunstwerke unsterblich sind, nicht aber Kriege oder Fürstenbälle.

(Goethe mußte übrigens der gleichen Ansicht gewesen sein, mit dem Unterschied, daß er es nicht für nötig hielt, den Herren der Welt diese unangenehme Wahrheit noch zu ihren Lebzeiten zu verkünden. Er war sich sicher, daß es in der Ewigkeit diese Herren sein würden, die sich als erste verneigten, und das genügte ihm.)

Die Allegorie ist klar und wird trotzdem immer wieder sinnwidrig ausgelegt. Diejenigen, die sich beim Anblick des Bildes beeilen, Beethoven Beifall zu klatschen, verstehen seinen Stolz falsch: es sind größtenteils von der Politik Verblendete, und es sind die gleichen, die Lenin, Che Guevara, Kennedy oder Mitterrand einem Fellini oder Picasso vorziehen. Romain Rolland hätte sich mit seinem Hut bestimmt noch tiefer verbeugt als Goethe, wenn ihm auf der Allee von Teplitz Stalin entgegengekommen wäre.

15.

Romain Rollands Verehrung der Frauen ist irgendwie sonderbar. Er, der Bettina nur bewunderte, weil sie eine Frau war (»und allein schon deshalb lieben wir sie«), fand überhaupt keine Bewunderung für Christiane, die zweifelsohne auch eine Frau war. Bettina ist für ihn »wahnsinnig und weise« (folle et sage), »wahnsinnig temperamentvoll und lacht gern«, hat ein »zärtliches und wahnsinniges Herz« und wird noch viele Male »wahnsinnig« genannt. Und wir wissen, daß für den Homo sentimentalis die Wörter ›Wahnsinniger‹, ›Wahnsinnige‹, ›Wahnsinn‹ (die im Französischen noch poetischer klingen als in anderen Sprachen: *fou, folle, folie*) die Steigerung eines von jeglicher Zensur befreiten Gefühls ausdrücken (»aktiver Rausch der Leidenschaft«, wie Eluard sich ausdrückt) und folglich mit bewundernder Ergriffenheit ausgesprochen werden. Über Christiane aber spricht dieser Verehrer der Frauen und des Proletariats nie, ohne ihrem Namen entgegen allen Regeln des Anstands die Adjektive »eifersüchtig«, »dick«, »rot und

fett«, »lästig« (importune), »neugierig« und wieder mehrmals »dick« hinzuzufügen.

Merkwürdig, dieser Freund der Frauen und des Proletariats, dieser Fürsprecher der Gleichheit und der Brüderlichkeit zeigte sich keineswegs gerührt, daß Christiane eine ehemalige Zuarbeiterin war und Goethe außergewöhnlichen
Mut bewies, als er sozusagen offiziell mit ihr als seiner Geliebten lebte und sie dann heiratete. Er hatte nicht nur den
Verleumdungen der Weimarer Salons die Stirn zu bieten,
sondern auch der Verachtung seiner intellektuellen Freunde
Herder und Schiller, die die Nase über ihn rümpften. Es
überrascht mich nicht, daß das aristokratische Weimar sich
freute, als Bettina Christiane eine dicke Blutwurst nannte.
Aber es überrascht mich, daß der Freund der Frauen und der
Arbeiterklasse sich darüber freuen konnte. Wie kommt es,
daß ihm eine junge Patrizierin, die ihre Bildung vor einer
einfachen Frau ostentativ zur Schau stellte, so nahe stand?
Und wie kommt es, daß Christiane, die gern trank und
tanzte, nicht auf ihre Linie achtete und unbesorgt dicker
wurde, nie Anspruch auf das göttliche Adjektiv »wahnsinnig« hatte und in den Augen des Freundes des Proletariats
nur »lästig« war?

Wie kommt es, daß es dem Freund des Proletariats nicht
eingefallen ist, die Szene mit der Brille zu einer Allegorie zu
machen, in der eine Frau aus dem Volk zu Recht eine junge,
arrogante Intellektuelle bestraft und Goethe, der sich hinter
seine Frau stellt, erhobenen Hauptes (und ohne Hut!) diesem Heer von Aristokraten mit ihren schändlichen Vorurtei-
len entgegenschreitet?

Sicher wäre eine solche Allegorie nicht weniger dumm als
die vorangegangene. Doch die Frage bleibt: weshalb hat der
Freund des Proletariats und der Frauen sich für die eine und

nicht für die andere dumme Allegorie entschieden? Weshalb hat er Bettina Christiane vorgezogen?

Diese Frage kommt zum Kern der Sache.

Das nächste Kapitel wird sie beantworten:

16.

Goethe forderte Bettina (in einem undatierten Brief) auf, »aus sich herauszutreten«. Heute würden wir sagen, daß er ihr ihre Egozentrik vorwarf. Hatte er aber ein Recht dazu? Wer hatte sich für die aufständischen Bergler in Tirol, für den Ruhm des toten Petöfi, für das Leben Mierosławskis eingesetzt? Er oder sie? Wer hatte immer an die anderen gedacht? Wer war bereit gewesen, sich zu opfern? Bettina. Unbestreitbar. Allerdings ist Goethes Vorwurf dadurch noch nicht widerlegt. Denn Bettina ist nie aus ihrem Ich herausgetreten. Wo auch immer sie ging, flatterte ihr Ich hinter ihr her wie eine Fahne. Das, was sie dazu inspirierte, für die Tiroler Bergler zu kämpfen, waren nicht die Bergler, sondern das bezaubernde Bild Bettinas, die für die Tiroler Bergler kämpfte. Das, was sie in ihre Liebe zu Goethe hineintrieb, war nicht Goethe, sondern das verführerische Bild des Kindes Bettina, das in den alten Dichter verliebt war.

Erinnern wir uns an ihre Geste, die ich die Geste der Sehnsucht nach Unsterblichkeit genannt habe: sie legte ihre Finger zuerst zwischen ihre Brüste, als wollte sie genau auf die Mitte dessen weisen, was wir das Ich nennen. Dann warf sie ihre Hände nach vorn, als wollte sie dieses Ich weit weg schicken, über den Horizont hinaus, ins Unendliche. Die

Geste der Sehnsucht nach Unsterblichkeit kennt nur zwei Fixpunkte: das Ich hier und den Horizont in der Ferne; und nur zwei Begriffe: das Absolute, das das Ich ist, und das Absolute der Welt. Diese Geste hat also nichts mit Liebe zu tun, weil der andere, der Nächste, wer auch immer sich zwischen den beiden extremen Polen (dem Ich und der Welt) befindet, von vornherein aus dem Spiel ausgeschlossen ist, weil er übergangen wird, ungesehen bleibt.

Ein junger Mann, der mit zwanzig Jahren einer kommunistischen Partei beitritt oder mit dem Gewehr in der Hand in die Berge zieht, um mit der Guerilla zu kämpfen, ist fasziniert von seinem eigenen Bild als Revolutionär, durch das er sich von den anderen unterscheidet und er selbst wird. Der Ursprung seines Kampfes ist die brennende und ungestillte Liebe zum eigenen Ich, dem er ausdrucksvolle Züge verleihen und es dann (mit der oben beschriebenen Geste der Sehnsucht nach Unsterblichkeit) auf die große Bühne der Geschichte hinausschicken möchte, auf die Tausende von Augen gerichtet sind; und wir wissen dank des Beispiels von Myschkin und Nastasja Filippowna, daß die Seele unter intensiven Blicken wächst, daß sie sich aufbläht, immer umfangreicher wird und zuletzt wie ein wunderbares, beleuchtetes Luftschiff zum Firmament hinaufschwebt.

Das, was die Menschen veranlaßt, die Faust zu recken oder ein Gewehr in die Hand zu nehmen, das, was sie in den gemeinsamen Kampf für gerechte und ungerechte Dinge führt, ist nicht der Verstand, sondern die hypertrophierte Seele. Sie ist das Benzin, ohne das der Motor der Geschichte sich nicht gedreht und Europa träge auf dem Rasen gelegen hätte, um die über den Himmel ziehenden Wolken zu betrachten.

Christiane litt nicht an Seelen-Hypertrophie, und sie hatte auch nicht den Wunsch, sich auf der großen Bühne der

Geschichte zu produzieren. Ich habe sie im Verdacht, daß sie lieber auf dem Rasen lag und die Augen auf den Himmel richtete, über den die Wolken zogen. (Ich habe sie sogar im Verdacht, daß sie in solchen Momenten glücklich war, und das ist etwas, was sich ein Mensch mit hypertrophierter Seele ungern eingesteht, weil er, verzehrt vom Feuer seines Ich, in Wahrheit niemals glücklich ist.) Romain Rolland, der Freund des Fortschritts und der Tränen, hat also keine Sekunde gezögert, als er sich zwischen Christiane und Bettina entscheiden mußte.

17.

Als Hemingway auf den Wegen des Jenseits wandelte, sah er, wie ihm von weitem ein junger Mann entgegenkam; er war geschmackvoll gekleidet und hielt sich auffällig gerade. Als der elegante Herr näherkam, bemerkte Hemingway auf dessen Lippen ein leichtes, verschmitztes Lächeln. Als sie nur noch wenige Meter voneinander entfernt waren, verlangsamte der junge Mann seinen Gang, als wollte er Hemingway eine letzte Chance geben, ihn zu erkennen.

»Johann!« schrie Hemingway überrascht.

Goethe lächelte zufrieden; er war stolz, daß ihm ein herrlicher szenischer Effekt gelungen war. Vergessen wir nicht, daß er lange Jahre Theaterdirektor gewesen war und einen Sinn für Effekte hatte. Er hakte sich bei seinem Freund unter (interessant, daß er, obwohl er in diesem Moment jünger war als Hemingway, sich ihm gegenüber immer noch mit der gleichen liebenswürdigen Nachsicht eines Älteren verhielt) und führte ihn auf einen langen Spaziergang.

»Johann«, sagte Hemingway, »Sie sind heute schön wie ein Gott.« Die Schönheit seines Freundes freute ihn aufrichtig, und er lachte glücklich: »Wo haben Sie Ihre Pantoffeln gelassen? Und dieses grüne Schirmchen über den Augen?« Und nachdem er zu lachen aufgehört hatte: »So hätten Sie vor dem Ewigen Gericht erscheinen sollen. Die Richter nicht durch Argumente, sondern durch die eigene Schönheit an die Wand spielen!«

»Sie wissen, daß ich vor dem Ewigen Gericht kein einziges Wort gesagt habe. Aus Verachtung. Doch ich mußte einfach hingehen und ihnen zuhören. Jetzt bereue ich es.«

»Was wollen Sie? Sie sind zur Unsterblichkeit verurteilt worden, weil Sie die Sünde begangen haben, Bücher zu schreiben. Das haben Sie mir selbst erklärt.«

Goethe zuckte mit den Schultern und sagte ein bißchen stolz: »Unsere Bücher sind vielleicht in einem gewissen Sinne unsterblich. Vielleicht.« Und nach einer Pause fügte er leise, aber mit Nachdruck hinzu: »Aber wir nicht.«

»Das Gegenteil ist wahr«, protestierte Hemingway bitter. »Unsere Bücher werden wahrscheinlich bald schon nicht mehr gelesen. Von Ihrem *Faust* wird nur Gounods dümmliche Oper übrigbleiben. Und dann vielleicht noch der Vers, daß uns das ewig Weibliche irgendwohin zieht...«

»Das Ewigweibliche zieht uns hinan«, rezitierte Goethe.

»Richtig. Aber für Ihr Leben bis ins kleinste Detail werden sich die Leute ewig interessieren.«

»Haben Sie immer noch nicht begriffen, Ernest, daß die Personen, von denen die Leute reden, gar nicht wir sind?«

»Versuchen Sie nicht zu behaupten, daß es zwischen Ihnen und dem Goethe, über den alle schreiben und sprechen, keine Beziehung gibt. Ich gebe zu, daß das Bild, das Sie hinterlassen haben, nicht völlig identisch ist mit Ihnen. Ich gebe zu, daß Sie darin ganz ordentlich verzerrt sind. Aber Sie sind trotzdem darin präsent.«

»Das bin ich nicht«, sagte Goethe sehr bestimmt. »Und ich sage Ihnen noch etwas. Ich bin auch in meinen Büchern nicht präsent. Wer nicht ist, kann nicht präsent sein.«

»Diese Sprache ist für mich zu philosophisch.«

»Vergessen Sie mal für eine Weile, daß Sie Amerikaner sind, und strengen Sie ein bißchen Ihr Hirn an: wer nicht ist, kann nicht präsent sein. Ist das so kompliziert? Seit dem Moment, in dem ich gestorben bin, bin ich von überall weggegangen, und zwar ganz. Ich bin auch aus meinen Büchern weggegangen. Diese Bücher sind ohne mich auf der Welt. Niemand kann mich mehr darin finden. Weil man nicht finden kann, was nicht ist.«

»Ich wäre gern mit Ihnen einverstanden«, sagte Hemingway, »aber erklären Sie mir: wenn das Bild, das Sie zurückgelassen haben, nichts mit Ihnen gemein hat, weshalb haben Sie sich zu Lebzeiten so sehr darum gesorgt? Weshalb haben Sie Eckermann zu sich gebeten? Weshalb haben Sie angefangen, *Dichtung und Wahrheit* zu schreiben?«

»Ernest, Sie müssen sich damit abfinden, daß ich der gleiche Tor gewesen bin wie Sie. Diese Sorge um das eigene Bild ist eine geradezu schicksalhafte Unreife des Menschen. Es ist sehr schwer, diesem Bild gegenüber gleichgültig zu bleiben. Eine solche Gleichgültigkeit übersteigt die menschlichen Kräfte. Man findet erst nach dem Tod zu ihr. Und auch das nicht gleich. Erst lange nach dem Tod. Sie sind noch nicht soweit. Sie sind noch immer nicht erwachsen. Und dabei sind Sie schon... wie lange sind Sie eigentlich schon tot?«

»Siebenundzwanzig Jahre«, sagte Hemingway.

»Das ist gar nichts. Sie werden noch mindestens weitere

zwanzig, dreißig Jahre warten müssen, bis Ihnen voll bewußt wird, daß der Mensch sterblich ist und Sie alle Schlußfolgerungen daraus ziehen können. Früher schafft man es nicht. Noch kurz vor meinem Tod habe ich verkündet, die schöpferische Kraft, die ich in mir spürte, sei so gewaltig, daß sie unmöglich spurlos verschwinden könne. Und selbstverständlich habe ich geglaubt, daß ich in dem Bild weiterlebe, das ich von mir zurücklasse. Ja, ich war wie Sie. Sogar noch nach dem Tod hatte ich große Schwierigkeiten, mich damit abzufinden, daß ich nicht mehr bin. Wissen Sie, das ist sehr merkwürdig. Sterblich zu sein ist die elementarste menschliche Erfahrung, und trotzdem ist der Mensch nie fähig gewesen, sie zu akzeptieren, zu begreifen und sich dementsprechend zu verhalten. Er versteht es nicht, sterblich zu sein, und wenn er gestorben ist, versteht er es erst recht nicht, tot zu sein.«

»Verstehen Sie es vielleicht, tot zu sein, Johann?« fragte Hemingway, um den Ernst des Augenblicks etwas leichter zu machen. »Glauben Sie tatsächlich, die beste Art, tot zu sein, ist, Ihre Zeit mit Plaudereien mit mir zu verschwenden?«

»Mimen Sie nicht den Einfaltspinsel, Ernest«, sagte Goethe. »Sie wissen so gut wie ich, daß wir diesen Augenblick nur der frivolen Phantasie eines Romanciers verdanken, der uns sagen läßt, was wir vermutlich nie gesagt hätten. Aber lassen wir das. Haben Sie bemerkt, wie ich heute aussehe?«

»Ich habe es Ihnen ja gleich gesagt, kaum daß ich Sie gesehen habe! Sie sind schön wie ein Gott!«

»So habe ich ausgesehen, als ganz Deutschland mich für einen gnadenlosen Verführer hielt«, sagte Goethe fast feierlich. Und dann fügte er gerührt hinzu: »Ich möchte, daß Sie dieses Bild von mir mit in Ihre nächsten Jahre nehmen.«

Hemingway sah Goethe an und sagte mit plötzlicher, zärtlicher Nachsicht: »Und wie lange ist es her seit Ihrem Tod, Johann?«

»Hundertsechsundfünfzig Jahre«, antwortete Goethe ein bißchen beschämt.

»Und da können Sie immer noch nicht tot sein?«

Goethe lächelte: »Ich weiß, Ernest. Ich handle ein wenig im Widerspruch zu dem, was ich Ihnen gerade gesagt habe. Aber ich habe mir diese kindische Eitelkeit erlaubt, weil wir uns heute zum letzten Mal sehen.« Und dann sprach er folgende Worte, und zwar langsam wie jemand, der nie wieder sprechen wird: »Ich habe nämlich endgültig begriffen, daß das Ewige Gericht ein Blödsinn ist. Ich habe beschlossen, endlich davon zu profitieren, daß ich tot bin, und, Sie werden mir dieses unpräzise Wort verzeihen, schlafen zu gehen. Um die Wonne des totalen Nichtseins auszukosten, von dem mein großer Feind Novalis gesagt hat, es habe eine blaue Farbe.«

FÜNFTER TEIL
Der Zufall

1.

Nach dem Mittagessen ging sie wieder hinauf in ihr Zimmer. Es war Sonntag, das Hotel erwartete keine neuen Gäste, niemand drängte sie zur Eile bei der Abreise; das breite Bett im Zimmer war immer noch so, wie sie es am Morgen verlassen hatte. Sein Anblick erfüllte sie mit einem Glücksgefühl: sie hatte darin zwei Nächte allein verbracht, nur ihren eigenen Atem gehört und im Schlaf diagonal von einer Ecke zur anderen gelegen, als wollte sie das ganze Quadrat umarmen, das nur ihrem Körper und ihrem Schlaf gehörte.

In dem offenstehenden Köfferchen auf dem Tisch war alles verstaut: oben auf einem zusammengefalteten Rock lag eine broschierte Ausgabe von Rimbauds Gedichten. Sie hatte sie mitgenommen, weil sie in den letzten Wochen viel an Paul gedacht hatte. Als Brigitte noch nicht auf der Welt war, hatte sie oft hinter Paul auf einem großen Motorrad gesessen und war mit ihm durch Frankreich gefahren. Mit dieser Zeit und diesem Motorrad waren auch ihre Erinnerungen an Rimbaud verbunden: er war der Dichter gewesen, den sie beide liebten.

Sie hatte die halbvergessenen Gedichte mitgenommen, als wären sie ein altes Tagebuch, ein Tagebuch, das man voller Neugier liest, weil man wissen will, ob einem die von der Zeit vergilbten Aufzeichnungen rührend, lächerlich, faszinierend oder bedeutungslos vorkommen. Die Verse waren immer noch schön, doch etwas an ihnen überraschte sie: sie hatten mit dem großen Motorrad, mit dem sie damals herumgefahren waren, nichts gemein. Die Welt der Gedichte Rimbauds war jemandem aus Goethes Jahrhundert viel näher als Brigittes Zeitgenossen. Rimbaud, der alle aufgefordert hatte, absolut modern zu sein, war ein Dichter der Natur und ein Vagabund, und in seinen Gedichten fanden sich Wörter, die heute vergessen sind oder über die sich jetzt niemand mehr freut: Kresse, Linden, Eiche, Grillen, Nußbaum, Ulme, Raben, warmer Mist alter Taubenschläge und Wege, Wege vor allem: *Durch blaue Sommerabende die Wege hin, Gespickt von Ähren, will auf zartem Gras ich gehen... Nichts will ich sprechen, bin nichts zu denken gesinnt... Weit will ich gehn, sehr weit, wie ein Zigeunerkind, Durch die Natur, – so glücklich wie mit einer Frau...*

Sie schloß das Köfferchen. Dann ging sie die Treppe hinunter, lief vor das Hotel, warf das Köfferchen auf den Rücksitz und setzte sich ans Steuer.

2.

Es war halb drei und sie hätte sich auf den Weg machen sollen, denn sie fuhr nachts nicht gern. Sie konnte sich aber nicht entschließen, den Zündschlüssel herumzudrehen. Wie ein Geliebter, der nicht die Zeit gehabt hat, alles zu sagen, was ihm am Herzen lag, hinderte sie die umliegende Landschaft am Wegfahren. Sie stieg wieder aus. Ringsum waren Berge; linkerhand leuchteten sie in satten, klaren Farben, und über dem Grün glänzten weiße Gletscher; rechts waren sie in gelblichen Dunst gehüllt, der gerade noch ihre Silhouetten erkennen ließ. Es waren zwei ganz unterschiedliche Beleuchtungen, zwei verschiedene Welten. Sie wandte den Kopf von links nach rechts und wieder von rechts nach links, beschloß, einen letzten Spaziergang zu machen, und schlug einen Weg ein, der in sanfter Steigung zwischen Wiesen hindurch in die Wälder führte.

Es war ungefähr fünfundzwanzig Jahre her, daß sie zum ersten Mal mit Paul auf dem großen Motorrad in die Alpen gefahren war. Paul liebte das Meer, Berge waren ihm fremd. Sie wollte ihn für ihre Welt gewinnen; sie wollte, daß ihn der Anblick von Bäumen und Wiesen bezauberte. Das Motorrad stand am Straßenrand, und Paul sagte:

»Eine Wiese ist ein einziges Feld des Leidens. Jede Sekunde stirbt in diesem schönen Grün irgendein Geschöpf, Ameisen fressen lebendige Regenwürmer auf, und in der Höhe kreisen die Vögel und halten Ausschau nach Hasen oder Mäusen. Siehst du die schwarze Katze dort, wie sie reglos im Gras lauert? Sie wartet nur darauf, daß sich ihr eine Gelegenheit zum Töten bietet. Diese naive Verherrlichung der Natur ist mir zuwider. Glaubst du etwa, eine Hirschkuh packte im Rachen eines Tigers ein kleineres Entsetzen als dich, wenn du darin wärst? Die Menschen haben sich ausgedacht, daß ein Tier nicht die gleiche Leidensfähigkeit hat wie der Mensch, weil sie sonst den Gedanken nicht ertragen könnten, von einer Natur umgeben zu sein, die Grauen und nichts als Grauen ist.«

Paul tröstete sich damit, daß der Mensch die ganze Erde nach und nach mit Beton überzog. Für ihn war es, als schaute er zu, wie eine grausame Mörderin bei lebendigem Leibe eingemauert wurde. Agnes verstand ihn viel zu gut, als daß sie ihm die fehlende Liebe zur Natur hätte übelnehmen können, die, wenn man so will, ihren Grund in seinem Sinn für Menschlichkeit und Gerechtigkeit hatte.

Vielleicht aber stand diese Meinung in diesem Gespräch auch nur für den ganz banalen, eifersüchtigen Kampf eines Mannes, der seine Frau endgültig ihrem Vater entreißen wollte. Denn es war der Vater gewesen, der Agnes die Natur zu lieben gelehrt hatte. Mit ihm war sie kilometerlange Wege gewandert, mit ihm hatte sie die Stille der Wälder bewundert.

Vor Jahren hatten Freunde sie durch die amerikanische Natur gefahren. Durch ein endloses, undurchdringliches Reich der Bäume, in das lange Straßen geschlagen waren. Die Stille dieser Wälder hatte für sie genauso feindselig geklungen wie der Lärm von New York. Im Wald, den Agnes liebt, verzweigen sich die Wege in kleine Wege und diese in schmale Pfade; über die Pfade wandert der Förster. Am Wegrand stehen Bänke, von denen aus man über eine Landschaft mit weidenden Schafen und Kühen sieht. Das ist Europa, das ist das Herz Europas, das sind die Alpen.

3.

Depuis huit jours, j'avais déchiré mes bottines
Aux cailloux des chemins...
Acht Tage lang ließ meine Stiefel ich zerreißen.
Auf Straßenkieseln...
schreibt Rimbaud.

Der Weg: ein Streifen Erde, den man zu Fuß begeht. Die Straße unterscheidet sich vom Weg nicht nur dadurch, daß man sie mit dem Auto befährt, sondern auch dadurch, daß sie nur eine Linie ist, die zwei Punkte miteinander verbindet. Die Straße an sich hat keinen Sinn; einen Sinn bekommt sie nur durch die beiden Punkte, die miteinander verbunden werden. Der Weg ist ein Lob des Raumes. Jedes Teilstück hat einen Sinn für sich und lädt zum Verweilen ein. Die Straße ist die triumphale Entwertung des Raums, der dank ihr heute nur noch Hindernis für die Fortbewegung, nur noch Zeitverlust ist.

Noch bevor die Wege aus der Landschaft verschwanden, waren sie aus der menschlichen Seele verschwunden: der Mensch verspürt keine Sehnsucht mehr zu gehen, die eigenen Beine zu bewegen und sich daran zu erfreuen. Nicht einmal sein Leben sieht er mehr als Weg, sondern als Straße: als Linie, die von einem Punkt zum anderen führt, vom Dienstgrad des Hauptmanns zum Dienstgrad des Generals, von der Funktion der Ehefrau zur Funktion der Witwe. Die Zeit zum Leben ist für ihn zu einem bloßen Hindernis geworden, das es durch immer größere Geschwindigkeiten zu überwinden gilt.

Der Weg und die Straße verkörpern zudem zwei ganz unterschiedliche Auffassungen von Schönheit. Wenn Paul sagt, daß hier oder dort eine schöne Landschaft sei, meint er damit: wenn man dort den Wagen anhält, sieht man ein schönes Schloß aus dem 15. Jahrhundert und daneben einen Park; oder: es gibt dort einen See, über dessen glitzernden, sich in der Ferne verlierenden Spiegel die Schwäne ziehen.

In der Welt der Straßen bedeutet eine schöne Landschaft: eine Insel der Schönheit, die durch eine lange Linie mit anderen Inseln der Schönheit verbunden ist.

In der Welt der Wege ist die Schönheit dauerhaft und veränderlich; sie sagt uns bei jedem Schritt: »Verweile!«

Die Welt der Wege war die Welt des Vaters. Die Welt der Straßen war die Welt des Gatten. Und Agnes' Geschichte schließt sich in einem Kreis: aus der Welt der Wege in die

Welt der Straßen und wieder zurück zum Ausgangspunkt. Denn Agnes wird in die Schweiz ziehen. Die Entscheidung ist gefallen, und sie ist der Grund, weshalb Agnes sich seit zwei Wochen unverändert wahnsinnig glücklich fühlt.

4.

Es war schon spät am Nachmittag, als sie zum Auto zurückkehrte. Und gerade in dem Moment, als sie den Zündschlüssel ins Schloß steckte, trat Professor Avenarius in der Badehose zu dem kleinen Becken, wo ich im warmen Wasser auf ihn wartete und mich von einem starken Wasserstrahl peitschen ließ, der aus der Düse der Beckenwand kam.

So sind die Ereignisse synchronisiert. Immer, wenn etwas am Ort Z passiert, passiert etwas anderes an den Orten A, B, C, D, E. »Und gerade in dem Moment, als...«, ist eine der Zauberformeln aller Romane, ein Satz, der uns behext, wenn wir die *Die drei Musketiere* lesen, den Lieblingsroman von Professor Avenarius, zu dem ich zur Begrüßung sagte: »Gerade in dem Moment, wo du ins Becken steigst, hat die Heldin meines Romans endlich den Zündschlüssel herumgedreht, um nach Paris zurückzufahren.«

»Ein wunderbarer Zufall«, sagte Professor Avenarius sichtlich erfreut und tauchte ins Wasser.

»Solche Zufälle gibt es auf der Welt allerdings in jeder Sekunde zu Milliarden. Ich träume davon, darüber ein großes Buch zu schreiben: Die Theorie des Zufalls. Die verschiedenen Typen von Zufällen zu beschreiben und zu klassifizieren. Zum Beispiel: ›Gerade in dem Moment, als Professor

Avenarius ins Becken tauchte, um den wärmenden Wasserstrahl auf seinem Rücken zu spüren, fiel im Stadtpark von Chicago ein gelbes Blatt von einem Kastanienbaum.‹ Das ist eine zufällige zeitliche Übereinstimmung von Ereignissen, die aber absolut keinen Sinn hat. In meiner Klassifizierung nenne ich sie *stummen Zufall*. Stell dir aber vor, daß ich sage: ›Gerade in dem Moment, als das *erste* gelbe Blatt in der Stadt Chicago zu Boden fiel, stieg Professor Avenarius ins Becken, um sich den Rücken massieren zu lassen.‹ Der Satz wird melancholisch, weil wir Professor Avenarius als Propheten des Herbstes sehen und das Wasser, in das er taucht, uns geradezu tränensalzig vorkommt. Dieser Zufall hat das Ereignis mit einer unerwarteten Bedeutung aufgeladen, ich nenne ihn deshalb *poetischen Zufall*. Ich kann aber auch, wie eben gerade, als ich dich sah, sagen: ›Professor Avenarius ist genau in dem Moment ins Becken gestiegen, als Agnes in den Alpen ihren Wagen startete.‹ Diesen Zufall kann man aber wohl kaum poetisch nennen, da er deinem Eintauchen in das Becken keinen besonderen Sinn verleiht; es handelt sich aber dennoch um einen sehr wertvollen Zufall, den ich *kontrapunktisch* nenne. Wie wenn zwei Melodien in einer Komposition verbunden werden. Ich kenne das aus meiner Kindheit. Ein kleiner Junge sang ein Lied und gleichzeitig mit ihm ein anderer Junge ein anderes, und die beiden Lieder paßten zusammen! Dann gibt es aber noch einen weiteren Typ des Zufalls: ›Professor Avenarius stieg in dem Moment in die Metrostation Montparnasse hinab, als dort eine schöne Dame mit einer roten Sammelbüchse stand.‹ Das ist ein sogenannter *geschichtenbildender Zufall*, der von Romanciers besonders geschätzt wird.«

Ich machte eine Pause, weil ich ihn dazu provozieren wollte, mir Näheres über seine Begegnung in der Metro zu erzählen, aber er ließ nur seinen Rücken kreisen, damit ihm der Wasserstrahl seinen Hexenschuß massierte, und er tat, als beträfe ihn mein letztes Beispiel überhaupt nicht.

»Ich werde das Gefühl nicht los«, sagte er, »daß sich der Zufall im menschlichen Leben nicht nach der Wahrscheinlichkeitsrechnung richtet. Damit will ich sagen: es begegnen uns viele so unwahrscheinliche Zufälle, daß wir sie nicht mathematisch erklären können. Unlängst bin ich durch eine uninteressante Straße in einem uninteressanten Pariser Quartier spaziert und einer Frau aus Hamburg begegnet, die ich vor fünfundzwanzig Jahren fast täglich gesehen und dann aus den Augen verloren habe. Ich bin nur durch diese Straße gegangen, weil ich irrtümlich eine Station zu früh aus der Metro gestiegen bin. Und sie war auf einem dreitägigen Ausflug in Paris und hatte sich verlaufen. Unsere Begegnung hatte ein Milliardstel an Wahrscheinlichkeit!«

»Mit welcher Methode berechnest du die Wahrscheinlichkeit von menschlichen Begegnungen?«

»Kennst du etwa eine Methode?«

»Nein. Und ich bedaure es«, sagte ich. »Es ist sonderbar, aber das menschliche Leben ist nie mit den Methoden der Mathematik untersucht worden. Nimm zum Beispiel die Zeit. Ich träume von einem Experiment, das mit Hilfe von an den Kopf gelegten Elektroden untersuchen könnte, wieviel Prozent seines Lebens ein Mensch der Gegenwart, der Erinnerung und der Zukunft widmet. Dadurch würden wir etwas darüber erfahren, in welchem Verhältnis der Mensch zur Zeit steht. Was die menschliche Zeit ist. Und wir könnten mit Sicherheit drei verschiedene Menschentypen definieren, je nachdem, welche Zeitrichtung dominiert. Und um zu den Zufällen zurückzukehren: Was können wir ohne mathematische Untersuchungen Zuverlässiges über den Zufall im

Leben sagen? Nur gibt es leider keine existentielle Mathematik.«

»Existentielle Mathematik. Eine tolle Idee«, sagte Avenarius nachdenklich. Und dann: »Ob es sich nun um ein Millionstel oder ein Billionstel gehandelt hat, die Begegnung war in jedem Fall absolut unwahrscheinlich, und gerade in dieser Unwahrscheinlichkeit lag ihr Wert. Denn die existentielle Mathematik, die nicht existiert, würde vermutlich folgende Gleichung aufstellen: der Wert eines Zufalls entspricht dem Grad seiner Unwahrscheinlichkeit.«

»Mitten in Paris unerwartet einer schönen Frau zu begegnen, die man jahrelang nicht gesehen hat...« sagte ich verträumt.

»Ich frage mich, woraus du schließt, daß sie schön war. Sie war Garderobiere in einem Bierkeller, den ich damals täglich besuchte, und ein Rentnerklub hatte ihr den Ausflug ermöglicht. Als wir uns erkannten, schauten wir uns verlegen an. Ja, beinahe mit einer Art Verzweiflung, wie ein beinloser Junge, der bei einer Tombola ein Fahrrad gewinnt. Als wüßten wir beide, daß wir einen wertvollen Zufall geschenkt bekommen hatten, mit dem wir aber überhaupt nichts anfangen konnten. Uns kam es vor, als wollte sich jemand über uns lustig machen, und wir schämten uns voreinander.«

»Diesen Typ des Zufalls könnte man *morbid* nennen«, sagte ich. »Ich überlege aber vergebens, welcher Kategorie der Zufall zuzuordnen ist, aufgrund dessen Bernard Bertrand sein Diplom des totalen Esels bekommen hat.«

Avenarius sagte mit seiner ganzen Autorität: »Bernard Bertrand hat das Diplom des totalen Esels bekommen, weil er ein totaler Esel ist. Da hat es sich wirklich einmal nicht um einen Zufall gehandelt. Das war absolute Notwendigkeit. Nicht einmal die ehernen Gesetze der Geschichte, von denen Marx spricht, sind so notwendig wie dieses Diplom.«

Und als hätte meine Frage ihn angestachelt, richtete er sich in seiner ganzen bedrohlichen Größe im Wasser auf. Ich stand ebenfalls auf, und wir stiegen aus dem Becken, um uns an die Bar am anderen Ende der Halle zu setzen.

5.

Wir bestellten zwei Gläser Wein, nahmen den ersten Schluck, und Avenarius sagte: »Dir ist sicher klar, daß alles, was ich tue, zum Kampf gegen Satania gehört.«

»Natürlich weiß ich das«, antworte ich. »Und genau deshalb frage ich, welchen Sinn es hat, ausgerechnet Bernard Bertrand anzugreifen.«

»Du verstehst nichts«, sagte Avenarius fast resigniert darüber, daß ich noch immer nicht verstand, was er mir schon so oft erklärt hatte. »Gegen Satania gibt es weder einen wirksamen noch einen vernünftigen Kampf. Marx hat es versucht, alle Revolutionäre haben es versucht, aber Satania hat sich zum Schluß immer alle Organisationen, deren ursprüngliches Ziel ihre Vernichtung war, zunutze gemacht. Meine ganze Vergangenheit als Revolutionär hat mit einer Enttäuschung geendet, und es gibt für mich heute nur noch eine wichtige Frage: was bleibt jemandem übrig, der begriffen hat, daß kein organisierter, wirksamer und vernünftiger Kampf gegen Satania möglich ist? Er hat nur zwei Möglichkeiten: entweder resigniert er und hört auf, er selbst zu sein, oder er kultiviert sein inneres Bedürfnis nach Revolte weiter und verwirklicht es von Zeit zu Zeit. Nicht um die Welt zu verändern, wie Marx es sich einmal richtig und vergeblich gewünscht hat, sondern weil ein innerer sittlicher Imperativ ihn dazu zwingt. Ich habe in letzter Zeit oft an dich gedacht. Auch für dich ist es wichtig, deine Revolte nicht nur im Schreiben von Romanen, die dir keine wirkliche Befriedigung verschaffen können, zum Ausdruck zu bringen, sondern durch eine Tat. Heute will ich, daß du endlich mitmachst!«

»Ich verstehe trotzdem nicht«, sagte ich, »welches innere sittliche Bedürfnis dich dazu gebracht hat, einen armen Rundfunkredakteur anzugreifen. Welche objektiven Gründe haben dazu geführt? Warum ist gerade er für dich zum Symbol des Eselismus geworden?«

»Ich verbiete dir, das stupide Wort Symbol zu verwenden!«, hob Avenarius seine Stimme. »Das ist die Mentalität von terroristischen Organisationen! Die Mentalität von Politikern, die heute nichts anderes mehr sind als Symboljongleure! Ich verachte diejenigen, die die Staatsflagge aus dem Fenster hängen, genauso wie die, die sie auf öffentlichen Plätzen verbrennen. Bernard ist in meinen Augen kein Symbol. Es gibt für mich nichts Konkreteres als ihn! Ich höre ihn jeden Morgen reden! Mit seinen Worten beginne ich meinen Tag! Seine verweichlichte, affektierte, albern scherzende Stimme geht mir auf die Nerven! Alles, was er sagt, ist für mich unerträglich! Objektive Gründe? Ich weiß nicht, was das sein soll! Ich habe ihn aus einer extravaganten Laune meiner boshaftesten persönlichen Freiheit heraus zum totalen Esel ernannt!«

»Das wollte ich hören«, sagte ich. »Du hast nicht als Gott der Notwendigkeit, sondern als Gott des Zufalls gehandelt.«

»Ob Zufall oder Notwendigkeit, es freut mich, daß ich für

dich ein Gott bin«, sagte Professor Avenarius wieder mit seiner normalen, gedämpften Stimme. »Aber ich verstehe nicht, weshalb meine Wahl dich so wundert. Wer mit den Hörern derart alberne Scherze macht und eine Kampagne gegen die Sterbehilfe entfesselt, ist ohne jeden Zweifel ein totaler Esel, und ich kann mir keinen einzigen Einwand vorstellen, den man dagegen vorbringen könnte.«

Als ich Avenarius' letzte Worte hörte, erstarrte ich: »Du verwechselst Bernard Bertrand mit Bertrand Bertrand!«

»Ich meine den Bernard Bertrand, der im Radio redet und gegen Selbstmord und Bier kämpft!«

Ich griff mir an den Kopf: »Das sind zwei verschiedene Personen! Vater und Sohn! Wie kannst du einen Rundfunkredakteur und einen Abgeordneten zu ein und derselben Person machen? Dein Irrtum ist ein perfektes Beispiel dafür, was wir gerade als morbiden Zufall bezeichnet haben.«

Avenarius wurde für ein Weilchen verlegen. Er faßte sich jedoch rasch wieder und sagte: »Ich befürchte, daß nicht einmal du dich in deiner eigenen Zufallstheorie richtig auskennst. An meinem Irrtum haftet nichts Morbides. Er gleicht sogar offenbar dem, was du einen poetischen Zufall genannt hast. Vater und Sohn sind zu einem einzigen Esel mit zwei Köpfen geworden. Ein so herrliches Tier hat sich nicht einmal die griechische Mythologie ausgedacht!«

Wir tranken den Wein aus, gingen in den Umkleideraum und riefen ein Restaurant an, um dort einen Tisch zu reservieren.

6.

Professor Avenarius zog sich gerade seine Socken an, als Agnes der Satz in den Sinn kam: »Jede Frau zieht immer das Kind dem Manne vor.« In vertraulichem Ton (und unter Umständen, an die sich Agnes nicht mehr erinnerte) hatte ihre Mutter diesen Satz zu ihr gesagt, als Agnes ungefähr zwölf, dreizehn Jahre alt war. Der Sinn dieses Satzes wird klar, wenn wir einen Moment darüber nachdenken: wenn wir sagen, daß wir A mehr lieben als B, bedeutet dies keinen Vergleich zweier Grade von Liebe, sondern daß B nicht geliebt wird. Wenn wir jemanden lieben, können wir ihn unmöglich vergleichen. Der Geliebte ist unvergleichlich. Auch wenn wir A und B lieben, können wir sie nicht miteinander vergleichen, weil wir durch diesen Vergleich bereits aufgehört haben, einen der beiden zu lieben. Und wenn wir öffentlich verkünden, daß wir den einen dem andern vorziehen, geht es uns nie darum, vor anderen die Liebe zu A zu gestehen (dann würde es nämlich genügen, ganz einfach »Ich liebe A!« zu sagen), sondern diskret und dennoch deutlich durchblicken zu lassen, daß B uns völlig gleichgültig ist.

Die kleine Agnes war freilich nicht fähig, eine solche Analyse vorzunehmen, und die Mutter hatte sicherlich damit gerechnet: sie hatte das Bedürfnis gehabt, sich jemandem anzuvertrauen und wollte zugleich nicht ganz verstanden werden. Doch obwohl das Kind nicht imstande war, alles zu verstehen, begriff es, daß dieser Satz den Vater benachteiligte. Ihren Vater, den sie liebte! Sie fühlte sich also nicht geschmeichelt, weil sie bevorzugt wurde, sie war vielmehr betrübt, daß dem geliebten Menschen Unrecht getan wurde.

Dieser Satz hatte sich ihr eingeprägt; sie versuchte, sich ganz konkret vorzustellen, was es bedeutete, jemanden mehr und jemanden weniger zu lieben; vor dem Einschlafen lag sie unter ihre Decke gekuschelt im Bett und sah folgende Szene vor sich: der Vater steht da und hält an jeder Hand eine Tochter. Ihm gegenüber hat sich ein Hinrichtungskommando aufgestellt, das nur noch auf den Befehl wartet: Anlegen! Feuer! Die Mutter bittet den feindlichen General um Gnade, und er gibt ihr die Möglichkeit, zwei der drei Verurteilten zu retten. Unmittelbar bevor der Kommandant den Schießbefehl erteilt, kommt die Mutter gerannt, entreißt dem Vater die Töchter und führt sie in panischer Eile weg. Agnes dreht den Kopf nach hinten, zum Vater; sie dreht ihn so hartnäckig, so trotzig zurück, daß ihr Nacken ganz steif wird; sie sieht, wie der Vater ihnen traurig und ohne den leisesten Protest nachschaut: er hat sich mit der Wahl der Mutter abgefunden, weil er weiß, daß Mutterliebe größer ist als eheliche Liebe, und es deshalb an ihm ist, in den Tod zu gehen.

Manchmal stellte Agnes sich vor, daß der feindliche General der Mutter nur die Möglichkeit gab, einen einzigen Verurteilten zu retten. Sie zweifelte keinen Augenblick daran, daß die Mutter Laura retten würde. Sie sah es vor sich, wie der Vater und sie allein zurückblieben, Aug in Aug mit dem Schützenkommando. Sie hielten sich an den Händen. Agnes kümmerte es in diesem Augenblick wenig, was mit der Mutter und der Schwester geschah, sie sah ihnen nicht nach, wußte aber, daß sie sich rasch entfernten und weder die eine noch die andere zurückschauten! Agnes lag unter die Decke gekuschelt in ihrem Bett, hatte bittere Tränen in den Augen und empfand ein unaussprechliches Glücksgefühl darüber, daß sie die Hand ihres Vaters hielt, daß sie bei ihm war und zusammen mit ihm sterben würde.

7.

Vielleicht hätte Agnes diese Hinrichtungsszene vergessen, wenn die beiden Schwestern sich nicht eines Tages gestritten hätten, als sie den Vater über einem Haufen zerrissener Fotografien überraschten. Sie hatte damals die schreiende Laura angesehen und sich erinnert, daß es dieselbe Laura war, die sie mit dem Vater allein vor dem Hinrichtungskommando hatte stehenlassen und weggegangen war, *ohne sich umzusehen.* Sie begriff plötzlich, daß ihr Zwist viel tiefer lag, als sie geahnt hatte, und gerade deshalb kam sie nie mehr auf diesen Streit zu sprechen, als fürchtete sie zu benennen, was unbenannt bleiben wollte, zu wecken, was weiter schlummern sollte.

Damals, als die Schwester weinend und wütend weggefahren war und sie mit dem Vater allein zurückblieb, hatte sie bei der überraschenden Feststellung (durch die banalsten Feststellungen werden wir am meisten überrascht), daß sie ihr ganzes Leben die gleiche Schwester haben würde, zum ersten Mal eine merkwürdige Müdigkeit verspürt. Sie konnte Freunde und Liebhaber wechseln, sie konnte sich von Paul scheiden lassen, niemals aber würde sie die Schwester auswechseln können. Laura war eine Konstante ihres Lebens, was für Agnes um so ermüdender war, als ihre Beziehung von Kindheit an einem Wettlauf glich: Agnes lief vorn und die Schwester hinter ihr her.

Manchmal kam sie sich vor wie in einem Märchen, das sie aus der Kindheit kannte: die Prinzessin versucht, auf dem Pferd einem bösen Verfolger zu entkommen; in der Hand hat sie eine Bürste, einen Kamm und ein Band. Sie wirft die Bürste weg, und zwischen ihr und dem Verfolger wachsen dichte Wälder. So gewinnt sie Zeit, doch der Bösewicht ist schon bald wieder in Sicht, sie wirft den Kamm weg, der sich sofort in zackige Felsen verwandelt. Und als er ihr abermals auf den Fersen ist, läßt sie das Band fallen, das hinter ihr zum breiten Fluß wird.

Dann hat sie nur noch einen letzten Gegenstand in der Hand: eine schwarze Brille. Sie wirft sie auf den Boden, und vom Verfolger trennt sie ein mit scharfkantigen Scherben übersäter Streifen.

Jetzt hat sie gar nichts mehr in der Hand, und sie weiß, daß Laura stärker ist. Sie ist stärker, weil sie ihre Schwäche in eine Waffe und in moralische Überlegenheit verwandelt hat: ihr ist ein Unrecht geschehen, sie ist von ihrem Geliebten verlassen worden, sie leidet und macht einen Selbstmordversuch, während die glücklich verheiratete Agnes ihrer Schwester die Brille auf den Boden wirft, sie erniedrigt und ihr das Haus verbietet. Ja, seit dem Zeitpunkt der zerbrochenen Brille sind neun Monate vergangen, ohne daß sie sich gesehen haben. Und Agnes weiß, daß Paul dies mißbilligt, obwohl er nicht darüber spricht. Laura tut ihm leid. Der Wettlauf geht zu Ende. Agnes hört den keuchenden Atem ihrer Schwester direkt hinter sich und weiß, daß sie geschlagen ist.

Das Gefühl der Müdigkeit wird immer stärker. Sie hat nicht die geringste Lust weiterzurennen. Sie ist keine Athletin. Sie hat nie einen Wettlauf machen wollen. Sie hat sich ihre Schwester nicht ausgesucht. Sie wollte ihr weder Vorbild noch Rivalin sein. Die Schwester ist in Agnes' Leben ebenso zufällig wie die Form ihrer Ohren. Sie hat sich weder die Schwester noch die Form ihrer Ohren ausgesucht, hat den Unsinn dieser Zufälle aber ein Leben lang mit sich herumschleppen müssen.

Als sie klein war, hatte ihr der Vater das Schachspielen beigebracht. Von einem Zug war sie besonders fasziniert: von der Rochade. Der Spieler bewegt mit einem Zug zwei Figuren: Der Turm und der König wechseln ihre Position. Das gefiel ihr: der Feind konzentriert alle Kraft darauf, den König zu treffen, und dieser verschwindet plötzlich vor seinen Augen; er zieht um. Agnes hatte ihr Leben lang von einem solchen Zug geträumt, und sie träumte um so öfter davon, je größer ihre Müdigkeit wurde.

8.

Seit der Vater gestorben war und ihr Geld in der Schweiz hinterlassen hatte, fuhr sie jedes Jahr zwei- oder dreimal in die Alpen, immer in dasselbe Hotel, und sie versuchte sich vorzustellen, wie es wäre, wenn sie für immer hier lebte: könnte sie ohne Paul und Brigitte leben? Wie konnte sie das herausfinden? Das Alleinsein während der drei Tage, die sie im Hotel verbrachte, war eine Art ›Einsamkeit auf Probe‹, und sagte ihr wenig darüber. Das Wort ›weggehen‹ klang in ihrem Kopf wie eine wunderschöne Versuchung. Ginge sie aber tatsächlich weg, würde sie es nicht im Handumdrehen bereuen? Sicher, sie sehnte sich nach dem Alleinsein, liebte aber zugleich ihren Mann und ihre Tochter und war um sie besorgt. Sie müßte Nachricht von ihnen haben, sie müßte wissen, daß zu Hause alles in Ordnung war. Wie aber konnte sie allein und getrennt von ihnen leben und gleichzeitig über sie Bescheid wissen? Und wie würde sie ihr neues Leben organisieren? Eine neue Stelle suchen? Das wäre nicht einfach. Nichts tun? Ja, das war eine verlockende Vorstellung, aber würde sie sich dann nicht plötzlich wie eine Rentnerin vorkommen? Wenn sie darüber nachdachte, kam ihr der Plan wegzugehen immer gewollter, gezwungener und unrealistischer vor, mehr wie eine einfache Utopie, der man sich hingibt, weil man in der Tiefe seines Herzens weiß, daß man machtlos ist und alles beim alten läßt.

Und dann kam eines Tages die Lösung: von außen, völlig unerwartet und zugleich ganz banal. Ihr Arbeitgeber eröffnete eine Filiale in Bern, und weil bekannt war, daß sie ebenso gut deutsch wie französisch sprach, wurde sie gefragt, ob sie die dortige Forschungsabteilung leiten wolle. Man wußte, daß sie verheiratet war und rechnete deshalb nicht unbedingt mit ihrer Zusage; sie überraschte alle: sie sagte ja, ohne auch nur eine Sekunde zu überlegen; und sie überraschte sogar sich selbst: dieses spontane ›Ja‹ bewies, daß ihre Sehnsucht keine Komödie war, die sie sich aus Koketterie und ohne daran zu glauben vorgespielt hatte, sondern etwas Reales und Ernsthaftes.

Ihre Sehnsucht hatte gierig die Gelegenheit ergriffen, sich von einer romantischen Träumerei in etwas ganz Prosaisches zu verwandeln: in eine berufliche Veränderung. Als Agnes das Angebot annahm, handelte sie wie jede andere ehrgeizige Frau auch, so daß niemand die wahren, persönlichen Motive ihrer Entscheidung auch nur ahnen konnte. Und für sie klärte sich plötzlich alles; es war nun nicht mehr notwendig, Versuche und Experimente zu machen und sich vorzustellen, wie es wäre, wenn... Das, wonach sie sich gesehnt hatte, war auf einmal da, und sie war überrascht, daß sie es mit so ungetrübter Freude und ohne Wenn und Aber akzeptierte.

Die Freude war so groß, daß sie in ihr Beschämung und Schuldgefühle wachrief. Sie fand nicht den Mut, Paul ihren Entschluß mitzuteilen. Deshalb fuhr sie ein letztes Mal in ihr Hotel in den Alpen. (Beim nächsten Mal würde sie hier bereits eine eigene Wohnung haben: entweder in einem Vorort von Bern oder etwas weiter außerhalb in den Bergen.) Während dieser zwei Tage wollte sie darüber nachdenken, wie sie Brigitte und Paul alles so erklären würde, daß sie in deren Augen als eine ehrgeizige, emanzipierte, von Arbeit und beruflichem Erfolg eingenommene Frau dastand, die sie früher nie gewesen war.

9.

Es war bereits dunkel; Agnes fuhr mit eingeschalteten Scheinwerfern über die Schweizer Grenze und auf die französische Autobahn, die ihr Angst machte; die disziplinierten Schweizer hielten sich an die Verkehrsvorschriften, die Franzosen hingegen schüttelten mit kurzen, ruckartigen Bewegungen den Kopf hin und her, um ihre Empörung über jene zu zeigen, die ihnen das Recht auf Geschwindigkeit verweigern wollten, und verwandelten das Autofahren in eine orgiastische Feier der Menschenrechte.

Sie hatte Hunger und hielt Ausschau nach einer Raststätte oder einem Motel, wo sie hätte essen können. Da wurde sie unter schrecklichem Getöse von drei schweren Motorrädern überholt; im Licht der Scheinwerfer sah sie die Fahrer: in ihrer Montur glichen sie Astronauten in Raumanzügen, außerirdischen Wesen, die un-menschlich aussahen.

In diesem Moment neigte sich der Kellner über unseren Tisch, um die leeren Teller der Vorspeise abzuräumen, und ich sagte zu Avenarius: »Genau an dem Morgen, als ich den dritten Teil meines Romans in Angriff nahm, habe ich im Radio eine Nachricht gehört, die ich nie mehr vergessen werde.

Irgendein Mädchen ging nachts auf die Straße und setzte sich mit dem Rücken gegen die Fahrtrichtung der Autos auf den Boden. Den Kopf auf die Knie gelegt, saß sie da und wartete auf den Tod. Der Fahrer des ersten Wagens riß das Lenkrad im letzten Moment herum und starb mit seiner Frau und seinen zwei Kindern. Auch das zweite Auto landete im Straßengraben. Und dann noch ein drittes. Dem Mädchen ist nichts passiert. Sie ist aufgestanden und weggegangen, und niemand hat je festgestellt, wer sie war.«

Avenarius sagte: »Was meinst du, welche Gründe mögen ein Mädchen dazu bewegen, sich mitten in der Nacht auf eine Straße zu setzen und von den Autos überfahren zu lassen?«

»Ich weiß es nicht«, sagte ich. »Aber ich würde wetten, daß der Grund unverhältnismäßig war. Genauer gesagt, daß er uns, von außen gesehen, geringfügig und absolut unvernünftig vorkäme.«

»Weshalb?« fragte Avenarius.

Ich zuckte die Schultern: »Ich kann mir für einen Selbstmord, der so fürchterlich ist wie dieser, kein Motiv, keine Ursache vorstellen, zum Beispiel eine unheilbare Krankheit oder der Tod eines geliebten Menschen. In einem solchen Fall würde niemand auf eine so grauenhafte Weise Schluß machen, noch dazu, wenn dabei andere mit in den Tod gerissen werden! Ein ›unvernünftiges‹ Grauen kann es doch nur geben, wenn der Vernunft die Ursache abhanden gekommen ist. In allen Sprachen lateinischer Herkunft hat der Begriff Ursache (*ratio, raison, ragione*) ursprünglich einmal das bedeutet, was man heute als Vernunft bezeichnet. Die Ursache wird also immer rational verstanden. Eine Ursache, deren Rationalität nicht transparent ist, scheint keine Folgen zu haben. Das deutsche Wort *Grund* hat aber nichts mit dem lateinischen *ratio* gemeinsam und bedeutet Boden und dann auch Basis. Vom Standpunkt des lateinischen *ratio* aus scheint das Verhalten des auf der Straße sitzenden Mädchens absurd, unangemessen, unvernünftig, und trotzdem hat es seinen *Grund*. Tief in uns, in jedem von uns, ist ein solcher Grund verankert, ein Grund, der stets Ursache und Basis unserer Taten ist, auf denen unser Schicksal heranwächst. Ich versuche, den im Bodensatz jeder einzelnen meiner Figuren verborgenen Grund zu erfassen, und ich bin immer mehr davon überzeugt, daß er den Charakter einer Metapher hat.«

»Ich kann deinem Gedanken nicht folgen«, sagte Avenarius.

»Schade. Es ist der wichtigste Gedanke, den ich je gehabt habe.«

In diesem Moment kam der Kellner mit der Ente. Sie duftete wunderbar und ließ uns das vorangegangene Gespräch vergessen.

Erst nach einer Weile unterbrach Avenarius das Schweigen: »Was schreibst du jetzt eigentlich?«

»Das kann man nicht erzählen.«

»Schade.«

»Überhaupt nicht schade. Es ist eine Chance. Heutzutage stürzt man sich auf alles, was je geschrieben worden ist, um es in einen Film, eine Fernsehsendung oder einen Comic zu verwandeln. Da das Wesentliche in einem Roman aber das ist, was sich nicht anders als durch einen Roman ausdrücken läßt, bleibt in jeder Adaption nur das Unwesentliche enthalten. Wenn jemand verrückt genug ist, heute noch Romane zu schreiben, muß er sie, wenn er sie schützen will, so schreiben, daß sie sich nicht adaptieren lassen, mit anderen Worten, daß man sie nicht erzählen kann.«

Avenarius war nicht einverstanden: »*Die drei Musketiere* von Alexandre Dumas kann ich dir mit dem größten Vergnügen erzählen, wann immer du willst, und vom Anfang bis zum Ende!«

»Ich bin ganz deiner Meinung und lasse nichts auf Alexandre Dumas kommen«, sagte ich. »Dennoch bedaure ich, daß fast alle Romane, die je geschrieben worden sind, viel zu gehorsam die Regeln der Einheit der Handlung einhalten. Ich will damit sagen, daß sie alle auf einer einzigen Kausalkette miteinander verbundener Taten und Ereignisse aufgebaut sind. Sie gleichen einer engen Gasse, durch die die Figuren hindurchgepeitscht werden. Die dramatische Spannung ist die wahre Verdammnis des Romans, weil sie alles, auch die schönsten Seiten, die überraschendsten Szenen und Beobachtungen in bloße Stufen verwandelt, die zum Finale führen, in dem alles Vorangegangene seinen Sinn hat. Der Roman wird vom Feuer seiner eigenen Spannung verschlungen und verzehrt wie eine Strohgarbe.«

»Wenn ich dich so reden höre«, sagte Professor Avenarius schüchtern, »fürchte ich, dein Roman könnte langweilig sein.«

»Ist denn alles Langeweile, was nicht närrischer Lauf auf ein Finale hin ist? Langweilst du dich etwa, wenn du dieses herrliche Schenkelchen kaust? Rennst du nur auf das Ziel zu? Im Gegenteil, du möchtest die Ente so langsam wie nur möglich verspeisen und ihren Geschmack ewig festhalten. Ein Roman soll kein Radrennen sein, sondern ein Festmahl mit vielen Gängen. Ich freue mich schon riesig auf den sechsten Teil. Dort wird nämlich eine völlig neue Figur auftauchen. Und am Ende wieder so verschwinden, wie sie gekommen ist, ohne eine Spur zu hinterlassen. Sie ist die Ursache von nichts und hat keine Folgen. Und gerade das gefällt mir.

Dieser sechste Teil wird ein Roman im Roman sein, und außerdem die traurigste erotische Geschichte, die ich je geschrieben habe. Sie wird sogar dich traurig machen.«

Verlegen schwieg Avenarius eine Weile und fragte mich dann freundlich: »Und wie wird dein Roman heißen?«

»Die unerträgliche Leichtigkeit des Seins.«

»Ich glaube, das hat schon jemand geschrieben.«

»Ja, ich! Aber ich habe mich damals im Titel getäuscht. Dieser Titel hätte erst zu dem Roman gehört, den ich jetzt schreibe.«

Dann verstummten wir und widmeten uns ganz dem Geschmack des Weins und der Ente.

Mitten im Kauen sagte Avenarius: »Ich glaube, du arbeitest zu viel. Du solltest an deine Gesundheit denken.«

Ich wußte genau, worauf er hinaus wollte, tat aber, als hätte ich keine Ahnung und genoß wortlos meinen Wein.

10.

Nach längerem Schweigen wiederholte Avenarius: »Mir scheint, du arbeitest zu viel. Du solltest an deine Gesundheit denken.«

Ich sagte: »Ich denke an meine Gesundheit. Ich mache regelmäßig Hanteltraining.«

»Das ist gefährlich. Der Schlag könnte dich treffen.«

»Genau das befürchte ich«, sagte ich und dachte an Robert Musil.

»Was dir guttut, ist laufen. Nachts laufen. Ich will dir etwas zeigen«, sagte er dann mysteriös und knöpfte sein Jackett auf. Ich sah, daß er rund um seinen Brustkasten und seinen mächtigen Bauch ein kurioses System von Riemen befestigt hatte, das entfernt an ein Pferdegeschirr erinnerte. Rechts unten hing ein großes, bedrohliches Küchenmesser.

Ich lobte seine Aufmachung, da ich das Gespräch aber von dem mir wohlbekannten Thema ablenken wollte, brachte ich es auf das einzige, was mir am Herzen lag und wovon ich gern mehr erfahren hätte: »Als du Laura in der Unterführung der Metro gesehen hast, hat sie dich erkannt, und du sie auch.«

»Ja«, sagte Avenarius.

»Mich würde interessieren, woher ihr euch kennt.«

»Dich interessieren Dummheiten, und ernste Dinge langweilen dich«, sagte er ziemlich enttäuscht und knöpfte sein Jackett wieder zu. »Du bist wie eine alte Concierge.«

Ich zuckte die Schultern.

Er fuhr fort: »Das alles ist nicht sehr interessant. Bevor ich dem totalen Esel sein Diplom verliehen habe, tauchte überall in den Straßen sein Foto auf. Ich habe in der Halle des Rundfunkgebäudes gewartet, um ihn in natura zu sehen. Als er aus dem Aufzug trat, lief eine Frau auf ihn zu und küßte ihn. Ich bin ihnen dann öfter gefolgt, und meine Blicke haben die Blicke dieser Frau gekreuzt, so daß mein Gesicht ihr vertraut vorkommen mußte, obwohl sie nicht wußte, wer ich war.«

»Gefällt sie dir?«

Avenarius dämpfte seine Stimme: »Ich gestehe, daß ich meinen Plan mit dem Diplom vermutlich nie verwirklicht hätte, wenn sie nicht gewesen wäre. Ich habe Tausende solcher Pläne, aber die meisten bleiben nur Träume.«

»Ja, ich weiß«, pflichtete ich bei.

»Aber wenn uns eine Frau fasziniert, tun wir alles, um wenigstens indirekt, auf Umwegen, mit ihr in Kontakt zu treten, um ihre Welt wenigstens von weitem zu berühren und in Bewegung zu bringen.«

»So daß also Bernard zum totalen Esel geworden ist, bloß weil Laura dir gefällt.«

»Vielleicht hast du recht«, sagte Avenarius nachdenklich und fügte dann hinzu: »Diese Frau hat etwas, was sie dazu prädestiniert, zum Opfer zu werden. Und gerade das hat mich an ihr fasziniert. Ich war begeistert, als ich sie in den Händen zweier besoffener, stinkender Clochards sah! Ein unvergeßlicher Augenblick!«

»Ja, bis hierher kenne ich deine Geschichte. Ich möchte aber wissen, was weiter passiert ist.«

»Sie hat einen ganz außergewöhnlichen Hintern«, fuhr Avenarius fort, ohne meine Frage zu beachten. »Als sie noch zur Schule ging, haben ihre Mitschüler sie vermutlich immer gezwickt. Ich höre geradezu, wie sie jedesmal mit ihrer hohen Sopranstimme aufschrie. Diese Töne waren bereits eine süße Vorwegnahme ihrer künftigen Lüste.«

»Ja, reden wir davon. Erzähl mir, was passiert ist, nachdem du sie wie ein wundertätiger Retter aus der Metro geführt hast.«

Avenarius tat, als hörte er mich nicht. »Ein Ästhet würde sagen«, fuhr er fort, »daß ihr Hintern allzu ausladend ist und ein bißchen zu tief liegt, was um so störender ist, als ihre Seele sich nach Höhe sehnt. Aber gerade in diesem Gegensatz ist für mich das Los des Menschen konzentriert: der Kopf ist voller Träume, während der Hintern uns wie ein eiserner Anker am Boden festhält.«

Avenarius' letzte Worte klangen weiß Gott warum melancholisch, vielleicht, weil unsere Teller leer waren und von der Ente nur noch die Knochen übriggeblieben waren. Schon wieder neigte sich der Kellner über uns, um das Geschirr abzutragen. Avenarius wandte sich an ihn: »Haben Sie ein Stück Papier?«

Der Kellner gab ihm einen Kassenzettel, Avenarius zog einen Füllhalter hervor und zeichnete aufs Papier:

Dann sagte er: »Das ist Laura: ihr Kopf ist voller Träume und schaut zum Himmel. Aber der Körper wird zu Boden gezogen: ihr Hintern und ihre Brüste, die auch ziemlich schwer sind, weisen nach unten.«

»Sonderbar«, sagte ich und malte neben Avenarius' Zeichnung meine Version:

»Wer ist das?« fragte Avenarius.

»Ihre Schwester Agnes: der Körper erhebt sich wie eine Flamme. Aber der Kopf ist immer leicht vorgeneigt: ein skeptischer Kopf, der zu Boden schaut.«

»Ich gebe Laura den Vorzug«, sagte Avenarius bestimmt und fügte hinzu: »Von allen Dingen aber gebe ich einem den Vorzug: dem nächtlichen Laufen. Magst du die Kirche Saint-Germain-des-Prés?«

Ich nickte.

»Und dabei hast du sie nie wirklich gesehen.«

»Ich verstehe dich nicht«, sagte ich.

»Ich bin unlängst die Rue de Rennes zum Boulevard hinuntergegangen und habe gezählt, wie oft ich einen Blick auf diese Kirche werfen konnte, ohne von einem hastenden Passanten angerempelt oder von einem Auto überholt zu werden. Ich habe sieben ganz kurze Blicke gezählt, die mich einen blauen Fleck am linken Arm gekostet haben, weil ein ungeduldiger junger Mann mich mit seinem Ellbogen angerempelt hat. Ein achter Blick war mir vergönnt, als ich mich direkt vor das Kirchenportal stellte und den Kopf nach hinten neigte. Aber da konnte ich nur die Fassade sehen, und das aus einer sehr verzerrenden Froschperspektive. Von diesen flüchtigen und deformierten Blicken ist in mir nur so etwas wie ein annäherndes Sinnbild zurückgeblieben, das dieser Kirche so wenig gleicht wie Laura meiner Zeichnung aus zwei Pfeilen. Die Kirche Saint-Germain-des-Prés ist verschwunden, alle Kirchen sind so aus allen Städten verschwunden, wie der Mond im Augenblick der Mondfinsternis. Die Autos, die die Straßen füllen, haben die Gehsteige verkleinert, auf denen sich die Fußgänger aneinander vorbeidrücken. Wenn sie sich anschauen wollen, sehen sie Autos im Hintergrund, und wenn sie sich ein Haus auf der anderen Straßenseite anschauen wollen, sehen sie Autos im Vordergrund; es gibt keinen einzigen Blickwinkel, in dem nicht hinten, vorn oder am Rand ein Auto zu sehen wäre. Ihr allgegenwärtiger Lärm zersetzt jeden beschaulichen Augenblick wie eine ätzende Säure. Die Autos haben die einstige Schönheit der Städte unsichtbar gemacht. Ich bin nicht wie diese blöden Moralisten, die sich darüber empören, daß es auf den Straßen alljährlich zehntausend Tote gibt. Auf diese Weise gibt es wenigstens ein paar Autofahrer weniger. Aber ich protestiere gegen die Verfinsterung der Kathedralen durch die Autos.«

Professor Avenarius verstummte und sagte dann: »Ich habe noch Appetit auf Käse.«

11.

Der Käse ließ mich allmählich die Kirche vergessen, und der Wein rief in mir das sinnliche Bild zweier aufeinanderstehender Pfeile wach: »Ich bin sicher, daß du sie nach Hause begleitet hast und sie dich in ihre Wohnung eingeladen hat. Sie hat dir anvertraut, daß sie die unglücklichste Frau der Welt ist. Ihr Körper ist dabei unter deinen Berührungen geschmolzen, er war wehrlos und unfähig, weder die Tränen noch den Urin zurückzuhalten.«

»Weder die Tränen noch den Urin!« rief Avenarius. »Eine herrliche Vorstellung!«

»Und dann hast du sie geliebt, und sie hat in dein Gesicht geschaut, den Kopf geschüttelt und gesagt: ›Sie liebe ich nicht! Sie liebe ich nicht!‹«

»Unheimlich erregend, was du da erzählst«, sagte Avenarius, »aber von wem sprichst du?«

»Von Laura!«

Er unterbrach mich: »Es ist absolut notwendig, daß du trainierst. Nachts laufen, das ist das einzige, was dich von deinen erotischen Phantasien befreien kann.«

»Ich bin nicht so ausgerüstet wie du«, sagte ich in Anspielung auf seine Riemen. »Du weißt nur zu gut, daß man sich ohne anständige Ausrüstung nicht auf so was einlassen kann.«

»Sei beruhigt. Die Ausrüstung ist nicht so wichtig. Ich bin anfangs auch ohne gelaufen. Das«, er wies auf seine Brust, »ist eine Raffinesse, auf die ich erst nach vielen Jahren gekommen bin, und es hat mich kein praktisches Bedürfnis darauf gebracht, sondern eher die rein ästhetische und fast nutzlose Sehnsucht nach Vollkommenheit. Du kannst das Messer vorerst ruhig in der Tasche haben. Wichtig ist nur, daß du folgende Regel einhältst: beim ersten Auto das rechte, beim zweiten das linke Vorderrad, beim dritten das rechte, beim vierten...«

»Das linke Hinterrad...«

»Irrtum!« lachte Avenarius wie ein Lehrer, der sich hämisch über die falsche Antwort eines Schülers freut: »Beim vierten alle vier!«

Wir lachten noch eine Weile, und Avenarius fuhr fort: »Ich weiß, daß du in letzter Zeit von der Mathematik besessen bist, also solltest du diese geometrische Regel zu würdigen wissen. Ich habe sie mir als unbedingte Regel auferlegt, die eine doppelte Bedeutung hat: zum einen führt sie die Polizei auf eine falsche Fährte, denn die Polizei wird in der eigenartigen Folge der durchstochenen Reifen einen Sinn, eine Botschaft, einen Code sehen und vergeblich versuchen, ihn zu entziffern; vor allem aber verleiht die Einhaltung dieses geometrischen Musters unserer destruktiven Aktion das Prinzip einer mathematischen Schönheit, die uns radikal von den Vandalen unterscheidet, die Autos mit Nägeln zerkratzen und auf Autodächer scheißen. Ich habe meine Methode vor vielen Jahren in Deutschland bis in alle Details ausgearbeitet, zu einem Zeitpunkt, als ich noch an die Möglichkeit eines organisierten Widerstands gegen Satania glaubte. Ich habe einen ökologischen Zirkel besucht. Diese Leute sehen Satanias größtes Übel darin, daß sie die Natur zerstört. Warum auch nicht, man kann Satania auch so interpretieren. Ich habe mit ihnen sympathisiert. Ich habe einen Plan für die Kommandos ausgearbeitet, die nachts Autoreifen durchstechen sollten. Wäre der Plan in die Tat umgesetzt worden, hätten die Autos garantiert zu existieren aufgehört. Fünf Kommandos à drei Mann hätten im Lauf eines Monats die Benutzung sämtlicher Autos in einer Stadt mittlerer Größe unmöglich gemacht! Ich habe ihnen meinen Plan bis in alle Einzelheiten erläutert, alle hätten von mir lernen können, wie eine perfekte subversive Aktion durchgeführt wird, die wirksam und zugleich für die Polizei nicht eruierbar ist. Aber diese Idioten haben mich für einen Provokateur gehalten! Sie haben mich ausgepfiffen und mir mit den Fäusten gedroht! Vierzehn Tage später sind sie auf ihren großen Motorrädern und in ihren kleinen Autos zu einer Protestkundgebung in irgendeinen Wald gefahren, wo ein Atomkraftwerk gebaut werden sollte. Sie haben jede Menge Bäume beschädigt, und es hat dort noch vier Monate später nach ihnen gestunken. Damals habe ich begriffen, daß sie längst schon ein Teil von Satania geworden sind und dies mein letzter Versuch war, die Welt verändern zu wollen. Heute benutze ich die alten revolutionären Praktiken nur noch zum eigenen, ganz egoistischen Vergnügen. Nachts durch die Straßen zu laufen und Autoreifen zu durchstechen, ist eine wunderbare Freude für die Seele und ein ausgezeichnetes Training für den Körper. Ich möchte es dir nochmals nachdrücklich empfehlen. Du wirst besser schlafen. Und nicht an Laura denken.«

»Sag mir noch etwas. Glaubt deine Frau wirklich, daß du nachts aus dem Haus gehst, um Autoreifen zu durchstechen? Hat sie dich nie im Verdacht, daß das bloß ein Vorwand ist, um nächtliche Abenteuer zu vertuschen?«

»Du vergißt ein Detail. Ich schnarche. Dadurch habe ich mir das Recht erworben, im abgelegensten Zimmer der Wohnung zu schlafen. Ich bin absoluter Herr meiner Nächte.«

Er lächelte, und ich hatte große Lust, seine Einladung anzunehmen und ihm zu versprechen, daß ich ihn begleiten würde: zum einen schien mir sein Unternehmen lobenswert,

zum andern mochte ich meinen Freund und wollte ihm eine
Freude machen. Aber noch bevor ich den Mund aufmachen
konnte, verlangte er mit seiner lauten Stimme vom Kellner
die Rechnung, so daß der Faden verlorenging und wir auf ein
anderes Thema kamen.

12.

Keine Raststätte an der Autobahn gefiel ihr, sie fuhr an
allen vorbei, und Hunger und Müdigkeit wurden immer größer. Es war schon sehr spät, als sie schließlich vor einem Motel anhielt.

Im Speisesaal war nur eine Frau mit einem sechsjährigen
Jungen, der eine Weile am Tisch saß und dann im Raum herumlief und ununterbrochen johlte.

Sie bestellte das einfachste Menü und betrachtete ein Figürchen, das mitten auf dem Tisch stand. Es war ein kleines
Gummimännchen, irgendeine Reklame. Das Männchen
hatte einen großen Körper, kurze Beine und im Gesicht eine
ungeheuerliche grüne Nase, die bis zu seinem Bauchnabel
reichte. Drollig, sagte sie sich, nahm das Figürchen in die
Hand und sah es lange an.

Sie stellte sich vor, daß man das Figürchen beleben
könnte. Mit einer Seele im Leib würde es sicher einen heftigen Schmerz spüren, wenn ihm jemand, wie jetzt Agnes, die
grüne Gumminase herumdrehte. Es hätte sehr schnell Angst
vor den Menschen, weil alle Lust hätten, mit dieser lächerlichen Nase zu spielen, sein Leben bestünde bald nur noch
aus Angst und Leiden.

Würde das Figürchen andächtige Verehrung für seinen

Schöpfer empfinden? Ihm für sein Leben danken? Vielleicht sogar zu ihm beten? Einmal würde ihm jemand einen Spiegel hinhalten, und von diesem Augenblick an würde es am liebsten sein Gesicht vor den Menschen verbergen, weil es sich schrecklich schämen würde. Doch dazu wäre es gar nicht in der Lage, weil sein Schöpfer es so geschaffen hatte, daß es die Arme nicht bewegen konnte.

Ein seltsamer Gedanke, sagte sich Agnes, daß das Männchen sich schämen könnte. War es etwa für seine grüne Nase verantwortlich? Würde es nicht eher gleichgültig mit den Schultern zucken? Nein, es würde nicht mit den Schultern zucken. Es würde sich schämen. Wenn der Mensch zum ersten Mal sein körperliches Ich entdeckt, ist das erste und wichtigste, was er empfindet, weder Gleichgültigkeit noch Zorn, sondern Scham: die elementare Scham, die ihn von nun an sein Leben lang begleiten wird, einmal stärker, einmal schwächer und schließlich abgestumpft von der Zeit.

Als sie sechzehn war, war sie bei Bekannten ihrer Eltern zu Gast; mitten in der Nacht bekam sie ihre Menstruation und verschmierte das Bettlaken mit Blut. Als sie es am nächsten Morgen sah, geriet sie in Panik. Sie schlich heimlich ins Badezimmer und holte einen feuchten, eingeseiften Waschlappen; doch der Fleck wurde nicht nur größer, sie beschmutzte auch noch die Matratze; sie schämte sich zu Tode.

Weshalb hat sie sich so geschämt? Es haben doch alle Frauen unter Monatsblutungen zu leiden! Hatte etwa sie sich die weiblichen Gebärorgane ausgedacht? War sie dafür verantwortlich? Nein. Nur: Verantwortlichkeit hat nichts mit Scham zu tun. Nehmen wir einmal an, Agnes hätte Tinte verschüttet und den Leuten, bei denen sie zu Gast war, den

Teppich und das Tischtuch versaut; es wäre peinlich und unangenehm gewesen, aber sie hätte sich nicht geschämt. Die Grundlage der Scham ist nicht irgendein persönlicher Fehler, sondern die Schande, die Erniedrigung, die wir dafür empfinden, daß wir sein müssen, was wir sind, ohne daß wir es uns so ausgesucht haben, und es ist das unerträgliche Gefühl, daß diese Erniedrigung von überall zu sehen ist.

Man darf sich nicht wundern, daß sich das Männchen mit der langen grünen Nase für sein Gesicht schämt. Aber der Vater? Der Vater war schön gewesen!

Ja, das stimmt. Was aber ist Schönheit mathematisch gesehen? Schönheit bedeutet, daß ein Exemplar dem ursprünglichen Prototyp möglichst ähnlich sieht. Stellen wir uns vor, daß die minimalen und die maximalen Maße sämtlicher Körperteile in den Computer eingegeben worden sind: zwischen drei und sieben Zentimeter für die Länge der Nase, zwischen drei und acht Zentimeter für die Höhe der Stirn, und so weiter. Ein häßlicher Mensch hat eine acht Zentimeter hohe Stirn und eine nur drei Zentimeter lange Nase. Die Häßlichkeit: die poetische Launenhaftigkeit des Zufalls. Bei einem schönen Menschen hat das Spiel des Zufalls sich für ein Mittelmaß entschieden. Die Schönheit: das unpoetische Mittelmaß. In der Schönheit kommt das Un-Charakteristische, das Un-Persönliche des Gesichts noch stärker zum Vorschein als in der Häßlichkeit. Ein schöner Mensch sieht in seinem Gesicht den ursprünglichen technischen Plan, wie der Konstrukteur des Prototyps ihn gezeichnet hat, und er kann schwerlich glauben, daß das, was er sieht, irgendein originelles Ich sein soll. Also schämt er sich genauso wie das belebte Männchen mit der langen grünen Nase.

Als der Vater im Sterben lag, saß Agnes auf seinem Bettrand. Bevor er in die Endphase der Agonie eintrat, sagte er: »Schau mich nicht mehr an«, und das waren die letzten Worte, die sie aus seinem Munde vernahm, seine letzte Botschaft.

Sie gehorchte; sie senkte den Kopf und schloß die Augen, hielt aber seine Hand fest und ließ sie nicht mehr los: sie ließ ihren Vater langsam und ohne einen Blick in die Welt eingehen, in der es keine Gesichter mehr gibt.

13.

Sie bezahlte und ging zum Auto. Der kleine Junge, den sie im Restaurant hatte herumjohlen hören, stürzte auf sie zu. Er kauerte vor ihr nieder, streckte den Arm so aus, als hielte er eine automatische Pistole, ahmte die Töne einer Schießerei nach: »Päng päng päng päng!« und tötete sie mit imaginären Kugeln.

Sie blieb über ihm stehen und sagte mit sanfter Stimme: »Bist du dumm?«

Der Kleine hörte auf zu schießen und sah sie aus seinen großen Kinderaugen an.

Sie fuhr fort: »Ja, wahrscheinlich bist du dumm.«

Der Junge verzog das Gesicht zu einer weinerlichen Grimasse: »Das sag ich meiner Mama!«

»Lauf! Lauf, schön petzen!« sagte Agnes. Sie setzte sich ins Auto und fuhr rasch davon.

Sie war froh, daß sie der Mutter nicht begegnet war. Sie stellte sich vor, wie die Frau sie angeschrien, den Kopf mit kurzen Bewegungen hin und her geschüttelt, dabei Schultern und Augenbrauen hochgezogen und das beleidigte Kind verteidigt hätte. Selbstverständlich steht das Recht eines Kindes über allen anderen Rechten. Warum hatte die Mutter Laura bevorzugt, als der feindliche General sie anwies, nur eines der drei Familienmitglieder zu retten? Die Antwort ist ganz klar: sie zog Laura vor, weil Laura die jüngere war. In der Hierarchie der Altersstufen steht der Säugling an oberster Stelle, dann kommen das Kind und der Heranwachsende und erst danach der Erwachsene. Die Alten stehen ganz unten, am Fuß dieser Wertpyramide, nah bei der Erde.

Und die Toten? Die Toten sind unter der Erde. Also noch tiefer unten als die Alten. Den Alten werden vorerst noch alle Menschenrechte zuerkannt. Die Toten verlieren sie von der ersten Sekunde ihres Ablebens an. Kein Gesetz schützt einen Toten vor Verleumdung, sein Privatleben hört auf, privat zu sein; nicht einmal mehr die Briefe, die ihm seine Geliebte geschrieben, nicht einmal mehr das Poesiealbum, das ihm seine Mutter vermacht hat, nichts, nichts mehr gehört ihm, gar nichts.

In den letzten Jahren vor seinem Tod hatte der Vater nach und nach alles, was von ihm zeugte, vernichtet: es blieb nichts von ihm zurück, kein Anzug im Schrank, keine Manuskripte, keine Notizen zu seinen Vorlesungen, keine Briefe. Er hatte seine Spuren verwischt, und niemand hatte es geahnt. Nur über den Fotos war er zufällig ertappt worden, doch auch das hatte ihn nicht daran gehindert, sie zu vernichten. Es war kein einziges übriggeblieben.

Dagegen hatte Laura protestiert. Sie kämpfte für die Rechte der Lebenden gegen die ungerechtfertigten Ansprüche der Toten. Denn ein Gesicht, das morgen unter der Erde oder im Feuer verschwinden wird, gehört nicht mehr dem

Toten, sondern einzig und allein den Lebenden, die hungrig sind und das Bedürfnis haben, die Toten aufzuessen: ihre Briefe, ihr Geld, ihre Fotografien, ihre alten Liebesgeschichten und ihre Geheimnisse.

Aber der Vater ist allen entwischt, sagte sich Agnes.

Sie dachte an ihn und lächelte. Und auf einmal kam ihr der Gedanke, daß der Vater ihre einzige Liebe gewesen war. Ja, so war es: der Vater war ihre einzige Liebe gewesen.

In diesem Moment rasten wieder ein paar schwere Motorräder an ihr vorbei; im Licht ihrer Scheinwerfer sah sie die über die Lenker gebeugten Gestalten; sie waren aufgeladen mit einer Aggressivität, die die Nacht erbeben ließ. Das war die Welt, der sie entrinnen, für immer entrinnen wollte, und sie beschloß, die Autobahn bei der ersten Ausfahrt zu verlassen und auf eine ruhigere Straße zu fahren.

14.

Wir gingen auf einer lauten und lichterhellen Pariser Avenue zu Avenarius' Mercedes, der einige Straßen weiter geparkt war. Wieder dachten wir an das Mädchen, das mit dem Kopf in den Händen auf einer nächtlichen Straße saß und auf den Aufprall eines Autos wartete.

Ich sagte: »Ich habe versucht, dir zu erklären, daß in jedem von uns die Ursachen für unsere Taten einbeschrieben sind; ein Code, der die Essenz unseres Schicksals enthält; dieser Code hat meiner Meinung nach den Charakter einer Metapher. Ohne dichterisches Bild kann man das Mädchen, von dem wir sprechen, nicht verstehen. Zum Beispiel: sie geht durchs Leben wie durch ein Tal; jeden Moment begegnet sie jemandem und spricht ihn an; aber die Leute schauen sie verständnislos an und gehen weiter, weil die Stimme des Mädchens so schwach ist, daß niemand sie hört. So stelle ich sie mir vor, und ich bin sicher, daß auch sie sich so sieht: wie eine Frau, die durch ein Tal schreitet, inmitten von Menschen, die sie nicht hören. Oder ein anderes Bild: sie befindet sich im überfüllten Wartezimmer eines Zahnarztes; ein Patient tritt ein und geht direkt zu dem Stuhl, auf dem sie sitzt, und setzt sich auf ihre Knie; er tut es nicht absichtlich, sondern weil er glaubt, der Stuhl wäre frei; sie wehrt sich, schlägt mit den Armen um sich und schreit: »Monsieur! Sehen Sie denn nicht! Der Platz ist besetzt! Hier sitze ich!«, aber der Mann hört sie nicht, er hat es sich auf ihr bequem gemacht und unterhält sich gutgelaunt mit einem anderen Patienten. Das sind die beiden metaphorischen Bilder, die sie bestimmen und die es mir ermöglichen, sie zu verstehen. Ihr sehnlicher Wunsch, aus dem Leben zu verschwinden, wurde nicht von außen provoziert. Er war tief unten in ihrem Wesen verwurzelt, war langsam herangewachsen und hatte sich entfaltet wie eine schwarze Blüte.«

»Mag sein«, sagte Avenarius. »Aber irgendwie mußt du mir immer noch erklären, weshalb sie beschlossen hat, sich gerade an diesem und nicht an einem anderen Tag das Leben zu nehmen.«

»Wie willst du erklären, daß eine Blume gerade an diesem und nicht an einem anderen Tag aufblüht? Ihre Zeit war gekommen. Der Wunsch nach Selbstzerstörung war langsam in ihr gewachsen, und eines Tages konnte sie ihm nicht mehr widerstehen. Das Unrecht, das ihr zugefügt worden war, war vermutlich eher klein: man erwiderte ihren Gruß nicht; niemand lächelte ihr zu; sie stand in der Post Schlange und eine dicke Frau schob sie zur Seite und drängte sich vor; sie war als Verkäuferin in einem Warenhaus angestellt und der Chef beschuldigte sie, die Kunden schlecht zu behandeln. Tausendmal wollte sie sich auflehnen und schreien, konnte sich aber nie dazu entschließen, weil sie eine schwache Stimme hatte, die sich, wenn sie aufgeregt war, überschlug. Sie war schwächer als alle andern und wurde ständig gekränkt. Wenn das Böse auf einen Menschen herunterprasselt, wälzt er es auf andere ab. Man sagt dazu: Auseinandersetzung, Streit, Rache. Doch der Schwache hat nicht die Kraft, das Böse, das auf ihn herunterprasselt, abzuwehren, er ist durch seine eigene Schwäche beleidigt und erniedrigt und absolut wehrlos dagegen. Es bleibt ihm nichts anderes übrig, als seine Schwäche dadurch zu zerstören, daß er sich selbst zerstört. Und so ist der Traum vom eigenen Tod entstanden.«

Avenarius schaute sich nach seinem Mercedes um und stellte fest, daß er ihn in der falschen Straße suchte. Wir gingen zurück.

Ich fuhr fort: »Der Tod, nach dem sie sich gesehnt hat, war nicht ein Verschwinden, sondern ein Wegwerfen. Ein Wegwerfen der eigenen Person. Sie war mit keinem einzigen Tag ihres Lebens zufrieden, mit keinem einzigen Wort, das aus ihrem Munde kam. Sie schleppte sich durchs Leben wie eine monströse Last, die sie haßte und derer sie sich nicht entledigen konnte. Deshalb wünschte sie sich nichts so sehr, wie sich selbst wegzuwerfen, sich wegzuwerfen, wie man ein zerknülltes Papier oder einen faulen Apfel wegwirft. Sie wünschte sich, sich wegzuwerfen, als seien die Werfende und die Geworfene zwei verschiedene Personen. Sie stellte sich vor, daß sie sich selbst aus dem Fenster stieß. Aber die Vorstellung war lächerlich, weil sie im ersten Stock wohnte und der Laden, in dem sie arbeitete, sich im Erdgeschoß befand und keine Fenster hatte. Sie aber sehnte sich danach, durch einen Schlag zu sterben, irgend etwas wie eine Faust sollte auf sie niederfahren und dabei ein Geräusch machen, als würde ein Maikäfer zertreten. Es war ein fast physischer Wunsch, zerschmettert zu werden, genauso körperlich wie das Bedürfnis, die Handfläche fest auf eine schmerzende Stelle zu pressen.«

Wir gelangten zu Avenarius' luxuriösem Mercedes und blieben stehen.

Avenarius sagte: »So, wie du sie schilderst, empfindet man fast schon Sympathie für sie...«

»Ich weiß, was du sagen willst. Wenn sie nicht bereit gewesen wäre, außer sich selbst auch noch andere in den Tod zu schicken. Aber auch das kommt in den beiden Bildern zum Ausdruck, mit denen ich sie dir vorgestellt habe. Wenn sie jemanden ansprach, wurde sie nicht gehört. Sie verlor nach und nach die Welt. Wenn ich Welt sage, meine ich den Teil des Seienden, der unser Rufen erwidert (und sei es mit einem kaum hörbaren Echo), und dessen Rufen wir selbst vernehmen. Für sie wurde die Welt stumm und hörte auf, ihre Welt zu sein. Sie war vollständig in sich und ihr Leiden eingeschlossen. Hätte nicht wenigstens der Blick auf die Leiden anderer sie aus ihrer Verschlossenheit reißen können? Nein. Denn das Leiden der anderen fand in der Welt statt, die sie verloren hatte und die nicht mehr die ihre war. Wenn der Mars nichts als ein einziges großes Leiden wäre, wo selbst die Steine vor Schmerz schrien, würde uns das wenig berühren, weil der Mars nicht zu unserer Welt gehört. Ein Mensch, der sich außerhalb der Welt befindet, ist nicht mehr empfänglich für den Schmerz der Welt. Die einzigen Ereignisse, die das Mädchen für eine Weile ihren Qualen entrissen hatten, waren die Krankheit und der Tod ihres Hündchens gewesen. Die Nachbarin war empört: dieses Mädchen hatte kein Mitleid mit den Menschen, beweinte aber einen Hund. Sie beweinte den Hund, weil er, ganz im Gegensatz zur Nachbarin, Teil ihrer Welt gewesen war; der Hund antwortete auf ihre Stimme, die Menschen antworteten nicht.«

In Gedanken an die Unglückliche verstummten wir, und als Avenarius dann die Wagentür öffnete, forderte er mich auf: »Komm! Ich nehme dich mit! Ich leihe dir Tennisschuhe und ein Messer!«

Ich wußte, wenn ich jetzt nicht mit ihm Autoreifen durchstechen ging, würde er nie jemanden finden und in seiner Absonderlichkeit allein bleiben wie in einer Verbannung. Ich hatte größte Lust, ihn zu begleiten, war aber zu träge; irgendwo aus der Ferne kam der Schlaf auf mich zu, und nach Mitternacht durch die Straßen zu laufen, kam mir wie ein unvorstellbares Opfer vor.

»Ich gehe nach Hause. Ich habe Lust, noch ein Stück zu Fuß zu gehen«, sagte ich und gab ihm die Hand.

Er fuhr fort. Ich sah seinem Mercedes nach und machte mir Vorwürfe, daß ich einen Freund verraten hatte. Dann ging ich nach Hause, und nach einer Weile kehrten meine Gedanken zu dem Mädchen zurück, in dem die Sehnsucht nach Selbstzerstörung aufgegangen war wie eine schwarze Blüte.

Ich sagte mir: Und eines Tages ging sie nach Arbeitsschluß nicht nach Hause, sondern hinaus aus der Stadt. Sie sah nichts um sich herum, wußte nicht, ob es Sommer, Herbst oder Winter war und ob sie am Strand oder an einer Fabrik entlangging; es war schon lange her, seit sie nicht mehr in der Welt lebte; ihre einzige Welt war ihre Seele.

15.

Sie sah nichts um sich herum, wußte nicht, ob es Sommer, Herbst oder Winter war und ob sie am Strand oder an einer Fabrik entlang ging, und wenn sie ging, ging sie nur, weil ihre von Unruhe erfüllte Seele nach Bewegung verlangte und unfähig war, irgendwo zu verweilen, denn wenn sie sich nicht bewegte, begann sie schrecklich zu schmerzen. Es war, wie wenn man heftige Zahnschmerzen hat: etwas zwingt einen, im Zimmer auf und ab und von einer Wand zur andern zu gehen; dafür gibt es keinen vernünftigen Grund, weil die Bewegung den Schmerz nicht lindern kann, aber ohne daß man weiß, warum, bittet der schmerzende Zahn um diese Bewegung.

Und so ging sie und stieß auf eine breite Autobahn, auf der die Wagen hintereinander herjagten; sie ging am Straßenrand von einem Markierungsstein zum andern, sie nahm nichts wahr und schaute nur in ihre Seele, in der sie die immer gleichen Bilder der Erniedrigung sah. Sie konnte ihre Augen nicht davon losreißen; nur ab und zu, wenn ein Motorrad an ihr vorbeiraste und der Lärm ihr ins Trommelfell stach, wurde ihr bewußt, daß die äußere Welt existierte; eine Welt, die jedoch keine Bedeutung hatte; sie war ein leerer Raum, der nur dazu da war, daß sie sich darin bewegte und ihre schmerzende Seele von einem Ort an den anderen trug in der Hoffnung, auf diese Weise den Schmerz zu lindern.

Sie dachte schon lange daran, sich von einem Auto überfahren zu lassen. Doch die über die Autobahn jagenden Wagen machten ihr angst und waren tausendmal stärker als sie; sie konnte sich nicht vorstellen, wo sie den Mut hernehmen sollte, sich unter die Räder zu werfen. Sie hätte sich *auf* sie, *gegen* sie stürzen müssen, und dazu fehlte ihr ebenso die Kraft, wie sie ihr fehlte, wenn sie ihren Chef anschreien wollte, weil der ihr zu Unrecht Vorwürfe machte.

Sie war in der Dämmerung aufgebrochen, und nun war es Nacht. Ihre Füße taten weh, und sie wußte, daß sie nicht mehr die Kraft hatte, noch weit zu gehen. In diesem Moment der Müdigkeit sah sie auf einem großen beleuchteten Hinweisschild das Wort *Dijon*.

Mit einem Mal war die Erschöpfung vergessen. Das Wort schien sie an etwas zu erinnern. Sie versuchte, die sich verflüchtigende Erinnerung festzuhalten: jemand war aus Dijon oder hatte ihr etwas Lustiges erzählt, das sich dort zugetragen hatte. Auf einmal wußte sie, daß es sich in dieser Stadt angenehm lebte und die Menschen dort anders waren als die, die sie bisher gekannt hatte. Als würde mitten in einer Wüste Tanzmusik gespielt. Als würde auf einem Friedhof eine silberne Quelle entspringen.

Ja, sie würde nach Dijon fahren! Sie fing an, den Autos zu winken. Doch die vorbeifahrenden Wagen blendeten sie nur und hielten nicht an. Abermals wiederholte sich die Situation, aus der es für sie kein Entrinnen gab: sie wandte sich an jemanden, redete ihn an, redete auf ihn ein, rief ihm etwas zu und wurde nicht gehört.

Seit einer halben Stunde hob sie vergeblich den Arm: kein Auto hielt an. Die lichterhelle Stadt, die fröhliche Stadt Dijon, das Tanzorchester inmitten der Wüste versank wieder in der Dunkelheit. Die Welt zog sich wieder einmal vor ihr zurück, und sie selbst kehrte zurück in ihre Seele, um die herum weit und breit nur Leere war.

Dann kam sie zu einer Abzweigung, an der eine kleinere Straße von der Autobahn abbog. Sie blieb stehen: nein, die

Autos auf der Autobahn waren zu nichts zu gebrauchen: sie konnten sie weder zerschmettern noch nach Dijon bringen. Sie verließ die Autobahn und ging die Abzweigung hinunter auf eine ruhige Straße.

16.

Wie kann man in einer Welt leben, mit der man nicht einverstanden ist? Wie kann man mit Menschen leben, deren Freuden und Leiden nicht die eigenen sind? Wenn man weiß, daß man nicht zu ihnen gehört?

Agnes fährt in ihrem Wagen eine ruhige Straße hinunter und sagt vor sich hin: Die Liebe oder das Kloster. Die Liebe oder das Kloster: zwei Arten, wie der Mensch den göttlichen Computer zurückweisen, wie er ihm entrinnen kann.

Die Liebe: Agnes stellte sich seit langem folgende Prüfung vor: Sie werden gefragt, ob Sie nach dem Tod wieder zum Leben auferweckt werden möchten. Wenn Sie wahrhaftig lieben, werden Sie nur unter der Bedingung einwilligen, daß Sie den geliebten Menschen wiedersehen. Das Leben ist in diesem Fall ein bedingter Wert, der nur gerechtfertigt ist, wenn er es ermöglicht, die Liebe zu leben. Die geliebte Person ist für Sie mehr als die göttliche Schöpfung, mehr als das Leben. Das ist allerdings eine lästerliche Verhöhnung des Computers dieses Schöpfers, der sich selbst als Gipfel von allem und als Sinn des Seins betrachtet.

Die meisten Menschen haben die Liebe jedoch nicht erlebt, und von denen, die sie zu kennen glauben, würden nur wenige die Prüfung erfolgreich bestehen, die Agnes sich ausgedacht hat; sie würden dem Versprechen eines neuen Lebens hinterherrennen, ohne irgendwelche Bedingungen zu stellen; sie würden das Leben der Liebe vorziehen und auf diese Weise freiwillig wieder ins Spinnennetz des Schöpfers zurückfallen.

Wem es nicht vergönnt ist, mit dem geliebten Wesen zu leben und alles der Liebe unterzuordnen, dem bleibt, um dem Schöpfer zu entkommen, nur noch eines: ins Kloster zu gehen. Agnes erinnerte sich an den Satz: »Il se retira à la chartreuse de Parme.« Er hat sich in die Kartause von Parma zurückgezogen. Nirgendwo vorher in diesem Roman wird eine Kartause erwähnt, und dennoch ist dieser eine Satz auf der letzten Seite so wichtig, daß Stendhal sein Buch nach ihm benannt hat; denn das eigentliche Ziel aller Abenteuer des Fabrice del Dongo war die Kartause; ein von der Welt und den Menschen abgewandter Ort.

Früher gingen diejenigen ins Kloster, die mit der Welt nicht einverstanden waren und für die die Freuden und Leiden der Welt nicht die eigenen waren. Unser Jahrhundert jedoch verweigert den Menschen das Recht, mit der Welt nicht einverstanden zu sein, und deshalb gibt es keine Klöster mehr, in die ein Fabrice sich flüchten könnte. Es gibt keine von der Welt und den Menschen abgewandten Orte mehr. Was geblieben ist, ist nur noch eine Erinnerung, ein Ideal des Klosters, ein Traum vom Kloster. Die Kartause. Il se retira à la chartreuse de Parme. Eine Vision des Klosters. Einer solchen Vision reiste Agnes schon sieben Jahre lang nach, in die Schweiz. In die Kartause der von der Welt abgewandten Wege.

Agnes erinnerte sich an einen merkwürdigen Moment, den sie am Nachmittag vor der Abreise erlebt hatte, als sie ein letztes Mal die Gegend durchstreifte. Sie war an einen Bach gekommen und hatte sich ins Gras gelegt. Sie lag lange dort und hatte das Gefühl, daß die Strömung in sie eindrang und allen Schmerz, allen Schmutz aus ihr herausspülte: das Ich. Ein seltsamer, unvergeßlicher Moment: sie vergaß ihr Ich, sie verlor ihr Ich, sie war von ihrem Ich befreit; und darin lag ihr Glück.

In der Erinnerung kam ihr ein Gedanke, der zunächst noch unklar und dennoch so wichtig, vielleicht überhaupt der wichtigste war, daß sie versuchte, ihn in Worte zu fassen:

Das, was am Leben unerträglich war, war nicht *zu sein*, sondern *ein Ich zu sein*. Der Schöpfer hatte mit seinem Computer Milliarden von Ichs mit einem Leben in die Welt hinausgeschickt. Aber neben diesen vielen Leben war auch noch ein elementareres Sein vorstellbar, das schon da war, bevor der Schöpfer zu schaffen begann, ein Sein, auf das er weder einen Einfluß hatte noch hat. Als sie im Gras lag und der eintönige Gesang des Baches durch sie hindurchströmte und ihr Ich, den Schmutz dieses Ich aus ihr hinausschwemmte, hatte sie Anteil an diesem elementaren Sein, das sich in der Stimme der dahinfließenden Zeit und im Blau des Himmels offenbarte; sie wußte jetzt, daß es nichts Schöneres gab.

Die Straße, auf die sie von der Autobahn abgefahren war, war still, und über ihr leuchteten ferne, unendlich ferne Sterne. Agnes sagte sich:

Leben, darin liegt kein Glück. Leben: das schmerzende Ich durch die Welt tragen.

Aber sein, sein ist das Glück. Sein: sich in einen Brunnen, in ein steinernes Becken verwandeln, in das wie warmer Regen das Universum fällt.

17.

Das Mädchen ging noch lange mit schmerzenden Füßen, sie schwankte und setzte sich dann auf den Asphalt, genau in die Mitte der rechten Fahrbahnhälfte. Den Kopf hatte sie zwischen die Schultern geklemmt, mit der Nase berührte sie das Knie, und der gekrümmte Rücken brannte in dem Bewußtsein, daß er einem Aufprall aus Metall und Blech ausgesetzt war. Ihr Brustkasten war in dieses Kauern eingezwängt: ihr armer, schmaler Brustkasten, in dem die bittere Flamme des schmerzenden Ich brannte, die sie an nichts anderes als an sich selbst denken ließ. Sie sehnte sich nach dem Zusammenstoß, der sie zermalmen und die Flamme auslöschen würde.

Als sie ein sich näherndes Auto hörte, kauerte sie sich noch mehr zusammen, der Lärm wurde unerträglich, doch statt des erwarteten Aufpralls spürte sie nur rechts einen heftigen Windstoß, der ihren sitzenden Körper leicht drehte. Sie hörte das Quietschen von Reifen und dann einen heillosen Lärm, sah aber nichts, da sie die Augen geschlossen und das Gesicht gegen die Knie gepreßt hatte, sie staunte nur, daß sie lebte und dasaß wie zuvor.

Und wieder hörte sie ein sich näherndes Motorengeräusch; diesmal wurde sie auf den Boden geworfen, der Aufprall klang wie aus nächster Nähe, und unmittelbar darauf vernahm sie einen Schrei, einen unbeschreiblichen Schrei, einen schrecklichen Schrei, der sie vom Boden aufschnellen ließ. Sie stand mitten auf der leeren Straße und streckte die Arme aus; in einer Entfernung von ungefähr zweihundert Metern sah sie Flammen und von einer anderen, näher gelegenen Stelle stieg ständig dieser unbeschreibliche, schreckliche Schrei aus dem Straßengraben zum finsteren Himmel empor.

Er war so eindringlich und so entsetzlich, daß die Welt um sie herum, die Welt, die sie verloren hatte, wieder wirklich, bunt, blendend und laut wurde. Sie stand mitten auf der Fahrbahn und kam sich plötzlich groß, mächtig und stark vor; die Welt, diese verlorene Welt, die sich geweigert hatte, sie zu hören, war in einem Schrei zu ihr zurückgekehrt, und das war so schön und so schrecklich, daß sie selbst schreien wollte, doch vergeblich, ihre Stimme war in der Kehle erstickt, und das Mädchen war nicht in der Lage, sie wieder zu beleben.

Sie stand im blendenden Scheinwerferlicht eines dritten Wagens. Sie wollte sich in Sicherheit bringen, wußte aber nicht, auf welche Seite sie springen sollte; sie hörte das Quietschen der Reifen, das Auto fuhr an ihr vorbei, dann kam der Aufprall. Da endlich erwachte der Schrei, der in ihrer Kehle gefangen war. Aus dem Straßengraben hörte sie von derselben Stelle her immer noch dieses Schmerzensgeheul, und jetzt antwortete sie ihm.

Dann drehte sie sich um und lief davon. Sie lief und schrie und war fasziniert, daß ihre schwache Stimme einen solchen Schrei hervorbringen konnte. Dort, wo die Straße in die Autobahn einmündete, stand eine Notrufsäule. Das Mädchen hob den Hörer: »Allô! Allô!« Endlich meldete sich auf der anderen Seite eine Stimme. »Es ist ein Unglück passiert!« Die Stimme bat sie, den Ort anzugeben; sie wußte nicht, wo sie war, also hängte sie den Hörer wieder ein und lief in die Stadt zurück, die sie am Nachmittag verlassen hatte.

18.

Noch vor wenigen Stunden hatte er mir ans Herz gelegt, daß beim Durchstechen der Autoreifen eine strenge Reihenfolge einzuhalten sei: zuerst das rechte und dann das linke Vorderrad, danach das linke Hinterrad und zuletzt alle vier Räder. Das war aber nur eine Theorie, mit der er das Publikum der Ökologen oder seinen allzu gutgläubigen Freund hatte verblüffen wollen. In Wirklichkeit ging Avenarius absolut unsystematisch vor. Er lief durch die Straßen, und wenn er Lust hatte, zückte er sein Messer und stieß es in den erstbesten Reifen.

Im Restaurant hatte er mir erklärt, daß man das Messer nach jeder Aktion wieder unters Jackett schieben, es an den Riemen hängen und dann mit freien Händen weiterrennen müsse. Einmal, weil es sich so bequemer lief, und dann aus Sicherheitsgründen: es war nicht ratsam, sich dem Risiko auszusetzen, mit einem Messer in der Hand gesehen zu werden. Die Aktion selbst mußte kurz und plötzlich sein, sie durfte nicht länger als einige Sekunden dauern.

Das Unglück war nur, daß Avenarius, so sehr er theoretisch ein Dogmatiker war, sich in der Praxis fahrlässig verhielt, ganz ohne Methode und mit einem gefährlichen Hang zur Bequemlichkeit. Gerade hatte er in einer menschenleeren Straße an einem Wagen zwei (statt vier) Reifen durchstochen, richtete sich wieder auf und setzte seinen Lauf fort, behielt das Messer jedoch gegen alle Sicherheitsregeln weiter in der Hand. Das nächste Auto, auf das er es abgesehen hatte, stand an einer Ecke. In einer Entfernung von vier bis fünf Schritten (also nochmals regelwidrig: viel zu früh!) streckte er seine Hand aus, und in diesem Augenblick hörte er von rechts einen Aufschrei. Mit entsetzensstarrem Gesicht glotzte ihn eine Frau an. Sie mußte genau in dem Moment an der Ecke aufgetaucht sein, als Avenarius seine ganze Aufmerksamkeit auf das auserwählte Objekt am Rand des Trottoirs konzentriert hatte. So standen sie sich nun plötzlich wie angewurzelt gegenüber, und da auch er starr vor Schreck war, blieb seine Hand reglos in der Luft stehen. Die Frau konnte den Blick nicht von dem gezückten Messer losreißen und schrie abermals. Da erst kam Avenarius zu sich und hängte das Messer an den Riemen unters Jackett. Um die Frau zu beruhigen, lächelte er sie an und fragte: »Wie spät ist es?«

Als würde ihr diese Frage einen noch größeren Schreck einjagen als das Messer, stieß sie einen dritten, ebenso furchtbaren Schrei aus.

In diesem Moment überquerten einige Nachtschwärmer die Straße, und da beging Avenarius einen fatalen Fehler. Wenn er das Messer wieder gezückt und damit wild herumgefuchtelt hätte, wäre die Frau aus ihrer Erstarrung erwacht und davongelaufen und hätte wohl auch die vorbeigehenden Passanten mit sich gerissen. Er aber hatte sich in den Kopf gesetzt, sich so zu verhalten, als sei nichts geschehen, und wiederholte mit freundlicher Stimme: »Könnten Sie mir bitte sagen, wie spät es ist?«

Als die Frau sah, daß Leute auf sie zukamen und Avenarius nicht die Absicht hatte, ihr etwas anzutun, stieß sie einen vierten furchtbaren Schrei aus und beschwerte sich dann so laut, daß alle sie hören konnten: »Er ist mit einem Messer auf mich losgegangen! Er wollte mich vergewaltigen!«

Mit einer Bewegung, die völlige Unschuld ausdrücken sollte, breitete Avenarius seine Arme aus: »Ich wollte lediglich wissen, wie spät es ist.«

Aus dem kleinen Kreis, der sich um sie herum gebildet hatte, löste sich ein untersetzter Mann in Uniform. Er fragte, was los sei. Die Frau wiederholte, daß Avenarius sie habe vergewaltigen wollen.

Der kleine Polizist trat schüchtern auf Avenarius zu, der nun in seiner ganzen majestätischen Größe die Hand ausstreckte und mit gewaltiger Stimme sagte: »Ich bin Professor Avenarius!«

Diese Worte und die Würde, mit der sie vorgetragen wurden, machten großen Eindruck auf den Wachmann; es schien, als wollte er die Leute auffordern, sich zu zerstreuen und Avenarius in Ruhe zu lassen.

Doch die Frau, die ihre Angst verloren hatte, wurde aggressiv: »Selbst wenn sie Professor Kapillarius wären«, schrie sie, »haben Sie mich mit einem Messer bedroht!«

Aus der Tür eines wenige Meter entfernten Hauses trat ein Mann. Er machte ein paar unsichere Schritte, wie ein Schlafwandler, und blieb in dem Moment stehen, als Avenarius mit fester Stimme erklärte: »Ich habe nichts anderes getan, als diese Dame zu fragen, wie spät es ist.«

Als die Frau merkte, daß Avenarius durch sein würdevolles Auftreten die Sympathie der Gaffer gewann, schrie sie dem Polizisten zu: »Er hat ein Messer unterm Jackett! Er hat es unterm Jackett versteckt! Ein Riesenmesser! Durchsuchen Sie ihn doch!«

Der Polizist zuckte mit den Schultern und sagte mit fast entschuldigender Stimme zu Avenarius: »Wären Sie so freundlich, Ihr Jackett aufzumachen?«

Avenarius blieb eine Weile reglos stehen. Dann begriff er, daß er keine andere Wahl hatte, als zu gehorchen. Langsam knöpfte er sein Jackett auf, und er öffnete es so weit, daß alle das ausgeklügelte Riemensystem um seinen Brustkorb herum sehen konnten und ebenso das furchterregende Küchenmesser, das daran befestigt war.

Die Gaffer pfiffen durch die Zähne, während der Schlafwandler auf Avenarius zuging und zu ihm sagte: »Ich bin Rechtsanwalt. Für den Fall, daß Sie meine Hilfe brauchen, hier ist meine Visitenkarte. Ich will Ihnen nur eines sagen. Sie sind nicht verpflichtet, Fragen zu beantworten. Beim Verhör können Sie von Anfang an darauf bestehen, daß ein Rechtsanwalt anwesend ist.«

Avenarius nahm die Visitenkarte und steckte sie in seine Tasche. Der Polizist faßte ihn unter dem Arm und wandte sich an die Umstehenden: »Gehen Sie nach Hause! Gehen Sie nach Hause!«

Avenarius leistete keinen Widerstand. Er wußte, daß er verhaftet war. Nachdem alle das an seinem Bauch baumelnde Küchenmesser gesehen hatten, fand er bei niemandem mehr auch nur einen Funken Sympathie. Er drehte sich nach dem Mann um, der sich als Rechtsanwalt ausgegeben hatte. Doch der entfernte sich, ohne sich umzusehen: er ging auf eines der geparkten Autos zu und steckte den Schlüssel ins Schloß. Avenarius sah gerade noch, wie er vom Wagen zurücktrat und sich zu einem Rad hinunterbeugte.

In diesem Augenblick nahm der Polizist ihn fest am Arm und führte ihn ab.

Der Mann neben dem Auto seufzte: »Mein Gott!«, und sein Körper wurde von einem Schluchzen geschüttelt.

19.

Er lief mit Tränen in den Augen in die Wohnung hinauf und stürzte zum Telefon. Er wollte ein Taxi rufen. Im Hörer sagte eine ungewöhnlich charmante Stimme: »Taxi Paris. Haben Sie bitte Geduld, bleiben Sie am Apparat...«, dann hörte er Musik, fröhlich singende Frauenstimmen mit Schlagzeug; nach einer langen Weile wurde die Musik unterbrochen, die charmante Stimme sprach ihn wieder an und bat ihn, am Apparat zu bleiben. Er hatte Lust, in den Hörer zu schreien, daß er keine Geduld habe zu warten, weil seine Frau im Sterben liege, aber er wußte, daß es keinen Sinn hatte zu schreien, weil die Stimme am anderen Ende auf ein Tonband aufgenommen war und niemand seinen Protest hören würde. Dann kam wieder die Musik, singende Frauenstimmen, Schreie und Schlagzeug, und nach einer weiteren langen Weile hörte er eine ganz reale Frauenstimme, was er sofort daran erkannte, daß diese Stimme nicht charmant, sondern äußerst unangenehm und barsch war. Als er sagte, daß er ein Taxi brauche, um einige hundert Kilometer aus Paris hinauszufahren, lehnte die Stimme dies augenblicklich ab, und als er ihr zu erklären versuchte, daß er verzweifelt ein Taxi brauche, schlug sie ihm wieder diese fröhliche Musik um die Ohren, das Schlagzeug und die schreienden Frauenstimmen, und nach einer langen Weile forderte ihn die charmante Stimme vom Tonband abermals auf, geduldig am Apparat zu bleiben.

Er legte den Hörer auf und wählte die Nummer seines Assistenten. Aber statt des Assistenten war nur dessen auf ein Gerät aufgenommene Stimme zu hören: eine scherzende, kokette, durch ein Lächeln entstellte Stimme: »Ich bin froh, daß Sie sich endlich meiner erinnert haben. Sie wissen gar nicht, wie sehr ich es bedaure, nicht mit Ihnen sprechen zu können, aber wenn Sie mir Ihre Telefonnummer hinterlassen, werde ich Sie so bald wie möglich gern zurückrufen…«

»Idiot«, sagte er und hängte auf.

Weshalb ist Brigitte nicht zu Hause? Weshalb ist sie nicht schon längst zu Hause, sagte er sich vielleicht schon zum hundertsten Mal und ging in ihr Zimmer, um nachzusehen, obwohl es ausgeschlossen war, daß er ihr Heimkommen überhört haben könnte.

An wen konnte er sich noch wenden? An Laura? Sie würde ihm ihren Wagen bestimmt sofort leihen, aber darauf bestehen, mit ihm zu fahren; und gerade das wollte er nicht zulassen: Agnes hatte sich mit ihrer Schwester überworfen, und Paul wollte nichts gegen ihren Willen tun.

Dann kam ihm Bernard in den Sinn. Die Gründe, weshalb er nicht mehr mit ihm verkehrte, kamen ihm auf einmal lächerlich und kleinlich vor. Er wählte seine Nummer. Bernard war zu Hause. Paul bat ihn, ihm seinen Wagen zu leihen; Agnes sei in einen Graben gefahren, er habe gerade einen Anruf vom Krankenhaus bekommen.

»Ich komme sofort«, sagte Bernard, und Paul spürte in diesem Augenblick eine große Zuneigung für seinen alten Freund. Er hätte ihn gern umarmt und sich an seiner Brust ausgeweint.

Er war jetzt froh, daß Brigitte nicht zu Hause war. Er wünschte sich, daß sie nicht kam und er allein zu Agnes fahren konnte. Auf einmal war alles verschwunden, die Schwägerin, die Tochter, die ganze Welt; geblieben waren nur er und Agnes; er wollte nicht, daß noch ein Dritter da war. Er war sicher, daß Agnes im Sterben lag. Wenn ihr Zustand nicht hoffnungslos gewesen wäre, hätte man ihn nicht mitten in der Nacht von einem Provinzkrankenhaus aus angerufen. Seine einzige Sorge war, sie noch lebend anzutreffen. Sie noch einmal zu küssen. Er war besessen von dem Wunsch, sie zu küssen. Er sehnte sich nach einem Kuß, einem letzten, alles besiegelnden Kuß, in dem er ihr Gesicht wie in einem Netz einfangen würde, dieses Gesicht, das bald verschwinden und von dem ihm nur noch eine Erinnerung zurückbleiben würde.

Es blieb ihm nichts anderes übrig, als zu warten. Er fing an, seinen Schreibtisch aufzuräumen und wunderte sich, daß er sich in einem solchen Moment einer derart belanglosen Tätigkeit widmen konnte. Lag ihm denn etwas daran, ob sein Tisch aufgeräumt war oder nicht? Und weshalb hatte er eben gerade auf der Straße einem Unbekannten seine Visitenkarte gegeben? Er war unfähig, mit dem Aufräumen aufzuhören: er stellte die Bücher auf die eine Seite des Tisches, zerknüllte die Umschläge alter Briefe und warf sie in den Papierkorb. Er sagte sich, daß der Mensch, wenn er von einem Schicksalsschlag getroffen wird, genauso reagiert: wie ein Schlafwandler. Es sind die alltäglichen Gewohnheiten, die ihn in den Gleisen des Lebens zu halten versuchen.

Er schaute auf die Uhr. Wegen der durchstochenen Reifen hatte er schon fast eine halbe Stunde verloren. Beeil dich, beeil dich, sagte er in Gedanken zu Bernard, ich will nicht, daß Brigitte mich hier findet, ich will allein zu Agnes fahren und noch rechtzeitig ankommen.

Doch er hatte Pech. Brigitte kam nach Hause, kurz bevor Bernard eintraf. Die beiden alten Freunde umarmten sich, Bernard fuhr wieder nach Hause zurück, und Paul setzte sich mit Brigitte in ihren Wagen. Sie überließ ihm das Steuer, und er fuhr, so schnell er nur konnte.

20.

Agnes sah die Silhouette eines Mädchens, das mitten auf der Fahrbahn stand, die Silhouette eines von den Scheinwerfern grell angestrahlten Mädchens, das seine Arme ausbreitete wie im Tanz; es war wie die Erscheinung einer Ballerina, die nach dem Ende der Vorstellung den Vorhang zuzog, danach war nichts mehr, und von dem ganzen, mit einem Mal vergessenen Theater blieb ihr nur dieses letzte Bild. Danach war nur noch Müdigkeit, eine so große, einem tiefen Brunnen ähnelnde Müdigkeit, daß die Schwestern und die Ärzte glaubten, sie habe das Bewußtsein verloren, doch sie nahm ihre Umgebung immer noch wahr und war sich ihres Sterbens mit erstaunlicher Klarheit bewußt. Sie war sogar noch in der Lage, eine Art Verwunderung darüber zu empfinden, daß sie keine Wehmut, kein Bedauern, kein Grauen empfand, nichts von alledem, was sie bisher mit der Vorstellung des Todes verbunden hatte.

Dann sah sie, wie eine Schwester sich über sie beugte, und sie hörte, wie sie ihr zuflüsterte: »Ihr Mann ist unterwegs. Er kommt zu Ihnen. Ihr Ehemann.«

Agnes lächelte. Warum lächelte sie? Etwas war aus der vergessenen Vorstellung aufgetaucht: ja, sie war verheiratet. Und es tauchte auch der Name auf: Paul! Ja, Paul. Paul. Paul. Es war das Lächeln eines unerwarteten Wiedersehens mit einem verlorengegangenen Wort. Wie wenn einem ein Teddybär gezeigt wird, den man fünfzig Jahre nicht gesehen hat und nun wiedererkennt.

Paul, sagte sie sich und lächelte. Dieses Lächeln blieb noch auf ihren Lippen, als sie dessen Grund schon wieder vergessen hatte. Sie war müde, alles ermüdete sie. Vor allem hatte sie nicht die Kraft, Blicke zu ertragen. Sie hielt die Augen geschlossen, um niemanden und nichts zu sehen. Alles, was um sie herum geschah, belästigte und störte sie, und sie sehnte sich danach, daß nichts mehr geschah.

Dann erinnerte sie sich wieder: Paul. Was hatte die Schwester ihr da gesagt? Daß er käme? Die Erinnerung an die vergessene Vorstellung, die ihr Leben gewesen war, wurde plötzlich klarer. Paul. Paul kommt! In diesem Moment wünschte sie sich innig und leidenschaftlich, daß er sie nicht mehr sehen möge. Sie war müde, sie wollte keinen Blick. Sie wollte Pauls Blick nicht. Sie wollte nicht, daß er sie sterben sah. Sie mußte sich beeilen.

Und noch ein letztes Mal wiederholte sich die grundlegende Situation ihres Lebens: sie flieht und wird von jemandem verfolgt. Paul verfolgt sie. Und jetzt hat sie nichts mehr in den Händen. Weder eine Bürste noch einen Kamm noch ein Band. Sie ist entwaffnet. Sie ist nackt, nur mit einem weißen Krankenhaushemd bekleidet. Sie befindet sich auf der letzten Zielgeraden, wo ihr nichts mehr helfen, wo sie sich nur noch auf die Geschwindigkeit ihres Laufes verlassen kann. Wer wird schneller sein? Paul oder sie? Ihr Tod oder sein Kommen?

Die Müdigkeit wurde immer größer, und sie hatte das Gefühl, sich rasch zu entfernen, als würde ihr Bett nach hinten gezogen. Sie öffnete die Augen und sah eine Schwester im weißen Kittel. Was für ein Gesicht hatte sie? Sie konnte es nicht mehr erkennen. Und vor ihr tauchten die Worte auf: »Nein, dort gibt es keine Gesichter.«

21.

Als er zusammen mit Brigitte ans Bett trat, sah er, daß Körper und Gesicht mit einem Laken zugedeckt waren. Eine Frau in weißer Bluse sagte: »Sie ist vor einer Viertelstunde gestorben.«

Die Kürze der Zeit, die ihn von dem Augenblick trennte, da Agnes noch am Leben gewesen war, trieb seine Verzweiflung auf die Spitze. Er hatte sie um fünfzehn Minuten verpaßt. Um fünfzehn Minuten hatte er die Erfüllung seines Lebens verpaßt, das plötzlich abgebrochen, sinnlos kaputtgeschlagen war. Ihm schien, als hätte sie ihn während der fünfundzwanzig Jahre, die sie zusammen verbracht hatten, nie wirklich gehört, als hätte er sie nie besessen; und als fehlte ihm jetzt, um die Geschichte der Liebe zu vollenden, um sie abzuschließen, ein letzter Kuß; ein letzter Kuß, in dem er die lebende Agnes mit seinem Mund eingefangen, in dem er sie in seinem Mund festgehalten hätte.

Die Frau in der weißen Bluse schlug das Laken zurück. Er sah das vertraute Gesicht, blaß und schön und dennoch ganz anders: obwohl noch immer gleich sanft, formten ihre Lippen eine Linie, die er nie gesehen hatte. Auf ihrem Gesicht lag ein Ausdruck, den er nicht verstand. Er war unfähig, sich über sie zu beugen und sie zu küssen.

Neben ihm fing Brigitte an zu schluchzen und barg, am ganzen Leib zitternd, ihren Kopf an seiner Brust.

Noch einmal sah er Agnes an: dieses sonderbare Lächeln, das er noch nie an ihr gesehen hatte, dieses unbekannte Lächeln galt nicht ihm, es galt jemandem, den er nicht kannte, und es besagte etwas, das er nicht verstand.

Die Frau in der weißen Bluse packte Paul plötzlich am Arm; er war einer Ohnmacht nahe.

SECHSTER TEIL
Das Zifferblatt

1.

Kaum ist ein Kind geboren, beginnt es, an der Brust der Mutter zu lutschen. Wenn die Mutter es abgestillt hat, lutscht es an seinem Finger.

Rubens fragte einmal eine Dame: »Weshalb lassen Sie es zu, daß Ihr Söhnchen am Finger lutscht? Der Bub ist schließlich schon zehn!« Die Dame wurde wütend: »Wollen Sie es ihm etwa verbieten? Es verlängert seinen Kontakt mit der mütterlichen Brust! Oder wollen Sie ihn traumatisieren?«

Und so lutscht das Kind an seinem Finger, bis es ihn mit dreizehn Jahren harmonisch durch die Zigarette ersetzt.

Als Rubens später mit der Dame schlief, die das Recht ihres Bengels aufs Fingerlutschen verteidigt hatte, legte er ihr während des Liebesaktes seinen Finger auf den Mund, und sie begann, ihren Kopf langsam nach links und nach rechts zu drehen und den Finger zu lecken. Sie hielt ihre Augen geschlossen und träumte davon, von zwei Männern geliebt zu werden.

Die kleine Episode war für Rubens ein bedeutungsvolles Datum, weil er so eine Methode entdeckt hatte, um die Frauen zu testen: er legte ihnen den Finger auf den Mund und beobachtete, wie sie darauf reagierten. Diejenigen, die ihn leckten, waren ohne jeden Zweifel von der kollektiven Liebe angezogen. Und die, die der Finger gleichgültig ließ, waren gegen solche obszönen Versuchungen hoffnungslos immun.

Eine der Frauen, deren orgiastische Neigungen Rubens

durch den ›Fingertest‹ enthüllt hatte, liebte ihn tatsächlich. Nach der Liebe nahm sie seinen Finger und küßte ihn linkisch, um ihm zu sagen: jetzt will ich, daß dein Finger wieder Finger wird, denn ich bin glücklich, daß ich nach allem, was ich mir vorgestellt habe, nur mit dir hier bin.

Die Verwandlungen des Fingers. Oder: wie sich die Zeiger auf dem Zifferblatt des Lebens bewegen.

2.

Die Zeiger auf dem Zifferblatt der Uhr drehen sich im Kreis. Auch die Tierkreiszeichen des Astrologen haben die Form eines Kreises. Das Horoskop ist eine Uhr. Ob wir den Voraussagen der Astrologie glauben oder nicht, das Horoskop ist eine Metapher des Lebens, die eine große Wahrheit in sich birgt.

Wie zeichnet der Astrologe unser Horoskop? Er zieht einen Kreis, das Bild der Himmelssphären, und teilt ihn in zwölf Segmente ein, die für die einzelnen Zeichen stehen: Widder, Stier, Zwillinge, und so weiter. In diesen Kreis, den Tierkreis, trägt er dann die graphischen Sinnbilder für die Sonne, den Mond und die sieben Planeten genau dort ein, wo diese Gestirne im Moment unserer Geburt gestanden haben. Das sieht so aus, als würden auf dem Zifferblatt einer gleichmäßig in zwölf Stunden eingeteilten Uhr zusätzlich neun weitere Zahlen ungleichmäßig verteilt. Auf dem Zifferblatt drehen sich neun Zeiger: es sind wieder die Sonne, der Mond und die Planeten, aber so, wie sie sich im Lauf unseres Lebens tatsächlich im Universum bewegen. Jeder Planetenzeiger befindet sich in immer wieder neuen Konstellationen zu den Planetenzahlen, den fixen Sinnbildern unseres Horoskops.

Die Ungleichmäßigkeit, in der die Sterne im Moment unserer Geburt angeordnet sind, ist einmalig (unwiederholbar), und sie ist das ständige Thema unseres Lebens, seine algebraische Definition, der Fingerabdruck unserer Persönlichkeit; die in unserem Horoskop erstarrten Sterne stehen in Winkeln zueinander, deren in Graden ausgedrückter Wert eine präzise Bedeutung hat (negativ, positiv, neutral): stellen Sie sich vor, daß Ihre Liebesvenus in einer gespannten Beziehung zu Ihrem aggressiven Mars steht; daß die Sonne, die Ihre Persönlichkeit verkörpert, durch eine Konjunktion mit dem energischen und abenteuerlichen Uranus gestärkt ist; daß die durch den Mond symbolisierte Sexualität mit dem schwärmerischen Neptun verbunden ist und ähnliches mehr. Während ihres Umlaufs werden die Zeiger der wandernden Sterne nun die fixen Punkte des Horoskops berühren und die verschiedenen Elemente Ihres Lebensthemas in Bewegung setzen (schwächen, stärken, bedrohen). Und das ist das Leben. Es gleicht nicht einem Schelmenroman, in dem der Held von Kapitel zu Kapitel von immer neuen Ereignissen ohne gemeinsamen Nenner überrascht wird, sondern einer Komposition, die bei Musikern *Thema mit Variationen* heißt.

Uranus schreitet relativ langsam über den Himmel. Es dauert sieben Jahre, bis er ein Zeichen durchwandert hat. Nehmen wir an, daß er heute in einer dramatischen Beziehung (sagen wir in einem Winkel von 90 Grad) zur unbeweglichen Sonne Ihres Horoskops steht: Sie erleben eine schwere Zeit; einundzwanzig Jahre später wird sich diese Situation wiederholen (Uranus wird in einem Winkel von 180 Grad zu Ihrer Sonne stehen, was eine ebenso unheilvolle

Bedeutung hat), es wird sich aber nur um eine scheinbare Wiederholung handeln, denn im gleichen Jahr, da Ihre Sonne von Uranus angegriffen wird, wird Saturn in einer derart harmonischen Beziehung zur Venus Ihres Horoskops am Himmel stehen, daß das Gewitter gleichsam auf Zehenspitzen an Ihnen vorbeiziehen wird. Es wird so sein, als würde eine Krankheit, die Sie schon einmal gehabt haben, erneut ausbrechen, Sie aber in einem wunderbaren Krankenhaus gepflegt werden, in dem statt unwirscher Schwestern Engel beschäftigt sind.

Angeblich lehrt uns die Astrologie fatalistisch: du wirst deinem Schicksal nicht entrinnen! Meiner Meinung nach sagt die Astrologie (die Astrologie als Metapher des Lebens, wohlgemerkt) etwas viel Subtileres: du wirst deinem *Lebensthema* nicht entrinnen! Das bedeutet zum Beispiel, daß es eine reine Illusion ist, irgendwann mitten im Leben ein ›neues Leben‹ beginnen zu wollen, das in keiner Beziehung zum vorangegangenen steht, wieder bei Null anzufangen, wie man so sagt. Ihr Leben wird immer aus dem gleichen Material, den gleichen Ziegelsteinen, den gleichen Problemen bestehen, und das, was Ihnen im ersten Moment wie ein ›neues Leben‹ vorkommt, wird sich sehr bald als pure Variation des vorangegangenen erweisen.

Das Horoskop gleicht einer Uhr, und die Uhr ist eine Schule der Vergänglichkeit: sobald der Zeiger einen Kreis beschrieben hat und wieder an die Stelle zurückgekehrt ist, von der er ausgegangen ist, ist eine Phase abgeschlossen. Auf dem Zifferblatt des Horoskops drehen sich neun Zeiger mit unterschiedlicher Geschwindigkeit, jeden Moment geht eine Phase zu Ende und eine andere beginnt. Wenn der Mensch jung ist, ist er noch nicht fähig, die Zeit als Kreis zu sehen, er sieht sie als Weg, der gradlinig zu immer neuen

Horizonten führt; er ahnt noch nicht, daß sein Leben nur ein einziges Thema enthält; er wird es erst begreifen, wenn sein Leben die ersten Variationen durchläuft.

Rubens war ungefähr vierzehn, als er von einem etwa halb so alten Mädchen auf der Straße angehalten und gefragt wurde: »Können Sie mir sagen, wie spät es ist?« Das war das erste Mal, daß jemand ihn siezte. Er war außer sich vor Glück, und es kam ihm vor, als öffnete sich vor ihm eine neue Etappe seines Lebens. Dann vergaß er die Episode wieder, bis zu dem Tag, an dem eine hübsche Frau zu ihm sagte: »Als Sie noch jung waren, haben Sie da auch gedacht, daß...?« Das war das erste Mal, daß jemand seine Jugend als etwas Vergangenes ansprach. In diesem Augenblick tauchte das Bild des kleinen Mädchens wieder vor ihm auf, und er begriff, daß die beiden Frauenfiguren zueinander gehörten. Sie waren an sich bedeutungslos, er war ihnen zufällig begegnet, doch in dem Moment, als er die beiden Begegnungen in einen Zusammenhang brachte, wurden sie zu zwei entscheidenden Ereignissen auf dem Zifferblatt seines Lebens.

Ich sage es noch anders: stellen wir uns das Zifferblatt von Rubens' Leben auf einer riesigen mittelalterlichen Turmuhr vor, zum Beispiel auf der am Prager Altstädter Ring, an der ich zwanzig Jahre lang vorbeigegangen bin. Die Uhr schlägt, und über dem Zifferblatt öffnen sich die Fensterchen: eine Figur kommt zum Vorschein – das siebenjährige Mädchen, das Rubens fragt, wie spät es ist. Als der gleiche, sehr langsame Zeiger viele Jahre später die nächste Zahl berührt, schlägt die Glockenuhr abermals, wieder öffnen sich die Fensterchen, und die Figur der jungen Dame erscheint und fragt: »Und als Sie noch jung waren...?«

3.

Als Rubens noch sehr jung war, wagte er es nie, einer Frau seine erotischen Phantasien anzuvertrauen. Er glaubte, daß er all seine Liebesenergie restlos in physische Höchstleistungen auf dem Körper der Frau verwandeln müsse. Seine nicht weniger jungen Partnerinnen waren übrigens derselben Meinung. Er erinnerte sich dunkel an eine, wir bezeichnen sie mit dem Buchstaben A, die sich mitten im Liebesakt plötzlich auf Ellbogen und Fersen gestützt und ihren Körper zu einer Brücke aufgebäumt hatte, so daß er auf ihr abrutschte und fast aus dem Bett gefallen wäre. Diese sportliche Geste war voller leidenschaftlicher Bedeutungen, für die Rubens ihr dankbar war. Er durchlebte seine erste Phase: *die Phase der athletischen Stummheit.*

Diese Stummheit verlor sich allmählich, und er kam sich sehr kühn vor, als er zum ersten Mal vor einem Mädchen einen bestimmten sexuellen Bereich ihres Körpers mit einem laut ausgesprochenen Wort bezeichnete. Diese Kühnheit war jedoch nicht so groß, wie er dachte, denn der Ausdruck, den er gewählt hatte, war ein zärtlicher Diminutiv oder eine poetische Paraphrase. Dennoch war er von seiner Kühnheit überwältigt (und auch überrascht, daß ihn das Mädchen nicht anschrie), und er fing an, sich die kompliziertesten Metaphern auszudenken, um auf poetischen Umwegen über den Sexualakt sprechen zu können. Das war die zweite Phase: *die Phase der Metaphern.*

Damals ging er mit dem Mädchen B. Nach dem gewohnten verbalen Vorspiel (voller Metaphern) liebten sie sich. Einmal, als sie sich dem Höhepunkt näherte, sagte sie plötzlich einen Satz, in dem sie ihr Geschlechtsorgan mit einem eindeutigen, nichtmetaphorischen Ausdruck bezeichnete.

Es war das erste Mal, daß er dieses Wort aus einem weiblichen Mund hörte (was übrigens auch eine der glorreichen Sekunden auf dem Zifferblatt war). Überrascht und geblendet begriff er, daß in diesem rohen Ausdruck mehr Charme und explosive Kraft lag als in allen Metaphern, die je ausgedacht worden sind.

Etwas später lud ihn C zu sich ein. Sie war ungefähr fünfzehn Jahre älter als er. Bevor er zu ihr ging, repetierte er vor seinem Freund M die prächtigen Obszönitäten (nein, keine Metaphern mehr!), die er dieser Dame während des Liebesaktes zu sagen beabsichtigte. Er scheiterte auf merkwürdige Weise: noch bevor er sich entschlossen hatte, die Worte auszusprechen, hatte sie sie ausgesprochen. Wieder einmal war er verblüfft. Sie war ihm nicht nur in seiner erotischen Kühnheit zuvorgekommen, sondern gebrauchte, und das war noch merkwürdiger, genau die gleichen Formulierungen, die er einige Tage lang geübt hatte. Die Übereinstimmung faszinierte ihn. Er schrieb sie einer Art erotischer Telepathie oder einer geheimnisvollen Seelenverwandtschaft zu. So trat er langsam in die dritte Phase ein: *die Phase der obszönen Wahrheit.*

Die vierte Phase war eng mit seinem Freund M verbunden: *die Phase der stillen Post.* Stille Post wurde ein Spiel genannt, mit dem er sich zwischen seinem fünften und siebten Lebensjahr vergnügt hatte: die Kinder saßen in einer Reihe, und das erste flüsterte dem zweiten einen Satz zu, den dieses dem dritten ins Ohr sagte, und das dritte dem vierten, bis das letzte Kind den Satz dann laut wiederholte und alle über den Unterschied zwischen dem ursprünglichen Satz und seiner letzten Metamorphose lachten. Die Erwachsenen Rubens und M spielten stille Post, indem sie ihren verschiedenen Geliebten äußerst originell formulierte obszöne Sätze sagten und die Frauen diese dann wiederholten, ohne zu wissen, daß sie stille Post spielten. Und da Rubens und M einige gemeinsame Geliebte hatten (oder Geliebte, die sie sich diskret weiterreichten), schickten sie sich durch deren Vermittlung frivole Grüße zu. Einmal sagte eine Frau während der Liebe zu Rubens einen derart bemühten und unglaublich geschraubten Satz, daß er darin sofort eine boshafte Erfindung seines Freundes erkannte. Er wurde von einem unbändigen Lachbedürfnis überwältigt, und da die Frau dieses unterdrückte Lachen als Liebesgrimasse auffaßte, wiederholte sie den Satz noch einmal, und das dritte Mal schrie sie ihn heraus, und Rubens sah über seinem kopulierenden Körper das Phantom des kichernden M.

In diesem Zusammenhang erinnerte er sich an die junge B, die am Ende der Phase der Metaphern aus heiterem Himmel ein obszönes Wort gesagt hatte. Erst jetzt, mit Abstand, stellte er sich die Frage: hatte sie dieses Wort zum ersten Mal ausgesprochen? Damals hatte er keine Sekunde daran gezweifelt. Er hatte gedacht, daß sie in ihn verliebt war, er hatte sie im Verdacht, ihn heiraten zu wollen und war sich sicher, daß sie keinen anderen hatte. Erst jetzt begriff er, daß ihr vorher jemand hatte beibringen müssen (ich würde sagen, mit ihr hatte trainieren müssen), das Wort laut auszusprechen, bevor sie es zu Rubens sagen konnte. Ja, erst nach all den Jahren und mit der Erfahrung der stillen Post wurde ihm bewußt, daß B in der Zeit, als sie ihm ewige Treue geschworen hatte, noch einen anderen Liebhaber gehabt haben mußte.

Die Erfahrung der stillen Post veränderte ihn: er verlor das Gefühl (dem wir alle unterliegen), daß der Liebesakt ein Augenblick vollkommener Intimität war, in dem sich die Welt um uns herum in eine endlose Wüste verwandelte, in deren Mitte sich einsam zwei Körper aneinanderklammerten. Er hatte damals begriffen, daß ein solcher Augenblick keine intime Zweisamkeit zuließ. Selbst im dichten Menschengedränge der Champs-Elysées war er auf viel intimere Art allein, als wenn er die heimlichste seiner Liebhaberinnen in den Armen hielt. Denn die Phase der stillen Post ist die gesellschaftliche Phase der Liebe: dank einiger Wörter ist alle Welt an der Umarmung zweier Wesen beteiligt, die glauben, allein zu sein; die Gesellschaft beliefert den Markt mit obszönen Vorstellungen und betreibt deren Verbreitung und Umlauf. Damals hatte Rubens folgende Definition einer Nation geprägt: eine Nation ist eine Gemeinschaft von Individuen, deren erotisches Leben durch die gleiche stille Post verbunden ist.

Dann aber lernte er die junge D kennen, die wortgewaltigste aller Frauen, die er je getroffen hatte. Schon bei der zweiten Begegnung verriet sie ihm, daß sie eine fanatische Onanistin war und sich zur Lust verhalf, indem sie sich Märchen erzählte. »Märchen? Was für Märchen? Erzähl!« und er begann sie zu lieben. Und sie erzählte: ein Schwimmbad, Kabinen, in Bretterwände gebohrte Löcher, Blicke, die sie auf sich spürte, wenn sie sich auszog, eine Tür, die sich plötzlich öffnete, vier Männer, und so weiter und so fort, das Märchen war schön, es war banal, und er war mit D höchst zufrieden.

Doch seit dieser Zeit widerfuhr ihm etwas Seltsames: wenn er mit anderen Frauen zusammen war, fand er in ihren Vorstellungen Fragmente der langen Märchen wieder, die D ihm während der Liebe erzählt hatte. Oft begegnete er einem gleichen Wort, einer gleichen Formulierung, obwohl beide durchaus ungewöhnlich waren. D's großer Monolog war ein Spiegel, in dem er alle Frauen wiederfand, die er kannte, eine riesige Enzyklopädie, ein achtbändiger

Larousse erotischer Vorstellungen und Sätze. Zunächst erklärte er sich D's Monolog durch das Prinzip der stillen Post: die ganze Nation hatte mit Hilfe von Hunderten von Liebhabern laszive Vorstellungen aus allen Winkeln des Landes in ihren Kopf getragen wie in einen Bienenstock. Später jedoch stellte er fest, daß diese Erklärung wenig wahrscheinlich war. Er begegnete solchen Monologfragmenten nämlich auch bei Frauen, von denen er mit Sicherheit wußte, daß sie nicht einmal eine indirekte Beziehung zu D haben konnten, da kein gemeinsamer Geliebter existierte, der zwischen ihnen die Rolle des Briefträgers hätte spielen können.

Da erinnerte er sich an die Begebenheit mit C: er hatte sich ein paar lasterhafte Sätze zurechtgelegt, die er ihr während des Liebesaktes sagen wollte, doch sie war ihm zuvorgekommen. Er hatte sich damals eingeredet, es handele sich um Telepathie. Hatte C diese Sätze aber tatsächlich aus seinem Kopf herausgelesen? Wahrscheinlicher war doch wohl, daß sie sie schon im Kopf hatte, bevor sie Rubens kennenlernte. Doch wie war es möglich, daß beide die gleichen Sätze im Kopf hatten? Offenbar, weil es eine gemeinsame Quelle gab. Und da kam ihm der Gedanke, daß alle Frauen und alle Männer von ein und demselben Strom durchflossen werden, von einem gemeinsamen Fluß erotischer Vorstellungen. Der einzelne bezieht seinen Anteil an erotischer Phantasie nicht durch die stille Post von einem Liebhaber oder einer Liebhaberin, sondern aus diesem unpersönlichen (respektive überpersönlichen oder unterpersönlichen) Fluß. Wenn ich aber sage, daß dieser Strom, der uns durchfließt, unpersönlich ist, heißt das, daß er nicht uns gehört, sondern demjenigen, der uns geschaffen und ihn in uns gelegt hat, mit anderen Worten, daß dieser Fluß Gott gehört oder sogar Gott selbst oder eine seiner Metamorphosen ist. Als Rubens diesen Gedanken zum ersten Mal formulierte, kam er ihm blasphemisch vor, doch dann verflog der Eindruck des Blasphemischen wieder und Rubens tauchte mit fast religiöser Andacht in den unterirdischen Fluß ein: er spürte, daß wir in diesem Strom alle miteinander verbunden sind, und zwar nicht als Angehörige eines Volkes, sondern als Kinder Gottes; jedesmal, wenn er in diesen Strom eintauchte, hatte er das Gefühl, sich in einer Art mystischem Ritual mit Gott zu vereinigen. Ja, die fünfte Phase war die *mystische Phase*.

4.

Ist die Geschichte von Rubens' Leben nur eine Geschichte der körperlichen Liebe?

Man kann sie so verstehen, und der Moment, als sie ihm plötzlich so vorkam, war ebenfalls ein bedeutungsvolles Datum auf seinem Zifferblatt.

Schon als Gymnasiast hatte er viele Stunden in Museen vor Bildern verbracht, hatte zu Hause Hunderte von Gouachen gemalt und war unter seinen Mitschülern für seine Lehrer-Karikaturen berühmt. Er zeichnete sie mit Bleistift für eine vervielfältigte Schülerzeitung und in den Pausen zum großen Vergnügen der ganzen Klasse mit Kreide auf die Wandtafel. Diese Zeit machte ihm begreiflich, was Ruhm war: das ganze Gymnasium kannte und bewunderte ihn, und alle nannten ihn spaßeshalber Rubens. Den Spitznamen behielt er als Erinnerung an diese schönen Jahre (die einzigen Jahre des Ruhms) sein Leben lang bei und drängte (mit verblüffender Naivität) auch seine späteren Freunde, ihn so zu nennen.

Die Berühmtheit endete mit der Matura. Er wollte seine Malstudien an einer Kunstschule fortsetzen, schaffte aber die Aufnahmeprüfung nicht. War er schlechter als andere? Oder hatte er Pech gehabt? Merkwürdig, aber diese einfache Frage kann ich nicht beantworten.

Gleichgültig begann er Jura zu studieren, und für sein Scheitern machte er die Enge seiner schweizerischen Heimat verantwortlich. Er hoffte, seine Berufung als Maler anderswo verwirklichen zu können und versuchte sein Glück noch zweimal: zuerst, als er sich an der École des Beaux-Arts in Paris zur Prüfung anmeldete, aber wieder durchfiel, und dann, als er seine Zeichnungen verschiedenen Zeitschriften anbot. Weshalb wurden sie zurückgewiesen? Waren sie nicht gut? Oder waren die, die sie beurteilten, Idioten? Oder war die damalige Zeit nicht mehr an Zeichnungen interessiert? Ich kann nur wiederholen, daß ich die Antwort auf diese Fragen nicht weiß.

Müde vom Mißerfolg verzichtete er auf weitere Versuche. Man kann daraus schließen (und er war sich dessen wohl bewußt), daß seine Leidenschaft fürs Zeichnen und Malen weniger intensiv gewesen war, als er gedacht hatte, und ihm eine Künstlerkarriere also nicht beschieden gewesen war, wie er noch als Gymnasiast geglaubt hatte. Zunächst war er durch diese Erkenntnis enttäuscht, doch dann meldete sich in seiner Seele eine trotzige Verteidigung der eigenen Resignation zu Wort: Warum sollte er für das Malen Leidenschaft empfinden? Was war an einer Leidenschaft so lobenswert? Entstanden die meisten schlechten Bilder und Romane nicht deshalb, weil die Künstler in ihrer Leidenschaft für die Kunst etwas Heiliges sahen, eine Art Berufung oder sogar Verpflichtung (sich selbst, ja der Menschheit gegenüber)? Unter dem Eindruck des eigenen Verzichts fing er an, in Künstlern und Literaten eher von Ehrgeiz Besessene als mit Talent Begabte zu sehen und mied ihre Gesellschaft.

Sein größter Konkurrent, N, ein gleichaltriger Junge aus derselben Stadt, hatte dasselbe Gymnasium absolviert wie er und wurde nicht nur an der Kunstschule angenommen, sondern brachte es auch bald schon zu beachtenswertem Erfolg. Während der Schulzeit hatten alle Rubens für den viel Begabteren gehalten. Bedeutet dies, daß sie sich alle geirrt hatten? Oder daß Begabung etwas ist, das unterwegs verlorengehen kann? Wir ahnen es schon: es gibt auf diese Fragen keine Antwort. Wichtig ist wohl etwas anderes: in der Zeit, als seine Mißerfolge ihn zwangen, die Malerei endgültig an den Nagel zu hängen (und als N seine ersten Erfolge feierte), war er mit einem sehr schönen und sehr jungen Mädchen befreundet, während sein Konkurrent ein Fräulein aus reichem Hause heiratete, das so häßlich war, daß es Rubens bei ihrem Anblick den Atem verschlug. Er faßte diesen Umstand als Wink des Schicksals auf, das ihm zu verstehen gab, wo das Zentrum seines Lebens lag: nicht im öffentlichen, sondern im privaten Leben, nicht in der Jagd nach beruflichem Erfolg, sondern im Erfolg bei den Frauen. Und plötzlich stellte sich das, was noch gestern wie eine Niederlage ausgesehen hatte, für ihn als überraschender Sieg dar: ja, er verzichtete auf Ruhm und den Kampf um Anerkennung (diesen vergeblichen, trostlosen Kampf), um sich dem Leben zu widmen. Er stellte sich nicht die Frage, weshalb ausgerechnet die Frauen ›das wahre Leben‹ waren. Das war für ihn völlig selbstverständlich und über jeden Zweifel erhaben. Er war sicher, daß er den besseren Weg gewählt hatte als sein mit einer häßlichen Reichen ausgestatteter Konkurrent. So gesehen war seine junge Schöne für ihn nicht nur ein Glücksversprechen, sondern vor allem sein Triumph und sein Stolz. Um diesen unerwarteten Sieg unwiderruflich zu besiegeln, heiratete er sie in der Überzeugung, daß die ganze Welt ihn beneidete.

5.

Frauen waren für Rubens ›das wahre Leben‹, und trotzdem hatte er nichts Besseres zu tun, als seine Schöne zu ehelichen und dadurch auf die Frauen zu verzichten. Ein unlogisches, aber völlig normales Verhalten. Rubens war damals vierundzwanzig. Er war gerade in die Phase der obszönen Wahrheit getreten (was heißt, daß er kurz zuvor die junge B und die Dame C kennengelernt hatte), aber seine neuen Erfahrungen änderten nichts an seiner Überzeugung, daß hoch über der sexuellen Liebe ›die Liebe an sich‹ stand, die große Liebe, dieser höchste Wert des Lebens, von der er viel gehört und gelesen hatte, viel ahnte und nichts wußte. Er zweifelte nicht daran, daß die Liebe die Krönung des Lebens war (des ›wahren Lebens‹, das er einer Karriere vorzog) und er sie folglich ohne Kompromisse und mit offenen Armen willkommen heißen mußte.

Wie gesagt, die Zeiger auf dem sexuellen Zifferblatt zeigten damals die Stunde der obszönen Wahrheit an, kaum aber hatte er sich verliebt, fiel er augenblicklich in frühere Phasen zurück: im Bett schwieg er oder flüsterte seiner zukünftigen Braut zärtliche Metaphern ins Ohr, weil er glaubte, die Obszönität werde sie beide unweigerlich aus dem Reich der Liebe vertreiben.

Ich sage es noch anders: die Liebe zu seiner Schönen

führte ihn zurück in den Zustand des keuschen Jünglings; wie wir schon gesehen haben, kehrt ein Europäer, wenn er das Wort Liebe ausspricht, auf den Schwingen der Begeisterung in ein prä-koitales (oder nicht-koitales) Denken und Fühlen zurück, und zwar genau an die Orte, wo der junge Werther gelitten hat und Fromentins Dominique fast vom Pferd gefallen wäre. Als Rubens seiner Schönen begegnete, war er bereit, den Topf mit dem Gefühl aufs Feuer zu stellen und zu warten, bis es sich am Siedepunkt in Leidenschaft verwandelte. Es gab jedoch eine Komplikation, und die bestand darin, daß er zu dieser Zeit noch eine andere Geliebte in einer anderen Stadt hatte (wir wollen sie mit dem Buchstaben E bezeichnen), die drei Jahre älter war als er und mit der er schon verkehrt hatte, lange bevor er seiner künftigen Braut begegnet war. Er verkehrte mit ihr auch noch einige Monate danach und hörte erst an dem Tag auf, sie zu treffen, als er den Entschluß faßte zu heiraten. Die Trennung wurde nicht durch ein plötzliches Erkalten seiner Gefühle verursacht (man wird bald sehen, wie sehr er E liebte), sondern durch die Überzeugung, in eine bedeutsame und feierliche Phase seines Lebens zu treten, in der die große Liebe durch Treue geweiht werden mußte. Eine Woche vor der Hochzeit (an deren Notwendigkeit er in einem Winkel seiner Seele trotz allem zweifelte) wurde er jedoch von unerträglicher Sehnsucht nach E (er hatte sie verlassen, ohne ihr irgend etwas zu erklären) überwältigt. Da er die Beziehung zu ihr nie als Liebe bezeichnet hatte, wunderte er sich, daß er sich so grenzenlos nach ihr sehnte, mit seinem ganzen Körper, seinem ganzen Herzen und seiner ganzen Seele. Er konnte sich nicht beherrschen und fuhr zu ihr hin. Eine Woche lang ließ er sich erniedrigen in der Hoffnung, daß sie ihm erlaubte, mit ihr zu schlafen; er bettelte, er bedrängte sie mit seiner

Zärtlichkeit und seiner Trauer, aber sie gewährte ihm nur die Gnade ihres bekümmerten Gesichts; ihren Körper durfte er nicht einmal berühren.

Niedergeschlagen und traurig kehrte er am Morgen des Hochzeitstages nach Hause zurück. Während des Hochzeitsessens betrank er sich, und am Abend führte er seine Braut in die gemeinsame Wohnung. Verwirrt von Wein und Sehnsucht redete er sie mitten in der Liebe mit dem Namen seiner früheren Geliebten an. Eine Katastrophe! (Nie wird er die großen Augen vergessen, die ihn in schmerzlicher Verwunderung anschauten!) In dieser Sekunde, als alles zusammenstürzte, begriff er, daß sich seine verstoßene Geliebte an ihm gerächt und noch am selben Tag, an dem er geheiratet hatte, seine Ehe für immer mit ihrem Namen vermint hatte. Und vielleicht wurde ihm in diesem kurzen Augenblick auch das Unwahrscheinliche dessen bewußt, was ihm da passiert war, die groteske Dummheit seines Lapsus, die den unausweichlichen Ehekrach noch unerträglicher machte. Es waren entsetzliche drei oder vier Sekunden, in denen er nicht wußte, was er tun sollte, bis er dann plötzlich zu schreien anfing: »Eva! Elisabeth! Katrin!« Da ihm in dieser Situation so rasch keine anderen Frauennamen einfielen, wiederholte er: »Katrin! Elisabeth! Ja, du bist für mich alle Frauen! Die Frauen der ganzen Welt! Eva! Sandra! Julia! Du bist alle Frauen! Du bist die Frau in der Mehrzahl! Heidi, Hildegard, alle Frauen der ganzen Welt sind in dir, du hast alle Namen!...« und er liebte sie in immer schnellerem Rhythmus, wie ein wahrer Sexathlet; und schon nach wenigen Sekunden stellte er dankbar fest, daß die schreckgeweiteten Augen seiner Frau wieder ihren normalen Ausdruck zurückgewonnen hatten und ihr Körper, der gerade noch versteinert unter ihm gelegen hatte, sich wieder in einem

Rhythmus bewegte, dessen Regelmäßigkeit ihm Ruhe und Sicherheit zurückgab.

Die Art und Weise, wie er sich aus dieser teuflischen Situation herausmanövriert hatte, lag am Rande des Glaubwürdigen, und wir wundern uns vielleicht darüber, wie die frischgebackene Ehefrau eine so dreiste Komödie ernst nehmen konnte. Vergessen wir aber nicht, daß Rubens und seine Frau im Bann des prä-koitalen Denkens lebten, das die Liebe dem Absoluten annähert. Was ist das Kriterium der Liebe in der keuschen Phase? Es ist etwas rein Quantitatives: die Liebe ist ein sehr, sehr, sehr großes Gefühl. Die falsche Liebe ist ein kleines, die wahre Liebe jedoch ein ganz großes Gefühl. Aber ist unter dem Blickwinkel des Absoluten nicht jede Liebe klein? Natürlich. Deshalb will sie sich dem Vernunftmäßigen entziehen, um zu beweisen, daß sie die wahre Liebe ist, sie will kein Maß kennen, will nicht wahrscheinlich sein; sie sehnt sich danach, sich in einen »aktiven Rausch der Leidenschaft« (vergessen wir Eluard nicht!) zu verwandeln, mit anderen Worten: sie will wahnsinnig sein! Das Unwahrscheinliche einer übertriebenen Geste kann also nur Vorteile bringen. Die Art, wie Rubens sich aus der Patsche half, ist für einen neutralen Beobachter weder elegant noch überzeugend, sie war in der gegebenen Situation aber das einzige, was es ihm ermöglichte, eine Katastrophe zu vermeiden: indem Rubens sich wie ein Wahnsinniger verhielt, berief er sich auf das wahnsinnige Absolute der Liebe, und das rettete ihn.

6.

Wenn Rubens in Gegenwart seiner jungen Frau wieder zu einem lyrischen Athleten der Liebe wurde, so bedeutet dies nicht, daß er ein für allemal auf seine Laster verzichtet hätte, sondern sie vielmehr in den Dienst der Liebe stellen wollte. Er bildete sich ein, daß er in der monogamen Ekstase mit einer einzigen Frau mehr erleben konnte als mit hundert anderen. Nur eine Frage blieb noch zu lösen: in welchem Tempo sollte das Abenteuer der Sinnlichkeit den Weg der Liebe beschreiten? Da der Weg der Liebe lang, so lang wie nur möglich, am liebsten endlos sein sollte, machte er sich zum Prinzip: die Zeit zu bremsen und nichts zu überstürzen.

Sagen wir, daß er sich seine sexuelle Zukunft mit der Schönen wie einen Aufstieg auf einen hohen Berg vorstellte. Hätte er den Gipfel gleich am ersten Tag erreicht, was hätte er danach gemacht? Er mußte den Weg also so planen, daß er sein ganzes Leben ausfüllte. Deshalb liebte er seine Frau zwar leidenschaftlich, mit physischem Eifer, aber auf sogenannt klassische Art und ohne besondere Raffinessen, die ihn zwar anzogen (mit seiner eigenen Frau noch mehr als mit jeder anderen), die er aber für spätere Jahre aufheben wollte.

Doch dann geschah auf einmal etwas, mit dem er nicht gerechnet hatte: sie hörten auf, sich zu verstehen, gingen sich auf die Nerven und begannen um die Macht in der Beziehung zu kämpfen; sie behauptete, mehr Raum für ihre persönliche Entfaltung zu brauchen, er wiederum war wütend, weil sie ihm keine Eier mehr kochen wollte, und so passierte es schneller als geahnt, daß sie geschieden waren. Das große Gefühl, auf dem Rubens sein ganzes Leben hatte aufbauen

346

wollen, war so schnell verschwunden, daß er daran zweifelte, ob er es überhaupt je empfunden hatte. Dieses Verschwinden des Gefühls (so plötzlich, so schnell und so einfach!) war für ihn etwas Schwindelerregendes und Unglaubliches. Es faszinierte ihn noch mehr als zwei Jahre zuvor seine plötzliche Verliebtheit.

Aber nicht nur die emotionale, auch die erotische Bilanz seiner Ehe war gleich Null. Wegen des langsamen Tempos, das er sich auferlegt hatte, hatte er mit dieser wunderbaren Frau nur naive Liebesspiele ohne große Erregung erlebt. Er war mit ihr nicht nur nicht bis zum Gipfel des Berges gelangt, sondern nicht einmal bis zum ersten Aussichtspunkt. Er versuchte deshalb, seine Schöne nach der Scheidung noch einige Male zu treffen (sie hatte nichts dagegen: seit der Zeit, da der Kampf um die Macht in der Beziehung eingestellt war, schlief sie wieder gern mit ihm), um rasch noch wenigstens einige kleine Perversionen zu erleben, die er für spätere Jahre aufbewahrt hatte. Aber er erlebte fast nichts, weil er diesmal ein zu rasches Tempo wählte und die geschiedene Schöne (die er direkt in die Phase der obszönen Wahrheit schleifen wollte) seine ungeduldige Sinnlichkeit als Zynismus und Mangel an Liebe auslegte, so daß ihr nacheheliches Verhältnis bald schon ein Ende fand.

Die kurze Ehe war in Rubens' Leben eine bloße Parenthese, was mich beinahe dazu verleitet hätte zu sagen, daß er genau dorthin zurückkehrte, wo er gewesen war, bevor er seiner künftigen Frau begegnete; doch das wäre falsch. Das Aufblähen des Liebesgefühls und dessen undramatisches und schmerzloses Zusammenschrumpfen erlebte er als schockierende Erkenntnis, die ihm bestätigte, daß er sich unwiderruflich *jenseits der Grenzen der Liebe* befand.

7.

Die große Liebe, die ihn vor zwei Jahren geblendet hatte, hatte ihn die Malerei vergessen lassen. Als er aber die Parenthese der Ehe geschlossen und mit melancholischer Enttäuschung festgestellt hatte, daß er sich jenseits der Grenzen der Liebe befand, kam ihm sein Verzicht auf die Malerei plötzlich wie eine sinnlose Kapitulation vor.

Er fing wieder an, in einem Notizblock Skizzen der Bilder zu machen, die er gern gemalt hätte. Er merkte jedoch bald, daß eine Rückkehr nicht mehr möglich war. Noch als Gymnasiast hatte er sich vorgestellt, daß alle Maler der Welt den gleichen großen Weg gingen; es war ein Königsweg, der von den gotischen Malern zu den großen Italienern der Renaissance und weiter zu den Holländern führte, dann zu Delacroix und von Delacroix zu Manet, von Manet zu Monet, von Bonnard (ach, wie liebte er Bonnard!) zu Matisse, und von Cézanne zu Picasso. Die Maler beschritten diesen Weg nicht kompanieweise wie Soldaten, nein, jeder ging für sich allein, und trotzdem dienten die Entdeckungen des einen dem anderen als Quelle der Inspiration, und alle waren sich bewußt, daß sie sich einen Weg nach vorn ins Unbekannte bahnten, das ihr gemeinsames Ziel war und sie miteinander verband. Und dann verschwand dieser Weg plötzlich. Es war, wie wenn man aus einem schönen Traum erwacht, man sucht eine Weile nach den schnell verblassenden Bildern, bis man begreift, daß der Traum sich nicht zurückholen läßt. Der Weg war verschwunden, doch in der Seele der Maler war die unstillbare Sehnsucht geblieben ›nach vorn zu gehen‹. Wo ist aber ›vorn‹, wenn es keinen Weg mehr gibt? In welcher Richtung ist dieses verlorene ›Vorn‹ zu suchen? Der Wunsch, nach vorn zu gehen, ist zur Neurose der Maler geworden, sie liefen alle in verschiedene Richtungen und kamen sich dabei ständig ins Gehege (wie eine Menschenmenge, die auf demselben Platz immer hin und her geht). Sie wollten sich voneinander unterscheiden, und jeder entdeckte von neuem eine schon gemachte Entdeckung. Zum Glück tauchten bald Leute auf (keine Maler, sondern Geschäftsleute und Ausstellungsmacher sowie deren Agenten und Werbeberater), die Ordnung in die Unordnung brachten und festlegten, welche Entdeckung es in diesem oder jenem Jahr neu zu machen galt. Dieses Einführen einer Ordnung förderte den Verkauf zeitgenössischer Bilder. Sie wurden nun von denselben Reichen für ihre Salons gekauft, die zehn Jahre zuvor über Picasso und Dalí gelacht hatten, wofür Rubens sie leidenschaftlich haßte. Und jetzt hatten diese Reichen plötzlich beschlossen, modern zu sein, und Rubens atmete erleichtert auf, daß er kein Maler war.

Einmal hatte er in New York das Museum of Modern Art besucht. Im ersten Stock waren Matisse, Braque, Picasso, Miró, Dalí und Max Ernst ausgestellt. Rubens war glücklich: Die Pinselstriche auf den Leinwänden drückten ein geradezu entfesseltes Vergnügen aus. Einmal war die Wirklichkeit grandios vergewaltigt wie eine Frau von einem Faun, ein andermal prallte sie mit dem Maler zusammen wie ein Stier mit einem Torero. Als er jedoch in den oberen Stock mit den Bildern der jüngsten Zeit stieg, fand er sich mitten in einer Wüste wieder; nirgendwo sah er auch nur eine Spur von einem fröhlichen Pinselstrich; nirgendwo eine Spur von Vergnügen; Stier und Torero waren verschwunden; die Bilder hatten die Wirklichkeit aus sich vertrieben oder ahmten sie in zynischer, geistloser Detailtreue nach. Zwischen den beiden Stockwerken floß der Fluß Lethe, der Fluß des Todes und des Vergessens. Damals hatte sich Rubens gesagt, daß seine Abkehr von der Malerei vielleicht noch einen tieferen Grund gehabt hatte als nur den Mangel an Talent oder an Ausdauer: auf dem Zifferblatt der europäischen Malerei hatte es Mitternacht geschlagen.

Wenn ein genialer Alchimist ins 20. Jahrhundert versetzt würde, womit würde er sich beschäftigen? Was würde heute, wo die Seewege von Hunderten von Schiffahrtsgesellschaften befahren werden, aus Christoph Kolumbus? Was würde Shakespeare in einer Zeit schreiben, in der das Theater noch nicht existiert oder zu existieren aufgehört hat?

Das sind keine rhetorischen Fragen. Wenn jemand zu etwas begabt ist, für das es Mitternacht geschlagen hat (oder die erste Stunde noch nicht geschlagen hat), was geschieht dann mit seinem Talent? Verwandelt es sich? Paßt es sich an? Wird Christoph Kolumbus Direktor eines Reisebüros? Wird Shakespeare Drehbücher für Hollywood schreiben? Picasso Comics produzieren? Oder werden sich diese Talente von der Welt zurückziehen, werden sie, wenn ich so sagen darf, in ein Kloster der Geschichte eintreten, aus kosmischer Enttäuschung darüber, daß sie zur falschen Zeit geboren wurden, außerhalb der Epoche, für die sie bestimmt, außerhalb des Zifferblatts, für dessen Zeit sie geschaffen waren? Werden sie ihre unzeitgemäße Begabung aufgeben wie Rimbaud, der mit neunzehn Jahren das Dichten aufgab?

Auch auf diese Fragen gibt es weder für mich noch für Sie noch für Rubens eine Antwort. Hatte der Rubens meines Romans unrealisierte Möglichkeiten eines großen Malers in sich? Oder hatte er überhaupt kein Talent? Hatte er den Pinsel aus einem Mangel an künstlerischer Begabung zur Seite gelegt, oder ganz im Gegenteil kraft einer Hellsichtigkeit, die die Eitelkeit der Malerei durchschaut hatte? Selbstverständlich dachte Rubens oft an Rimbaud und verglich sich im Geiste mit ihm (wenn auch nur schüchtern und ironisch). Rimbaud hatte das Dichten nicht nur radikal und ohne Bedauern aufgegeben, die Tätigkeit, der er sich danach widmete, war eine höhnische Verneinung der Dichtung: es heißt, er habe in Afrika mit Waffen und sogar mit Sklaven gehandelt. Die zweite Behauptung ist vermutlich nur eine verleumderische Legende, als Hyperbel trifft sie jedoch die selbstzerstörerische Gewalt, die Leidenschaft und die Wut, die Rimbaud von seiner eigenen Vergangenheit als Künstler trennten. Wenn Rubens immer mehr von der Welt der Finanzwirtschaft und der Börse fasziniert war, so vielleicht auch deshalb, weil ihm die (zu Recht oder zu Unrecht) wie das pure Gegenteil seiner Träume von einer künstlerischen Karriere vorkam. An dem Tag, als sein Mitschüler N berühmt wurde, verkaufte er ein Bild, das er von ihm geschenkt bekommen hatte. Der Verkauf brachte ihm nicht nur einiges Geld ein, er offenbarte ihm auch die Art und Weise seines künftigen Broterwerbs: den Reichen (die er verachtete) Bilder zeitgenössischer Maler (von denen er nichts hielt) zu verkaufen.

Leute, die sich ihr Leben mit dem Verkauf von Bildern verdienen, ohne daß es ihnen im Traum einfiele, sich für diesen Beruf zu schämen, gibt es auf dieser Welt wohl mehr als genug. Waren denn Velázquez, Vermeer und Rembrandt nicht auch Kunsthändler? Rubens wußte das alles. Er war zwar bereit, sich mit Rimbaud, dem Sklavenhändler, zu vergleichen, aber er war keinesfalls bereit, sich mit den großen Malern zu vergleichen, die Kunsthändler waren. Und er zweifelte keinen Augenblick an der totalen Nutzlosigkeit seiner Arbeit. Zuerst war er bekümmert darüber und warf sich seine unmoralische Position vor. Doch dann sagte er sich:

was heißt das eigentlich, nützlich zu sein? Die Summe der Nützlichkeit aller Menschen aller Zeiten ist zur Gänze in der Welt enthalten, wie sie heute ist. Woraus hervorgeht: es gibt nichts Moralischeres, als unnütz zu sein.

8.

Als ihn F besuchte, lag seine Scheidung ungefähr zwölf Jahre zurück. Sie erzählte, daß ein Mann sie kürzlich zu sich eingeladen und zuerst gute zehn Minuten im Vorzimmer habe warten lassen, und zwar unter dem Vorwand, daß er im Nebenzimmer noch ein wichtiges Telefongespräch zu erledigen habe. Dieses Gespräch habe er vermutlich nur vorgetäuscht, um ihr in der Zwischenzeit zu ermöglichen, die Pornozeitschriften durchzublättern, die auf dem Tischchen vor dem Sessel lagen, den er ihr angeboten hatte. F schloß ihre Erzählung mit der Bemerkung: »Wenn ich jünger gewesen wäre, hätte er mich gehabt. Wenn ich siebzehn gewesen wäre. Das ist das Alter der verrücktesten Phantasien, das Alter, in dem man nichts widerstehen kann…«

Rubens hatte ein bißchen unkonzentriert zugehört, ihre letzte Bemerkung jedoch ließ ihn aufhorchen. Das wird ihm immer wieder passieren: jemand sagt einen Satz, und dieser Satz wirkt unerwartet wie ein Vorwurf: er wird ihn an etwas erinnern, das er im Leben versäumt, das er verpaßt, unwiderbringlich verpaßt hat. Als F davon sprach, daß sie als Siebzehnjährige unfähig gewesen war, einer Verführung zu widerstehen, erinnerte er sich an seine Frau, die ebenfalls siebzehn gewesen war, als er sie kennengelernt hatte. Er vergegenwärtigte sich das Hotel in der Provinz, in dem sie sich einige Zeit vor der Hochzeit einquartiert hatten. Sie liebten sich in einem Zimmer, hinter dessen Wand ein gemeinsamer Freund schlief. Die Schöne hatte Rubens mehrmals zugeflüstert: »Er hört uns!« Erst jetzt (als er F gegenübersaß, die ihm von den Versuchungen der siebzehnjährigen F erzählte), wurde ihm bewußt, daß seine Zukünftige damals lauter gestöhnt hatte als sonst, daß sie sogar geschrien und also bewußt geschrien hatte, damit der Freund sie hörte. Während der folgenden Tage war sie noch oft auf diese Nacht zu sprechen gekommen und hatte gefragt: »Glaubst du wirklich, daß er uns nicht gehört hat?« Er hatte sich ihre Frage damals als Ausdruck ihrer verschreckten Scham erklärt und sie damit beruhigt (jetzt wurde er rot bis über die Ohren, wenn er an seine jugendliche Dummheit dachte!), daß sein Freund für seinen tiefen Schlaf bekannt sei.

Er sah F an und merkte, daß er keine besondere Lust hatte, sie in Gegenwart einer anderen Frau oder eines anderen Mannes zu lieben. Aber weshalb trieb ihm jetzt die Erinnerung an die eigene Frau, die vor vierzehn Jahren laut gestöhnt und geschrien hatte, während sie an den Freund hinter der dünnen Wand dachte, das Blut in den Kopf?

Er sagte sich: die Liebe zu dritt, zu viert kann nur in Gegenwart einer geliebten Frau erregend sein. Nur die Liebe kann beim Anblick des Körpers der geliebten Frau in den Armen eines anderen Mannes Verwunderung und erregendes Entsetzen wecken. Die alte moralisierende Weisheit, daß eine sexuelle Beziehung ohne Liebe sinnlos ist, leuchtete ihm plötzlich ein und erhielt eine neue Bedeutung.

9.

Am folgenden Tag flog Rubens geschäftlich nach Rom. Gegen vier Uhr war er frei. Er war von einer durch nichts zu betäubenden Wehmut erfüllt: er dachte an seine Frau, und nicht nur an sie; alle Frauen, die er gekannt hatte, defilierten vor seinen Augen vorbei, und ihm schien, als habe er alle verpaßt, als habe er mit ihnen viel weniger erlebt, als er hätte erleben können und tatsächlich erlebt hatte. Er wollte diese Wehmut, diese Unzufriedenheit abschütteln und besuchte die Kunstgalerie des Palazzo Barberini (er besuchte in allen Städten die Kunstgalerien) und ging danach zur Piazza di Spagna, um über die breite Treppe zur Villa Borghese hinaufzusteigen. Auf zierlichen Sokkeln, die in langen Reihen die Alleen säumten, standen die Marmorbüsten berühmter Italiener. Ihre zu einer allerletzten Grimasse erstarrten Gesichter waren hier als Zusammenfassung ihres ganzen Lebens ausgestellt. Rubens war schon immer für die Komik von Büsten und Statuen empfänglich gewesen, er lächelte. Und erinnerte sich an ein Märchen aus seiner Kindheit: ein Zauberer verzauberte während eines Festmahls die Gäste: alle blieben in der Position, in der sie sich gerade befunden hatten, stehen: mit offenem Mund, mit vom Kauen verzerrtem Gesicht, mit einem angenagten Knochen in der Hand. Eine andere Erinnerung: die Menschen flüchteten aus Sodom und durften nicht zurückschauen unter der Drohung, daß sie andernfalls in Salzsäulen verwandelt würden. Die Geschichte aus der Bibel veranschaulicht sehr eindringlich, daß es kein größeres Grauen, keine größere Strafe gibt, als einen Augenblick in Ewigkeit zu verwandeln, den Menschen aus der Zeit herauszureißen, ihn mitten in einer natürlichen Bewegung zu fixieren. In diese Gedanken versunken (in der nächsten Sekunde hatte er sie vergessen!) sah er sie plötzlich vor sich. Nein, es war nicht seine Frau (die laut gestöhnt hatte, weil sie wußte, daß der Freund im Nebenzimmer war), es war jemand anderes.

Alles war im Bruchteil einer Sekunde entschieden. Er erkannte sie erst in dem Augenblick, als sie beide auf gleicher Höhe waren und ein weiterer Schritt sie unwiederbringlich auseinandergebracht hätte. In genau diesem Augenblick mußte er sich entscheiden: stehenzubleiben, sich umzudrehen (sie reagierte augenblicklich auf seine Bewegung) und sie anzusprechen.

Er hatte das Gefühl, als hätte er sich schon viele Jahre gerade nach ihr gesehnt, als hätte er sie die ganze Zeit überall auf der Welt gesucht. Hundert Meter von ihnen entfernt war ein Café, dessen Stühle draußen unter den ausladenden Bäumen und dem herrlich blauen Himmel standen. Sie setzten sich einander gegenüber.

Sie trug eine schwarze Brille. Er nahm sie zwischen zwei Finger, hob sie ihr vorsichtig von der Nase und legte sie auf den Tisch. Sie protestierte nicht.

Er sagte: »Wegen dieser Brille hätte ich Sie beinahe nicht erkannt.«

Sie tranken Mineralwasser und konnten die Blicke nicht voneinander lösen. Sie war mit ihrem Mann in Rom und hatte nur eine Stunde Zeit. Er wußte, daß sie, wenn es möglich gewesen wäre, noch am selben Tag und in derselben Minute miteinander geschlafen hätten.

Wie hieß sie? Wie war ihr Name? Er hatte es vergessen, und es war unmöglich, sie jetzt danach zu fragen. Er erzählte ihr (durchaus aufrichtig), daß er die ganze Zeit, in der sie sich nicht gesehen hatten, das Gefühl gehabt habe, auf sie zu warten. Wie sollte er da gleichzeitig gestehen, daß er nicht mehr wußte, wie sie hieß?

Er sagte zu ihr: »Wissen Sie, wie wir Sie genannt haben?«

»Nein.«

»Lautenistin.«

»Lautenistin?«

»Weil Sie zart wie eine Laute waren. Diesen Namen habe ich mir für Sie ausgedacht.«

Ja, er hatte ihn sich ausgedacht. Nicht vor Jahren, als sie sich flüchtig kennengelernt hatten, sondern jetzt, im Park der Villa Borghese, weil er sie mit einem Namen ansprechen mußte, und weil sie ihm elegant und zart vorkam wie eine Laute.

10.

Was wußte er von ihr? Wenig. Er erinnerte sich vage, daß er sie auf dem Tennisplatz kennengelernt (er mochte siebenundzwanzig, sie zehn Jahre jünger gewesen sein) und sie einmal in einen Nachtclub eingeladen hatte. Damals war ein Tanz Mode, bei dem der Mann und die Frau einen Schritt voneinander entfernt standen, die Hüften kreisen ließen und die Hände abwechselnd auf den Partner zu bewegten. In dieser Bewegung hatte sie sich in sein Gedächtnis gegraben. Was war an ihr so besonders gewesen? Vor allem hatte sie Rubens nicht angeschaut. Wohin hatte sie dann geschaut? Ins Leere. Alle Tänzer hatten angewinkelte Arme und machten damit abwechselnd Vorwärtsbewegungen. Auch sie machte diese Bewegungen, doch sie machte sie irgendwie anders: während sie die Arme nach vorn bewegte, ließ sie den rechten Vorderarm einen kleinen Bogen nach links und den linken Vorderarm einen kleinen Bogen nach rechts beschreiben. Es war, als wollte sie hinter diesen kreisenden Bewegungen ihr Gesicht verstecken. Als wollte sie es verwischen. Der Tanz galt damals als relativ schamlos, und es war, als wollte das Mädchen schamlos tanzen und diese Schamlosigkeit zugleich verbergen. Rubens war hingerissen! Als hätte er noch nie etwas Zarteres, Schöneres, Erregenderes gesehen. Dann wurde ein Tango gespielt, und die Paare schmiegten sich aneinander. Er konnte eine plötzliche Anwandlung nicht unterdrücken und legte dem Mädchen die Hand auf die Brust. Er erschrak. Was würde das Mädchen machen? Sie machte nichts. Sie tanzte weiter mit seiner Hand auf der Brust und sah vor sich hin. Er fragte sie mit fast zitternder Stimme: »Hat jemand schon einmal Ihre Brust berührt?« Und sie antwortete mit ebenso zitternder Stimme (es war tatsächlich, wie wenn jemand ganz leicht die Saiten einer Laute angeschlagen hätte): »Nein.« Er ließ die Hand auf ihrer Brust und hielt ihr Nein für das schönste Wort der Welt; ja, er war hingerissen: es kam ihm so vor, als sähe er die Scham aus der Nähe; er sah die Scham, wie sie *war*, er konnte sie berühren (er berührte sie übrigens tatsächlich, denn die Scham des Mädchens war in ihre Brust gewandert, sie bewohnte ihre Brust, war in ihre Brust verwandelt).

Weshalb hatte er sich danach nicht mehr mit ihr getroffen? Er konnte sich den Kopf noch so zerbrechen, er wußte es nicht. Er erinnerte sich nicht mehr.

11.

Der Wiener Schriftsteller Arthur Schnitzler hat eine wunderbare Novelle mit dem Titel *Fräulein Else* geschrieben. Die Heldin ist ein züchtiges Mädchen, dessen Vater verschuldet und vom Ruin bedroht ist. Der Gläubiger verspricht, dem Vater die Schulden zu erlassen, wenn dessen Tochter sich ihm nackt zeigt. Nach langem inneren Kampf willigt Else ein, aber sie schämt sich so sehr, daß sie als Folge ihrer Exhibition wahnsinnig wird und stirbt. Damit keine Mißverständnisse entstehen: es handelt sich nicht um eine moralisierende Erzählung, die den bösen, lüsternen Reichen anklagen wollte! Nein, es ist eine erotische Novelle, die einem den Atem verschlägt: sie macht verständlich, welche Macht die Nacktheit damals hatte und was sie bedeutete: für den Gläubiger eine riesige Geldsumme und für das Mädchen eine grenzenlose Scham, die eine Erregung hervorbrachte, die nicht mehr weit vom Tod war.

Schnitzlers Erzählung bezeichnet auf dem Zifferblatt Europas einen bedeutungsvollen Augenblick: die erotischen Tabus waren am Ende des puritanischen 19. Jahrhunderts noch mächtig, doch die Lockerung der Sitten hatte einen nicht weniger mächtigen Wunsch wachgerufen, diese Tabus zu überschreiten. Scham und Schamlosigkeit kreuzten sich in einem Moment, als ihre Kräfte ausgewogen waren. Es war die Zeit einer außerordentlichen erotischen Spannung. Wien erlebte sie zur Jahrhundertwende. Diese Zeit wird nie mehr zurückkehren.

Scham bedeutet, daß wir uns gegen etwas wehren, was wir wollen, und darüber beschämt sind, daß wir wollen, wogegen wir uns wehren. Rubens gehörte zur letzten europäischen Generation, die noch mit einem solchen Schamgefühl aufgewachsen war. Darum war er so erregt, als er dem Mädchen die Hand auf die Brust legte und ihre Scham in Bewegung setzte. Als Gymnasiast hatte er sich einmal in einen Gang geschlichen, von dem aus man durch ein Fenster in einen Raum sehen konnte, in dem seine Mitschülerinnen mit nacktem Oberkörper auf das Röntgen der Lungen warteten. Eine von ihnen sah ihn und fing an zu schreien. Die anderen warfen ihre Mäntel über und liefen kreischend auf den Gang hinaus, um Rubens zu packen. Rubens hatte einen Augenblick lang riesige Angst; auf einmal waren die Mädchen keine Klassenkameradinnen, keine Kolleginnen mehr, die gern scherzten und schäkerten. Ihren Gesichtern war eine rasende Wut abzulesen, die noch dadurch verstärkt wurde, daß sie so viele waren, daß sie eine kollektive Wut waren, die beschlossen hatte, ihn zu hetzen. Er entkam ihnen, sie aber setzten ihre Verfolgung fort, indem sie ihn bei der Schuldirektion denunzierten. Er bekam einen öffentlichen Verweis vor versammelter Klasse. Der Direktor nannte ihn mit unverhohlener Verachtung in der Stimme einen Voyeur.

Er war ungefähr vierzig Jahre alt, als die Frauen ihre Büstenhalter in die Schubladen ihrer Wäscheschränke stopften und der ganzen Welt am Strand ihre Brüste zeigten. Er ging am Meer entlang und versuchte, dieser plötzlichen Nacktheit mit seinem Blick auszuweichen; der alte Imperativ war fest in ihm verwurzelt: die weibliche Scham darf nicht verletzt werden! Wenn er einer Bekannten ohne Bikinioberteil begegnete, zum Beispiel der Frau eines Freundes oder einer Kollegin, stellte er fest, daß nicht sie, sondern er sich schämte. Er wußte vor Verlegenheit nicht, wohin mit den Augen. Er bemühte sich, die Brüste zu übersehen, aber das war unmöglich, da ein entblößter Busen auch dann noch zu sehen ist, wenn man auf die Hände oder in die Augen einer

Frau schaut. Und so versuchte er, die Brüste mit der gleichen Natürlichkeit anzuschauen wie ein Knie oder eine Stirn. Aber was er auch tat, immer schienen sich diese nackten Brüste über ihn zu beschweren, weil sie ihn im Verdacht hatten, ihre Entblößung nicht wirklich gutzuheißen. Und er hatte ganz stark das Gefühl, daß die Frauen, denen er am Strand begegnete, die gleichen waren, die ihn vor langen Jahren beim Direktor wegen Voyeurismus denunziert hatten: sie waren genauso böse, und sie verlangten mit der gleichen, in der Gruppe sich potenzierenden Aggressivität, daß er ihr Recht anerkannte, sich nackt zu zeigen.

Schließlich fand er sich mehr schlecht als recht mit den nackten Brüsten ab, doch er wurde den Eindruck nicht los, daß etwas Einschneidendes passiert war: auf dem Zifferblatt Europas hatte wieder eine Stunde geschlagen: die Scham war verschwunden. Und sie war nicht nur verschwunden, sie war so schnell, fast über Nacht verschwunden, daß man glauben konnte, sie habe im Grunde genommen nie existiert. Sie sei nur eine Erfindung der Männer gewesen, wenn diese den Frauen von Angesicht zu Angesicht gegenüberstanden. Die Scham sei eine Illusion der Männer gewesen. Ihr erotischer Traum.

12.

Nach seiner Scheidung befand Rubens sich wie gesagt unwiderruflich ›jenseits der Grenzen der Liebe‹. Diese Formulierung gefiel ihm. Er wiederholte sie oft in Gedanken (manchmal melancholisch, dann wieder fröhlich): ich verbringe mein Leben ›jenseits der Grenzen der Liebe‹.

Dieses Terrain, das er als ›jenseits der Grenzen der Liebe‹

bezeichnete, war kein schattiger, verwildeter Hof eines herrlichen Palastes (des Palastes der Liebe), sondern ein ausgedehntes, reiches, schönes, unendlich vielfältiges Areal, das vielleicht noch größer und schöner war als der Palast der Liebe selbst. Von den verschiedenen Frauen, die sich dort aufhielten, waren ihm einige gleichgültig, andere amüsierten ihn, in einige jedoch war er verliebt. Man muß diesen offensichtlichen Widersinn verstehen: jenseits der Grenzen der Liebe existiert die Liebe.

Das, was Rubens' Liebesabenteuer auf das Areal ›jenseits der Grenzen der Liebe‹ gedrängt hatte, war nämlich kein Mangel an Gefühl, sondern der Wille, sie auf die rein erotische Sphäre seines Lebens zu begrenzen, ihnen jeglichen Einfluß auf den Lauf seines Lebens zu verbieten. Alle Definitionen der Liebe lassen sich auf einen gemeinsamen Nenner bringen; die Liebe ist etwas Wesentliches, sie macht aus dem Leben ein Schicksal: die Geschichten, die sich ›jenseits der Grenzen der Liebe‹ abspielen, sind also zwingendermaßen episodisch, auch wenn sie noch so schön sind.

Ich wiederhole aber: auch wenn Rubens' Frauen ›jenseits der Grenzen der Liebe‹ in den Bereich des Episodischen verwiesen waren, gab es unter ihnen einige, für die er Zärtlichkeit empfand, andere, an die er mit Besessenheit dachte, und wieder andere, die ihn eifersüchtig machten, wenn sie ihm einen anderen vorzogen. Mit anderen Worten: auch ›jenseits der Grenzen der Liebe‹ gab es Liebesbeziehungen, und weil das Wort Liebe dort verboten war, waren es alles heimliche und deshalb um so verführerischere Liebesbeziehungen.

Als er im Café der Villa Borghese der Frau gegenübersaß, die er Lautenistin nannte, wußte er sofort, daß sie ›eine jenseits der Grenzen der Liebe geliebte Frau‹ sein würde. Er wußte, daß ihn das Leben, die Ehe, die Familie, die Sorgen dieser Frau nicht interessieren und sie einander nur sehr selten sehen würden, er wußte aber auch, daß er für sie eine ganz außergewöhnliche Zärtlichkeit empfinden würde.

»Ich erinnere mich noch an einen anderen Namen, den ich Ihnen gegeben habe«, sagte er zu ihr. »Ich habe Sie gotisches Fräulein genannt.«

»Ich? Ein gotisches Fräulein?«

Natürlich hatte er sie nie so genannt. Der Name war ihm eben gerade eingefallen, als sie nebeneinander durch die Allee auf das Café zugingen. Ihr Gang hatte ihn an die gotischen Bilder erinnert, die er am Nachmittag im Palazzo Barberini bewundert hatte.

Er fuhr fort: »Die Frauen auf den gotischen Bildern strecken beim Gehen ihren Bauch leicht nach vorn. Und sie neigen den Kopf zur Erde. Ihr Gang gleicht dem Gang einer gotischen Jungfrau. Einer Lautenspielerin aus einem Engelsorchester. Ihre Brüste sind dem Himmel zugewandt, Ihr Bauch ist dem Himmel zugewandt, Ihr Kopf jedoch neigt sich dem Staub zu, als ob er über die Eitelkeit aller Dinge Bescheid wüßte.«

Sie gingen dieselbe Allee der Statuen zurück, in der sie einander begegnet waren. Die vom Rumpf getrennten Köpfe der berühmten Toten prangten auf den Säulen und verbreiteten ihre stolze Würde.

Am Parkausgang verabschiedete sie sich von ihm. Sie kamen überein, daß er sie in Paris besuchen würde. Sie nannte ihm ihren Namen (den Namen ihres Mannes), gab ihm ihre Telefonnummer und erklärte ihm, zu welcher Tageszeit sie ganz bestimmt allein zu Hause sein würde. Dann setzte sie lächelnd die schwarze Brille auf: »Darf ich jetzt?«

»Ja«, sagte Rubens und sah ihr lange nach, als sie sich entfernte.

13.

Die schmerzliche Sehnsucht, die ihn bei dem Gedanken übermannt hatte, die eigene Frau für immer verpaßt zu haben, verwandelte sich in Besessenheit für die Lautenistin. Er dachte in den folgenden Tagen fast ununterbrochen an sie. Abermals versuchte er, sich an alles zu erinnern, was ihm von ihr im Gedächtnis geblieben war, aber er fand nichts außer diesem einen Abend im Nachtclub. Schon zum hundertsten Mal vergegenwärtigte er sich dasselbe Bild: sie waren unter den tanzenden Paaren, sie stand einen Schritt von ihm entfernt. Sie schaute an ihm vorbei ins Leere. Nur auf sich konzentriert, als wollte sie nichts von der äußeren Welt sehen. Als stünde einen Schritt vor ihr nicht Rubens, sondern ein großer Spiegel, in dem sie sich beobachtete. Ihre Hüften beobachtete, wie sie sich abwechselnd nach vorn schoben, ihre Hände beobachtete, die vor ihren Brüsten und dem Gesicht Kreise beschrieben, als wollten sie sie verdecken, als wollte sie sie verwischen. Als wollte sie sie verwischen und wieder hervortreten lassen und sich dabei (erregt durch die eigene Scham) in einem imaginären Spiegel zusehen. Ihre Tanzbewegungen waren eine *Pantomime der Scham*: ein beständiger Hinweis auf die verborgene Nacktheit.

Eine Woche nach ihrer Begegnung in Rom waren sie in der Halle eines großen Pariser Hotels verabredet; es war voller Japaner, deren Gegenwart ihnen einen Eindruck angenehmer Anonymität und Fremde vermittelte. Nachdem er die Zimmertür geschlossen hatte, ging er auf sie zu und legte ihr die Hand auf die Brust: »So habe ich Sie berührt, als wir zusammen tanzten. Erinnern Sie sich?«

»Ja«, sagte sie, und es klang, als hätte jemand vorsichtig auf den Körper einer Laute geklopft.

Schämte sie sich wie vor zwölf Jahren? Hat Bettina sich geschämt, als Goethe in Teplitz ihre Brust berührte? War Bettinas Scham nur Goethes Traum? War die Scham der Lautenistin nur Rubens' Traum? Wie auch immer, die Scham war da, auch wenn es nur eine scheinbare Scham, auch wenn es nur eine Erinnerung an eine scheinbare Scham war, sie war hier mit ihnen in diesem kleinen Hotelzimmer, sie berauschte sie mit ihrem Zauber und verlieh allem, was sie taten, einen Sinn. Er zog sie aus, und ihm war, als wären sie gerade erst aus dem Nachtclub gekommen. Während der Liebe sah er sie tanzen: sie versteckte das Gesicht hinter ihren kreisenden Händen und beobachtete sich dabei in einem imaginären Spiegel.

Sie legten sich beide begierig auf die Wellen der Strömung, die alle Frauen und alle Männer durchfließt, sie legten sich in die mystische Strömung obszöner Vorstellungen, in der zwar alle Frauen einander gleichen, in der die verschiedenen Gesichter den immer gleichen Vorstellungen und Wörtern aber eine unterschiedlich starke Faszination verleihen. Er hörte, was die Lautenistin ihm sagte, er hörte seine eigenen Worte, er sah in das zarte Gesicht einer gotischen Jungfrau, deren keusche Lippen obszöne Worte aussprachen, und fühlte sich immer mehr wie in einem Rausch.

Die grammatikalische Zeit ihrer erotischen Träumereien war die Zukunft: das nächste Mal wirst du das und das tun, wir werden dieses oder jenes organisieren... Diese Zukunft verwandelte die Träumereien in ein ewiges Versprechen (ein Versprechen, das im Moment der Ernüchterung nicht mehr galt, das aber, weil es nie vergessen wurde, immer wieder zum Versprechen wurde). Es war also unausweichlich, daß er sie eines Tages mit seinem Freund M in der Hotelhalle erwartete. Sie gingen alle drei aufs Zimmer, tranken und plauderten, und dann begannen die beiden, sie auszuziehen. Als sie ihr den Büstenhalter auszogen, legte sie ihre Hände auf die Brüste und versuchte, sie ganz zu bedecken. Die beiden Männer führten sie (sie trug nur noch den Slip) vor den Spiegel (einen gesprungenen Spiegel in der Schranktür), sie stand zwischen ihnen, die linke Hand auf der linken und die rechte auf der rechten Brust, und schaute sich fasziniert an. Rubens bemerkte sehr wohl, daß sie, während er und sein Freund nur sie (ihr Gesicht und ihre die Brüste bedeckenden Hände) anschauten, sie ihrerseits beide nicht sah und wie gebannt ihr eigenes Bild betrachtete.

14.

Die Episode ist in Aristoteles' *Poetik* ein wichtiger Begriff. Aristoteles mag die Episode nicht. Seiner Meinung nach sind episodische Ereignisse die schlimmsten von allen. Die Episode ist weder eine zwingende Folge des Vorangegangenen noch die Ursache dessen, was folgen wird; sie befindet sich außerhalb der kausalen Verkettung von Ereignissen, die zusammen eine Geschichte sind. Sie ist nicht mehr als ein steriler Zufall, der weggelassen werden kann, ohne daß die Geschichte dadurch unverständlich oder zusammenhanglos wird, und sie ist nicht in der Lage, im Leben der Figuren eine bleibende Spur zu hinterlassen. Sie fahren mit der Metro zu einem Treffen mit der Frau Ihres Lebens, doch kurz bevor Sie aussteigen müssen, wird ein unbekanntes Mädchen, das Sie vorher nicht bemerkt haben (schließlich fahren Sie zur Frau Ihres Lebens und nehmen nichts anderes wahr), von plötzlichem Unwohlsein befallen, sie verliert das Bewußtsein und sinkt langsam zu Boden. Da Sie neben ihr stehen, fangen Sie sie auf und halten sie einige Sekunden in den Armen, bis sie die Augen wieder öffnet. Sie setzen sie auf einen Platz, den jemand freigemacht hat, und da der Zug in diesem Moment abbremst, reißen Sie sich fast ungeduldig von ihr los, um auszusteigen und zur Frau Ihres Lebens zu eilen. In diesem Augenblick ist das Mädchen, das Sie gerade noch in Ihren Armen gehalten haben, bereits vergessen. Eine typische Episode. Das Leben ist mit Episoden gepolstert wie eine Matratze mit Roßhaar, doch der Dichter ist (nach Aristoteles) kein Sattler und muß sämtliche Pölsterchen sorgfältig aus seiner Handlung entfernen, obwohl das wirkliche Leben fast nur aus solchen Pölsterchen besteht.

Die Begegnung mit Bettina war für Goethe eine unbedeutende Episode; sie nahm in der Zeit seines Lebens nicht nur quantitativ einen kleinen Platz ein, der Dichter bemühte sich darüber hinaus auch auf jede nur mögliche Weise, daß sie nie die Rolle einer Ursache spielte, und er hielt sie sorgfältig außerhalb seiner Biographie. Genau hier wird aber die Relativität des Begriffs Episode deutlich, eine Relativität, die Aristoteles nicht zu Ende gedacht hat: niemand kann nämlich garantieren, daß irgendein rein episodisches Ereignis nicht eine kausale Kraft in sich birgt, die diese Episode eines Tages zur Ursache weiterer Ereignisse werden läßt. Wenn ich ›eines Tages‹ sage, kann dieser Tag sogar erst nach dem Tod liegen, was die triumphierende Bettina beweist, die zu einer Geschichte in Goethes Leben erst wurde, als Goethe nicht mehr lebte.

Wir können Aristoteles' Definition also ergänzen und sagen: keine Episode ist a priori dazu verdammt, für immer eine Episode zu bleiben, denn jedes, auch das unbedeutendste Ereignis, birgt in sich eine verborgene Möglichkeit, früher oder später zur Ursache anderer Ereignisse zu werden und sich so in eine Geschichte oder in ein Abenteuer zu verwandeln. Episoden sind wie Minen. Die meisten explodieren nie, aber gerade die unscheinbarste verwandelt sich eines Tages in eine Geschichte, die für Sie fatal wird. Auf der Straße kommt Ihnen eine junge Frau entgegen, sie schaut Ihnen schon von weitem mit einem Blick in die Augen, der Ihnen irgendwie verrückt vorkommt. Sie verlangsamt ihren Schritt, bleibt schließlich stehen und sagt: »Sind Sie es? Ich habe Sie schon so lange gesucht!« und wirft sich Ihnen an den Hals. Es ist das Mädchen, das Ihnen in der Metro ohnmächtig in die Arme gefallen war, als Sie zum Treffen mit der Frau Ihres Lebens fuhren, die Sie inzwischen geheiratet haben und die die Mutter Ihres Kindes ist. Doch das Mädchen, das Sie zufällig auf der Straße getroffen haben, hat seit langem beschlossen, sich in den Retter von damals zu verlieben, und sie wird diese zufällige Begegnung als Wink des Schicksals auffassen. Sie wird Sie fünfmal täglich anrufen, Ihnen Briefe schreiben, Ihre Frau besuchen und ihr so lange erklären, daß sie Sie liebe und ein Recht auf Sie habe, bis Ihre Frau die Geduld verliert, aus Wut mit einem Straßenkehrer schläft und Ihnen schließlich samt dem Kind davonläuft. Um der Verliebten, die inzwischen den Inhalt ihrer Schränke in Ihre Wohnung gebracht hat, zu entrinnen, werden Sie über den Ozean auswandern, wo Sie in Verzweiflung und Armut sterben werden. Wären unsere Leben unendlich wie das Leben der antiken Götter, verlöre der Begriff Episode seinen Sinn, denn im Unendlichen fände auch das unbedeutendste Ereignis eine Fortsetzung und würde sich in eine Geschichte verwandeln.

Die Lautenistin, mit der Rubens getanzt hatte, als er siebenundzwanzig war, war für ihn nur eine Episode, eine Erzepisode, eine totale Episode bis zu dem Moment, in dem er ihr zwölf Jahre später zufällig in einem römischen Park begegnete. Da wurde aus der vergessenen Episode plötzlich eine kleine Geschichte, aber selbst diese Geschichte blieb in Rubens' Leben durchaus episodisch. Sie hatte nicht die geringste Chance, sich in einen Teil dessen zu verwandeln, was man seine Biographie nennen könnte.

Die Biographie: eine Folge von Ereignissen, die wir in unserem Leben für wichtig halten. Nur, was ist wichtig und was nicht? Weil wir es selbst nicht wissen (geschweige denn auf die Idee kommen, uns eine so einfache Frage so dumm zu stellen), halten wir für wichtig, was andere für wichtig halten, zum Beispiel der Arbeitgeber, der uns einen Fragebogen ausfüllen läßt: Geburtsdatum, Beruf der Eltern, Schulbildung, Berufs- und Wohnortswechsel (in meiner früheren Heimat noch: Mitgliedschaft in der kommunistischen Partei), Eheschließungen, Scheidungen, Geburtsdaten der Kinder, ernsthafte Erkrankungen, und ähnliches mehr. Es ist schrecklich, aber es ist so: wir haben gelernt, unser eigenes Leben mit den Augen administrativer oder polizeilicher Fragebögen zu sehen. Es ist schon eine kleine Revolte, wenn wir eine andere Frau als die angetraute Gattin in unsere Biographie aufnehmen, und selbst eine solche Ausnahme ist nur unter der Bedingung zulässig, daß diese Frau in unserem Leben eine besonders dramatische Rolle gespielt hat, was Rubens von der Lautenistin nicht behaupten konnte. Übrigens entsprach die Lautenistin in ihrer ganzen Erscheinung und ihrem Verhalten einer Episodenfrau: sie war elegant, aber diskret, schön ohne zu blenden, zur körperlichen Liebe bereit und dennoch schüchtern; sie belästigte Rubens nie mit Beichten aus ihrem Privatleben, dramatisierte aber andererseits ihr diskretes Schweigen nicht, um es nicht zu einem beunruhigenden Geheimnis werden zu lassen. Sie war eine wahrhafte Prinzessin der Episode.

Die Begegnung der Lautenistin mit den beiden Männern in einem großen Pariser Hotel war hinreißend. Liebten sie sich damals zu dritt? Vergessen wir nicht, daß die Lautenistin für Rubens zu einer ›jenseits der Grenzen der Liebe geliebten Frau‹ geworden war; der alte Imperativ, die Entwicklung der Ereignisse zu verlangsamen, damit sich die sexuelle Ladung der Liebe nicht allzu rasch erschöpfte, erwachte wieder. Kurz bevor er sie nackt zum Bett führte, gab er seinem Freund einen Wink, unauffällig aus dem Raum zu verschwinden.

Ihre Unterhaltung während der Liebe fand also wiederum in der grammatikalischen Zeit der Zukunft statt, als Versprechen, das sich jedoch nie erfüllen sollte: sein Freund M verschwand kurz danach völlig aus seinem Gesichtskreis, und die faszinierende Begegnung zweier Männer und einer Frau blieb eine Episode ohne Folgen. Rubens traf sich auch weiterhin zwei- bis dreimal im Jahr mit der Lautenistin, wenn er die Gelegenheit hatte, nach Paris zu fahren. Dann bot sich die Gelegenheit nicht mehr, und sie verschwand erneut fast ganz aus seinem Gedächtnis.

15.

Jahre vergingen, und eines Tages saß er mit einem Kollegen in einem Café jener Stadt am Fuße der Schweizer Alpen, in der er wohnte. Am Tischchen gegenüber sah er ein Mädchen, das ihn beobachtete. Sie war hübsch, hatte langgezogene, sinnliche Lippen (die er gern mit einem Froschmund verglichen hätte, wenn man von Fröschen behaupten könnte, sie seien schön), und ihm schien, daß sie genau die Frau war, nach der er sich immer gesehnt hatte. Sogar aus der Entfernung von drei bis vier Metern fühlte sich ihr Körper angenehm an, und er zog ihn in diesem Moment allen anderen Frauenkörpern vor. Sie sah ihn so unverwandt an, daß er, von ihrem Blick gebannt, nicht hörte, was sein Kollege sagte, und an nichts anderes denken konnte als daran, daß er diese Frau in wenigen Minuten, wenn sie das Café verließ, für immer verlieren würde.

Er verlor sie nicht, denn in dem Moment, als er die beiden Kaffee bezahlte und aufstand, stand auch sie auf und ging wie die beiden Männer auf das gegenüberliegende Gebäude zu, in dem nun eine Gemäldeauktion stattfand. Als sie die Straße überquerten, ging sie so nah neben Rubens, daß es unmöglich war, sie nicht anzusprechen. Sie reagierte, als hätte sie darauf gewartet, und knüpfte mit ihm ein Gespräch an, ohne seinen Bekannten zur Kenntnis zu nehmen, der wortlos und verlegen neben den beiden den Auktionssaal betrat. Als die Auktion zu Ende war, gingen Rubens und das Mädchen wieder ins selbe Café. Da sie nicht mehr als eine halbe Stunde zur Verfügung hatten, beeilten sie sich, alles zu sagen, was zu sagen war. Nur stellte sich nach einer Weile heraus, daß das nicht allzu viel war, und so zog sich die halbe Stunde in die Länge. Das Mädchen war eine australische Studentin, sie hatte zu einem Viertel schwarzes Blut in den Adern (man sah es ihr nicht an, um so lieber sprach sie davon), studierte bei einem Zürcher Professor Semiologie der Malerei und hatte sich in Australien eine Zeitlang damit durchgeschlagen, daß sie halbnackt in einem Nachtclub tanzte. Alle diese Informationen waren interessant für Rubens, aber zugleich so fremd (weshalb hatte sie in Australien oben ohne getanzt? weshalb studierte sie in der Schweiz Semiologie der Malerei? und was war diese Semiologie?), daß sie, statt seine Neugier zu wecken, ihn schon im voraus ermüdeten wie Hindernisse, die er hinter sich bringen mußte. Deshalb war er froh, als die halbe Stunde vorbei war; seine anfängliche Begeisterung war im selben Augenblick wieder da (die Studentin hatte nicht aufgehört, ihm zu gefallen) und er verabredete sich für den nächsten Tag mit ihr.

Da lief alles schief: er wachte mit Kopfschmerzen auf, der Postbote brachte ihm zwei unangenehme Briefe, und bei einem Telefongespräch mit irgendeinem Amt weigerte sich eine unwirsche Frauenstimme zu begreifen, was er wollte. Als die Studentin auf der Türschwelle erschien, bestätigte sich seine böse Vorahnung: warum war sie ganz anders gekleidet als gestern? An den Füssen riesige Tennisschuhe, über den Tennisschuhen dicke Socken, über den Socken eine graue Leinenhose, in der sie komischerweise kleiner aussah, über der Hose eine Jacke; und erst über der Jacke blieb sein Blick endlich erfreut an ihrem Froschmund haften, der immer noch gleich schön war (wenn er sich alles andere darunter wegdachte).

Daß dieser Aufzug nicht gerade elegant war, war unwichtig (der Aufzug konnte nichts daran ändern, daß die Studentin hübsch war), was Rubens jedoch beunruhigte, war, daß er sie nicht verstand: weshalb zog ein Mädchen, das zu einem Mann ging, mit dem sie schlafen wollte, sich nicht so an, daß sie diesem Mann gefiel? wollte sie ihm vielleicht zu verstehen geben, daß die Bekleidung etwas Äußerliches, Bedeutungsloses sei? oder hielt sie ihre Jacke für elegant und die riesigen Tennisschuhe für verführerisch? oder nahm sie ganz einfach keine Rücksicht auf den Mann, mit dem sie verabredet war?

Vielleicht, um von vornherein eine Entschuldigung zu haben für den Fall, daß ihr Treffen nicht alle Verheißungen erfüllen würde, teilte er ihr mit, daß er einen schlechten Tag hinter sich habe, und indem er einen humorvollen Ton anzuschlagen versuchte, zählte er ihr auf, was ihm seit dem Morgen alles zugestoßen war. Und sie lächelte mit ihren schönen, langgezogenen Lippen: »Die Liebe ist das beste Heilmittel gegen schlechte Vorzeichen.« Das Wort Liebe, das er sich abgewöhnt hatte, zog ihn an. Er wußte nicht, was sie damit meinte. Den körperlichen Liebesakt? oder Liebesgefühle? Während er darüber nachdachte, zog sie sich in einer Ecke des Raums rasch aus und schlüpfte ins Bett; auf dem Stuhl blieben ihre Leinenhose und darunter die riesigen Tennisschuhe liegen, in die sie die dicken Socken gestopft hatte, diese Tennisschuhe, die hier in Rubens' Wohnung eine Ruhepause machten auf ihrer langen Wanderung durch australische Universitäten und europäische Städte.

Es wurde ein sehr ruhiger, schweigsamer Liebesakt. Ich würde sagen, Rubens war mit einem Mal in die Phase der athletischen Stummheit zurückgekehrt, auch wenn das Wort ›athletisch‹ sicher deplaziert ist, da er seinen jugendlichen Ehrgeiz, physische und sexuelle Stärke zu beweisen, längst verloren hatte und die Tätigkeit, der sich die beiden hingaben, eher symbolischen als athletischen Charakter zu haben schien. Bloß hatte Rubens nicht die geringste Ahnung, was diese Bewegungen symbolisieren sollten. Zärtlichkeit? Liebe? Gesundheit? Freude am Leben? Laster? Freundschaft? Glauben an Gott? Bitte um ein langes Leben? (Das Mädchen studierte Semiologie der Malerei; hätte sie ihm doch besser die Semiologie der körperlichen Liebe erklärt!) Er führte leere Bewegungen aus und wurde sich zum ersten Mal bewußt, daß er nicht wußte, weshalb er es tat.

Als sie eine Pause machten (Rubens fiel ein, daß ihr Semio-
logieprofessor in der Mitte eines zweistündigen Seminars
bestimmt auch eine zehnminütige Pause machte), sagte das
Mädchen (immer noch mit gleich ruhiger, ausgeglichener
Stimme) einen Satz, in dem wieder das unverständliche Wort
›Liebe‹ auftauchte; Rubens kam ins Träumen und hatte eine
Vision: aus der Tiefe des Weltalls schweben herrliche weibliche Wesen auf die Erde herab. Ihre Körper gleichen den Körpern der irdischen Frauen, und hinzu kommt, daß sie absolut perfekt sind, da der Planet, von dem sie kommen, keine
Krankheiten kennt und die Körper dort weder unter Gebrechen noch unter Mängeln zu leiden haben. Nur werden die
irdischen Männer nie etwas über die außerirdische Vergangenheit dieser Frauen erfahren und sie deshalb überhaupt
nicht verstehen; sie werden nie wissen, wie das, was sie sagen
und tun, auf diese Frauen wirkt; sie werden nie wissen, was
für Gefühle sich hinter ihren schönen Gesichtern verbergen.
Mit Frauen, die einem derart unbegreiflich sind, könnte man
nicht schlafen, sagte sich Rubens. Dann berichtigte er sich:
vielleicht ist unsere Sexualität so stark automatisiert, daß sie
uns sogar die körperliche Liebe mit außerirdischen Frauen
ermöglicht, es wäre jedoch eine Liebe jenseits jeder Erregung, ein Liebesakt als bloße Gymnastikübung bar jeden
Gefühls oder jeder Obszönität.

Die Pause war zu Ende, die zweite Hälfte des Liebessemi-
nars würde jeden Moment anfangen, und Rubens wünschte
sich sehnlichst, etwas zu sagen, irgend etwas Ungeheuerliches,
das die Frau aus der Fassung bringen würde, aber er wußte,
daß er sich dazu nicht aufraffen könnte. Ihm war zumute wie
einem Fremden, der in einer Sprache streiten muß, die er
nicht besonders gut beherrscht; er kann nicht einmal einen
Fluch loswerden, weil der angegriffene Gegner ihn unschuldig

fragen würde: »Was haben Sie sagen wollen, mein Herr? Ich habe Sie nicht verstanden!« Und so sagte er nichts Ungeheuerliches und liebte sie noch einmal in schweigender Harmonie.

Dann begleitete er sie vors Haus (er wußte nicht, ob sie befriedigt oder enttäuscht war, aber sie sah eher befriedigt aus) und war entschlossen, sich nicht mehr mit ihr zu treffen; er wußte, daß sie verletzt sein würde und ihr sein plötzliches Desinteresse (sie mußte schließlich bemerkt haben, wie sehr er noch gestern von ihr bezaubert gewesen war!) als Niederlage vorkommen mußte, die um so schlimmer war, als sie ihr unbegreiflich blieb. Er wußte, daß die Tennisschuhe der Australierin durch seine Schuld nun noch etwas melancholischer durch die Welt wandern würden als bisher. Er verabschiedete sich von ihr, und als sie hinter einer Straßenecke verschwand, überkam ihn eine starke, quälende Sehnsucht nach allen Frauen, die er bisher gehabt hatte. Sie war brutal und unerwartet wie eine Krankheit, die von einer Sekunde zur anderen ausbricht, ohne sich vorher anzukündigen.

Er begriff allmählich, worum es ging. Der Zeiger auf dem Zifferblatt hatte eine neue Zahl berührt. Er hörte die Stunde schlagen und sah, wie sich über der großen Turmuhr die Fensterchen öffneten und dank des mysteriösen mittelalterlichen Mechanismus eine Figur herauskam: eine junge Frau in großen Tennisschuhen. Ihr Erscheinen bedeutete, daß Rubens' Sehnsucht eine Kehrtwendung gemacht hatte; er würde sich nicht mehr nach neuen Frauen sehnen; er würde sich nur noch nach den Frauen sehnen, die er schon gehabt hatte; sein Verlangen würde von nun an von der Vergangenheit besessen sein.

Er sah schöne Frauen durch die Straßen flanieren und war verwundert darüber, daß er sie nicht beachtete. Ich glaube sogar, daß sie ihn wahrnahmen und er es nicht bemerkte. Früher hatte er sich nur nach neuen Frauen gesehnt. Er hatte sich so heftig nach ihnen gesehnt, daß er mit einigen nur ein einziges Mal geschlafen hatte. Als müßte er jetzt für seine Gier nach dem immer wieder Neuen büßen, für seine Unaufmerksamkeit allem gegenüber, was dauerhaft und beständig war, für seine törichte Ungeduld, die ihn vorwärtsgetrieben hatte, wollte er sich nun zurückwenden, die Frauen seiner Vergangenheit wiederfinden, die Liebesakte mit ihnen wiederholen, bis ans Ende gehen und ausschöpfen, was unausgeschöpft geblieben war. Er begriff, daß die großen Erregungen von nun an nur noch hinter ihm lagen und er, wenn es ihn nach neuen Erregungen verlangen sollte, dafür in die Vergangenheit zurückkehren mußte.

16.

Als er sehr jung war, war er schamhaft und legte Wert darauf, daß es während der Liebe dunkel war. In dieser Dunkelheit hatte er seine Augen aber weit geöffnet, um in dem wenigen Licht, das durch die heruntergelassenen Jalousien drang, wenigstens etwas von der Frau zu sehen.

Dann gewöhnte er sich nicht nur an das Licht, sondern bestand sogar darauf. Wenn er merkte, daß die Partnerin die Augen geschlossen hatte, zwang er sie, sie wieder zu öffnen.

Und eines Tages stellte er überrascht fest, daß er bei Licht liebte, die Augen aber geschlossen hatte. Während der Liebe schwelgte er in Erinnerungen.

Dunkelheit und offene Augen.

Licht und offene Augen.

Licht und geschlossene Augen.

Das Zifferblatt des Lebens.

17.

Er nahm ein Blatt Papier und versuchte, die Namen der Frauen, die er gehabt hatte, in eine Kolonne zu schreiben. Schon in diesem Moment mußte er die erste Niederlage einstecken. Nur bei wenigen erinnerte er sich an Vor- und Nachnamen, bei einigen weder an das eine noch an das andere. Die Frauen waren (unauffällig und unbemerkt) namenlos geworden. Wenn er mit ihnen korrespondiert hätte, wären ihm vielleicht ein paar Familiennamen im Gedächtnis haften geblieben, da er sie auf die Umschläge hätte schreiben müssen; ›jenseits der Grenzen der Liebe‹ jedoch werden keine Liebesbriefe geschrieben. Wenn er diese Frauen jeweils mit ihrem Vornamen angesprochen hätte, hätte er sich diese Namen gemerkt, doch seit seiner unglückseligen Hochzeitsnacht hatte er sich vorgenommen, fortan nur noch banale, zärtliche Kosenamen zu verwenden, die jede Frau ohne Verdacht auf sich beziehen konnte.

Er beschrieb eine halbe Seite (das Experiment verlangte kein vollständiges Verzeichnis), indem er die Namen (die meisten hatte er vergessen) durch eine Charakteristik ersetzte (»Sommersprossige« oder »Lehrerin«, und so ähnlich) und dann versuchte, sich bei jeder das Curriculum vitae zu vergegenwärtigen. Eine noch furchtbarere Niederlage! Er wußte nichts von ihren Leben! Um sich die Aufgabe zu erleichtern, beschränkte er sich auf eine einzige Frage: wer waren ihre Eltern? Mit einer Ausnahme (er hatte den Vater gekannt, noch bevor er die Tochter kennenlernte) hatte er nicht die geringste Ahnung. Und dennoch mußten die Eltern im Leben jeder dieser Frauen eine entscheidend wichtige Rolle gespielt haben! Bestimmt hatten sie ihm alle viel von ihnen erzählt! Welchen Wert hatte er also dem Leben seiner Freundinnen beigemessen, wenn er nicht einmal willens gewesen war, sich die wichtigsten Angaben zu merken?

Er gestand sich (wenn auch ein bißchen geniert) ein, daß die Frauen für ihn nichts anderes als erotische Erfahrungen gewesen waren. Also versuchte er, sich wenigstens diese Erfahrungen in Erinnerung zu rufen. Er dachte zufällig an eine (namenlose) Frau, die er auf seinem Zettel als ›Doktorin‹ bezeichnet hatte. Wie war es, als sie zum ersten Mal miteinander geschlafen hatten? Seine damalige Wohnung tauchte vor ihm auf. Kaum waren sie eingetreten, hatte sie sofort das Telefon gesucht und sich dann in Rubens' Gegenwart bei jemandem entschuldigt, daß sie unerwartet noch etwas zu erledigen habe und nicht kommen könne. Sie lachten darüber und liebten sich. Sonderbar war, daß er dieses Lachen heute noch hörte, vom Liebesakt aber nichts behalten hatte: wo hatte er stattgefunden? auf dem Teppich? im Bett? auf der Couch? Wie war sie gewesen? Wie oft hatten sie sich danach noch getroffen? Dreimal oder dreißigmal? Und wie war es gekommen, daß er aufgehört hatte, mit ihr zu verkehren? Erinnerte er sich wenigstens an ein Bruchstück ihrer Gespräche, die eine Zeitspanne von mindestens zwanzig, vielleicht aber auch hundert Stunden ausgefüllt haben mußten? Er erinnerte sich dunkel, daß sie oft von ihrem Verlobten erzählt hatte (den Inhalt dieser Informationen hatte er freilich vergessen). Merkwürdig: das einzige, was in seinem Gedächtnis haften geblieben war, war ihr Verlobter. Der Liebesakt war für ihn also weniger wichtig gewesen als der schmeichelhafte und alberne Umstand, daß sie seinetwegen einen anderen betrog.

Neidvoll dachte er an Casanova. Nicht an dessen erotische Leistungen, dazu sind viele Männer fähig, sondern an dessen unvergleichliches Gedächtnis. Ungefähr hundertdreißig dem Vergessen entrissene Frauen, mit Namen, Gesichtern, Gesten und Äußerungen! Casanova: die Utopie des Gedächtnisses. Wie kläglich war Rubens' Bilanz im Vergleich damit! Irgendwann zu Beginn seines Erwachsenenalters, als er sich von der Malerei lossagte, hatte er sich mit dem Gedanken getröstet, daß die Kenntnis des Lebens für ihn mehr bedeutete als der Kampf um die Macht. Das Leben seiner Kollegen, die dem Erfolg nachjagten, kam ihm ebenso aggressiv wie monoton und leer vor. Er hatte geglaubt, daß die erotischen Abenteuer ihn auf direktem Weg mitten ins Leben führen würden, in ein erfülltes und wahres, reiches und geheimnisvolles, bezauberndes und konkretes Leben, das er in die Arme schließen würde. Und auf einmal sah er, daß er sich geirrt hatte: allen Liebesabenteuern zum Trotz war seine Menschenkenntnis noch immer die des fünfzehnjährigen Rubens. Die ganze Zeit über hatte er in sich die Gewißheit gehätschelt, ein reiches Leben hinter sich zu haben; der Ausdruck ›reiches Leben‹ war jedoch nur eine abstrakte Behauptung; als er herauszufinden versuchte, was dieser Reichtum konkret bedeutete, stieß er auf eine Wüste, über die der Wind wehte.

Der Zeiger auf der Turmuhr hatte ihm zu verstehen gegeben, daß er in Zukunft nur noch von seiner Vergangenheit besessen sein würde. Wie aber kann man von einer Vergangenheit besessen sein, die einem als Wüste vorkommt, über die der Wind einige Fragmente von Erinnerungen treibt? Bedeutet das, daß man von diesen wenigen Fragmenten besessen sein kann? Ja. Man kann auch von einigen wenigen Fragmenten besessen sein. Aber untertreiben wir nicht: auch wenn sich Rubens nicht mehr so genau an die junge Doktorin erinnerte, so hatte er dafür einige andere Frauen in eindringlicher Intensität vor Augen.

Wenn ich sage, daß er sie vor Augen hatte: was genau hat man sich darunter vorzustellen? Rubens entdeckte etwas Eigenartiges: das Gedächtnis filmt nicht, das Gedächtnis fotografiert. Das, was er von jeder Frau behalten hatte, waren bestenfalls einige mentale Fotografien. Er sah diese Frauen nicht in zusammenhängenden Bewegungen vor sich, er sah nicht einmal ihre kleinen Gesten, er sah sie nur in der Erstarrtheit einer einzigen Sekunde. Sein erotisches Gedächtnis gönnte ihm ein kleines Album pornographischer Fotos, aber keinen pornographischen Film. Und wenn ich Fotoalbum sage, übertreibe ich, denn es waren Rubens insgesamt sieben oder acht Fotografien geblieben: diese Fotografien waren schön, sie faszinierten ihn, aber es waren trotzdem kläglich wenige: sieben oder acht Bruchteile von Sekunden, darauf reduzierte sich in der Erinnerung sein ganzes erotisches Leben, dem er einmal all seine Kräfte und Fähigkeiten zu widmen beschlossen hatte.

Ich stelle mir Rubens vor, wie er am Tisch sitzt, er hat den Kopf in eine Hand gestützt und sieht aus wie Rodins Denker. Woran denkt er? Wenn er sich damit abgefunden hat, daß sich sein Leben auf sexuelle Erlebnisse und diese sich wiederum auf sieben unbewegliche Bilder, auf sieben Fotografien reduziert haben, hofft er, in einem Winkel seines Gedächtnisses wenigstens noch eine vergessene achte, neunte oder zehnte Fotografie zu finden. Deshalb sitzt er da und stützt den Kopf in die Hand. Von neuem vergegenwärtigt er sich die einzelnen Frauen und bemüht sich, zu jeder eine vergessene Fotografie zu finden.

Dabei macht er eine weitere interessante Feststellung: er hat einige Geliebte gehabt, die in ihren erotischen Initiativen besonders kühn und in ihrer Erscheinung imposant gewesen sind; trotzdem haben sie in seiner Seele nur sehr wenige oder überhaupt keine erregenden Fotografien hinterlassen. Wenn er jetzt in seinen Erinnerungen sucht, fühlt er sich viel mehr von den Frauen mit verhaltener erotischer Initiative und unauffälliger Erscheinung angezogen: von den Frauen, die er damals eher unterschätzt hat. Es kommt ihm vor, als hätte das Gedächtnis (und das Vergessen) eine radikale Umwertung aller Werte vorgenommen: was in seinem erotischen Leben gewollt, beabsichtigt, ostentativ und geplant gewesen ist, hat an Wert verloren, wogegen die Abenteuer, die sich auf unerwartete Weise eingestellt und sich nicht als etwas Besonderes angekündigt haben, in seiner Erinnerung ein Schatz geworden sind.

Er denkt an die Frauen, die sein Gedächtnis aufgewertet hat: eine mußte mittlerweile ein Alter erreicht haben, das ihm die Vorstellung, ihr zu begegnen, nicht unbedingt wünschenswert erscheinen läßt; andere lebten in Verhältnissen, die ein Treffen äußerst schwierig machen würden. Aber da war die Lautenistin. Er hat sie schon acht Jahre nicht mehr gesehen. Drei mentale Fotografien tauchen vor ihm auf. Auf der ersten steht sie einen Schritt von ihm entfernt und hält einen Arm starr vors Gesicht, mitten in der Bewegung, mit der sie ihre Züge zu verwischen scheint. Die zweite Fotografie hält den Augenblick fest, in dem Rubens sie mit der Hand auf ihrer Brust fragt, ob schon jemand sie so berührt habe, und sie ihm mit leiser Stimme und starrem Blick ›nein!‹ sagt. Und schließlich sieht er sie (das ist die faszinierendste Fotografie), wie sie mit den Händen auf den nackten Brüsten zwischen zwei Männern vor einem Spiegel steht. Eigenartigerweise hat ihr schönes und regloses Gesicht auf allen drei Aufnahmen genau den gleichen Ausdruck: an Rubens vorbei und nach vorn gerichtet.

Jetzt sucht er ihre Telefonnummer, die er früher auswendig gekannt hat. Die Lautenistin redet mit ihm, als hätten sie sich gestern voneinander verabschiedet. Er fährt zu ihr nach Paris (diesmal braucht es keine besondere Gelegenheit, er fährt nur ihretwegen) und trifft sich mit ihr in demselben Hotel, in dem sie vor vielen Jahren zwischen zwei Männern vor dem Spiegel gestanden und mit den Händen die Brüste bedeckt hat.

18.

Die Lautenistin hatte noch immer die gleiche Statur und den gleichen Charme der Bewegungen, ihre Züge hatten nichts von ihrer Anmut verloren. Nur etwas hatte sich geändert: von nahem gesehen hatte die Haut ihre Frische verloren. Rubens bemerkte das sehr wohl; doch die Momente, in denen ihm das bewußt wurde, waren merkwürdigerweise ungewöhnlich kurz, sie dauerten kaum ein paar Sekunden; danach kehrte die Lautenistin sofort wieder in das Bild zurück, das schon lange und für immer in Rubens' Erinnerung festgehalten war: *sie verbarg sich hinter ihrem Bild.*

Das Bild: Rubens hatte schon immer gewußt, was es bedeutete. Geschützt durch den Rücken des Mitschülers in der Bank vor ihm, hatte er heimlich Karikaturen des Lehrers gezeichnet. Dann hatte er den Blick von seiner Zeichnung gehoben; das Gesicht des Lehrers war ständig in mimischer Bewegung und sah der Zeichnung nicht ähnlich. Nichtsdestoweniger konnte er sich ihn, wenn er sich aus seinem Blickfeld entfernt hatte (damals und auch noch heute), nicht anders vorstellen als in der Gestalt seiner Karikaturen.

Der Lehrer hatte sich *für immer hinter seinem Bild verloren*.

In einer Ausstellung eines berühmten Fotografen hatte er die Aufnahme eines Mannes gesehen, der sein blutüberströmtes Gesicht mühsam vom Gehsteig hob. Eine unvergeßliche, rätselhafte Fotografie. Wer war dieser Mensch? Was war ihm zugestoßen? Wahrscheinlich ein bedeutungsloser Unfall, hatte Rubens sich gesagt; ein Stolpern, ein Fall und die von niemandem vorausgesehene Anwesenheit eines Fotografen. Nichtsahnend hatte sich der Mann damals wieder hochgerappelt, sich im Gasthaus gegenüber das Gesicht gewaschen und war nach Hause zu seiner Frau zurückgekehrt. Und im selben Augenblick, in der Euphorie seiner Entstehung, *hatte sein Bild sich von ihm gelöst* und war genau in die entgegengesetzte Richtung davongegangen, seinem eigenen Abenteuer, seinem eigenen Schicksal entgegen.

Der Mensch kann sich hinter seinem Bild verbergen, er kann sich für immer hinter seinem Bild verlieren, er kann sich ganz von seinem Bild lösen: er ist nie mit seinem Bild identisch. Es waren die drei mentalen Fotografien, weswegen Rubens die Lautenistin wieder angerufen hatte, nach acht Jahren, in denen er sie nicht gesehen hatte. Wer aber war die Lautenistin für sich genommen, außerhalb ihres Bildes? Er wußte wenig von ihr, und er wollte nicht mehr wissen. Ich stelle mir ihre Begegnung nach acht Jahren vor: sie sitzen sich in der Halle des großen Pariser Hotels gegenüber. Worüber sprechen sie? Über alles mögliche, nur nicht über das Leben, das sie führen. Denn wenn sie sich allzu vertraut würden, würde sich eine Barriere aus unnützen Informationen zwischen ihnen auftürmen, die sie einander entfremden würde. Sie wissen nur gerade das Notwendigste voneinander und sind fast stolz darauf, daß sie ihr Leben voreinander im Schatten versteckt haben, um ihre Begegnungen in ein um so helleres Licht zu tauchen und aus der Zeit und allen Zusammenhängen herauszuheben.

Er sieht die Lautenistin voller Zärtlichkeit an und ist froh, daß sie, obwohl sie älter geworden ist, trotzdem noch ihrem Bild ähnlich sieht. Mit einer Art sentimentalem Zynismus sagt er sich: der Wert der physisch anwesenden Lautenistin liegt in ihrer Fähigkeit, jederzeit mit ihrem Bild zu verschmelzen.

Und er freut sich darauf, daß die Lautenistin ihm für dieses Bild gleich ihren lebendigen Körper leihen wird.

19.

Sie trafen sich wieder wie früher, einmal, zweimal, dreimal im Jahr. Und wieder vergingen Jahre. Eines Tages rief er sie an, um ihr mitzuteilen, daß er in vierzehn Tagen in Paris sein würde. Sie sagte ihm, sie habe keine Zeit.

»Ich kann die Reise um eine Woche verschieben«, sagte Rubens.

»Auch da werde ich keine Zeit haben.«

»Wann paßt es dir dann?«

»Jetzt nicht«, sagte sie hörbar verlegen, »jetzt lange nicht...«

»Ist etwas passiert?«

»Nein, es ist nichts passiert.«

Beide wurden verlegen. Es klang so, als wollte ihn die Lautenistin nie mehr sehen und als sei es ihr peinlich, ihm das offen zu sagen. Zugleich schien ihm dies aber so unwahrscheinlich (ihre Begegnungen waren immer schön und ohne den leisesten Schatten), daß er ihr weitere Fragen stellte, um den Grund ihrer Absage zu erfahren. Da ihre Beziehung aber von Anfang an ohne jede Aggressivität auskam und auch jedes Bedrängen ausschloß, verbot er sich, sie weiter zu belästigen, und sei es mit Fragen.

Er beendete also das Gespräch und fügte nur noch hinzu: »Darf ich dich wieder anrufen?«

»Selbstverständlich. Warum denn nicht?«

Er rief sie einen Monat später an: »Hast du immer noch keine Zeit, mich zu sehen?«

»Sei mir nicht böse«, sagte sie. »Es geht nicht gegen dich.«

Er stellte ihr die gleiche Frage wie beim letzten Mal: »Ist etwas passiert?«

»Nein, es ist nichts passiert«, sagte sie.

Er schwieg. Er wußte nicht, was er sagen sollte. »Um so schlimmer«, sagte er schließlich und lächelte dabei melancholisch in den Hörer hinein.

»Es geht wirklich nicht gegen dich. Es hat überhaupt nichts mit dir zu tun. Es betrifft nur mich.«

Er hatte das Gefühl, daß sich in diesen Worten eine Hoffnung für ihn auftat: »Aber dann ist das doch alles Unsinn! Dann müssen wir uns sehen!«

»Nein«, lehnte sie ab.

»Wenn ich mir sicher wäre, daß du mich nicht mehr sehen willst, würde ich kein Wort mehr sagen. Aber du sagst ja, es beträfe nur dich! Was geht in dir vor? Wir müssen uns sehen! Ich muß mit dir reden!«

Kaum hatte er dies ausgesprochen, sagte er sich: nein, es sei nur ihr Taktgefühl, das sich weigerte, den wahren Grund zu nennen, der ganz einfach sei: es liege ihr nichts mehr an ihm. Sie sei verlegen, weil sie so zartfühlend sei. Deshalb dürfe er sie nicht überreden. Es werde ihr sonst zuviel, und er bräche die ungeschriebene Vereinbarung, vom anderen niemals etwas zu verlangen, was dieser selbst nicht auch wolle.

Und deshalb insistierte er nicht mehr, als sie noch einmal »Ich bitte dich, nein...« sagte.

Er legte auf und erinnerte sich plötzlich an die australische Studentin mit den riesigen Tennisschuhen. Auch sie war aus Gründen zurückgewiesen worden, die sie nicht hatte verstehen können. Wenn er die Möglichkeit gehabt hätte, hätte er sie jetzt mit den gleichen Worten getröstet: »Es geht nicht gegen dich. Es hat überhaupt nichts mit dir zu tun. Es betrifft nur mich.« Eine plötzliche Intuition sagte ihm, daß die Geschichte mit der Lautenistin zu Ende war und er nie verstehen würde, weshalb. Ebensowenig wie die australische Studentin mit dem schönen Mund je verstehen würde, weshalb er ihrer Geschichte ein Ende gesetzt hatte. Rubens' Schuhe werden nun mit einer etwas größeren Melancholie durch die Welt wandern als bisher. Wie die großen Tennisschuhe der Australierin.

20.

Die Phase der athletischen Stummheit, die Phase der Metaphern, die Phase der obszönen Wahrheit, die Phase der stillen Post, die mystische Phase, all das lag weit hinter ihm. Die Zeiger hatten das Zifferblatt seines sexuellen Lebens durchlaufen. Er befand sich außerhalb der Zeit seines Zifferblatts. Sich außerhalb der Zeit des Zifferblatts zu befinden, bedeutet weder das Ende noch den Tod. Auf dem Zifferblatt der europäischen Malerei hat es auch schon Mitternacht geschlagen, und trotzdem malen die Maler noch. Sich außerhalb der Zeit des Zifferblatts zu befinden, bedeutet lediglich, daß nichts Neues und Wichtiges mehr geschehen wird. Rubens verkehrte weiterhin mit Frauen, doch sie hatten für ihn alle Wichtigkeit verloren. Am häufigsten sah er die junge G, die sich dadurch auszeichnete, daß sie im Gespräch mit Vorliebe vulgäre Ausdrücke benutzte. Viele Frauen benutzten sie damals. Es war der Geist der Zeit. Sie sagten: Scheiße, es kotzt mich an, und sie sagten: ficken, und taten so kund, daß sie nicht zur alten, konservativen Generation mit guter Kinderstube gehörten, sondern frei, emanzipiert und modern waren. Trotzdem wandte G in dem Moment, da Rubens sie berührte, ihre Augen zum Himmel und verwandelte sich in eine stumme Heilige. Die Liebe mit ihr dauerte immer lang, ja fast endlos, da sie den Orgasmus, den sie heiß begehrte, nur unter großer Mühe erreichte. Sie lag auf dem Rücken, hatte die Augen geschlossen und arbeitete, und der Schweiß stand ihr auf Körper und Stirn. So etwa stellte Rubens sich die Agonie vor: der Mensch liegt im Fieber darnieder und wünscht sich nur noch das Ende herbei, doch das will und will nicht kommen. Bei den ersten zwei oder drei Begegnungen hatte Rubens versucht, das Ende dadurch herbeizuführen, daß er ihr ein obszönes Wort ins Ohr flüsterte, da sie aber sofort den Kopf abgewandt hatte, als wollte sie dagegen protestieren, blieb er in Zukunft stumm. Dafür sagte sie jedesmal nach zwanzig, dreißig Minuten (und ihre Stimme klang unzufrieden und ungeduldig): »Stärker, stärker, noch mehr, noch mehr!«, und immer genau dann stellte er fest, daß er nicht mehr konnte, daß er sie schon zu lange und zu rasch liebte, um seine Stöße noch heftiger werden zu lassen; er glitt also von ihr und nahm zu einem Mittel Zuflucht, das er zugleich als Kapitulation und als patentwürdige technische Virtuosität ansah: er führte seine Hand in sie ein und rieb die Finger kräftig von unten nach oben; ein Geysir spritzte aus ihr und verursachte eine Überschwemmung, sie umarmte ihn und überschüttete ihn mit zärtlichen Worten.

Ihre inneren Uhren liefen auf befremdliche Weise asynchron: wenn er zärtlich sein wollte, redete sie vulgär; wenn er sich danach sehnte, vulgär zu sein, schwieg sie verstockt; und wenn er schweigen und schlafen wollte, wurde sie plötzlich auf geschwätzige Weise zärtlich.

Sie war hübsch und so viel jünger als er! Rubens nahm (bescheiden) an, daß es nur seine manuelle Geschicklichkeit war, deretwegen G jedesmal kam, wenn er sie rief. Er war ihr dankbar dafür, denn sie erlaubte es ihm, während der langen Momente, die er schweigend und schwitzend auf ihrem Körper lag, mit geschlossenen Augen zu träumen.

21.

Rubens bekam ein altes Album mit Fotos des amerikanischen Präsidenten John F. Kennedy in die Hände: ausschließlich Farbfotografien, mindestens fünfzig, und auf allen (ohne Ausnahme, auf allen!) lachte der Präsident. Er lächelte nicht, nein, er lachte! Sein Mund war offen und entblößte die Zähne. Daran war nichts Ungewöhnliches, und vielleicht war Rubens nur verdutzt, weil Kennedy auf *allen* Fotos lachte und sein Mund nie geschlossen war. Einige Tage später fuhr Rubens nach Florenz. Er stand vor Michelangelos David und stellte sich vor, daß dieses Marmorgesicht lachte wie Kennedy. David, dieses Musterbeispiel männlicher Schönheit, sah mit einem Mal aus wie ein Trottel! Seit dieser Zeit dachte er sich zu Figuren auf berühmten Bildern oft lachende Münder; es war ein interessantes Experiment: die Grimasse des Lachens war in der Lage, jedes Bild zu zerstören! Stellen Sie sich Mona Lisa vor, wie ihr kaum merkliches Lächeln sich in ein Lachen verwandelt, bei dem sie ihre Zähne und ihren Kiefer zeigt!

Weil Rubens nirgends soviel Zeit verbrachte wie in Gemäldegalerien, hatte es erst dieser Kennedy-Fotos bedurft, um sich eines einfachen Sachverhalts bewußt zu werden: daß die großen Maler von der Antike bis zu Raffael und vielleicht bis zu Ingres es vermieden hatten, ein Lachen oder auch nur ein Lächeln darzustellen. Es stimmt, daß alle etruskischen Figuren lächeln, dieses Lächeln ist jedoch keine mimische Reaktion auf eine momentane Situation, sondern Dauerzustand eines Gesichts, das ewige Seligkeit ausdrückt. Für den antiken Bildhauer und auch für die Maler späterer Zeiten war ein schönes Gesicht nur in seiner Reglosigkeit denkbar.

Später verloren die Gesichter ihre Reglosigkeit, die Münder öffneten sich jedoch nur, wenn der Maler das Böse darstellen wollte. Das Böse oder den Schmerz: die Gesichter der über den Leichnam Christi geneigten Frauen; der offene Mund der Mutter in Poussins *Der Kindermord*. Oder das Böse als Laster: Holbeins *Adam und Eva*. Eva hat ein aufgedunsenes Gesicht, und ihr halboffener Mund läßt die Zähne erkennen, die gerade in den Apfel gebissen haben. Adam neben ihr ist ein Mensch noch vor dem Sündenfall: er ist schön, auf seinem Gesicht liegt Ruhe, sein Mund ist geschlossen. Und auf Correggios *Allegorie der Laster* lächeln alle! Um das Laster darzustellen, mußte der Maler die unschuldige Ruhe der Gesichter erschüttern, die Münder aufreißen, die

Züge durch ein Lächeln entstellen. Eine einzige Figur auf diesem Bild lacht: ein Kind! Es ist aber nicht das glückliche Lachen, das die Kinder auf den Werbefotos für Windeln oder Schokolade präsentieren. Dieses Kind lacht, weil es verdorben ist!

Erst bei den Holländern wird das Lachen unschuldig: bei Hals' *Der Spaßmacher* oder *Die Zigeunerin*. Weil die holländischen Maler der Genrebilder die ersten Fotografen sind. Die Gesichter, die sie malen, sind jenseits von Häßlichkeit und Schönheit. Als sich Rubens im Saal der Holländer umsah, dachte er an die Lautenistin und sagte sich: die Lautenistin wäre kein Modell für Hals; die Lautenistin wäre ein Modell für die großen Maler davor, die die Schönheit in der reglosen Glätte der Züge gesucht haben. Dann wurde er von einigen Besuchern angerempelt; auf der ganzen Welt ziehen Massen von Gaffern durch die Museen wie früher durch die zoologischen Gärten; in Ermangelung anderer Attraktionen betrachten die Touristen die Bilder, als wären es Raubtiere in einem Käfig. Die Malerei, sagte sich Rubens, ist in diesem Jahrhundert ebensowenig zu Hause wie die Lautenistin; die Lautenistin gehört in eine längst verschwundene Welt, in der die Schönheit nicht gelacht hat.

Wie aber ist zu erklären, daß die großen Maler das Lachen aus dem Reich der Schönheit verbannt haben? Rubens sagt sich: ein Gesicht ist zweifellos schön, weil sich darin die Anwesenheit eines Denkens spiegelt, wohingegen ein Mensch, der lacht, gerade nicht denkt. Stimmt das? Ist das Lachen nicht gerade jener Gedankenblitz, der das Komische begreift? Nein, sagt sich Rubens: in der Sekunde, in der der Mensch das Komische begreift, lacht er nicht; das Lachen stellt sich erst *im nachhinein* ein, als körperliche Reaktion, als Verkrampfung, in der es kein Denken mehr gibt. Das Lachen ist eine Verkrampfung des Gesichts, und in der Verkrampfung beherrscht sich der Mensch nicht mehr, er wird vielmehr von etwas beherrscht, das weder sein Wille noch sein Verstand ist. Und das ist der Grund, weshalb der antike Bildhauer das Lachen nicht dargestellt hat. Ein Mensch, der sich nicht beherrscht (ein Mensch außerhalb seines Verstandes, seines Willens), konnte unmöglich als schön gelten.

Wenn unsere Zeit das Lachen entgegen der Auffassung der großen Maler zur privilegierten Form des menschlichen Gesichts gemacht hat, bedeutet dies, daß die Abwesenheit von Willen und Verstand zum Idealzustand des Menschen geworden ist. Man könnte dem entgegenhalten, daß die Verkrampfung der fotografischen Porträts simuliert, also verstandesmäßig und gewollt ist: Kennedy, der vor einem Objektiv lacht, reagiert nicht auf eine komische Situation, er öffnet seinen Mund und entblößt seine Zähne vielmehr sehr bewußt. Das beweist aber nur, daß die Verkrampfung des Lachens (dieser Zustand außerhalb von Verstand und Willen) zum Idealbild aufgewertet worden ist, hinter dem sich die Menschen zu verbergen beschlossen haben.

Rubens sagt sich: das Lachen ist der demokratischste aller Gesichtsausdrücke: durch unsere reglosen Züge unterscheiden wir uns deutlich voneinander, in der Verkrampfung jedoch sind wir uns alle gleich.

Die Büste eines kichernden Julius Caesar ist unvorstellbar. Die amerikanischen Präsidenten hingegen gehen in die Ewigkeit ein, indem sie sich hinter der demokratischen Verkrampfung des Lachens verstecken.

22.

Er war wieder einmal in Rom. Im Museum hielt er sich lange im Saal mit der gotischen Malerei auf. Vor einem Bild blieb er fasziniert stehen. Es war eine Kreuzigung. Was sah er? Er sah an Jesu Stelle eine Frau, die gekreuzigt wurde. Wie Christus trug sie nur ein weißes Tuch um die Lenden. Ihre Füße stützten sich auf einen hölzernen Vorsprung, während die Henker ihre Knöchel mit dicken Seilen am Balken festbanden. Das Kreuz war auf dem Gipfel eines Hügels aufgestellt, man konnte es von weitem sehen. Rundherum standen Soldaten und Männer und Frauen aus dem Volk, Massen von Gaffern, die alle die ihren Blicken dargebotene Frau anstarrten. Es war die Lautenistin. Sie spürte die Blicke auf ihrem Körper und bedeckte die Brüste mit den Händen. Zu ihrer Linken und zu ihrer Rechten waren zwei andere Kreuze aufgerichtet, und an jedes war ein Schächer gebunden. Der eine neigte sich zu ihr hinüber, nahm ihre Hand, zog sie von der Brust weg und streckte ihren Arm so aus, daß der Handrücken das Ende des Querbalkens berührte. Der andere nahm die andere Hand und machte damit das gleiche, so daß die Arme der Lautenistin nun ausgebreitet waren. Ihr Gesicht blieb reglos. Ihre Augen starrten in die Ferne. Rubens aber wußte, daß sie nicht zum Horizont schaute, sondern in einen riesigen imaginären Spiegel, der zwischen Himmel und Erde vor ihr aufgestellt war. Sie sah darin ihr eigenes Bild, das Bild einer Frau am Kreuz, mit ausgebreiteten Armen und entblößten Brüsten. Sie war vor der riesigen schreienden, bestialischen Menschenmenge ausgestellt und schaute sich zusammen mit ihr erregt an.

Rubens konnte seine Augen nicht von diesem Anblick losreißen. Und als er es endlich geschafft hatte, sagte er sich: das

Erlebnis sollte unter dem Namen: *Rubens' römische Vision* in die Religionsgeschichte eingehen. Er stand bis zum Abend unter dem Eindruck dieses mystischen Augenblicks. Er hatte die Lautenistin vier Jahre nicht mehr angerufen, an diesem Tag nun war er nicht mehr imstande, der Versuchung zu widerstehen. Als er ins Hotel zurückgekehrt war, wählte er sofort ihre Nummer. Am anderen Ende der Leitung meldete sich eine unbekannte Frauenstimme.

Er sagte verunsichert: »Könnte ich bitte Madame… sprechen?« und nannte den Namen ihres Mannes.

»Ja, das bin ich«, sagte die Stimme.

Er sprach den Vornamen der Lautenistin aus, und die Frauenstimme antwortete ihm, daß die Frau, die er sprechen wolle, tot sei.

»Tot?« fragte er erstarrt.

»Ja, Agnes ist gestorben. Wer spricht?«

»Ein Freund.«

»Darf ich wissen, wer Sie sind?«

»Nein«, sagte er und legte auf.

23.

Wenn im Film jemand stirbt, wird die Musik sofort elegisch, wenn aber in unserem Leben jemand stirbt, den wir gekannt haben, ist keine Musik zu hören. Es gibt nur ganz wenige Todesfälle, die uns tief erschüttern, zwei bis drei im Leben, mehr nicht. Der Tod der Frau, die nur eine Episode gewesen war, überraschte Rubens und stimmte ihn traurig, er konnte ihn aber nicht erschüttern, um so weniger, als die Frau bereits vor vier Jahren aus seinem Leben gegan-

392

gen war und er sich schon damals hatte damit abfinden müssen.

Obwohl sie in seinem Leben nicht weniger abwesend war als zuvor, änderte sich mit ihrem Tod alles. Jedesmal, wenn er an sie dachte, mußte er sich fragen, was aus ihrem Körper geworden war. Hatte man ihn in einem Sarg in die Erde gesenkt? Oder war er verbrannt worden? Er stellte sich ihr regloses Gesicht vor, dessen große Augen sich in einem imaginären Spiegel anschauten. Er sah die Lider dieser Augen, wie sie sich langsam schlossen, und auf einmal war es ein totes Gesicht. Gerade weil dieses Gesicht so ruhig gewesen war, war der Übergang vom Leben zum Nichtleben fließend, harmonisch, schön. Aber dann begann er sich vorzustellen, was weiter mit diesem Gesicht geschah. Und das war grauenhaft.

G kam ihn besuchen. Wie immer gaben sie sich lange und schweigend der Liebe hin, und wie immer tauchte in diesen allzu langen Minuten vor seinem Auge die Lautenistin auf: sie stand mit nackten Brüsten vor dem Spiegel und schaute mit starrem Blick vor sich hin. Plötzlich kam Rubens in den Sinn, daß sie vielleicht schon zwei oder drei Jahre tot war, daß ihre Haare schon vom Schädel gefallen und ihre Augenhöhlen leer waren. Er wollte diese Vorstellung rasch wieder loswerden, weil er wußte, daß er andernfalls unfähig wäre, weiter zu lieben. Er verscheuchte die Erinnerung an die Lautenistin aus seinem Kopf und zwang sich, sich auf G, auf ihren beschleunigten Atem zu konzentrieren, aber seine Gedanken gehorchten ihm nicht und schoben ihm wie absichtlich Bilder unter, die er nicht sehen wollte. Und als sie endlich bereit waren zu gehorchen und ihm die Lautenistin nicht mehr im Sarg zeigten, zeigten sie sie ihm in den Flammen, und zwar so, wie er es einmal erzählt bekommen hatte:

der brennende Körper richtete sich auf (aufgrund einer physikalischen Kraft, die er nicht verstand), so daß die Lautenistin im Ofen saß. Und mitten in diese Vision eines sitzenden, brennenden Körpers rief plötzlich eine unzufriedene und drängende Stimme: »Stärker! Stärker! Noch mehr! Noch mehr!«. Er mußte den Liebesakt unterbrechen. Er entschuldigte sich bei G für seine schlechte Kondition.

Dann sagte er sich: nach allem, was ich erlebt habe, ist mir eine einzige Fotografie geblieben, als sei in ihr das Intimste, das am tiefsten Verborgene meines erotischen Lebens, als sei in ihr dessen Essenz aufgehoben. Vielleicht habe ich in letzter Zeit nur mit Frauen geschlafen, um diese Fotografie in meiner Vorstellung wieder zu beleben. Und jetzt liegt diese Fotografie in den Flammen, und das schöne, reglose Gesicht verzieht sich, es schrumpft, wird schwarz und zerfällt schließlich zu Asche.

Eine Woche später war G wieder mit Rubens verabredet, und er fürchtete sich schon im voraus vor den Vorstellungen, die ihn bei der Liebe überfallen würden. Da er die Lautenistin aus seinen Gedanken verbannen wollte, setzte er sich wieder an den Tisch, den Kopf in eine Hand gestützt, und suchte in seinem Gedächtnis nach anderen Fotografien aus seinem erotischen Leben, die ihm das Bild der Lautenistin ersetzen könnten. Er fand tatsächlich einige und war angenehm überrascht, daß sie immer noch so schön und erregend waren. Doch in der Tiefe seiner Seele wußte er, daß sich sein Gedächtnis während des Liebesaktes mit G weigern würde, ihm diese Fotografien zu zeigen, und ihm statt dessen das Bild der in den Flammen sitzenden Lautenistin wie einen makabren Witz unterschob. Er hatte sich nicht geirrt. Auch diesmal mußte er G mittendrin bitten, ihn zu entschuldigen.

Da sagte er sich, daß es besser wäre, wenn er seine Beziehungen zu Frauen für eine gewisse Zeit einstellte. Bis auf Widerruf, wie man so sagt. Die Unterbrechung verlängerte sich Woche um Woche, Monat um Monat. Bis er eines Tages begriff, daß es nichts mehr zu widerrufen gab.

SIEBTER TEIL

Die Feier

1.

Die Spiegel im Gymnastikraum spiegelten seit vielen Jahren Arme und Beine in Bewegung; vor einem halben Jahr waren sie auf Betreiben der Imagologen auch in die Schwimmhalle vorgedrungen; man war auf drei Seiten davon umgeben, während auf der vierten ein großes Fenster Aussicht auf die Dächer von Paris bot. Wir saßen in Badehosen an einem Tisch nicht weit vom Becken, in dem ein paar Schwimmer herumschnaubten. Zwischen uns stand eine Flasche Wein, die ich bestellt hatte, um das Jubiläum zu feiern.

Avenarius schaffte es nicht einmal, mich zu fragen, was ich feierte, er wurde gerade von einem neuen Einfall mitgerissen: »Stell dir vor, du mußt zwischen zwei Möglichkeiten wählen. Entweder du verbringst mit einer weltberühmten Schönheit, zum Beispiel mit Brigitte Bardot oder Greta Garbo, eine Liebesnacht unter der Bedingung, daß niemand davon erfährt, oder du legst dieser Schönen vertraulich den Arm um die Schulter und spazierst mit ihr durch die Hauptstraße deiner Stadt unter der Bedingung, daß du nie mit ihr schläfst. Ich würde gern den genauen Prozentsatz der Leute wissen, die die eine Möglichkeit der anderen vorziehen. Dazu braucht man statistische Methoden. Ich habe mich in dieser Sache an einige Meinungsforschungsinstitute gewandt, aber sie haben alle abgelehnt.«

»Ich habe nie begriffen, wie ernst man das nehmen soll, was du tust.«

»Alles, was ich tue, ist absolut ernst zu nehmen.«

Ich fuhr fort: »Ich stelle mir zum Beispiel vor, wie du den Ökologen deinen Plan zur Zerstörung der Autos erläutert hast. Du konntest doch unmöglich damit rechnen, daß sie ihn annehmen!«

Ich machte eine Pause. Avenarius schwieg.

»Oder hast du gedacht, sie würden Beifall klatschen?«

»Nein«, sagte Avenarius, »das habe ich nicht gedacht.«

»Warum hast du dann diesen Vorschlag gemacht? Um sie zu entlarven? Um ihnen zu beweisen, daß sie trotz ihres non-konformistischen Gehabes in Wirklichkeit ein Bestandteil dessen sind, was du Satania nennst?«

»Nichts ist nutzloser«, sagte Avenarius, »als Dummköpfen etwas beweisen zu wollen.«

»Dann bleibt nur noch eine Erklärung: du wolltest dir einen Spaß machen. Aber selbst in diesem Fall scheint mir dein Verhalten unlogisch. Du hast doch schließlich nicht damit gerechnet, daß dich jemand verstehen könnte und lachen würde.«

Avenarius schüttelte den Kopf und sagte irgendwie traurig: »Nein, das habe ich nicht. Satania zeichnet sich durch einen absoluten Mangel an Sinn für Humor aus. Obwohl die Komik immer noch existiert, ist sie unsichtbar geworden. Es hat keinen Sinn mehr, Spaß zu machen.« Und dann fügte er hinzu: »Diese Welt nimmt alles ernst. Sogar mich. Und das ist der Gipfel.«

»Ich habe eher das Gefühl, daß niemand mehr etwas ernst nimmt! Alle wollen sich nur amüsieren.«

»Das kommt aufs gleiche heraus. Wenn der totale Esel in den Nachrichten den Ausbruch eines Atomkriegs oder ein Erdbeben in Paris ansagen muß, wird er sich bestimmt bemühen, dabei witzig zu sein. Vielleicht sucht er jetzt schon nach Wortspielen für solche Anlässe. Aber das hat nichts mit dem Sinn für Komik zu tun. Denn in diesem Fall ist derjenige komisch, der für die Ankündigung eines Erdbebens Wortspiele sucht. Nur nimmt ein Mensch, der Wortspiele für die Ankündigung eines Erdbebens sucht, seine Suche absolut ernst und käme nicht auf den Gedanken, er könnte komisch sein. Humor kann nur dort existieren, wo die Menschen noch eine Grenze zwischen Wichtig und Unwichtig ziehen können. Und diese Grenze ist heute unkenntlich geworden.«

Ich kenne meinen Freund gut und amüsiere mich oft damit, daß ich seine Redensarten nachahme und seine Gedanken und Einfälle übernehme; dennoch entzieht er sich mir irgendwie. Sein Verhalten gefällt mir, es fasziniert mich, aber ich kann nicht sagen, daß ich es wirklich verstehe. Ich habe ihm einmal erklärt, daß sich das Wesen eines Menschen nur durch eine Metapher ausdrücken läßt. Durch den erhellenden Blitz einer Metapher. Seit ich Avenarius kenne, suche ich vergeblich nach einer Metapher, die auf ihn zutreffen und ihn mir verständlich machen würde.

»Wenn es nicht aus Spaß war, warum hast du diesen Vorschlag dann gemacht? Warum?«

Noch bevor er mir antworten konnte, wurden wir von einem überraschten Ruf unterbrochen: »Professor Avenarius! Ist das möglich!«

Vom Eingang her kam ein gutaussehender Mann zwischen fünfzig und sechzig in Badehose auf uns zu. Avenarius stand auf. Beide sahen gerührt aus und drückten sich lange die Hand.

Dann stellte Avenarius uns vor. Ich begriff, daß Paul vor mir stand.

2.

Er setzte sich zu uns, und Avenarius zeigte mit ausholender Geste auf mich: »Sie kennen seine Romane? *Das Leben ist anderswo!* Das müssen Sie lesen! Meine Frau behauptet, es sei ganz hervorragend!«

In einer plötzlichen Erleuchtung begriff ich, daß Avenarius den Roman nie gelesen hatte; als er mich unlängst darum gebeten hatte, ihm dieses Buch zu bringen, dann nur deshalb, weil seine Frau an Schlaflosigkeit litt und im Bett kiloweise Bücher konsumierte. Ich war betrübt.

»Ich bin gekommen, um mir im Wasser den Kopf abzukühlen«, sagte Paul. Dann sah er den Wein auf dem Tisch und vergaß das Wasser auf der Stelle. »Was trinken Sie?« Er nahm die Flasche in die Hand und las aufmerksam das Etikett. Dann fügte er hinzu: »Heute trinke ich schon seit dem frühen Morgen.«

Ja, man sah es ihm an, und es überraschte mich. Ich habe mir Paul nie als Säufer vorgestellt. Ich bestellte beim Kellner ein drittes Glas.

Wir redeten über alles mögliche. Avenarius machte noch mehrere Anspielungen auf meine Romane, die er nicht gelesen hatte, und provozierte Paul zu einer Bemerkung, deren Taktlosigkeit mir gegenüber mich verblüffte: »Ich lese keine Romane. Memoiren finde ich viel unterhaltsamer und auch lehrreicher. Oder Biographien. In letzter Zeit habe ich Bücher über Salinger, über Rodin und über Kafkas Intimleben gelesen. Und eine phantastische Biographie über Hemingway. Ach, dieser Schwindler. Dieser Lügner. Dieser Prahlhans«, lachte Paul fröhlich: »Dieser Impotente. Dieser Sadist. Dieser Macho. Dieser Erotomane. Dieser Misogyn.«

»Wenn Sie als Rechtsanwalt bereit sind, Mörder zu verteidigen, weshalb setzen Sie sich nicht für Autoren ein, die sich außer ihren Büchern nichts haben zuschulden kommen lassen?« fragte ich.

»Weil sie mir auf die Nerven gehen«, sagte Paul gutgelaunt und goß sich Wein in das Glas, das der Kellner gerade vor ihn hingestellt hatte.

»Meine Frau vergöttert Mahler«, sagte er dann. »Sie hat mir erzählt, daß Mahler sich vierzehn Tage vor der Uraufführung seiner Siebten Symphonie in ein lautes Hotelzimmer eingeschlossen und Nacht für Nacht die Instrumentation überarbeitet hat.«

»Ja«, sagte ich, »das war im Jahre 1906 in Prag. Das Hotel hieß *Blauer Stern*.«

»Ich stelle ihn mir in diesem Hotelzimmer vor, um ihn herum überall Partituren«, fuhr Paul fort, ohne sich stören zu lassen. »Er war überzeugt davon, daß sein ganzes Werk verdorben wäre, wenn das Thema des zweiten Satzes von der Klarinette und nicht von der Oboe gespielt würde.«

»Genau so ist es«, sagte ich und dachte an meinen Roman.

Paul fuhr fort: »Ich möchte, daß diese Symphonie einmal vor einem Publikum kompetenter Fachleute gespielt wird, zuerst mit den Korrekturen der letzten vierzehn Tage, und dann ohne sie. Ich wette, daß niemand die beiden Versionen unterscheiden kann. Verstehen Sie mich richtig: es ist bestimmt bewunderswert, daß das Thema, das im zweiten Satz von einer Geige gespielt wird, im letzten von einer Flöte aufgenommen wird. Alles ist ausgearbeitet, durchdacht und tief empfunden, nichts dem Zufall überlassen, aber diese gewaltige Perfektion überfordert uns, sie übersteigt die Kapazität unseres Gedächtnisses und unsere Konzentrationsfähigkeit, so daß selbst der fanatischste aufmerksame Zuhörer von dieser Symphonie nicht mehr als ein Hundertstel aufnimmt, und dann bestimmt genau das, an dem Mahler am wenigsten lag.«

Sein offensichtlich richtiger Gedanke machte ihn noch fröhlicher, während ich immer betrübter wurde: wenn mein Leser einen Satz meines Romans überspringt, wird er ihn nicht verstehen, aber wo auf der Welt gibt es einen Leser, der keine Zeilen überspringt? Bin ich selbst nicht der größte Überspringer von Zeilen und Seiten?

»Ich spreche all diesen Symphonien ihre Perfektion nicht ab«, fuhr Paul fort. »Ich bezweifle nur die Wichtigkeit dieser Perfektion. Diese erhabenen Symphonien sind nichts als Kathedralen des Unnützen. Sie sind dem Menschen unzugänglich. Sie sind unmenschlich. Wir haben ihre Bedeutung seit jeher überschätzt. Und davon Minderwertigkeitskomplexe bekommen. Europa hat Europa auf fünfzig geniale Werke reduziert, die es nie verstanden hat. Stellen Sie sich diese empörende Ungleichheit vor: Millionen Europäer, die nichts bedeuten, gegen fünfzig Namen, die alles repräsentieren! Die Ungleichheit der Klassen ist ein bedeutungsloses Detail, verglichen mit dieser beleidigenden metaphysischen Ungleichheit, die die einen in Staubkörnchen verwandelt, während sie den anderen den Sinn des Seins auferlegt!«

Die Flasche war leer. Ich rief den Kellner und bestellte eine zweite. Dadurch verlor Paul den Faden.

»Sie haben über Memoiren gesprochen«, flüsterte ich ihm ein.

»Aha«, erinnerte er sich.

»Sie haben sich gefreut, daß Sie endlich die intime Korrespondenz der Toten lesen dürfen.«

»Ich weiß, ich weiß«, sagte Paul, als wollte er Einwänden der Gegenseite zuvorkommen: »Glauben Sie mir, auch in meinen Augen ist es eine Schweinerei, in der intimen Korrespondenz anderer Leute zu wühlen, ehemalige Geliebte auszuhorchen und Ärzte zu überreden, das Arztgeheimnis preiszugeben. Biographen sind ein schlimmes Pack, mit denen ich mich nie an einen Tisch setzen würde wie mit Ihnen jetzt. Robespierre hätte sich auch nicht mit dem Pöbel an einen Tisch gesetzt, mit einem Pöbel, der plünderte und einen Kollektivorgasmus erlebte, wenn er mit gierigen Augen eine Hinrichtung beglotzte. Aber er wußte, daß es ohne den Pöbel nicht ging. Der Pöbel ist das Instrument des gerechten revolutionären Hasses.«

»Was ist revolutionär am Haß auf Hemingway?« sagte ich.

»Ich spreche nicht vom Haß auf Hemingway! Ich spreche von seinem *Werk*! Ich spreche von dem Werk von *ihnen allen*! Es mußte einmal laut und deutlich gesagt werden, daß es tausendmal amüsanter und lehrreicher ist, Bücher *über* Hemingway zu lesen, als Bücher *von* ihm. Es mußte einmal gesagt werden, daß Hemingways Werk nur Hemingways chiffriertes Leben ist, und dieses Leben genauso kläglich und unbedeutend war wie das Leben von jedem von uns. Es war höchste Zeit, Mahlers Symphonie zu zerstückeln und sie in einer Werbung für Toilettenpapier als Hintergrundmusik zu benutzen. Es war höchste Zeit, ein für allemal mit dem Terror der Unsterblichkeit Schluß zu machen. Die arrogante Macht aller Neunten Symphonien und aller Fausts niederzureißen!«

Trunken von seinen eigenen Worten stand er auf und hob sein Glas: »Ich trinke auf das Ende der alten Zeiten!«

3.

In den Spiegeln, die sich gegenseitig spiegelten, wurde Paul siebenundzwanzigmal vervielfältigt, und die Gäste am Nebentisch schauten neugierig auf seinen erhobenen Arm mit dem Glas in der Hand. Auch zwei Dickwänste, die aus dem kleinen Bassin mit den Unterwasserdüsen stiegen, blieben stehen und konnten den Blick nicht von Pauls siebenundzwanzig in der Luft stehenden Armen lösen. Zuerst dachte ich, er sei erstarrt, um das dramatische Pathos seiner Worte zu unterstreichen, doch dann bemerkte ich eine Dame im Badeanzug, die gerade die Halle betreten hatte, eine ungefähr Vierzigjährige mit hübschem Gesicht, schön geformten, wenn auch etwas kurzen Beinen und einem expressiven, obwohl vielleicht etwas zu großen Hintern, der wie ein dicker Pfeil zu Boden wies. An diesem Pfeil erkannte ich sie sofort.

Zuerst sah sie uns nicht und ging direkt auf das Schwimmbecken zu. Doch unsere Augen klebten mit einer solchen Intensität an ihr, daß wir ihren Blick schließlich zu uns hinzogen. Sie errötete. Es ist schön, wenn eine Frau errötet; ihr Körper gehört ihr in solchen Momenten nicht, sie beherrscht ihn nicht mehr, ist ihm ausgeliefert; ach, nichts ist schöner als der Anblick einer Frau, die vom eigenen Körper vergewaltigt wird! Allmählich verstand ich Avenarius' Schwäche für Laura. Ich richtete meinen Blick auf ihn: sein Gesicht blieb vollkommen ungerührt. Mir schien, daß er sich durch diese Selbstbeherrschung noch mehr verriet als Laura durch ihr Erröten.

Sie hatte sich wieder gefangen, lächelte freundlich und trat an unseren Tisch. Wir standen auf, und Paul stellte uns seiner Frau vor. Immer noch beobachtete ich Avenarius. Wußte er, daß Laura Pauls Frau war? Ich glaube nicht. Wie ich ihn kannte, hatte er einmal mit ihr geschlafen und sie seitdem nicht mehr gesehen. Aber ich wußte es nicht mit Sicherheit, ich war mir eigentlich in nichts sicher. Als er Laura die Hand gab, verneigte er sich, als sähe er sie zum ersten Mal. Laura verabschiedete sich (fast allzu rasch, sagte ich mir) und sprang ins Schwimmbecken.

Plötzlich war alle Euphorie von Paul abgefallen. »Ich bin froh, daß Sie sie kennengelernt haben«, sagte er melancholisch. »Sie ist, wie man so sagt, die Frau meines Lebens. Ich sollte mir gratulieren. Das Leben ist so kurz, und die wenigsten Menschen finden die Frau ihres Lebens.«

Der Kellner brachte eine neue Flasche, öffnete sie vor uns und goß die drei Gläser nach, wodurch Paul erneut den Faden verlor.

»Sie haben von der Frau Ihres Lebens gesprochen«, flüsterte ich ihm ein, als der Kellner sich entfernt hatte.

»Ja«, sagte er. »Wir haben ein drei Monate altes Töchterchen. Aus der ersten Ehe habe ich ebenfalls eine Tochter. Sie hat vor einem Jahr das Haus verlassen. Ohne ein Abschiedswort. Ich war sehr unglücklich, denn ich liebe sie. Ich war lange ohne Nachricht von ihr. Vor zwei Tagen ist sie zurückgekommen, ihr Geliebter hat sie sitzenlassen. Vorher hat er ihr noch ein Kind gemacht, ein Töchterchen. Liebe Freunde, ich habe eine Enkelin! Ich bin von vier Frauen umgeben!« Die Vorstellung der vier Frauen schien ihm neue Energie zu verleihen: »Das ist der Grund, weshalb ich heute seit dem frühen Morgen trinke! Ich trinke auf das Wiedersehen! Ich trinke auf die Gesundheit meiner Tochter und meiner Enkelin!«

Unter uns im Becken schwammen Laura und zwei weitere Schwimmer, und Paul lächelte. Es war ein merkwürdiges, müdes Lächeln, das mein Mitgefühl weckte. Er schien mir plötzlich gealtert. Sein mächtiger grauer Haarschopf hatte sich in die Frisur einer alten Dame verwandelt. Mit dem Glas in der Hand stand er auf, als wollte er diesen Schwächeanfall mit seinem Willen überwinden.

Unten klatschten Arme auf die Wasseroberfläche. Mit dem Kopf über dem Wasser kraulte Laura durch das Becken, ungeschickt, aber um so leidenschaftlicher und irgendwie wütend.

Mir kam es vor, als fiele jeder einzelne dieser klatschenden Schläge wie ein weiteres Lebensjahr auf Pauls Kopf: sein Gesicht wurde vor unseren Augen älter. Er war bereits siebzig und bald darauf achtzig Jahre alt, stand da und streckte das Glas vor sich hin, als wollte er dadurch die auf ihn zurollende Lawine dieser Jahre aufhalten: »Ich erinnere mich an einen berühmten Satz aus meiner Jugend«, sagte er mit einer Stimme, die plötzlich alle Klangfülle verloren hatte: »*Die Frau ist die Zukunft des Mannes*. Wer hat das eigentlich gesagt? Ich weiß es nicht mehr. Lenin? Kennedy? Nein, nein. Irgendein Dichter.«

»Aragon«, flüsterte ich ihm ein.

Avenarius sagte ungehalten: »Was soll das heißen, daß die Frau die Zukunft des Mannes ist? Daß die Männer sich in Frauen verwandeln werden? Ich verstehe diesen blöden Satz nicht!«

»Es ist kein blöder Satz! Es ist ein poetischer Satz!« protestierte Paul.

»Die Literatur wird untergehen, und die blöden poetischen Sätze sollen überleben und durch die Welt irren?« sagte ich.

Paul schenkte mir keine Aufmerksamkeit. Er hatte sein siebenundzwanzigmal vervielfältigtes Spiegelbild entdeckt und konnte seinen Blick nicht davon lösen. Er wandte sich nacheinander all seinen Gesichtern in den Spiegeln zu und sagte mit der hohen, schwachen Stimme einer alten Dame: »Die Frau ist die Zukunft des Mannes. Das bedeutet, daß die Welt, die einst zum Bilde des Mannes geschaffen wurde, sich jetzt dem Bild der Frau angleichen wird. Je metallischer und mechanischer, je technischer und kälter sie wird, desto mehr wird sie jene Wärme brauchen, die nur die Frau ihr geben kann. Wenn wir die Welt retten wollen, müssen wir uns der Frau anpassen, uns von der Frau führen, von dem *Ewig-weiblichen* durchdringen lassen!«

Als hätten ihn diese prophetischen Worte nun völlig erschöpft, war er plötzlich um weitere zehn Jahre gealtert und jetzt ein schwacher, entkräfteter Greis zwischen hundertzwanzig und hundertfünfzig. Er war nicht einmal mehr in der Lage, sein Glas zu halten und sank auf seinen Stuhl zurück. Dann sagte er aufrichtig und traurig: »Sie ist zurückgekommen, ohne sich anzumelden. Und sie haßt Laura. Und Laura haßt sie. Die Mutterschaft hat den Kampfgeist der beiden noch verstärkt. Schon wieder höre ich aus dem einen Raum Mahler und aus dem anderen Rock. Schon wieder wollen sie, daß ich mich entscheide, schon wieder stellen sie mir ein Ultimatum. Sie haben sich richtiggehend in den Kampf gestürzt. Und wenn Frauen sich in den Kampf stürzen, gibt es kein Halten mehr.« Dann neigte er sich vertraulich zu uns hin: »Freunde, nehmen Sie mich nicht ernst. Was ich Ihnen jetzt sage, stimmt gar nicht.« Er dämpfte seine Stimme, als würde er uns ein Geheimnis mitteilen: »Es ist ein großes Glück, daß die Kriege bisher nur von Männern geführt wurden. Wären sie von Frauen geführt worden, wären sie so grausam und unerbittlich gewesen, daß es heute auf der Erdkugel keinen einzigen Menschen mehr gäbe.« Und als wollte er uns augenblicklich vergessen machen, was er gesagt hatte, schlug er mit der Faust auf den Tisch und hob die Stimme: »Liebe Freunde, ich wünsche mir, daß es keine Musik mehr gibt! Ich wünschte mir, Mahlers Vater hätte sein Söhnchen beim Onanieren erwischt und ihm eine solche Ohrfeige verpaßt, daß der kleine Gustav für den Rest des Lebens taub geblieben wäre und eine Trommel nicht von einer Geige hätte unterscheiden können. Und ich wünschte mir, daß der Strom aus allen elektrischen Gitarren abgeleitet und an die Stühle angeschlossen würde, auf denen ich diese Gitarristen eigenhändig festbinden würde.« Und dann fügte er ganz leise hinzu: »Freunde, ich möchte zehnmal betrunkener sein, als ich es jetzt bin.«

4.

Er saß zusammengesunken am Tisch, und dieser Anblick war so traurig, daß wir ihn nicht länger ertragen konnten. Wir standen auf, traten zu ihm und klopften ihm freundschaftlich auf den Rücken. Und wie wir ihn so aufzumuntern versuchten, sahen wir, daß seine Frau aus dem Wasser gestiegen war und an uns vorbei die Halle verließ. Sie tat, als hätte sie uns nicht gesehen.

War sie Paul so böse, daß sie ihn nicht einmal ansah? Oder hatte die unvermutete Begegnung mit Avenarius sie in Verlegenheit gebracht? Wie auch immer, der Schritt, mit dem sie an uns vorbeiging, hatte etwas derart Machtvolles und Anziehendes, daß wir Paul zu tätscheln aufhörten und ihr alle drei nachschauten.

Als sie vor der Schwingtür stand, die von der Schwimmhalle zu den Umkleideräumen führte, geschah etwas Unerwartetes: sie drehte plötzlich den Kopf in Richtung unseres Tisches und warf den Arm mit einer so leichten, charmanten und fließenden Bewegung in die Luft, daß es uns vorkam, als werfe sie einen goldenen Ball in die Höhe, der über der Tür hängen blieb.

Paul hatte plötzlich ein Lächeln auf seinem Gesicht, und er faßte Avenarius fest am Arm: »Haben Sie das gesehen? Haben Sie diese Geste gesehen?«

»Ja«, sagte Avenarius und sah zu dem goldenen Ball hinauf, der unter der Decke glänzte wie eine Erinnerung an Laura.

Mir war völlig klar, daß diese Geste nicht dem angetrunkenen Ehemann gegolten hatte. Das war nicht die automatisierte Geste eines alltäglichen Abschieds, es war eine außergewöhnliche und vielsagende Geste. Sie konnte nur Avenarius gelten.

Paul allerdings ahnte nichts. Wie durch ein Wunder fielen die Jahre wieder von ihm ab, er war wieder ein gutaussehender Mann in den Fünfzigern, der stolz auf seinen grauen Haarschopf war. Er schaute noch immer zur Tür, über der der goldene Ball glänzte, und sagte: »Ach, Laura! Das ist ganz sie! Ach, diese Geste! Das ist Laura!« Und dann erzählte er mit gerührter Stimme: »Zum ersten Mal hat sie mir so zugewinkt, als ich sie zur Entbindungsstation begleitete. Sie hat zwei Operationen über sich ergehen lassen müssen, um ein Kind zu bekommen. Wir hatten Angst vor der Geburt. Um mir die Aufregung zu ersparen, verbot sie mir, sie auf die Station zu begleiten. Ich stand neben dem Auto und sie ging allein auf das Eingangstor zu, und als sie schon auf der Schwelle stand, drehte sie plötzlich den Kopf, genauso wie jetzt gerade, und winkte mir zu. Als ich nach Hause kam, war ich furchtbar traurig, sie fehlte mir, und um sie mir zu vergegenwärtigen, versuchte ich, diese schöne Geste nachzuahmen, mit der sie mich bezaubert hatte. Hätte mich damals jemand gesehen, hätte er lachen müssen. Ich habe mich mit dem Rücken zum Spiegel hingestellt, habe den Arm in die Luft geworfen und mir dabei über die Schulter zugelächelt. Ich habe es ungefähr dreißig- oder fünfzigmal gemacht und dabei an sie gedacht. Ich war Laura, die mich grüßte, und ich war ich selbst, der zuschaute, wie Laura mich grüßte. Sonderbar war nur eines: die Geste paßte nicht zu mir. Ich wirkte mit dieser Bewegung unverbesserlich linkisch und lächerlich.«

Er stand auf und stellte sich mit dem Rücken zu uns. Dann warf er einen Arm in die Höhe und schaute uns über die Schulter an. Ja, er hatte recht: er war komisch. Wir lachten. Unser Lachen ermunterte ihn, die Geste mehrmals zu wiederholen. Er wurde immer lächerlicher.

Dann sagte er: »Wissen Sie, das ist keine männliche, sondern eine weibliche Geste. Mit dieser Geste fordert die Frau uns auf: komm, folge mir, und wir wissen nicht, wohin sie uns ruft, auch sie weiß es nicht, aber sie ruft uns in der Überzeugung, daß es sich lohnt, dorthin zu gehen, wohin sie uns ruft. Deshalb sage ich Ihnen: entweder wird die Frau die Zukunft des Mannes sein, oder die Menschheit wird zugrunde gehen, denn nur die Frau ist fähig, eine durch nichts begründete Hoffnung in sich zu tragen und uns in eine zweifelhafte Zukunft zu rufen, an die wir ohne sie längst nicht mehr glauben würden. Ich bin mein Leben lang bereit gewesen, dieser Stimme zu folgen, obwohl sie wahnsinnig ist und ich alles andere bin, nur nicht wahnsinnig. Aber es gibt nichts Schöneres, als nicht wahnsinnig zu sein und von einer wahnsinnigen Stimme geführt ins Unbekannte aufzubrechen!« Und wieder sagte er feierlich die deutschen Worte: »*Das Ewigweibliche zieht uns hinan!*«

Goethes Vers flatterte wie eine stolze weiße Gans unter der Decke der Schwimmhalle, und Paul schritt, vervielfältigt von den drei Spiegelflächen, zur Schwingtür, über der noch immer golden der Ball glänzte. Ich sah ihn zum ersten Mal wirklich glücklich. Er machte ein paar Schritte, drehte uns den Kopf über die Schulter zu und warf einen Arm in die Luft. Er lachte. Dann drehte er sich noch einmal um und winkte. Schließlich führte er uns ein letztes Mal diese linkische männliche Nachahmung einer herrlichen weiblichen Geste vor und verschwand hinter der Tür.

5.

Ich sagte: »Er hat sehr schön über diese Geste gesprochen. Aber ich glaube, er hat sich geirrt. Laura hat niemanden in eine Zukunft gelockt, sondern dir zu verstehen geben wollen, daß sie für dich da ist und auf dich wartet.«

Avenarius schwieg, sein Gesicht verriet nichts.

Ich sagte vorwurfsvoll: »Tut er dir nicht leid?«

»Doch«, sagte Avenarius. »Ich mag ihn wirklich. Er ist intelligent. Witzig. Kompliziert. Traurig. Und vor allem: er hat mir geholfen! Vergiß das nicht!« Dann neigte er sich zu mir, als wollte er meinen unausgesprochenen Vorwurf nicht unbeantwortet lassen: »Ich habe dir von meinem Vorschlag erzählt, dem Publikum die Frage zu stellen: wer möchte heimlich mit Rita Hayworth schlafen und wer sich lieber in der Öffentlichkeit mit ihr zeigen? Ich weiß das Ergebnis freilich schon im voraus: jeder, auch der hinterletzte arme Tropf, würde antworten, lieber mit ihr schlafen zu wollen. Weil alle vor sich selbst, vor ihren Frauen und sogar vor dem glatzköpfigen Meinungsforscher wie Hedonisten aussehen wollen. Genau das ist ihre Selbsttäuschung. Ihre Komödie. Es gibt heute keine Hedonisten mehr.« Die letzten Worte hatte er mit Nachdruck ausgesprochen, und dann fügte er lächelnd hinzu: »Außer mir.« Und fuhr fort: »Was auch immer diese Leute behaupten: wenn sie die Möglichkeit bekämen, tatsächlich zu wählen, würden sie alle, ich sage es dir, lieber mit ihr über den Marktplatz spazieren. Weil für alle die Bewunderung und nicht die Lust wichtig ist. Der Schein und nicht die Wirklichkeit. Die Wirklichkeit bedeutet für niemanden mehr etwas. Für niemanden. Für meinen Rechtsanwalt bedeutet sie gar nichts.« Dann sagte er mit einer Art Zärtlichkeit: »Und deshalb kann ich dir feierlich versprechen, daß er nicht gekränkt sein wird. Die Hörner, die er trägt, werden unsichtbar bleiben. Sie werden bei schönem Wetter die Farbe des Himmels haben und grau sein, wenn es regnet.« Dann sagte er noch: »Übrigens kann kein Ehemann einen Menschen verdächtigen, der Liebhaber seiner Frau zu sein, wenn er weiß, daß dieser mit einem Messer in der Hand Frauen vergewaltigt. Die beiden Bilder passen nicht zusammen.«

»Wart mal«, sagte ich. »Glaubt er *tatsächlich*, daß du Frauen vergewaltigen wolltest?«

»Ich habe es dir doch gesagt.«

»Ich habe gedacht, du machst einen Witz.«

»Ich konnte ihm doch mein Geheimnis nicht verraten!« Dann fügte er hinzu: »Hätte ich ihm die Wahrheit gesagt, hätte er mir nicht geglaubt. Und selbst wenn er mir geglaubt hätte, wäre sein Interesse an meinem Fall augenblicklich erloschen. Ich hatte für ihn nur als Vergewaltiger einen Wert. Er empfindet für mich diese unbegreifliche Liebe, die große Anwälte nun mal für große Verbrecher empfinden.«

»Aber wie hast du dann alles erklärt?«

»Ich habe gar nichts erklärt. Man hat mich mangels Beweisen freigesprochen.«

»Wie das, mangels Beweisen! Und das Messer?«

»Ich leugne nicht, daß es hart war«, sagte Avenarius, und ich begriff, daß ich nichts mehr erfahren würde.

Ich schwieg eine Weile und sagte dann: »Die Autoreifen hättest du um keinen Preis zugegeben?«

Er schüttelte den Kopf.

Ich wurde von einer seltsamen Rührung überwältigt: »Du warst bereit, dich als Vergewaltiger einsperren zu lassen, nur um das Spiel nicht zu verraten...«

Und in diesem Moment verstand ich ihn: wenn wir der Welt, die sich für wichtig hält, diese Wichtigkeit absprechen, wenn unser Lachen in dieser Welt kein Echo findet, bleibt uns nur noch eines übrig: die Welt als Ganzes zu nehmen und sie zum Gegenstand unseres Spiels zu machen; ein Spielzeug aus ihr zu machen. Avenarius spielt, und das Spiel ist für ihn in dieser Welt ohne Wichtigkeit das einzig Wichtige. Aber er weiß, daß es niemanden zum Lachen bringen wird. Als er den Ökologen seinen Vorschlag machte, hatte er niemanden zum Lachen bringen wollen. Außer sich selbst.

Ich sagte: »Du spielst mit der Welt wie ein melancholisches Kind, das kein Brüderchen hat.«

Ja, das ist die Metapher für Avenarius! Ich habe sie gesucht, seit ich ihn kenne! Endlich!

Avenarius lächelte wie ein melancholisches Kind. Dann sagte er: »Ich habe kein Brüderchen, aber ich habe dich.«

Er stand auf, ich stand ebenfalls auf, und mir schien, daß uns nach Avenarius' letzten Worten nichts anderes übrigblieb, als uns zu umarmen. Doch dann wurde uns bewußt, daß wir nur die Badehose trugen, und wir erschraken vor der Vorstellung einer vertraulichen Berührung unserer nackten Bäuche. Verlegen lachend gingen wir in die Umkleideräume, wo eine hohe Frauenstimme mit Gitarrenbegleitung so schrill aus dem Lautsprecher quäkte, daß uns die Lust an einer Fortsetzung unseres Gesprächs verging. Wir betraten den Aufzug. Avenarius fuhr in die Tiefgarage, wo sein Mercedes geparkt war, und ich verabschiedete mich im Erdgeschoß. Von den fünf Plakaten, die in der Halle hingen, grinsten mich fünf verschiedene Gesichter mit den gleichen gefletschten Zähnen an. Ich bekam Angst, sie könnten mich beißen und trat rasch auf die Straße.

Die Fahrbahn war verstopft mit Autos, die ununterbrochen hupten. Die Motorräder fuhren auf den Trottoirs und behinderten die Passanten. Ich dachte an Agnes. Es waren genau zwei Jahre her, daß ich sie mir zum ersten Mal vorgestellt hatte, als ich oben im Fitneß-Club im Liegestuhl auf Avenarius gewartet hatte. Das war der Grund, weshalb ich heute die Flasche bestellt hatte. Ich hatte den Roman zu Ende geschrieben und wollte dies an demselben Ort feiern, an dem sein erster Gedanke geboren worden war.

Die Autos hupten, und es waren Beschimpfungen wütender Menschen zu hören. In einer solchen Situation hatte Agnes sich danach gesehnt, ein Vergißmeinnicht zu kaufen, ein einziges blaues Vergißmeinnicht; sie hatte sich danach gesehnt, es sich vor die Augen zu halten als letzte, kaum noch sichtbare Spur der Schönheit.